地坤

邹瑾 著

四川人民出版社

图书在版编目（CIP）数据

地坤／邹瑾著. -- 成都：四川人民出版社，2023.9（2023.10重印）

ISBN 978-7-220-13466-1

Ⅰ.①地… Ⅱ.①邹… Ⅲ.①长篇小说-中国-当代 Ⅳ.①I247.5

中国国家版本馆CIP数据核字（2023）第165913号

地坤
DI KUN

邹　瑾　著

出 版 人	黄立新
责任编辑	蔡林君
封面设计	李其飞
装帧设计	书香力扬
责任校对	蓝　海
出版发行	四川人民出版社（成都市三色路238号）
网　　址	http：//www.scpph.com
E-mail	scrmcbs@sina.com
新浪微博	@四川人民出版社
微信公众号	四川人民出版社
发行部业务电话	（028）86361653　86361656
防盗版举报电话	（028）86361653
印　　刷	成都兴怡包装装潢有限公司
成品尺寸	170mm×240mm
印　　张	22
字　　数	400千
版　　次	2023年9月第1版
印　　次	2023年10月第2次印刷
书　　号	ISBN 978-7-220-13466-1
定　　价	68.00元

■ 版权所有·侵权必究

本书若出现印装质量问题，请与我社发行部联系调换

电话：（028）86361656

目录

第一章　师姐师弟　　　　　　　001
第二章　清龟四宝　　　　　　　016
第三章　周转房　　　　　　　　029
第四章　清风峡　　　　　　　　042
第五章　肾　宝　　　　　　　　059
第六章　长城凤凰堡　　　　　　071
第七章　突　变　　　　　　　　084
第八章　县长被关　　　　　　　098
第九章　生态位　　　　　　　　109
第十章　茶仙坪　　　　　　　　130
第十一章　龟泉寺　　　　　　　142
第十二章　逍遥宫　　　　　　　160

CONTENTS

第十三章	迷魂谷	178
第十四章	野人娃	187
第十五章	"三清"经济	202
第十六章	堰塞湖	215
第十七章	天　坑	227
第十八章	雷霆行动	240
第十九章	龙墅隐舍	254
第二十章	停　职	268
第二十一章	异国守候	280
第二十二章	小暑三候	294
第二十三章	熊猫屋	306
第二十四章	清龟四君子	326
尾　声		343

第一章

师姐师弟

一

风城县县长韩月川走进市政府三号会议室，见长条形会议桌正上方，除了分管公安、环保、安全的副市长兼市公安局局长郭强座牌前座位还空着外，左右依次已坐好了市发展改革委主任、市监察局局长、市环保局局长和市委组织部常务副部长，她才一下子明白过来，今天这警示约谈会阵势不小，真不像是只走走过场的。

再看下方座位，除了自己和县委书记肖一凡还空着位，县人大主任陈仲兴、政协主席文运昌已各自坐好，看不出有啥表情，都在埋头玩着手机。坐在文运昌左手边的常务副县长孙玉珉兴致很高，正和市发改委主任抬杠："你也莫唱高调，当年鼓励大家做足水文章，你发改委发文没有？"

"发文是发文，但也没叫你无序乱来呀！"

坐在后二排的齐宇公司董事长徐富达，肥头大耳，听到这儿实在憋不住了，站起来大声反驳："领导，可这些项目哪个不是你们委里批过的？红头文件一大把哟！"

韩月川转头一看，后排坐着县上来的发改、环保、安监、国土与规划建设局几个部门的局长，边上是几个主要涉及企业的负责人。见徐富达这一炮响过，大家纷纷交头接耳一阵喧哗，完全没嗅到今天这约谈会的火药味。

韩月川在中间自己座牌前坐下来，身着藏青色套服的服务员赶忙过来倒水，韩月川故意大声说："小妹儿，帮我换杯矿泉水吧，看今天这架势，我们得出身大汗哟，先备点凉水，等会儿好降温。"

这时郭强副市长正好走进来，步伐匆匆，神色严肃，正好接话道："出出汗好呀，可以减肥去脂，还能排毒健体嘛！"

"郭市长今天真要下猛药？"韩月川故作笑颜道。

"不是我要下猛药哟，人病了不吃药，有时会致命的。"郭副市长落座就问，"这肖一凡真病啦？还是我不能约谈他？"

坐在一侧的陈仲兴忙回答："肖书记临走时突然血压升高，一上车，就头昏眼花，他怕脑溢血呢！"

"住医院了吗？"郭副市长双眉一锁，低声追问。

韩月川答道："去医院了，报告郭市长，肖书记真不是装病。"

"党政同责啊，这是受书记、市长委托授权，才找你们四大班子一把手来集体约谈的。"

"郭市长，我们回去一定抓好整改落实。"

郭副市长这才宣布约谈会开始，首先请大家观看视频。郭副市长特别说："这个视频是省上转下来的，具体内容嘛，是新华社和央视记者联合暗访到我们风城县的问题清单，你们睁大眼睛好好看吧。"

市环保局局长补充说："据说，中央要进行生态环保大督察，先让记者们下来暗访摸摸底。"

工作警示约谈会，坐在下方两排的，一个个面色开始凝重起来。陈仲兴抖了抖会议桌下别在两桌腿间有些发麻的双脚，放下手机随意咕哝了一句："我们风城，运气真差。"

郭强眼睛一抬："人大是履行法律监督的哟。有问题，光埋怨不行。"

没人再吱声，大家开始观看会议室两侧的电视屏。

韩月川起初只听说生态环保上被记者们拣出了些问题，一看视频，平常没咋警觉，仔细看记者拍下来的画面，触目惊心啊，视频主要反映了三个方面问题：一是县里小水电建设无序，严重侵占生态容量；二是生态自然保护区里乱开矿；三是乱占和破坏耕地。

从视频上看，问题多而严重的是小水电问题。韩月川转身问后排的县环保局局长毛艳艳："全县涉及有问题的小水电有多少座？"

毛艳艳，春节前刚从县委接待办主任转任环保局局长，轻轻摇了摇头。国土和规划建设局局长韩东顺赶忙补充说："突出问题的有三座，一般问题的大概有五座，是发改局主管。"

县发改局局长张虎不高兴地瞟了韩东顺一眼："哪里有那么多哟！"

韩月川低声问："都啥时候批的？"

"过去是省发改委审批，后来五万千瓦以下的，审批权下放到了市发改委，我们县里十三座小水电，大都是几年前市上审批的。"

韩月川心头稍稍松了一口气，转头见郭副市长正阴沉着脸盯着自己，吐了下舌头，随手轻轻捋了捋散在额头上的一缕头发，赶忙坐正身子，一副专心致志观看视频的严肃表情。

看完视频，郭强进行正式约谈训话，先传达了省上总体精神，然后讲了保护耕地和珍惜自然生态的宏观要求，讲得非常严厉，关键是最后具体工作中，有四条硬性整改任务：一是划入自然保护区的小水电，原则上要全部拆除；二是严重影响水生动植物类生存和鱼类洄游的河道，必须整改达到生态容量最低标准；三是正在建设的峡口水电站必须马上停下来；四是乱占的耕地、乱开的矿山，必须一年内恢复原貌。

县人大主任陈仲兴笑嘻嘻地问："郭市长，这是省上决定，还是市里的意思？"

"都是。"郭强提高声调严肃地说，"这些问题，整改期限短，尤其是峡口水电站，必须先停后拆，这里不仅处在生态敏感区内，几年前立的项，手续还不全，同时还要提醒大家，工程停工和拆除过程中，你们务必严防安全事故发生。"

徐富达猛地站起，脸涨得通红。"郭市长，这峡口水电站是我们和长风集团共同投资的,现在大坝都合龙了,前期已经投进去了两个多亿,这说停就停,损失咋办?"

"自己的娃儿自己抱吧,请县委、县政府回去具体研究办法,市上只要最后的整改结果!"

长风集团董事长熊冬生随着接话道:"郭市长,这项目是市里立项审批的哟!"

"熊总啊,你是市人大代表,你要有大局观才行,全国人大正在加大这生态环保执法检查的力度呢。"

孙玉珉抬头看了郭强一眼,想说什么,嘴皮蠕动了两下,没说出口。郭强问:"你想说啥?"

孙玉珉不敢正视从前的九十度垂直领导,眼光一闪:"没有,没有,郭局!"

"提醒你孙玉珉啊,你虽然当了常务,但和我一样,依然还管着环保、国土和矿山,你的公安局局长,还没免呢。"

"是是是,我明白。"

韩月川见如此架势,虽然心头有怨气,但口头还是严肃表态道:"郭市长,我们回去后,立即向一凡同志汇报,问题再大、再多,总是有办法解决的。"

"警告你们,今天组织部、监察局都来人了,若不能如期完成整改任务,到时候就莫怪市委、市政府找你们麻烦!"

郭强副市长说完就起身先走了。眼看徐富达、熊冬生还有话说,韩月川忙递了个眼色:"回去商量吧。"

徐富达低声咕噜道:"过去动员我们投资的是你们,现在要关电站的,也是你们,还有没有诚信哦?!"

县人大主任陈仲兴说:"徐富达,你也太认真啦!"

熊冬生插话说:"是得对投资人有个说法嘛!"

市委组织部常务副部长陈昌联走过来说:"月川县长,一凡同志没来,我通报你一个情况。"

韩月川站起来，侧耳过去笑盈盈地问："是要调我回来啦？"

"想得美，才下去两年。"

"啥好事？"

"省上给你们下派了个常委兼副县长，一个专门学环境与动物学的大博士，正好可以帮助你们管管环保。"

"那好呀，谁呢？"

"名叫程子寒。"

"啊？"韩月川喜出望外，"他呀，我师弟呢！"

二

程子寒没想到，在高速路康全市区出口来迎接自己的，竟是当年读研时的师姐韩月川。

韩月川当年在读大学时就是出了名的校花，她考到程子寒所在学院来读研究生时，恰好跟的是同一个导师。程子寒现在还清晰记得，第一次见面时，不仅自己为眼前这位异性伙伴的容颜和气质所倾倒，就连年过五旬的洪教授与女学生握手时，说话都情不自禁地结巴起来。

事实上，韩月川个子高挑、身材丰腴，浑圆的脸蛋儿生得出奇精致而妩媚，白里微微透红，晶莹得好像透明的润玉。她本科学的是政治学专业，总是有一种不言自威的凛然气势，一颦一笑，虽也恬静淡然，但总让男生们有种望而却步的压迫感。韩月川似乎显得较其他同学早孰，无论在老师面前还是在日常处事中，俨然一副长姐派头。程子寒开始还有些不服气，韩月川就笑盈盈地拍着他说："我可比你年长一岁哟，今后我就是你师姐。"于是，二人间，师姐师弟的称呼就由此而来。

师姐师弟多年不见了。当年读研毕业后韩月川去了省国土资源厅，程子寒留校从教。八年前那场震动世界的"5·12"汶川特大地震后，省委从高校和省级机关选拔了一批年轻副处级干部，下派到重灾县帮助灾后重建，他俩在工作培训会上见过一面。程子寒回到川北老家剑川县任灾后重建指导组副组长，韩月川去了川西的康全市风城县，不久就转为县委常委、副县长。后来有年春节洪教授召集聚过一回，那时她已从风城上调到市里任市委副秘书长兼保密局局长，正县级。三天前程子寒接到自己下派风城县挂职通知时，网上一查才知道，韩月川现在已是风城县县长了。

康全市区高速出口隐藏在一个山坳里，和煦的阳光照得收费站外一片温暖灿烂。

程子寒的小车一出收费站，韩月川在市委组织部干部科科长陪同下，已在高速路出口等着。

"欢迎师弟呀！"

多年不见，师姐依然是当年那番青春飞扬的模样，那张圆润的脸庞上一点也看不出岁月的痕迹，除了当年那黑夜般下泄的长发现在变短微卷外，那脸、那脖颈、那手臂和皮肤依然滑雪如膏，尤其那双湖水盈堤般的丹凤眼，还是当年那望一眼就让人仿佛走不出河岸的妩媚动人，一看闭月羞花，再看沉鱼落雁。只是现在师姐显得更加成熟老辣了，连她那步伐和手势，也多了几分绵绵官场韵味。

来到康全，见到的第一个人就是师姐，程子寒实在是喜出望外，一把紧握住韩月川的手，说道："怎敢辛劳师姐来迎我。"

"我可不是专门来迎你的，我来市里开个会，才听组织部的人说，正好顺路。"

"我可是想念师姐呢！"

"屁话，想我，你又不事先说一声？"

"想给你个惊喜。"

韩月川又想起今天的警示约谈会，低声说："你下派，也不选个好地方，咋弄到风城这么个山沟穷县来？"

"因为，一心想投奔师姐呢！"程子寒故意以戏谑口气说，"你不知道，我现在不再研究环境与动物学，已改行研究性心理学了。"

韩月川斜目瞟了一眼干部科科长，嘴角轻微透过一丝不易察觉的不快，伸出手指在他额头上狠狠一戳："去你的，我是你姐！"

程子寒也自觉刚才那话说过了，就低声回道："现在，你是我的班长了，我诚恳来给师姐打工。"

"也许，你来的不是地方，也来得不是时候。"

程子寒望着师姐，丈二和尚摸不着头脑。

"走，先去市里吃饭吧！"韩月川走了几步，突然转过头，在程子寒耳边小声问，"师弟呀，现在改研性心理学了，是受啥刺激啦？"

程子寒脑海里嗡的一声，见韩月川说话时那莫名的眼神，好半天没回过神来。他本想回一句一言难尽，可韩月川这时已转身上了自己的小车。

程子寒果真有机会要当县长了，这可是他老父亲的夙愿。

程子寒出生在川北剑川县五马山寨，原本父亲给他取名桐葵，就是想占住山桐、向日葵两木以求门庭兴旺。满周岁那天，父母按山里习俗在堂屋里放了一个楠竹大簸箕。楠竹大簸箕平时是用来晒麦豆的，又圆又平滑，里面摆了一把剪子、一把镰刀和一支笔。父母将桐葵往簸箕里一丢，任凭他去抓任何一件东西。若桐葵先抓了镰刀，意味着将一生务农；若是抓了剪子，则表示要以艺为生；而这娃却绕过镰刀剪子去抓住那支并不显眼的毛笔，久久未松手。父母大喜，逢人便说，他们这娃，将来是个喝墨水的。

不久，寨子里忽然来了个拐脚道人。六月火红的太阳晒得山寨地皮发烫，拐脚道人化缘到程家门前，母亲好心好意舀了碗凉水，还特意放了几粒糖精，没想到这老道喝了凉水即刻晕倒。父母估计是大热天里中暑犯了急痧，急忙把老道背进屋，找了半盅桐油半碗米一炒，再用纱布一裹闷装在一个小茶杯里，就在老道背上来回刮，很快刮出一团痧毒。

拐脚道人身无长物，无以为报，为感谢程家救命之恩，他第二天离开时称自己会算命，说这娃长大后定是个县长命，并强调桐葵这娃生来火气重，特地改了个发冷的名字，叫程子寒。

当年遇上那拐脚道人，老父亲才下决心坚持一直送儿子上学读书。万般皆下品，唯有读书高，父亲信这个，盼着儿子将来真能当上个县长。后来，程子寒果真考进了省城里的农林大学。但程子寒大学毕业后却留校当了助教，老父亲就多多少少有些失落。程子寒也常想，人世间万事大概都有定数，正如中医学之阴阳五行中木生火、火生土、土生金、金生水、水又生木，反过来火克金、金克木、木克土、土克水、水克火，金木水火土相生相克才有了世间万物的守恒而生。几经奋斗，他终于混上个培训处副处长。程子寒心头明白，学校的副处长虽也是个副县级，但在乡亲们眼里还是远不及副县长的。

汶川特大地震后，程子寒回到川北的地震重灾县剑川做了个灾后重建工作指导组副组长。老父亲逢人便说，当年那拐脚道人还真是道行深，自己娃果然做了个"七品县令"。但好事者却笑话父亲说，你娃哪是啥"七品县令"哟，七品芝麻官的跟班也算不上，竟弄得老父亲后来到死也没能瞑目。

程子寒要被下派到县里工作，夫人肖辛芯却一直反对。

程子寒回到学校继续任教，去年刚刚从培训处调到校研究生院主持工作。他原来一直想去奥地利留学或做访问学者，因为那里是弗洛伊德的故乡。可快一年过去了，他递上去的申请一直没能批下来。上周，校党委组织部突然通知，省里要求派一位优秀处级干部到县上去任常委兼副县长，学校推荐了他。本来是回家征求意见，可夫人肖辛芯一阵较劲，反而坚定了程子寒去县里工作的决心。

程子寒早早打车回了家，肖辛芯说晚上去她妈家吃饭，正好一家人好好商量一下。肖辛芯她妈是省政协副主席，性格十分强势，每次去岳母家吃饭，程子寒怎么都赶不走那满怀的压抑感。自从谈朋友时第一次跨进那武警卫兵站岗的大门，每次去，一接触岳母说一不二的气势和颐指气使的眼神，自己被压迫的那种苦闷总是挥之不去。

这次，岳母倒成了程子寒的支持者。她讲的理由有二：一是下派两年虽然辛苦，但有了基层工作经验和资历，下步可以直接回到省级机关更利于未来仕途上的成长；二是做了常委兼副县长，一般都要分管几个实权部门，现在主干线的各种绩效奖收入还是可观的，小两口可以早些把按揭购房的贷款还上。

肖辛芯却鲜明反对，说："下派副县长顶个屁用，一定是领导认为这人在单位可有可无，下派去充个数完成任务，搞一两年回来那农味就更不容易洗掉了。"

一听肖辛芯这么说，程子寒内心深处又生起一股隐隐的涩痛。看来，两人磨合了这么多年，现在不冷不热都快两年了，还是改变不了她内心深处的那种城乡偏见。程子寒在心头默默地说：是啊，我祖辈农耕，我满身农味，就是再读十个大学还是脱不去那红苕洋芋苞谷味。

越想，程子寒心里越是发凉。

肖辛芯见程子寒没吱声，又接着说："在学校里，收入虽然没下面高，但可以搞科研课题，生活质量高，又没什么风险，咋不好？"

岳母放下手中的筷子，重重地说："现在下派不下派，关键在于你们自己，都结婚八九年了，孩子不要不说，闹起情绪来弄得满城风雨，整天跟仇人似的，有什么意思！"

一说到此，桌上便一阵沉默。岳母抬头问程子寒："你自己是个啥意见？"

"我还是倾向于下派，自己本科是学林的，后来读研读博都是学的环境与动物学，到了县上，能更好发挥用处。"

"恐怕不是吧，你是为了成全你老爹的遗愿，你程子寒当上县长，程家就可以光耀门楣了！"肖辛芯把碗往桌上重重一放，硬生生地说。

程子寒只觉心头被一把生了锈的尖刀划过，抬高声调回道："你说事就说事，不要殃及已经入土的老人。"

"就是一股去不掉的红苕苞谷味嘛！"肖辛芯也把手中筷子重重一甩，狠狠地回了一句。

岳母一下火了，抬高嗓门吼道："要吵，回家吵去！"

程子寒和肖辛芯各自收住口，知趣地起身怏然离去。

从岳母家出来，才知道外面下起了毛毛飞飞的小雨。虽已入初春，但凉凉的雨丝飘飞在身上更添加了几许夜幕下的寒凉。肖辛芯在前面急匆匆地走着，程子寒跟在后面，心情郁闷地慢步在林荫道上。

人生总是需要面临无数次的抉择，程子寒一路自我安慰着。人生路长，人生路亦短。出世、学语、念书、工作、结婚，将来还要生儿育女，几十年岁月会匆匆晃过，也许真是一切皆在弹指一挥间。行走在大街上，雨越下越大，程子寒内心那种苍凉失落感愈加沉重起来。

程子寒慢腾腾地走回家，推门进屋，肖辛芯正专心致志看着电视连续剧。

见程子寒浑身湿透，肖辛芯倒理不理地甩过来一句话："马上都要当县太爷了，连个车也舍不得打，不就十多块钱嘛！"

程子寒心头又掠过一丝辛酸，一言没发回到里屋换了衣服，吃了两片感冒药，然后独自上床准备先睡了。

心里有事满脑子乱糟糟的，程子寒翻来覆去睡不着，顺手拿起床头一本书，《弗洛伊德，性学与爱情心理学》。翻了几页，一个字也看不进去，只好爬起来去卫生间，拧开水龙头，痛快地冲了个滚烫的热水澡。

程子寒冲澡出来，肖辛芯已躺到了床上。

肖辛芯见程子寒赤条条地从卫生间出来，顺手将床头睡衣扔了过去，平静地问："你，真定了？"

程子寒淡淡地回道："定了。"然后穿上睡衣从床的另一侧爬上床，呼呼钻进了凉飕飕的被窝里。

肖辛芯打开卧室电视机，自己又继续看着电视连续剧。

电视屏幕上，一对男女偎在床上正说着火热的情话。肖辛芯半躺在床靠上，故意调大电视音量。程子寒侧身躺在被窝里，背对着她，眼睛微闭，仿佛开始入睡了，二人相互无言。

肖辛芯看的好像是宫斗戏，刚才还说着温情脉脉的情话，突然镜头转到了金銮大殿上，万岁爷一出场就厉声训斥着失意的大臣们，声音洪亮得有些刺耳。程子寒将被子用劲一扯，无声地以示抗议。

电视剧很快又是一集，主题歌爱爱切切柔情万千，是杨幂唱的，那歌声在满屋子里流窜：

> 把你捧在手上，虔诚地焚香
> 剪下一段烛光，将经纶点亮
> 不求荡气回肠，只求爱一场
> 爱到最后受了伤，哭得好绝望
> 我用尽一生一世来将你供养
> 只期盼你停住流转的目光

肖辛芯伸手过去，轻轻抚摸着程子寒的胳膊。"你可不能分派到边远山沟里去了。"

程子寒有些木然，内心一点热浪也激不起，开口自嘲道："人去夜郎西，心远地自偏。"

杨幂还在温柔绵绵地唱着歌曲，程子寒抬起头一看屏幕，歌曲名字是《爱的供养》。

> 把你放在心上，合起了手掌
> 默默乞求上苍，指引我方向
> 不求地久天长，只求在身旁
> 累了醉倒温柔乡，轻轻地梵唱
> 我用尽一生一世来将你供养
> 只期盼你停住流转的目光
> 请赐予我无限爱与被爱的力量
> ……

终于关电视了。

"地方要是远了，到时候莫怪我不去看你哈！"肖辛芯一边说一边将手伸到程子寒的胸膛温柔摩挲。

程子寒任女人怎么动作自己仍一点反应也没有。

肖辛芯开始用温热的嘴动作起来，而程子寒心里却还老想着弗洛伊德。弗洛伊德认为，性的冲动必须先用"性本性"来表达人类和动物的性需求，这种冲动与其饥饿时的觅食冲动欲是一样的。同时，性冲动与激情，必须与人和动物本身的某些情绪或者阻抗作用相关联，其中最常见的是羞辱感和厌恶感，二者多会成为限制一次性冲动的关键性因素。

程子寒心想，现在，自己和老婆之间，就明显横着那道一次性冲动的心理屏障。

肖辛芯突然又说："你下去可以，关键是，不许你把山里那些农味给我带回家来。"肖辛芯说完就翻身爬到程子寒身上，脸色开始潮红起来。

程子寒极其反感肖辛芯刚才这句话，心里那一道限制此次性冲动的障碍物更加明显。任女人在上面摇摆半天，程子寒内心一片空洞茫然，眼盯着乳白色天花板一脑子恍惚与游荡，忽明忽暗里，程子寒整个人仿佛突然间被扎了钉子的红皮球，一下子就泄气了。

肖辛芯正兴高采烈兴奋着，见程子寒一下突然不动了，闷哼一声翻身下来，猛地将被子一掀，一脚将男人蹬到了床下，冷冷地说："你这个废物！"

三

韩月川在市委招待所安排午餐，程子寒去洗手间出来，见雅间里一下多了两个人。韩月川忙把师弟拉到主位上的高个子身旁，介绍说："这是市委李谷雨书记。"

李谷雨起身与程子寒握过手，热情地说："我就联系凤城县，今天来给韩县长站站台。"

"那我就给领导报到了！"

"看过你的介绍了，大博士，生态环境学教授，欢迎啊！"李谷雨转过身，拍着身旁戴着金属架眼镜的林旭晖说，"这是旭晖同志，下午与你一同去风城上任，任县委副书记兼组织部部长。"

程子寒见这么多领导来陪餐，有些受宠若惊，忙上前和林旭晖握手。

韩月川赶紧补充道："林书记此前是市委副秘书长，过去是市委宏德书记的大秘。"

程子寒此时才明白过来，今天这市委副书记来亲自陪餐，原来接待的主宾是另有其人，心头淡淡地掠过一丝酸酸的自嘲。

"都坐吧，加紧吃饭，饭后我送你们去上任。"李谷雨率先坐下来，并示意程子寒在自己身边入座。

韩月川笑着说："哟，你们俩面子大呢！"

"月川啊，莫说俏皮话，前年要不是我出差了，那也得亲自送你重回故地。"

"韩姐，你是市委老秘书长了，莫取笑我们。"林旭晖边说边和韩月川互相谦让二号座位。

"旭晖，你就坐吧。"李谷雨端起面前的西瓜汁，站起来说，"月川啊，你从市委下去也两年了吧，我还没单独招待过你呢。今天欢迎程博士，也是为旭晖老弟送行，中午这顿餐叙，我来请大家。"他说完，端着西瓜汁逐一碰过。

韩月川对师弟说："现在严格执行中央八项规定，公务接待不能饮酒，也不能搞宴请，就取名叫共同餐叙。"

程子寒坐在李谷雨右手边，显得有几分拘谨。还是韩月川活跃，来来回回敬了好几巡奶茶。

趁着他们互相碰着杯，程子寒侧身看李谷雨，个子偏高却很清瘦，长条形脸上那鹰钩鼻子特别显眼，一头油亮的黑发偏分头梳得分外整洁，一看就是才焗油染发不久。李谷雨那对眼睛生得很特别，眸瞳子圆润而大，但眼皮外形又近似三角，那透出的眼光炯炯有神而又深不可测。程子寒过去看过相学书，有这样眼睛的人定是人中龙凤，思维特别活跃，谋事敏锐而深邃，胆识过人，上进心强，常常有着狂热的情感表现，有时又会突然冷酷无情，再配上他那鹰钩鼻，一看就是个能干大事的主角儿。

细心看着林旭晖与李谷雨来回敬饮料情深意切，程子寒突然发现眼前李谷雨侧影像老电影演员周里京，便说："李书记，您真像电影《人生》中那位扮演高加林的明星主演。"

见李谷雨眉宇间微微一皱，程子寒这才想起，电影《人生》里的高加林，当年是被众人唾骂的负心汉，方觉自己本想拍个马屁，却反而弄巧成拙，便责怪自己真是书生气。还是韩月川反应快，立马打圆场说："我们李书记可比周里京帅多了，要说有几分像的话，那也是出演电视剧《新星》里的李向南。"

李谷雨一听就微笑着接话道："李向南，那可是当年的改革明星哟！"

程子寒一听，顿觉自己水平欠些火候，同样的话从师姐口里说出来，竟是如此贴切，讨领导开心而一点不露声色。

林旭晖却一本正经地说："关键是，那电视剧《新星》里的主人公，原型是我们一位大领导，反映当年任县委书记时勇于改革的故事。"

程子寒此前不知道还有这个史实，倒是韩月川是个明白人，端起奶茶给林旭晖一碰，随口说："那是柯云路同名小说改编的，什么时候林书记也写一个？"

林旭晖个子中等，身材灵巧中透出一股精明的骨力，宽宽的额头下虽然罩着一副近视眼镜，但那双明亮而富有神采的眼睛显得异常机警，微显肥胖的眼梢顺向鬓角挑去。眼珠子不是特别大，但目光流盼时那深灰色的瞳仁里总是散发着一种淡淡的蓝光。单眼皮上的睫毛虽不长却密集而黑，与那云雾般的白睛配衬起来，朦朦胧胧中显得十分神秘而诱人。

林旭晖毕竟在市委书记身边工作过，虽是坐在李谷雨左手边，但应酬起来完全是顺风顺水。"我好多年不写诗文了，还是韩姐好，重返县上才两年，你看你这容颜，养得跟熊猫宝宝一样娇嫩。"

韩月川抿嘴微微一笑，随口回了一句："哪有二号首长营养，今后要加强对我们政府工作的领导哟！"

李谷雨侧身问程子寒："老程知道什么是二号首长吗？"

李谷雨一个"老程"的称呼，把程子寒叫得几分心暖，忙回道："这是湖南作家黄晓阳小说里的人物。"

程子寒这一说，反让林旭晖有些尴尬，韩月川又打圆场说："李书记，我这位同学出过好几本专著呢，关于动物与环境的。"

李谷雨端起茶杯，侧身问程子寒："你和月川，真是同学？"

"我们读研时，拜的同一个师父。"

"那就好，你们去了要精诚团结。"李谷雨斜眼看过正夹菜的韩月川，程子寒只觉那来去的眼神有些异样，便故意补了一句："李书记，我是她师弟。"

李谷雨放下筷子，用手纸巾轻微擦了擦嘴，语重心长地说："是老同学也是好事啊，正好拧成一股绳干番事业。俗话说，独木难成林，我们需要的，就是这种无坚不摧、团结一体的力量。但今后在场面上，你们就不要随便讲这层关系了，现在反对圈子文化，忌讳。"

四人说话似乎渐渐更近了些，但程子寒还是很少续得上话，可从他们三人席间的摆谈中，他隐隐约约了解到了三条重要信息。一是市委书记郑宏德马上就五十八了，官场上有"七上八下"的年龄杠子，如果年底换届市长能顺接书记，李谷雨就很有希望上位市长。二是李谷雨曾经是风城县前任书记，现任风城县委书记肖一凡是他一手培养起来的，而且是从县委副书记直接提上来的。三是韩月川的先生已派出国去任外交官了，一直在欧洲几个国家轮流做武官，他们天涯各方已好几年了。

但程子寒却难以想到，一场感情与宦海里的明争暗斗，从此便在这四个人间悄然拉开了帷幕。

在风城这个不大不小的地方，命运注定他们将有一场激烈而血腥的较量。

第一章　师姐师弟

015

第二章

清龟四宝

一

康全市风城县境内,有座远近闻名的清龟山。

清龟山,在成都平原向青藏高原过渡地带上,正好成为进入亚热带气候的一道南北分水岭。山北,阳光照射少,常年阴雨绵绵;山南,阳光明媚,多风和日丽不说,独山峰叠翠聚风成潮,是国家认定的风力发电重点区域,这大概就是风城县名字的由来。

清龟山并非东西走向,而是西北向东南延绵而来,向西北是龙门山脉板块,远方便是世界屋脊青藏高原。地质学家说,二十万年前的海啸地壳运动,才促成了这大山褶皱中一道巨大的隆起。四百多里狭长山体匍匐而来,延绵起伏,山势雄壮,尤其那在东南尽头处突然隆起一个大包,状似乌龟的头,加之山间石穴里又喷流出一股长年不断的清泉,于是,这山便被称为清龟山;这山泉,叫清龟泉。

清龟山山势绵长却并不高,林木茂密四季青绿,尤其是降水充沛气候温和。这里不仅是中国西部有名的动植物基因库,而且珍稀物种繁多,二十年前就被划为国家自然保护区。

清龟山上，有远近闻名的清龟四宝。

首先一宝，国宝大熊猫。

大熊猫的标准中文名称，其实最初叫"猫熊"，意即"像猫一样的熊"。清龟山多缓坡地形，尤其山腹洼地与河谷阶地众多，山上森林茂盛、水源丰富、竹类生长优良，而且气候温湿度和隐蔽条件都特别好，一直是专家们极为看好的一处大熊猫良好栖息地。在此生长出的大熊猫黑白分明，体态丰满，长相俊俏，活泼优雅，憨态可掬，好几次被选作国家友好相赠的国礼。

清龟山的另外三宝，分别是储量丰富的锰矿、绿翠玉石和清龟老川茶。

清龟山的锰矿石，是新中国成立后山里大炼钢铁时发现的，不仅石质软硬适度品位好，二氧化锰含量高，而且还伴生着色泽红润而沉稳的花岗石，业界自然形成了清龟红品牌。

清龟绿翠玉石，则是近十多年才发现的，目前还没形成大规模的开发。清龟山的西南面向阳温差大，地下锰矿石多伴生花岗岩；而东北侧温润多雨，地下储藏有一种天然玉矿石，属翠绿硬玉的一种，虽品相一般，但那玉色与光洁度上乘，一些盗矿者偷采上市，暗地里的价格竟被炒到了传统翡翠的高端价位，近年更引得各方投资客商纷至沓来。

而清龟山的老百姓，生活里却更喜爱饮用这漫山遍野的老川茶。

"茶者，南方之嘉木也。"茶圣陆羽在《茶经》开篇就列举巴蜀陕川之茶树，可见这得天独厚的蜀山自古出好茶。我国最早的茶事记载起于巴蜀，西汉甘露祖师吴理真开世界之先河人工手植茶树，就是在这川西蒙顶山一带。清龟山离蒙顶山不远，实际上就属于大蒙顶的一支小山脉，从成都平原过渡到雅州蒙顶山，再向西延展到凤城清龟山，中间连延数峰此起彼伏，加之西蜀常年多雨，这绵延数百里的大山上四季云雾和烟霞缭绕，正好是出好茶的一脉风水宝地。

除此清龟四宝外，清龟山中牛羚、山鸡、金丝猴、草兔、林麝、獐子等珍奇动物常年出没，林子里丝栗、大头草、山樱桃、山核桃、松茸、土菌和山中兰草众多，民间就流传着一首顺口溜：

地坤

> 清龟山中宝物多，
> 神仙下凡也快活。
> 清风春竹背靠背，
> 河水井水各流各。

这"清风"和"春竹"，分别是清龟山西南面和东北侧的乡镇。

清风、春竹以山脊为界，自明清以来相安而生却老死不相往来。一九五〇年后，也曾两度将两乡镇合并，但因为两个乡镇来去需耗时大半天，山路崎岖，全靠步行，加之两地山民世代因林权争斗仇怨深沉，所以合并一起没过多久又分开了。

多年来依然是，一个东北侧的春竹乡，一个西南面的清风镇。

在清龟山民间，早就流传着另外两组清龟四宝，其中传得最响的，是清龟山乡官四大活宝。

清龟山乡官四大活宝，算一个贬义词，是清龟山群众对看不顺眼的基层干部的一种讽刺性称呼。这"四大活宝"，即当年在清风、春竹两乡镇里最能喝酒、最有色缘、最敢吃、最勇赌的四个男人，也被戏称为清龟山乡官四大宝器。川渝地区被称为宝器的，多是可爱而又无聊的人。

第一位，清龟酒宝，指的是现任风城县政府常务副县长孙玉珉，当年曾做过这里的乡官。七年前排位时他刚从县委办副主任调去清风镇任书记，经常陪同当时的县委副书记李谷雨外出招商引资喝官酒，一喝就是一两斤。有次到省里一个部门去跑资金，规财处处长说一杯酒给十万，不想他接连干了六十多杯，吓得那处长直翻白眼，后来很快便名声大振，清龟酒宝由此而得名。

第二位，清龟色宝，指的是清风镇现任党委书记胡常威，外号胡伟哥。他因为一次桃色事件大学没读完就被退了学，后来自己发愤，通过成人自考拿了个大专文凭，辗转多个职业，结婚四次现在却依然孤身一人。他本人对此名号虽坚决不认可，但大家都传他曾阅人间春色无数。

第三位，清龟吃宝，袁九金。袁九金虽然本来是清风镇峡口村的农民，但传说他是从天坑里活过来的"野人娃"，上过几回电视，专门生吃活蛇活鸡。不仅在胡常威从前经营的清风峡动物表演艺术团演过戏，场面上名气不小，加之又曾做过几天镇政府收农税的临时协办员，于是人们便把他列入了清龟山乡官四大活宝。而且，他还直接接手了胡常威的第二任老婆，也就是闻名镇内外的清龟美人宝贝"春花"祝小春。

清龟山乡官四大活宝中最后一位，就是现任春竹乡乡长马来福，被称为最勇于下注的清龟赌宝。

马来福当了多年乡长，在春竹乡干部群众心目中人并不坏，但他最大的问题，就是暗地里迷恋赌博。

传说马来福的爷爷曾经是清龟山上有名的皮货客，专贩山上的兽皮、野味和茶叶、山珍。到了他父亲这辈，虽不能明目张胆搞贩运，但他依旧喜欢暗地里搜集一些高档兽皮存放家中，好多外地客商便偷偷上门来进行皮货交易。马家由此还被林业部门查处过几回。林业公安明确告诫说，这种行为，不仅违反野生动物保护条例，而且是暗地里交易，相当于在做期货，实质也是变相的一种赌博。

到了马来福这一辈，对皮货不感兴趣却偏偏好上了赌博。上学读书时，他就经常用扑克牌去赢同学的东西，到了清风镇上读中学时赌性更烈，镇中学那时没自来水，寄宿制学生必须两天挑一担水，一担水发六张水票，每餐开饭时若交不上一张水票就吃不上饭。马来福个子矮不想出劳力挑水，就常与同学玩赌，对方胖了赢他的钱，对方输了就帮他去挑水。

马来福的赌瘾越来越大，后来竟混到社会上去下赌注，恰好一个街娃得知马家收了张熊猫皮就设局赢了他，然后将他关起来逼他老爹送货来赎人，结果他老爹连夜下山掉下山崖摔死了。马来福后来仍然赌习难改，即使当了春竹乡乡长，再忙也要悄悄找几个人玩几把，打麻将、炸金花、斗地主，见什么赌什么，有时没有赌具找几颗小石子握在手中也要与人猜一番，弄得身边熟悉他的人纷纷躲他。

春竹乡乡长马来福三天前却突然失联了。

那天乡上召开一季度经济形势分析会，本该由马乡长唱主角的，大家等了半天他却一直没到会，乡党委书记刘源淼只好唱完独角戏。后来组织人力四处寻找，都已找了三天，却一直没有他一丁点儿消息。

二

清龟民间四宝，另一组是清龟山春、夏、秋、冬四大美人宝贝。

清龟山风水和美、山水滋润，自古出美女，远近闻名。清龟春、夏、秋、冬四大美人，不过是按春、夏、秋、冬谐音专门挑出来的四个美人代表。可自古红颜多薄命，那个叫冬梅的"冬花"，前些年被重庆一个大老板带走后，从此杳无音讯；那位优雅秀丽的温柔"秋花"邱之琪，三年前在清风峡一场意外车祸中，母女俩不幸一同坠入了悬崖；唯一留居在清龟山乡下本土的"春花"祝小春，三个月前突然失踪了。现在在风城还能见到的，就只剩下风城县文旅集团的夏总经理这一美人"夏花"了。

邱之琪出事之前，刘源淼并不知道自己女人已被坊间评为了清龟四大美人中的温柔"秋花"。邱之琪虽祖籍清风镇，但她父亲那辈就进城了，而这邱姓和"秋花"真是风马牛不相及。要是早知道后来会发生那么惨烈而悲痛的故事，刘源淼绝对不会主动申请去春竹乡任党委副书记。

刘源淼永远忘不了那个悲愤交加而漆黑的夜晚。

刘源淼从县农业局总农艺师平调去春竹乡工作，成天不是应付债主四处灭火，就是巡查矿山安全与森林防火，一直忙于乡村繁杂事务两个月没回家了。好不容易进城去与县贸易公司商谈清龟山茶叶代销业务，晚上喝了些酒，便陪着贸易公司老总去KTV唱歌。

刘源淼好不容易送走贸易公司老总匆匆赶回家，推开卧室门却看到，在自己用一根一根弹簧和棕绳精心编织起来的宽大席梦思床上，老婆光着白胖胖的身子正与自己的老表胡常威欢欢直叫！

刘源淼直直地愣在门口，热血直往头顶上涌。狗东西，竟是人面兽心！一个天天信誓旦旦要守身如玉，现在却仰在床上缠住另一个男人的臂膀欢欢直叫；这个男人还是自己的亲老表，当时刚刚从县委招待所副所长转正，平时都说老弟下乡了表哥会帮家中排忧解难，没想到竟排忧到了自己女人身上！

那天夜里，刘源森不知道自己是怎么熬过来的，当时一口鲜血吐出来，一句话没说，转身出门搭了辆货车连夜回了乡上。

那一夜，刘源森的头发突然间白了大半。

刘源森近来老是睡不着觉。

昨晚半夜一过，他在乡政府简易木板床上翻来覆去睡不着，噩梦一个连着一个，不是自己掉进了花花绿绿的毒蛇坑，就是背后有无数歹徒持着明晃晃的大刀紧追不放，一觉醒来大汗淋淋，仿佛自己突然染上了一场大病。

刘源森这几天眼皮不停地跳，那种要出事的预感一直在脑海里波浪翻卷。除了把一个活生生的老乡长给弄丢了外，乡里的烦心事一个连着一个。

自己任乡党委书记这两年来，有两大现实矛盾如熊熊炭火愈来愈烈地烘烤着自己，烟熏火燎，炽焰四起。一方面，上面 GDP 和固定资产投资考核越来越重，不完成目标就要被就地免职。也是鬼使神差，他胡常威偏偏去主政清风镇，春竹乡这两年来就一直和他们暗相竞争赛成绩。清风镇这两年的经济指标一路攀升，他们那儿开矿搞工业效益来得快。而春竹乡不敢拼资源啊！这地下的矿石虽然也可以大肆开采，但春竹不能丢了清龟资源四宝啊，如果把这些宝贝尤其是大熊猫都撵走了，那再多的 GDP 又有何用！

另外一个麻烦是，乡上干部看到相邻的清风镇石材工业发展快，经济效益好，干部们年底绩效奖就高，大家自然十分羡慕，便纷纷要求招商引资开发茶仙坪的玉矿。上面领导本来就不断介绍投资商来，清风镇的齐宇矿业公司更是步步紧逼，可刘源森难啊，那些千年古茶树，实在不能毁在自己手里。

清早起来，刘源森刚把面条下锅，治安室主任陈林急匆匆推门进来。

"刘书记，我一大早又去了马乡长家，他老婆都变得神经兮兮的了，看来她的确是不知道自己男人的下落。"

"会不会被人暗害了？"

"我问过县公安局一个同学，这两天没收到什么恶性案件的报案。"

刘源森一夜没睡好，头脑昏沉沉的，仿佛脑壳上裹了一层冰凉沉闷的生铁皮。"问过县纪委监察局吗？"

陈林边帮着刘源森把锅里的面条往碗里捞边回道："这，我哪敢去问。"

刘源森略微一想，自己掏出手机给县纪委副书记、监察局局长冯启拨了个电话，对方说："要动你的乡长，至少要知会你一声吧。"

冯启说完就先挂了电话。刘源森一边收手机，一边咕哝道："这该死的马来福，究竟是藏到哪去了啊？"

马来福这次失联，社会上各种猜测和传言都有。

刘源森知道，马来福在仕途上的博弈一直不如意。他算是这春竹乡的老人了，正乡长这职位就足足干了十一年，陪过的乡党委书记就有四任。前党委书记田晓伟前年调回县委办任主任，人们都说这盘该轮到他当书记了，结果县委为扩大党内民主，要在春竹乡搞公开竞选党委书记候选提名人的改革试点，没料到三年前被免职的刘源森成为突然杀出的一匹黑马，经过两轮演讲三轮测评，马来福最后以三票之差败下阵来，于是只能继续干他的乡长。

但刘源森断定，马来福此次失联，与他三年前没能当上书记无关。要是坏事早坏了，更何况五年前刘源森被革职发落，就是他马来福好赌而一手酿成的一桩祸事。

那时，春竹乡前前任党委书记刚调走，民间传言马来福是首要接替人选，他一兴奋，竟在交叉检查清风镇春耕生产时又搞起赌来，但那天晚上碰到的对手却是混过江湖的高人，而且又在人家峡口村的地盘上，赌局正好设在野人娃袁九金家里。野人娃本来就是胡常威多年的跟班，胡常威当时因组织县委招待所改制正春风得意，加之袁九金老婆祝小春有几分姿色，上来一劝酒，马来福早就心神不宁了，一开赌就节节败退，换方位一赌再赌，赌资一借再借，战斗到天亮一算账，马来福欠下赌债五万多，胡常威怕他真当了书记后赖账，才合伙编演了那台马乡长开车撞伤祝小春而被村民绑架赔款的苦肉戏。

那天天刚亮，刘源森接到马乡长电话，只好迅速凑了五万块现钱急着去峡口村赎人。乡上的小车被马乡长开走了，他只好借了一个朋友的车赶至峡口村，走拢一看，竟是有夺妻之恨的仇人老表胡常威在路口迎接自己，怒从心起，误踏油门，那车脑壳直接撞在了胡老表的大腿上。

后来组织上调查时刘源森不愿家丑外扬，只好接受被免职的组织处理。马来福自然也没接成书记，县委安排田晓伟来春竹乡接过了党委书记的接力棒。

马来福没有当成书记也十分后悔，酒后才告诉刘源森，那次是他被迫演的苦肉戏，袁九金的女人祝小春身上那血迹，是他老表胡常威化妆上去的。刘源森听后哭笑不得，只说了句："难怪，你们三人，被评上清龟男人四宝！"

三

刘源森被免去了乡党委副书记，但还是保留了乡党委委员和副科级待遇。他也没脸面再回城，老婆跟了别人，自己职务又丢了，他只能下决心哪里跌倒就从哪里爬起来，便申请去接任了清龟山茶叶协会会长。他迅速和县供销社联合组建了清龟山茶业发展公司，注册了清龟老川茶商标，几年来业绩突出，和基层干部群众关系融洽，在那次竞选乡党委书记候选人提名人选时，才被基层党员代表联名提了出来。

刘源森当了春竹乡党委书记后，更是将茶叶作为全乡经济第一支柱产业来发展。

春竹乡现在其实并没多少竹子，二十年前就是远近闻名的茶乡。

春竹乡过去也是产竹的，山上熊猫竹，山谷坝下遍地是小碗口粗的楠竹、斑竹和慈竹，田边地角还生长着一丛丛长势迅猛的毛竹，后来因为清龟山茶仙坪那三棵千年老茶树被国家林科院鉴定为老川茶品源古树，清龟山的老川茶一夜间走红，从人民公社到土地山林包产下户，村村社社、家家户户便纷纷倒竹大种茶树。春竹乡面积极大，几十年下来，全乡种茶面积超过了八万亩。刘源森成立清龟山茶业发展公司后，通过茶叶协会又将附近几个乡镇的茶园结盟起来，现在清龟老川茶的面积已接近二十万亩，清龟老川茶在去年一次国茶评质中还被评为了绿茶类金奖。

清龟老川茶最古老的茶园，是清龟山东北面半山腰上的茶仙坪。

每年开春，茶农都要在惊蛰节气到这茶仙坪来拜祭茶神。

今天，又是一年一度的惊蛰。

每逢惊蛰，外地要祭白虎，四川、重庆一带要祭雷神，清龟山习俗特别，惊蛰要祭古茶树。惊蛰，古称"启蛰"，是一年二十四节气中的第三个节气，一说是干支历卯月的起端。动物入冬藏伏土里，因不饮不食才被称为"蛰"。进入二月，天气转暖，茶农们拜祭茶仙坪的古茶树，就是要唤醒那冬眠的茶神赶紧孵化新生命，点香祈福新一年里茶叶能够大丰收。

刘源森带着陈林登上茶仙坪，今年拜祭仙茶古树的民间活动已经结束，茶农们已在茶园里除草、修枝和追肥。

陈林笑着问："刘书记，你也信这个？"

"这不是信不信的事，这种民间习俗，一定有它存在的意义。惊蛰祭古仙茶树，实际上就是拜祭茶神。"

太阳正好升到半空，一片和煦的阳光翻过山来，透过淡淡的云层，暖暖地照耀在嫩绿茫茫的斜坡上，大地便很快笼罩在半透明的烟雾里，还反射着生机勃勃的银光。抬眼望去，才短短半个多月没来，仿佛一夜间整个茶园都换上了嫩绿的新衣，沉睡了一个冬的茶树慢慢睁开了老气横秋的双眼。满园子的茶树上新叶萌发，嫩绿的茶尖正疯长着，从枝条顶端抽出鲜嫩肥壮的两片嫩叶，犹如两面舒展开的小绿旗，坚挺的一枝芽尖好似古代尖锐的枪头，一簇拥着一簇，一行盖过一行，春风一拂，无数面小绿旗在飘动，无数支枪头在摇曳，整个茶园都在阳光下熠熠生辉。

二月春风似剪刀。刘源森心里无比兴奋，随手掐了两片芽尖放嘴里一嚼，苦涩中带些微甜，一股浓郁的清香在周身弥漫。他对陈林说："你看长势这么好的茶园，我们怎么忍心毁掉了来开矿？"

"听说，就是清风镇那齐宇矿业在捣鬼。"

"他们看上了这块宝地，眼馋的并不是这里的茶树，而是盯的这里地下的玉矿石。"

"刘书记，这到处都找不到人，马乡长会不会被他们给绑架了？"

"不会吧？"

"他们几次来要硬占这茶仙坪，都被马乡长强行给赶走了，有一次还动了武，你没见他们那凶神恶煞的样子，他们一定是对马乡长怀恨在心。"

"还有啥可能性？"

陈林随口说："会不会，马乡长又在演苦肉戏？"

"那更不可能了。"

正说着，龟泉寺老道人鲁瞎子和县文旅集团的夏总朝他们走了过来。夏总远远地就大声埋怨道："刘书记姗姗来迟，是怕我们参股你们茶叶公司？"

刘源森知道县文旅集团一直想来控股清龟山茶业发展公司，这文旅集团的夏总都来谈过好几轮了。"我是怕你这'夏花'宝贝，难缠哟。"

夏总过去是县电视台的美女主持人，今天打扮得却十分清纯朴素，一身浅色套裙，落落大方，漂亮的脸上只施了个淡妆。她走到刘源森面前，娇声说："今天刘书记再个拍卜板，那我就跟你去乡政府不走了。"

"那好呀，我刘源森白捡了个美人宝贝。"

鲁瞎子走过来说："刚才我转了一遍，文旅集团这几个项目推得还不错，施工也很文明，估计那茶祖雕塑，不会影响今年的采茶节。"

"哟，现在连鲁道长都向着'夏花'宝贝了，看来真是世风日下了。"

鲁瞎子笑了笑没吱声，夏总却接过话说："你看你这当书记的，也没大没小，鲁师傅可当我祖爷了。"

鲁瞎子其实眼睛并不瞎，"文革"期间从龟泉寺被揪出来批斗，他站在台子上说新时代了自己还说瞎话真是眼睛瞎了，于是"鲁瞎子"的外号就被渐渐叫开。鲁瞎子环顾茶园后又对刘源森说："今年怕是要防倒春寒的，弄不好，今年茶叶要减产。"

陈林在一旁戏谑道："鲁大仙不是才上香祭了茶神吗？"

鲁瞎子白了陈林一眼道："这清龟山上的万物都是有灵性的，特别是这山上的老茶树，饱经春风春雨滋润，是很有仙茶灵气的。"

听鲁瞎子这一讲，刘源森说："陈林啊，我们拜祭古茶树，是要表达我们对大自然的敬畏，也是在为众多茶农祈福。"

站在一旁的夏总却说："刘书记，你别光唱这些高调，如果不尽快开发新品茶，还穿新鞋走老路，我看你们再怎么敬茶神，也拦不住老百姓要挖掉茶树开矿山。你看山那边，开发矿山多来钱，多诱惑人呀。"

"夏总呢，你也别一刀切，山那边开他的矿，我们种自己的茶，发展经济各有各的路数。"

鲁瞎子虽然年近八旬，但他一头黑发犹如壮年。"茶的新品是该搞，但茶的文脉不能断，也丢不得。"

夏总眨了眨眼睛，反驳道："我可没反对茶的文脉，我只是说，人都是趋利者，如果山那边疯狂开矿能赚大钱，自然形成鲜明对比，弄不好，老百姓不挖茶树才怪呢！"

正在这时，茶仙坪村支部书记马运超急匆匆地跑上来，气喘吁吁地报告："不好啦，刘书记。"

"咋呢？"

"又来了一帮探玉石矿的人，他们正在山上搭架安钻子。"

"前次来的，不是被马乡长赶走了吗？"

"估计这批还是齐宇公司的人。"

"走，我们看看去。"刘源森走了两步，又转身对陈林说，"马上研究，和村里一道，尽快成立一个群众联防护矿队。"

"是好办法,但不能干指拇蘸盐巴哦。"马运超笑嘻嘻地说。

"那就以村上打主力,乡上补助经费,来一个,收拾一个,我就不信,我们还守不住一座山!"

四

刘源森现场处理完偷探玉矿纠纷后还在下山途中,县政府常务副县长孙玉珉就打来电话:"听说你们与齐宇公司的技术人员发生摩擦啦?"

"他们三番五次来茶仙坪偷探玉矿,被村里群众拦住了。"

"你们将人家的地勘设备给毁啦?"

"孙县长,他们纯属恶人先告状。"

"但你们不能动手伤人,这是法治社会嘛!"孙玉珉在电话那头提高了说话语调。

"我就在现场呢,他们不听劝说,还扬言要收拾村支书,大伙一怒之下,才推倒了他们的钻杆架子。"

"毕竟也是钻探设备嘛!"

刘源森心头有些气,知道孙县长屁股坐歪了,但又不好发作,就对孙县长说:"孙县长,那啥钻探设备哟,就三根铁杆杆,中间吊了个简易打孔机。"

"人家本来是好心好意去帮助你们搞项目的,没有项目,你春竹乡咋个发展?你春竹乡光靠卖几片茶叶,弄不好,下步你可能连工资都发不起。"

孙玉珉说完就把电话挂了,刘源森叹息了一声,对身后的马运超说:"今后,你们不仅要管住,还得注意方式方法,不能给乡上添乱。"

这天说变就变,刚才还是温暖和煦的大太阳,突然天空上飘来了乌云,随后刮起了飕飕凉风。刘源森站在山间小路上,心头好半天也没理出个头绪来。

马运超走过来说:"我看啊,马乡长的失踪,最大可能还是与齐宇矿业有关,他们老总徐富达亲自来找马乡长谈判过两回,还说要给乡政府和村里各送一辆六缸丰田越野，但都被马乡长顶回去了。"

陈林接着说："刘书记，我也听说过，前两任书记也想走资源大开发的路子，就是马乡长一直反对，我们春竹乡才迟迟没有动那片矿山。"

"这个我明白，我也曾和老马交过心，他说他是从清龟山上走下来的，那仙茶古树是清龟山的祖脉，他马家祖坟就埋在上面的，所以，他从内心是非常反感开矿山的。"刘源森说。

"是的，刘书记，我亲眼见过，马乡长在他爸爸坟前赌咒发过誓。"

"是吗？"

"他说，谁要敢动清龟山的风水，他就与谁拼命。"

刘源森皱了皱眉头："陈林，都三天了，向县上报案吧！"

第三章

周转房

午饭后没有午休，程子寒随李谷雨、韩月川和林旭晖一路赶到风城县界上，县委书记肖一凡已经带车在那里候着了。李谷雨慢慢摇下车窗，阴着脸说："中央八项规定不准搞迎送呢！"

肖一凡站在车门边弯了弯腰，忙回道："我们是下乡搞调研，正好巧遇上。"

"不是说你血压病犯了吗？"

"服了药，很快降下来了。"

李谷雨不经意间白了肖一凡两眼，肖一凡马上一脸憨笑应道："嘿嘿，我这血压，总是时高时低。"

常务副县长扑上堑忙迎了上来，和李谷雨使劲握手，手臂摇晃得异常热情。李谷雨似乎心领神会，就说："那好吧，我们正好同行。"

程子寒与肖一凡握手后上车，一看与刚才行车不同的是，入风城界前李谷雨的车在前，韩月川的车紧随其后，而现在却是韩县长车在前引道，后面依次是李谷雨和肖一凡的车。因为怕学校派的车出来太久不合适，正好市委派了专车送林旭晖，程子寒就和他拼坐一起，让学校的车从康全返

回省城了。

常务副县长孙玉珉的车断后,整个车队跑起来如风驰电掣,窗外的景物迷迷糊糊快速闪过。程子寒问坐在前排副驾位的林旭晖:"你们秘书长过去在市里有专车吗?"

为了显示礼貌,林旭晖特地转过头来说:"过去是有,叫专车,不仅市委常委和秘书长有,我们这些副秘书长也是人手一台。但自从去年车改后,就只有市县两个一把手有固定工作用车了,其余同志,包括市县副书记和人大常委会主任、政协主席,都只是发车补,最高的是市厅级,每月一千七,最低的是科以下干部,每月补助五百块。但现实生活中,作为市县领导的工作用车,再改革还是要完全保障的。"

"那不是变相成了一种福利吗?我们事业单位,就没这车补的。"

"听说你岳母大人是省领导,那他们就叫专车了。"林旭晖没等程子寒答话又补充说,"省市一些重要领导,除了专车外还会另外专备一辆越野车,主要是供下乡和应急用。"

程子寒听得头脑有些眩,感慨地说:"一个简单的官场用车,竟这么复杂?"

"兄弟,这可不是小事哟,好些领导干部不经意间就栽在这上面了。"林旭晖端起玻璃茶杯,轻轻拧开盖子,战战兢兢抿过一口,又继续说,"有个县委书记配了专门工作用车,老婆一直埋怨,这配车还不如领车贴实惠,县委书记就开导夫人说,这工作专车是出门身份的象征,你看其他车的车门上,都喷了公务车三个醒目大字呢。正好老婆去县委大院外的银行取款,顺路搭了回便车,当天就被人拍照举报了,这位县委书记后来挨个警告处分。"

"真这么严?"程子寒几乎有些不信。

"兄弟,这种案例多啊!有个县的副县长兼公安局局长工作很出色,组织上平职重用他去另外一个县,接任县委常委兼政法委书记。现在中央八项规定不准迎送和饯行接风。但县委常委会宣布调令后,一起开会的组织部部长是同乡,几年来他和县政法委书记合作又很愉快,三人便相约去城外一个农家乐AA制共进晚餐，也算是战友间一种简单的话别。"

"这也出事啦？"

"吃饭本身没问题，酒是政法委书记家里带的，他们三人一共才吃了不到八百块钱，还是组织部部长个人买的单，问题出在这公安局局长来去使用了公安局的公车，被人拍了视频，第二天省市纪委就网上收到举报了，同样给予了处分。"

程子寒听到这里，心头微微一颤，才知中央八项规定对这方面管理得越来越严，方才体味到这宦海江湖真正的风险与考验。

一路汽车直奔县城而去。

二

风城县城，坐落在成都平原过渡到青藏高原的盆地西缘一个河谷地带，再向西就是著名的二郎山了。这里早在新石器时代即为人类聚居之处，为古氏羌民族一个分支的青衣羌，曾在此聚居劳作和繁衍生息，《续汉书·郡国志》里都有明确的记载。汉武帝平定西南夷时曾在此设郡，距今已有两千一百多年的历史，算是中国古南丝绸之路与川藏茶马古道相交会的一个商贾重镇。

风城县城从北至南呈一条长带状摆开，东西两面都是大山，一条清河在城南与大渡河相汇，两江河交汇处恰好隆起两座相连小山，大小山头形似凤凰，靠前的叫出山凤，靠西边的叫进山凤，两尾相交正好让两个山休连接一起，老人们称其"凤凰交雄"，不仅形象逼真，更被民间传为提升风城阳气的风水宝地。

风城宾馆就坐落在"凤凰交雄"的正东面半山腰上，背靠山体，面向市区，不远处就是清河蜿蜒流去。对面山下是十多万人口的小县城，整个凤凰山东面山坡，几年前就开辟成了一个袖珍的森林公园。

车队鱼贯而入风城宾馆，身着清一色工作服的宾馆服务员正在贵宾楼前列队迎候。李谷雨慢慢从车上下来，服务员们站成一排，笑得异常灿烂，齐声直呼"欢迎李书记"。肖一凡走到车尾，亲自打开后备厢帮李谷雨取出行李包。林旭晖匆匆跟上去，忙从肖书记手中接过李谷雨的行李包，尾随其后。大家便簇拥着李谷雨上楼，独韩月川没跟上去，她领了个头发都快掉光了的秃头走过来，对程子寒说："这是我们政府办刘主任，刘大林，他带你去周转房先住下来。"

"好的，师姐。"

"到县上了，叫县长！"韩月川声音不大，但斩钉截铁。

程子寒嘴巴动了一下，但没说话。

韩月川又提醒道："莫忘了，两点半开见面会。"

刘大林，是个秃头，个子较矮，面色泛黄，一看就是典型的多年写材料把头给写秃的那类。程子寒说："刘主任一直在办公室？"

"我在政府办十八年了，一直当写手，论年龄，比领导还蠢长几岁。"

"在办公室写材料，是不容易。"

"领导，我们搞文秘的，一直暗传着一首顺口溜——文秘写作，头发写落，眼睛写豁，器官写缩。"

二人相顾一笑。但程子寒发现，这个刘大林主任，说话快人快语，动作十分麻利，一张冬瓜脸上那双小眼睛转得飞快。"领导，今后我就直接联系你的工作了。"

程子寒问："周转房远吗？"

"不远，就在这风城宾馆的西楼。这里的贵宾楼，叫北楼。但我们还是坐车吧，过去快一点，要走，得十多分钟。"

刘大林说完就陪着程子寒上了送林旭晖的车。

"这里条件不错嘛，生态型园林建筑，绿化面积又这么大。"

"报告领导，我们县里财力不济，加之新修周转房手续繁多，去年县委决定整体租用这风城宾馆的西楼，稍做改造就用作了领导们的住处，所有交流和下派县级干部，基本上都住在这里。"

程子寒知道，随着异地交流和下派挂职干部不断增多，不少地方都先后建起了各级领导干部周转房。

刘大林继续说："干部们集中居住，也是互相监督，想干点啥，不那么容易了。"

汽车开到一个更加幽静的小楼院前停了下来，刘大林说："这就是西楼。"

程子寒下车，抬眼环视了一周，眼前这古朴的老建筑，五层楼高，灰墙红窗，是典型的老苏式建筑。屋前屋后，被一丛丛高大而翠绿的樟树和大叶榕包围着，环四周还建了一道近两米高的穿透式植物篱笆墙，绿墙上粉红的小迎春花，正星星点点竞相开放。

"这房好呢，冬暖夏凉，我以前好像是在这楼上住过。"

程子寒记起来了，十多年前洪教授带领几个嫡系弟子来川西做生物多样性调研课题时，就是住的这栋楼。"那时，这宾馆，叫凤城县委招待所。"

"与领导有缘。"刘大林一边拉开车门给程子寒提行李包，一边介绍说，"这以前就是县委招待所，已有七十多年的历史了，最初还是西康省时一个军阀的官邸，新中国成立后几经扩建和改造，才形成了现在这占地三百多亩的生态宾馆。"

"这里，的确清静。"

"只是离办公地点远了些，但这宾馆后面，是凤凰山森林公园，从后门出去，就可以爬山散步了。"

程子寒见汽车司机把自己的行李包放下就开车走了，便低声问："林书记呢？"

"组织部为他另外租房了。"

"他不住这里？"

刘大林说："这里安静是安静，就是社交不太方便，你看这门口，还专门设了保安执勤岗，所有外人进出都要严格登记的。"

两位服务员走过来，主动将程子寒的行李包提走了。程子寒看了刘大林一眼，奇怪地反问道："不是要求统一住周转房吗？"

刘主任眼睛眨巴了几下，突然说："程县长不知，这里改善县级干部周转房，还有人告状，市纪委专门派人来调查过两次，好在是临时租用，没办产权。"

程子寒问："还有这事？"

"这宾馆前几年才改制的，由一个民企老板收购了。"

程子寒觉得这刘主任眼神有些异样，便顺口说道："传统招待所大都改制了，市场化经营好嘛。"

刘大林转身环顾四周后，侧过身子低声说："程县长，听说你和我们韩县长是研究生班同学，你刚来，我才报告你哟，这招待所改制，有人现在都还在盯着告状不放手呢。"

程子寒警惕地看了一眼面前的刘主任，心头一紧，初次见面就说这话，今后得小心点，但嘴里却说："刘主任，你现在还不能叫我程县长，人大还没任命呢。"

刘大林点点头："那是，那是，那我们就先称您程常委吧。"

说话间，两位身穿蓝色职业套裙的宾馆高管走了过来，刘主任忙指着前面一位介绍道："程常委，这是风城宾馆梅经理。"

梅经理走过来，与程子寒轻轻握手。"领导，我叫梅凤，是您的服务员。"

"梅总好！"程子寒握过手，只觉那手软若无骨，心头便想，那古相书里说，妇人手柔软如无骨者，生来情人命相。

刘大林突然接了一个电话，急忙说："春竹乡乡长失踪了，我不能陪领导了。"他说完就把程子寒交给了梅凤，还特别叮嘱道："梅经理，可要安排周全哟，这领导，是韩县长的同学！"

程子寒口头"晕"了一声，只觉这刘大林真是个大嘴巴。在官场里，有些关系只能意会，场面上是不能说破的，更不能到处讲。现在正三令五申不准搞圈子文化，这同学关系，弄不好就成了政治上的一大忌讳。

梅经理似乎并没有听进去，一把接过刘大林手中的行李包，转身对程子寒说："领导的住房在三楼七号，您对门就是韩县长。"

梅经理说完就提起行李包引路走在前面。这梅凤个子不高，但身材匀称而娇美，一头乌黑秀发下泄，整个腰身凹凸明显，绝佳地映衬出一种特别的袅娜与妖媚。

程子寒忍不住问："梅总不是本地人吧?"

梅凤调头一笑："领导能掐会算?"

"我听你普通话特正宗，普通话好的，多半是北方人。"

"错，领导!"梅凤回过头继续上楼梯，边迈步边笑盈盈地说："领导走南闯北，又是个博士大先生，我在网上查过您的资料，您是川北剑川人。"

"是啊，我老家就在川陕甘三省交界的一个山窝里。"

"我是引进入川的打工妹，我老家在甘肃陇南，与川北剑川县相邻，细说起来，我还可以与领导攀上半个老乡呢。"

程子寒听梅凤这一说，二人间一下似乎就多了几许拉近距离的乡情。

梅总把程子寒引到三楼，两个服务员已在口子上候着。梅总把手中的行李包交给一个女子，温柔绵绵地说："报告领导，这一层楼上，共住四家，每层楼有间专门的健身房，里面的跑步机是刚刚才买的。"

程子寒站在明亮而温馨的走廊上，自由环视了一圈，整个布局依然是从前宾馆的格调：中间一条宽阔的通廊，两侧分布着错位开门的客房，走廊尽处两头开着窗。这外墙明显是重新装修过的，只是走廊上添置了些生机勃勃的绿植，墙上点缀式地挂了些书画与摄影作品。

程子寒走上前，墙上一幅行草大斗方映入眼帘：

> 天地不仁，以万物为刍狗；
> 圣人不仁，以百姓为刍狗。
> ——录老子微言，运昌书

"这幅作品不错。运昌，是谁?"

"文运昌主席。"

"本地的?"

"我们县政协主席，听说，他是中国书协的理事。"

"哟，真是卧虎藏龙。"程子寒盯看半天，忍不住啧啧称赞。

梅经理遗憾地说："我们平常没留意，这幅字，真这样好？"

"你看这笔力，既有王羲之行云流水、矫若惊龙的浪漫潇洒，又融入怀素那壮士拔剑、落笔云烟的沉稳，还有几分老庄的恬淡闲适。"

梅经理上前一步："我们是外行，看不懂门道几分。"

"你再看看这内容，也不错，写的是《道德经》中老子的话，大体意思是说，天地无情，但对眼中万物也要平等看待；圣人管理百姓，有无偏颇轻重都应一视同仁，顺其自然。"

"太深奥了。"

"说通俗点，看待事物要公平，一切行为都应该顺其自然。"

梅凤点了点头。

打开三〇七房门，程子寒走进去，有两个大行李箱已堆放在墙角。梅凤站在程子寒身后说："这套房是后来改装的，实际上，就是相邻三间客房打通连成一体。"

程子寒突然记起，原来每层楼都有个老套房，当年洪教授带着读研弟子们来这里调研时，他老人家就住的那间套房。梅凤似乎心有灵犀，指着对门的房舍说："原来每层楼都有个老式套二的，这回改造时再配上两侧耳房，就成了套四，是书记、县长住的。"

十一年前，洪教授带领四个嫡系弟子来到凤城县，后来一直延伸调研到二郎山区，当时合作研究课题《川西亚热带过渡地区动物多样性的现状与未来》，就是在这间套房里敲定的。

后来写那篇论文，程子寒和师姐是执笔人，那段时间韩月川情绪不稳定，时冷时热，虽然后来课题成果获奖也有她，但主要还是程子寒在出力，另一位师弟负责打字、校对和跑腿。自古美人是惹人欢悦的，有美丽的师姐联袂，洪教授高兴，大家也高兴，自然劳动生产力效益倍增。

洪教授喜欢美女弟子连他本人也从未否认过，跨入洪教授师门的美女毕业成绩皆出类拔萃，学校众所周知。韩月川似乎差点成为一个例外，洪教授好几次当着同门师兄弟告诫她，再不好好努力你可能难以戴上那顶青黑色智慧帽。但从这次川西之行一起程，洪教授似乎对师姐态度转变了许多，一路上"川儿、川儿"叫得甜不说，每次就餐都让她坐到自己身边。不过，在风城临撤退的那天晚上却险些弄出事故，还是程子寒为师姐挡了一回"子弹"。

风城，既是茶马古道上的一大古重镇，也是一条传奇而神秘的川西民族文化走廊的驿站。向南进入彝族聚居区，向西是康巴汉子生活的地区，彝藏汉等民族在此汇聚，这里便兴起了一种特殊的饮食文化，叫风城烧烤。

川人本来就擅长烹制辛辣麻味美食，虽然其他地方也有各种不同的烧烤，要么火烧炭烘，要么近火烤烹，烧是烧，烤是烤，各有侧重，其味道自然不同。独这风城将烧和烤结合得十分精致，烧得恰到好处，烤得香脆而不焦，加之这一带又是花椒贡品的原产地，烧烤出来的食物再配上特别的调料，便让这风城烧烤远近驰名。

这天晚上是洪教授请徒弟们吃消夜，烧烤。大家自然兴致倍增，白酒啤酒，毫无顾忌地喝了个兴高采烈。两位师弟早早地醉了，韩月川两腮通红一脸娇态，正好合了老师的雅兴，二人居然还对唱起山歌来。传说人类开初也不会歌吟的，而是从动物的呻吟声中慢慢孕育和诞生了歌曲。程子寒看到师姐师父如此融洽便故意装醉，眼睁睁看着韩月川与洪教授相互搀扶着去了套房。

那天的夜异常燥热。六月如熊熊炭火早已点燃起了人们浓烈的酒兴。程子寒回到房间冲了个凉水澡，打开手机才看见有师姐两行留言：姐知道你没醉，你千万设个法子救姐出套。

程子寒因半醉半醒，蒙眬的眼前不停地幻想着师姐那积雪般白花花的肌肤。正好一位师弟酒兴发作在隔壁狂躁打门乱摔茶杯，惊动了宾馆的保安。程子寒顺势有了借梯下楼的主意，一面拜托保安背着师弟打车去医院，一面猛敲洪教授的房门。

套房门是韩月川来开的,她狠狠掐了一把程子寒的大腿肉,附在他耳边低声说:"再晚一步姐就沦陷了。"程子寒一下多了几许英雄救美的豪迈,大步跨门进去,只见洪教授衣衫不整地半躺在沙发上。

师父看了徒弟一眼,然后说:"你娃居然还是清醒的?"

程子寒装着战战兢兢地回道:"师父,我都醉得分不清门牌号了,师弟喝酒出状况了,刚被宾馆的保安送去了医院,我一急就敲错门了。"

还是韩月川心领神会立马接话道:"师弟太心急了,洪教授正指拨我写毕业论文呢!"

洪教授轻轻哼了一声,顺势挥挥手说:"行啊,那就明天再接着谈,我也累了。"

三

下午的干部见面会是在县委常委会议室召开的。

县委常委会议室在县委办公楼四楼,不大,却装潢得很精致,四周呈浅米黄色,正面玫红底子上嵌着"为人民服务"五个金色大字,两边分别竖立着一面党旗和国旗。

程子寒和林旭晖跟着李谷雨、肖一凡走进会议室时,屋里几乎已坐满,都是县上几大班子的县级领导同志。林旭晖走在程子寒前面,好些干部都朝他打招呼,林旭晖点头示意,遇上几位年长的忙上前握手,远处的也跟着站了起来并挥手示意。走在后面的韩月川手指程子寒介绍道:"这位是省上下派来的程子寒同志,大家先认识一下。"

场子里开始鼓掌,稀稀拉拉的,一点也不热烈。

会议室前排是一个椭圆形的大条桌,桌面上依次摆了座牌。程子寒扫了一眼桌上的座牌,李谷雨坐正中,左右依次是肖书记和韩县长,再左右分别是林旭晖和自己的座牌,对面的座牌前已坐满了人,他一个人也不认识。

肖一凡指着桌对面中间两位给程子寒说:"这两位,是人大常委主任仲兴同志、政协运昌主席。"

二位一胖一瘦，都冲新来的同志点头微笑。

程子寒半欠身，双手微合拳，给二位行了个拜见礼。

李谷雨特别介绍说："子寒教授，可是省委选派下来的大博士哟！"

大家再次鼓掌，掌声明显比刚才的响亮。程子寒在掌声中站起来有些不知所措，明显有些惶然与紧张，周身燥热一脸发烫。

接着，李谷雨先后宣读了市委转发省委组织部关于程子寒下派风城县任县委委员、常委并提名任县政府副县长和市委关于林旭晖任风城县委委员、副书记并兼任组织部部长的任职文件，大家再一次鼓掌。

李谷雨副书记讲话。

李谷雨自然是代表市委讲话，话不长，却十分精练而富有权威性。他的讲话大致有三层意思。一是说这次给县里充实了两名领导同志是省委、市委对风城工作的充分关怀，希望大家要从讲政治和加快发展的高度把思想统一到省委、市委决策上来。二是讲这次来的两位干部都是年轻有为的优秀分子，是新时期的梯队干部，他尤其说林旭晖不仅是市委一支笔，而且政策水平强，这次平职换岗到风城县来做县委副书记是市委对风城班子的充实和强化，希望大家务必配合好工作。之后他用了好几个赞美之词介绍程子寒是省委下派来的高知干部，他特别强调，风城要腾飞必须从提高科技创新水平入手，一位博士来任副县长，在全市还是首例，叫大家一定要珍惜。三是对程子寒和林旭晖提出了工作要求。最后还对县里工作提了些要求。既是例行官场套话，也还诚恳实在。

在李谷雨讲话时，在场同志都在专心做笔记，林旭晖更是一边听一边专心地在本子上书写着，程子寒后悔自己不懂得官道上这些规则。但他又一想，记在本上要么是备忘，要么是做样子给讲话人看的，还是记在心头好，于是便一下释然了。

李谷雨话一完，会场响起了热烈的掌声。

突然，肖一凡说："现在欢迎省委派来我县工作的子寒同志讲话。"

程子寒本来是长于言谈的，在学校讲课不需备讲稿随便一讲就是半天，而今天是第一次坐台子，也没人告诉他要在会上发言，程子寒一时只觉脑袋里有些发闷，急促里有几分慌乱，便简短地表了态，话没讲几句就弄得满脸热汗。

接下来是林旭晖讲话。林旭晖还真不愧是在领导身边耍笔杆子的，讲起话来成龙配套，先说自己祖辈农民，没有想到自己能当到县级领导，现在当了县级领导也是组织培养与信任，然后讲风城能人众多人才济济，自己能出任这个职务是机遇也是责任，更是与同志们今生的缘分，最后表态要"几不""几要"，四言八句，不仅沉稳，而且显得滴水不漏，很有骨力，很有层次，程子寒不得不暗自佩服。

程子寒转念一想：你也狡猾，面前摆了个本子，一边煞有其事地讲一边朝本上看，一定是早做了准备。刚才李书记讲话时你装着在做笔记，说不定你早就不声不响在写自己的讲话稿，这一下弄得把自己这个省上派来的教授博士比得太没水平了。

最后由肖一凡书记做总结。他先代表县四大班子表态欢迎两位同志，接着宣布林旭晖和程子寒同志主要分工：林旭晖代表县委分管党务和工业经济，直接挂包抓清风峡石材产业园区工作，程子寒主管环保和协助招商引资，但具体分工还要等人大任命后才能到位履职；然后希望仲兴同志尽快召开人大常委会，将程子寒任副县长和公安局政委刘大江转任公安局局长的人事任命办了，务必要确保组织意图圆满实现。

坐在一侧的县长韩月川，本想说说上午被环保约谈的事，可肖一凡并没征求她意见就宣布散会了。

初来乍到，程子寒本想单独给县委书记报个到的，一方面聆听工作指示，另一方面这也是官场里的基本常识。但干部见面会一结束，肖一凡、韩月川就陪着李谷雨在前面先走了。林旭晖虽然也是今天刚来，但他人熟又是副书记兼组织部部长，便紧跟着韩县长屁股后面一闪眼就出了会议室。

正要走出门，有人在背后拍了一下，程子寒转过头，是政协主席文运昌。

两人互相握手，文运昌笑着说："欢迎啊！你岳母，我们熟悉。"

"向文主席学习！"

"在风城，你会多一个朋友的。"

孙玉珉走上前介绍说："老程啊，这文主席，是我们市有名的书法家。"

看着眼前这文主席一身清瘦，头上毛发不多并已银白过半，长方形的脸上沟壑纵横，但两只大眼却亮光闪闪炯炯有神，让程子寒一下联想起清代大书法家郑板桥。"我已见识过主席的作品了。"

"见笑啦！"

"的确是大家风范。"

文运昌诚恳地摇了摇头："只供我自己孤芳自赏。"

"我抽时间去拜访主席。"

"老弟，我不会来虚的，抽时间到家里来喝茶。"文主席说完就先出门走了。

程子寒下楼走到大厅，见肖一凡三人正站在厕所门口等着李谷雨，便大步走过去，礼节性地问："肖书记，你看什么时候单独训示我？"

肖一凡一笑："你一个大博士，又是省上来的，我哪敢训示哟，要不，你刚来，也需要熟悉县上中心工作，就一同陪李书记去清风镇吧。"

程子寒有些受宠若惊，想表达心情却又不知道说什么，站在一旁的韩月川笑盈盈地插话道："清风峡石材产业园区，是肖书记实施资源转化战略的核心平台，你下步分管招商，也是该先去看看的。"

肖一凡转头说："月川，这是李书记抓的点哟！"

韩月川忙回道："那是，那是。"

李谷雨从厕所出来，林旭晖赶忙上前接过他刚擦完手的手纸，低声问："先去宾馆洗把脸？"

"不早了，直接去清风峡吧。"

第四章

清风峡

一

清风镇党委书记兼清风峡石材产业园区管委会主任胡常威，是程子寒大学同寝室同学。

县委办通知市委副书记李谷雨要来清风峡调研产业园区，胡常威下午去峡口村沿领导视察路线一一过了一遍。这才刚回到镇上，镇长就急匆匆地跑过来说："胡书记，野人娃他老汉上午死了。"

"袁四焕，死啦？"

"死球了。"

"也好，癌症病人，迟早的事，这样，野人娃也算是解脱了。"

"但刚才村里来电话，听说李书记要去园区，他们准备明天把尸体抬到园区去。"

胡常威把手中的茶杯往桌上重重一放，气冲冲地问："这袁四焕，不是在县医院吗？死了，也该留在医院的太平间里。"

"野人娃怕他老汉死在医院里要火化，前两天人还没落气就找人偷偷抬回家了。"

"他们还是反映老问题？"

"就是呢，他们就是认为袁四焕这癌症病是我们开矿引发的。"

"这野人娃，又想惹是生非了？"

"蔡红宝说，村上是管不住了。"

胡常威眼睛一瞪："走，叫上派出所张所长，我们一起去趟峡口村，马上！"

一提起野人娃袁九金，胡常威心头就是说不出的火冒三丈。

昏沉沉的夜幕已开始慢慢从天那边降临过来，越野车从镇政府出来飞快驰向峡口村，西天那残阳血色似乎比任何时候都染得壮烈。

胡常威坐在越野车前排有些急火攻心，斜眼从倒车镜里看见车后腾起一股白雾般的油烟，心头立即有了一种不祥的预感。他忙问司机："这进口丰田八缸的排量，齐宇公司赠送我们才大半年，一踩油门咋会冒白烟？"

司机边打转弯灯边回答说："刚才加油站没95号了，只好加了半箱92号。"

胡常威顺口骂了一句没再吱声，满脑子里都是野人娃那魁梧的影子在疯狂跳跃。

袁九金，峡口村龟石坡独居户袁四焕的独子。他一生下来九斤重，袁四焕就取名袁九斤，他长大后混社会觉得九斤这名字太土，就自己改成了现在这袁九金。

袁九金，能吞食活蛇生鸡，是清龟山男人四大活宝中最有吃胆的吃货。社会上的人都知道，他是从山洞里逃出来的野人娃，前些年上过电视登过报纸，还被新闻界炒作过大半年。

关于袁四焕一家，单家独户居住在峡口村半山坡上，都传说是当年太平天国兵败大渡河后散落乡野的兵丁后人，但袁四焕一家却从不承认。袁四焕性情古怪而刚烈，还有几招祖传功夫叫板凳拳，多年来少与人来往，也没人敢去惹他一家。

向峡口村行进，西天的晚霞余光渐已消散。镇长和派出所所长坐的警车慢吞吞引路在前，胡常威拨通张所长手机："你开这么慢，是要去吊丧吗？"

坐在一旁的司机觉得这话不吉利，开口劝说："书记莫急，你遇到这个野人娃，也许还是吉兆。"

"你咋这样说？"

"当年你幸好遇到这野人娃，你把他包装成了一个特殊演员，不仅赚了大钱，还兴旺了一项事业，如果没有他，你一路咋会那么顺利？"

胡常威心头有些不舒服，但转念一想还真有些道理。当年自己出了大学校门后四处流浪走投无路时，真是靠这袁九金拯救了自己，就凭这个野人娃建起了清龟山动物表演艺术团，不仅赚钱挣了名气，还让自己挣回了一个铁饭碗。

"都说他是个捉回来的野人娃，那他是袁四焕的亲儿子吗？"司机冒了一句。

"他当然是袁四焕的儿子呀！他七岁时跟随母亲上山去捡菌子。清龟山上有很多天坑，天坑下是个大溶洞，很深，进口又小，他那天从一个草坡上滑落进去，在洞里一过就是八年，靠吃老鼠、青蛙和蛇肉才活了下来。那溶洞我还下去过，又潮又湿，整天见不到阳光。后来，野人娃从另一个溶洞口爬出来时，周身都已长起了一层白绒毛，头发有好几尺长。"

"世间真有这等怪事？"

胡常威笑了几声，接着说："他从洞里爬出来还是习惯于吃生蛇活鸡，白天躲在岩洞里，晚上跑出来偷吃农家鸡，这事闹了大半年。村里一直闹有偷鸡怪兽，大家守了好久，才把这野人娃抓住，抓住时他已丧失了说话能力，袁四焕还是靠袁九金屁股上那团胎记，才认出自己儿子来的。"

司机打开车窗透了透气。胡常威埋怨道："他袁九金幸好遇上我，我给他爹每月一千二的租金，后来涨到两千，还是正式签了合同的。在艺术团里，白天他给观众表演生吃活蛇活鸡，晚上我教他识字和恢复语言能力，整整教化他三年呀。"

"有三年？"

"三年。每天都派人去山上捉蛇，后来山里的蛇，差不多被他吃光了，这才叫他改行不当演员的。"

司机愤愤地说："那他应该报恩啊，咋还要添乱闹上访？"

"他老婆祝小春三个月前突然失踪了，又查出他爹得了癌症，他总说这是企业开矿惹起的病，这风马牛不相及嘛！"

大山里夜深人静。前面的警车亮起警灯加速前行，一闪一闪的血红色激光灯光芒四射，整个深山沟里一下就多了几分杀气。

汽车来到龟石坡脚下，峡口村支部书记蔡红宝已在路口候着。一见他那萎靡不振的样子，胡常威还没下车就火冒三丈："你咋搞的，不是说没问题吗？"

"胡书记，那野人娃，哪会听我们的哟！"

"莫推脱！你今晚把这娃再按不平，老子明天就撤了你，信不信？"

"我还真不想干呢！"

"你莫给我嘴硬，我们在你峡口村开矿办工业，你村上这几年好处捞少了？还不想干呢！"

蔡红宝不吭声了。

眼看爬上那龟石坡一来一去得个把小时，胡常威主要是怕这阳春三月见死人仕途不吉利，就摇开车窗对镇长说："这两天我腿病犯了，你们先上去做做工作，若不行，就把袁九金这杂种给我弄下来。"

镇长知道胡常威前几年腿受过伤，没说啥，蔡红宝在前面引路，张所长断后，手电筒一亮，赶紧就爬坡上山去了。

月亮从东边升起来了，不圆，但依旧十分明亮。胡常威走下车，只觉一阵清冷的夜风迎面掠过，浑身打了一个寒噤。司机说："书记，在车上睡一会儿吧。"

"这哪睡得着。"他说完就去公路边小解，憋了一下午的尿唰唰下泄，惊动了路边一条蛇，惊慌地从他脚前爬过。

一看见这蛇，胡常威立马回想起当年招兵买马搞动物表演艺术团时的艰难。当年幸好遇到李谷雨当县长要开发清风峡旅游项目，他毛遂自荐去峡沟里搞动物表演。起初靠山里捉来的几只猴子耍猴戏发端，后来遇上袁九金这野人娃，靠多家电视媒体和网上大半年的热炒，终于引爆了自己精心策划的清风峡"野人娃"实景表演。最热闹时，一天游客观众有过两千多人，一月经济收益过四百万元。

胡常威静静地站立在月光下，回首往事如烟。当年出了大学校门时自己一无所有，电视剧里写的那些年轻人经历的苦难自己差不多都经历过了。他在大街上摆过地摊卖过兽药，与人合伙贩过兽皮倒腾过木料，有点钱时也炒过股票做过民间期货。在最落魄时，外债累累老婆分离亲友反目，走投无路万念俱灰时，甚至走到大渡河边那高山悬崖上，就只差纵身一跳便一了百了，而他最终还是勇敢地活了下来。

死是极其容易的，而要真正活下来却异常艰难。好在命运有时候也不是铁板钉钉，当时来运转，那红运你挡也挡不住。也就在那三四年时间里，胡常威很快竞争上岗当上了县文旅集团清风峡景区总经理，不到两年，他又被顺利提拔为县文旅集团副总，后来被新任县委书记李谷雨看中顺利调入县委办旗下的县委招待所，然后当副所长、所长。胡常威现在细想起来，自己这一路走来，能让自己好运发端的，真还应该感谢这野人娃袁九金。

胡常威回到车里，司机将汽车前后灯都关闭了，只有车内仪表盘里还有星星点点蓝光闪现。月光洒落在公路边的山石堆上，那是齐宇矿业公司开采的锰矿石还没来得及运走。夜幕下，月光照得满坡矿石零零碎碎散发着蓝色星光，如同无数萤火虫星星点点若隐若现。

胡常威仰坐车里双眼微闭，迷迷糊糊中又回想起当年山里闹蛇。一大早起来，自己和袁九金的临时住屋外蠕动着无数条蛇，大的小的、黄皮的青皮的、三角头的圆柱头的，吓得两人赶忙紧闭门窗不敢出门。

胡常威在大学里也是学环境与动物学的，虽然大学没读毕业，但他心里十分明白，这应该就是破坏生物生态平衡后的必然报应。大自然本身就是一个和谐的生态平衡体，人类所有欠的账迟早都是要还的。你看袁九金有生食活蛇活鸡和青蛙老鼠的怪癖，一场节目生吃一条蛇，活活咬断一只鸡脖子喝鸡血，一天要演出五六场，最多一天演过十二场，自己派人上山抓蛙捕蛇供不应求，这山里的蛇和青蛙都快被他吃光了。那天也不知道那些蛇是什么时候散去的，仿佛两人关在屋里被吓蒙了，躲在墙角不敢往玻璃窗外看。也就从那天起，袁九金不敢再吃活蛇了，胡常威第二天就摘掉了他脚腕上演戏用的铁链子，让他穿上衣裤赶快还原真身回了家……

迷迷糊糊里，胡常威被敲击车窗声惊醒。睁眼一看，袁九金戴着手铐子站立在车前，被汽车前面的强光牢牢定格在异常明亮的剪影里。

不知是因受刚才静下心来回忆的往事感染而动了恻隐之心，还是故意演戏唱红脸角色的一种工作策略，胡常威走下车来，对派出所所长大声呵斥："张所长，你赶快把这铐子解开，怎能给我九金兄弟戴这个！"

张所长只以为这是胡常威在唱双簧，便又凶了袁九金几句，才缓缓打开铐住他的手铐子。袁九金身体还是那么壮实，双眼在夜幕里放着绿光。"我才不怕你们铐我，反正，要命有一条。"

胡常威走过去，亲切地拍了拍袁九金，然后在他耳边轻声说："兄弟，你不需要我们帮你寻找老婆啦？"

"滚你妈的。你们都找了两三个月，有丁点儿音信吗？"袁九金头一昂，大声说。

"你我是兄弟呢，咋不信我？"

"狗屁兄弟，你巴不得一脚踩死我。"

蔡红宝在一边说："九金，你态度要好一点。"

"我咋个好？我又没权吃好处，你家也没人染起病，站着说话不腰疼！"

"不要疯狗乱咬人哈！"

"你当书记也当不了一辈子，但村里锰矿中毒的人，会子子孙孙恨你几辈子！"

镇长问蔡红宝："村里还有多少这样的病例？"

"都是他袁九金，一天在瞎闹。"

第四章　清风峡

047

"我瞎闹！告诉你，我昨天带儿子刚去市医院抽了血，如果后天化验结果出来是血锰超标，老子找你们拼命。"

胡常威听出来袁九金话里的危险性，赶紧一把将他拉到汽车侧面，十分诚恳地问："尿桶儿，真的是去抽血化验过了？"

"我还会哄你！"袁九金大声说，"我老汉不明不白就走了，婆娘三个月不见人影，现在家里，就只剩我那小儿子了。"

看着袁九金的眼睛里有泪花在闪动，胡常威低声说："那这样，你儿子的事，交给我，哥全管。"

"当真？"

"还有，祝小春过去毕竟也做过我的女人，我不是安排人一直在四处寻找吗？如果你今天闹翻了脸，鬼大爷才帮你去找人。"

袁九金抬头看了看胡常威，没再说什么。

"兄弟，听劝。"

胡常威见这张牌出得灵，紧接着就故意大声对镇长说："我们镇上先解决三千块补助款吧，算是我们对袁四焕老人家的吊丧慰问费，让九金兄弟明早把他老汉的丧事办了。"

镇长说："明天就办。"

二

清风镇，距县城二十六公里，和县城的城关镇、春竹乡刚好构成一个等边三角形，多年来一直被称为风城县的地标和经济发展铁三角。

城关镇在县城，经济总量当然是大头，商业和第三产业最为繁荣。但面积数春竹乡最大，而且多年来一直以农业产业领先。清风镇，不仅农村总人口数全县第一，工业经济规模一直是风城县域经济的领头羊。关键是它的 GDP 和财政收入年年攀升，差不多就要接近县城城关镇了，年年是市县领导的工作联系点不说。更让人眼红的是，连续三任镇党委书记都先后被提拔进了县级领导班子，李谷雨还在任上时破例兼任了县委常委，回城时直接任了县委副书记，其前是现在的县人大主任陈仲兴，其后是现在的常务副县长孙玉珉。

清风镇之所以全市闻名，关键是清风峡石材产业园区，历经十多年的发展现已规模初现，提供的税收接连四年超高增长。

清风峡石材产业园区，又称风城县资源转化产业发展示范区，是李谷雨任清风镇党委书记时就启动的一项强镇兴县重点工程。园区距离清风场镇二十多公里，位于清风峡入口河谷地带的龟肚坝，上山是龟石坡采矿区，向前是正在建设的峡口水电站。电站以上是大熊猫文化旅游园，对外又称生态熊猫谷，再向前便是清龟山原始森林了。

一条清河蜿蜒流过，在龟石坡下恰好一个巨大的转弯，构成了龟肚坝这个将近二十平方公里的河谷大平坝，良田沃地，水土润泽，是风城县世代粮田。

清风峡石材产业园区办得也很不容易。八年前开始规划破土，六年前招商引资引进长风集团进行资本投融建一体化，才快速推进了园区基础设施建设和工业项目引进，搬迁农户一百八十三户，调整耕地六千三百余亩。目前已基本建成园区面积六平方公里，已引入锰矿轧料、花岗石切片、装配式建材等企业十一家，其中长风集团和齐宇矿业公司是核心企业。

因为轻车简从，程子寒与韩月川、刘大林同坐一个车，县长坐副驾位，程子寒和刘大林平坐在后排。官场里哪里都有不成文的潜规则，轿车大领导总坐后排，而越野车多是坐在前排，前排视野宽阔，后排坐起来太抖了。

韩月川问程子寒："你知道清风镇吗？"

程子寒本来知道一些，却说："我了解不多。"

于是，韩月川衬着汽车播放的轻缓的钢琴曲娓娓道来："清风镇远近闻名，首先是这里有远近闻名的风。自成都平原向青藏高原过渡，这途中突然隆起了一道清龟山，山北多雨雾，四季潮湿，负氧离子特别丰沛，是山高雾多出好茶的老茶乡。而山南，逐步进入亚热带气候，风大，四季如潮涌，一潮一拨不停地刮，清风镇，就恰好在这风口上。"

领导说话，部下插话多了不礼貌，但一点不回应也不好。程子寒便说："这就是清风镇的由来？"

韩月川嗯了一声，又继续说："清风镇知名的第二个原因，应该是这里有野生大熊猫。你知道吧，大熊猫物种和名字，就是在这川西一带发现的。"

刘大林在一边接话道："有个叫戴维的法国博物学家，也是个传教的神父，在宝兴县穆坪科考时发现了黑白熊，是他把标本和骨骼运到法国，经巴黎自然博物馆科学家们鉴定，才把这种黑白熊列为一个新物种，特别定名，叫猫熊。"

程子寒却说："其实，大熊猫这个物种早就有的，中国人对熊猫的认识，由来已久。"

韩月川转过头来，轻松地说："哦，我忘了，师弟读博时是主攻环境与动物学的。"

"早在秦汉时期就有文字记载，比如，《书经》里就称貔貅，《毛诗》里称白罴，李时珍的《本草纲目》称貘，司马相如在他的《上林赋》中列举了近四十种异兽，大熊猫就名列首位。后来民间还称其竹熊、华熊的，以其主要食性为竹子又像熊，所以人们称他竹熊，而华熊则是为了表明它是中华民族特产的珍奇异兽。"

刘大林为程子寒渊博的学识感到惊讶，但心头并不完全信服，就想故意考考他："程常委是动物学大博士，那你讲讲这大熊猫的演化过程。"

"这个问题不难，大致可分为三个阶段，第一阶段是三百万年前，始熊猫由食肉的拟熊类动物，逐步进化成为兼食竹类的杂食兽，卵生熊类，其栖息地曾覆盖中国及以南大部分地区，北达北京，南至缅甸南部和越南北部；第二阶段，在距今五十至七十万年的时期，大熊猫适应了亚热带竹林生活，体型逐渐增大并依赖竹子为生，同时在它的五趾外还渐渐多生出一个'伪拇指'，这个拇指主要起握住竹子的特殊作用。第三阶段，就是近代以来，由于气候与生态环境不断变化，大熊猫能够生存的环境越来越小，渐渐成为生存困难的濒危物种。"

听着程子寒侃侃而谈，韩月川故意提问："那你知道为啥现在叫熊猫，而早期叫猫熊？"

"这与近代中国的书写方式改变有关。二十世纪五十年代，汉语的书写方式是直书，认读是自右到左。后来，汉语书写方式由直书改为横书，认读方式则是从左到右，人们才将猫熊误读为熊猫，但世界逐渐约定俗成，现在只有在台湾地区还沿用猫熊这个名字。"

"我们这清龟山，气候温暖，四季惠风和畅，是大熊猫的核心栖息地之一。县文旅集团七年前就建了熊猫谷旅游园区，到现在，还有不少人说，那胡常威因为早年建这熊猫谷有功，所以才被选派到清风镇来坐镇任书记。"

坐在一旁的刘大林却摇头说："韩县长，坊间说的，却是另一个版本哟。"

"说的些啥？"

刘大林顿了一下才回答说："社会上疯传，胡书记的提拔重用，和县委招待所改制有关。"

韩月川转头看了刘大林一眼："政府办的同志，可不能开传谣公司！"

正交流谈话间，调研车队抵达清风峡石材产业园区。

程子寒跟着韩县长下车，抬头一望，长风矿业电解锰厂大门外，两排巨幅标语猛地跃入眼帘，一边一排字，白底红字，每个字有门板那么大，方方正正异常抢眼：

　　点石成金资源大转化
　　长风助力风城大发展

整个园区从征地到道路管网都是由长风集团公司投融资建设的，集团董事长熊冬生早就在园区大门口候着。

李谷雨一看这标语十分高兴，走过去握住熊冬生的手说："熊总啊，你这口号提得好，响亮，有气魄，我们就是要推进资源大开发嘛！"

"我们长风能有今天，是李书记一手培育的。"

"我在县里时，就提出过大力发展'双石'经济。开发锰矿石，是为了发展加工业；开发花岗石，是为了打造建材产业。这是我们风城经济腾飞的一双翅膀。大家想想，鲲鹏展翅没强大的翅膀，行吗？若只有一个单翅膀，那也是飞不起来的。"

跟在身后的肖一凡赶紧汇报道："老书记高升后，我们一直按着您当年确定的思路在干，思路没变过。"

当年风城县委书记李谷雨兼任市委常委，在市委书记那里话语权重。他调任市委副书记后，并没把风城县委书记顺位交给当时的县长马良，而是向组织建议破例交给了县委副书记肖一凡。两年多的实践证明，要是让马良县长顺接了书记，他李谷雨当年确立的资源大开发战略，哪能有如今的传承与光大？

李谷雨满意地看了肖一凡两眼，然后转头对身后的韩月川、林旭晖说："铁打的营盘流水的兵，但一个地方要持续发展，就得一届接着一届干，这是至关重要的。"

李谷雨说完就大步流星带着大家逐一察看了长风集团几个工厂的车间，无论锰矿石轧料、花岗岩切料成片，还是电解锰项目，处处一派繁忙，工业生产势头喜人。

李谷雨一行人走到第六个厂房门口，这是齐宇矿业公司的轧材厂，徐富达和胡常威正站在厂门口两个大展板旁等着。

李谷雨远远地招呼徐富达："今年产值能过三十亿吧？"

"李书记，应该差不多了。"徐富达上前紧握住李谷雨的手满脸堆笑。徐富达身材虽不威猛但脑袋特别大，一脸胖肉鼻尖发红，此时一笑起来那对鸡米眼就几乎眯成了一条缝。

见徐富达说话有些木讷，胡常威忙上前两步大声补充道："报告李书记，齐宇矿业公司开拓奋进，今年的产值和税收都大幅度增长，整体规模仅次于长风集团的矿业板块，他们一年起步，两年上路，四年三十亿，六年再翻番的目标完全能够实现。"

李谷雨满意地笑了笑，又问："入库税收呢？"

胡常威顺口答道："国地税加在一起，总的近四个亿。"

徐富达却说："这个不含我们平时对县上的各种赞助，对吧，肖老板？"

李谷雨立马纠正道："喂，对领导干部，不能称老板！"

徐富达立马诙谐地应道："那是那是，你们是我们的公仆。"

李谷雨说："少贫嘴，说说你们下步构想吧。"

徐富达收回刚才兴奋的语气，故意停顿了好半天，表现出十分委屈的模样，愁眉苦脸地说："老书记，还发展啥哟，我们现在真是苦不堪言！"

"咋回事啦？"李谷雨不满地盯着身后书记、县长问。

肖一凡不开腔，韩月川只好回李谷雨道："上午我们被市上集体约谈了，我们必须硬性关停和拆除几个小水电，这次涉及他们集团投资的峡口电站。"

"怎么会这样？"李谷雨一脸阴云，"任何事，都不能'一刀切'嘛！"

"对呀，李书记，那些规划都是当年批过的，因为原企业资金链断了无法投入，还是你鼓励我们去将这个项目接盘过来的。"

熊冬生在一旁附和道："我们当年购买项目，就花了将近一千二百万，现在基本建设又投进去了两个多亿。"

"熊总啊，我倒无所谓哈，投资股份少，我担心的是你长风集团哟，如果不修这级电站，你上面蓄不起来水面，我看你那熊猫谷的康养地产，今后房子还能卖给谁！"

徐富达把火点起来就不开腔了，熊冬生只好硬着头皮说："反正我们和政府有合同，法治社会嘛，要停工拆除，我们应该先谈好赔偿条件。"

肖一凡漫不经心地接话说："是不是再等等看？凡事一阵风过了，事情自然好冷处理。"

韩月川在李谷雨背后轻声提醒道："李书记，这是市委、市政府的决定哟，也是省上交办下来的。"

李谷雨想了想，安慰着说："熊总啊，我知道你是学法律的，但不是法律就能解决一切问题，你们下来和县上好好商量吧，问题总会有办法解决的。"

徐富达退到展板跟前，用一支激光笔指着规划展板详细汇报起矿业公司下一步发展计划。徐富达说话略带些粤语腔调，程子寒站在后面有些听不明白，但展板上两行红色标题他看得清楚，前一个展板标题是：加快实施"双石"战略，点燃风城发展火炬；后一个展板写着："双向开拓"纵深扩展，奋力建设千亿园区。

"双石"战略刚才李谷雨书记已解析过了，程子寒正上前去寻找"双向开拓"的具体内容，一个保安气喘吁吁地跑过来对镇党委书记胡常威说："不好啦，工厂大门被峡口村的人给堵了！"

肖一凡转过身，阴沉着脸问："来了多少人？"

保安前言不搭后语地接话道："他们还搬了几筐死鱼倒在了大门口。"

李谷雨转过头问："咋回事？"

见肖一凡正训着胡常威，韩月川才轻声回李谷雨道："估计是村民反映水污染问题。"

"这清河水会有啥问题？"李谷雨显然有些不高兴。

徐富达挤过来气冲冲地说："他们那养鱼塘离工厂远着呢，癞子找不到擦痒处，看到我们挣了点苦力钱就得了眼红病。"

站在一边的保安又补充说："他们还抬来了野人娃他爹的遗像框，准是又来敲诈我们的。"

李谷雨提高嗓门说："你们快去处理吧，群众无小事，但产业发展环境，也同样重要呀！"

肖一凡抬头看着韩月川，有些无奈地说："你去处理一下吧，我陪李书记，再去看看电解锰二期项目的选址。"

"大门都给堵了，你们咋出去？"

"电解锰厂的西区侧面，还有道门。"

李谷雨侧过身子，若有所思，半天才说："那就改时去看吧，早些回，今晚上还有个重要的北京客商要会见呢。"

三

峡口村村民拉着死鱼来堵长风矿业的大门，就是与电解锰二期项目选址有关。

从前龟肚坝一坦平地，从来没听说过塘里的鱼经常缺氧翻白肚皮。自从建了石材产业园区，这轧石厂和电解锰项目一上，怪事就接踵而至，先是井里的水出现异味，接着村里查出患肝胆和胃癌的有好几位。近几个月来，这村里养鱼塘里的鱼，突然间老是不明不白地死去，而且越来越严重。起初以为是刚开春阴消阳长满潭死水缺氧，立马就加装了大功能充氧泵，结果塘里死鱼数量还是与日俱增，一天捞到岸边的死鱼就好几大筐。村民股东们忧心忡忡，照此下去，这好不容易才发展起来的养鱼场恐怕是撑不到好久了，大家集资起来的股本就只有打水漂了。

最忧心如焚的，还是养鱼场经理郑和平。

郑和平从老爹那辈就开始养鱼，虽然只有屋前两口小堰塘，但一年也有万把块钱的进项，由此郑家算是峡口村最早的万元户。后来郑和平没考上高中，便跟着父亲学养鱼，可刚把联排的鱼塘挖好，镇上要在村里建石材产业园，一夜间，老房子被拆了，那排新挖的鱼塘上面建起了现在这长风矿业的一号厂房。

郑和平只好远去浙江台州打工三年。

三年后，郑和平回来了，不仅包里有了两百多万的存款，更重要的是在台州新学到了规模养鱼养虾技术，在村支部书记蔡红宝一再动员下返乡创业，牵头发展起村集体养鱼场项目。开初这养鱼项目村民们都不愿参股入伙，他和蔡红宝一起挨家挨户动员，最后才有了这峡口村渔业养殖股份公司。村委会持股百分之三十，郑和平入股百分之二十五，村民散股合计百分之四十五，向农信社贷款三百万，才顺利将这养殖公司兴办起来。蔡红宝任董事长，郑和平任总经理，另外选了袁九金、蔡聪明等三位为董事和监事。企业虽然小，但公司架构齐全，并且从前年开始，这养鱼场每季度的产值，还纳入石材产业园区正规的统计上报。

令郑和平和其他村民股东不能接受的是，好不容易才刚把养鱼场做到初具规模，去年产鱼量上了二十万斤，可突然接到园区管委会通知，长风集团电解锰二期项目看中了这块地，需要养鱼场第二次搬迁，且不容协商，搬迁时间只给了两个月。

两个月，就是机械化挖几十口养鱼塘也是挖不出来的，这岂不是欺人太甚、逼良为娼吗？

此次拉着死鱼来堵长风矿业的大门，是郑和平挑的头。

去年有人说，自从山上大规模打洞开矿、山下轧石办厂以后，村里患肝胆和肠胃病的接二连三多起来。郑和平起初还不信邪，自己女人这半年突然感到头晕头痛，全身疲倦乏力，肝火旺，动不动就与他发火打架，还经常性呕吐，两个月前去医院一检查，胃糜烂、肝肿大。昨天传来袁四焕得肝癌死了的消息，一种严重的忧虑和不祥的预感，让郑和平彻夜难眠。

今早郑和平还没起床，蔡聪明就跑来擂门大叫："郑经理，不得了啦，塘里的鱼又翻了一大片。"

"增氧机开起没？"郑和平赶紧开门，边穿衣服边焦急追问。

"开了的。"蔡聪明慌里慌张两眼发直，"比昨天死的多了好几倍，那水面上白翻翻的全是死鱼。"

"咋会呢？"

"你自己去看吧！"

郑和平骑上电摩托，后面载着蔡聪明，呜的一声，直往养鱼场奔去。

跑到中途，前面一辆拉锰矿石的大卡车停在路中间，司机正翘着屁股换轮胎。郑和平只好和蔡聪明抬着摩托，侧着身子从公路边沟里错过去，刚骑上摩托正要发动马达，迎面冲过来一辆奔驰越野。郑和平一看，那是长风矿业二掌柜麻二娃的车。

奔驰越野车速太快，一头擦着摩托轮子冲过去，郑和平和蔡聪明被撞飞在边沟里。麻二娃熄火下车。"咋搞的，清早八晨挡财路，没长眼睛哇！"

郑和平从边沟里坐起来，右脚碰在石头上，痛得他有些直不起腰。"麻总，你咋说话哟！"

"我咋说话！"麻二娃嘴一撇，自己点了根烟吸了一口后说，"兄弟，我不与你谈聊斋，今天可有正事，市委李书记要来厂里。"

"这关我们啥事？"蔡聪明在一旁气愤地说。

"咋不关你们的事？领导要来定夺大项目选址。"

"啥大项目？"郑和平忍着痛问。

"电解锰二期项目，今天就要敲定建厂选址的地方。"

"就今天？"

"那当然！"麻二娃重重地吸了一口烟，然后慢慢吐出白茫茫的烟圈，"你们还不赶快去把那塘死鱼捞干净，好早些给我们腾地盘。"

四

韩月川和胡常威来到长风矿业厂门口，只见两辆农用车已严严实实堵住了大门，中间摆放着袁四焕的遗像框，十多位村民正把车上白翻翻的死鱼往地上掀，一股刺鼻的腐臭味迎面扑来。

胡常威上前厉声吼道："你们这是干啥子？"

"干啥子？胡书记，你不要揣着明白装糊涂。"

"蔡聪明，你要造反啦？"

"我们哪有胆子造反啰，我们只想活命！"蔡聪明大声回道。

韩月川上前，阴沉着脸。"大家有啥好商量，咋来堵厂门口？"

郑和平坐在一个倒扣着的背篓上，捂住右脚踝关节，气恼万分地说："韩县长，我们找了厂里多少回，问题解决不了，你是父母官，你自己看看这些死鱼，这也是我们的企业产品，也是我们农民血汗钱生出的仔呀！"

"前次不是检验过河水了吗？检验报告显示，这清河水里锰元素并不超标。"

十多位村民七嘴八舌地大闹起来：

"你韩县长是瞎眼啦！"

"你们被奸商骗了，他们早在暗地里做了手脚！"

……

大家说什么韩月川听不清，便大吼了一声："你们有话好好说，一个一个地来！"

郑和平手一扬，大家瞬间安静下来。"县长哦，你也信他们那些哄人的检测报告？那是企业自己找人弄的。"

胡常威瞅了郑和平一眼："不相信检测机构的，那你相信谁？"

"我们相信自己的眼睛，这塘里的死鱼一天比一天多。"

韩月川冷静地说："这个，我们政府可以出面，再委托中介机构，尽快来重新检测。"

"另一个问题，我们养鱼企业才刚刚入行上路，你们支持熊老板上电解锰二期项目，难道非要我们让出养鱼场那块地盘？"

"这个，需要你们和企业好好商量，建设电解锰二期，也是件大事。"

"我们是农民，现在能去和谁商量哟！"郑和平手一摊开，并低头看右脚踝关节处肿的那个大包。

"咋回事？"韩月川走过去，蹲下身子问。

"早上，被麻二娃的车撞的。"蔡聪明抢着回答。

"严重吗？"韩月川伸手摸了摸，"估计是骨折了，得去医院查一查。"

"韩县长，我这脚是小事，这塘里的鱼，咋办啰？"郑和平心急如焚地叹息道。

蔡聪明突然站起来，一本正经地说："我们还怀疑，是有人往塘里下毒了。"

"怎么会呢？"胡常威严肃地反驳道。

"他们是在逼我们赶紧捞鱼走，好为他们腾地盘。"

韩月川瞪了蔡聪明一眼："说话，得要有依据。"

第五章

肾宝

一

长风集团董事长熊冬生亲自来春竹乡拜访，完全出乎刘源森意料。

刘源森昨晚做了个怪梦，自己居然遇见了大熊猫。

以前，刘源森从没梦见过大熊猫的。梦境里，刘源森来到一片翠绿的竹林里，仿佛就在茶仙坪，又仿佛在大熊猫早已绝迹了的龟石坡，满坡上是一丛丛碧玉般绿翠翠的熊猫竹，修长笔直的竹竿身上，油光锃亮的竹皮在阳光下泛着翡翠样的光。竹林深处，一只大熊猫正带着两只小熊猫嬉戏，憨态可掬，怡然自得。

突然，刘源森背后的大树上掉下来一只大熊猫，硕大如牛，半只腿还是黄金裹着的。这大熊猫直接将刘源森紧紧抱住，肥胖滚滚，垂涎三尺。刚才那三只大熊猫也一跩一跩地朝他走了过来，随后一同向他的身上重压过来。

刘源森感到自己身上的负荷越来越沉重，猛一转头，压在身上的那只肥硕的大熊猫，一下变成了一只凶猛的大黑熊。

刘源森从睡梦中醒来，惊出一身冷汗。

梦见大熊猫是什么预兆？中途大熊猫又变成了凶猛的大黑熊，还沉重地压在自己身上……刘源森茫然了一阵子，伸手取过床头柜上的手机，打开搜索界面，网上有多种说法：如果梦见憨厚可爱的大熊猫，预示着烦恼之事将离你而去；梦见大熊猫群，提醒你在处理棘手问题时不要冲动或急躁；梦中的大熊猫向你攻击，表示你工作中将面临困难和烦恼；梦见大熊猫迎面而来，预示你将遇到强硬的竞争对手；梦见大熊猫向你扑过来，预示会有对手不会轻易善罢甘休，可能会与你长期为敌……

难道，昨晚的梦，真与今天熊冬生董事长前来春竹乡相关联？

但刘源森深深地感到，这位大财主下午主动找上门来，一定是件十分烫手的事。

说起熊冬生，刘源森早就有过交情。十多年前，熊冬生在县委招待所当所长时，刘源森在县林业局任办公室主任。那时县上宾馆少业务俏，林业系统上下接待任务重，总免不了去招待所麻烦熊所长。

现在这熊冬生可不一样了，不仅资本雄厚财大气粗，而且还是康全市政协委员兼凤城县人大常委会委员，县城里好几座跨街人行天桥都是他捐钱修的，依次取名叫长风一号、长风二号、长风三号天桥，还听说市工商联下半年换届他就要晋升副主席了，在好些市县领导面前他都能说上硬话。

但对熊董事长这次上门来相商事项，刘源森却不敢往深里聊。齐宇矿业公司老总徐富达前脚刚走，这长风集团的一号大老板亲自找上门，都是为了山上那玉矿。

"熊董事长，你知道的，这么大的矿，我一个乡把头，哪能做得了主。"

"这我理解，开发矿权，审批在省上。更何况，这清龟山已划入大熊猫自然保护区，难度的确很大。"

对于熊冬生的理解，刘源森感激地点了点头，然后笑眯眯地说："再加之，这茶仙坪毕竟是连着历史根脉的古茶园，上个月还有专家建议，要我们去申请国家自然文化遗产保护，要是真把这仙茶园毁了，上面追查下来，我这小小乡官的乌纱帽倒是微不足道，但那毁坏文脉遗存的历史罪名，谁也担当不起呀。"

徐富达前两次来，刘源森就是采用这种喝茶聊天的方式，软磨慢拖才委婉回绝了。但今天不一样，两人坐下来促膝喝茶没两巡，熊冬生就直截了当抛出了他资本扩张的"两双计划"。第一个"双"，就是开发清龟山的锰矿石与花岗石并进的"双石"战略，这个已经开局良好财源不断；另一个"双"是"双向"拓展，实质上就是双区域挺进，即锰矿石由清风峡的龟石坡向熊猫谷深处挺进开发，花岗石向清龟山背面的茶仙坪拓展，千方百计打造石材产业联动园区，规划五年、最多六年，要实现千亿石材产业园区宏伟计划。

"熊总，你我都是老熟人了，我也不藏着掖着，打开天窗说亮话，徐富达来找过我好几次，也有好些领导打过招呼。我也知道，你来，不仅仅是山上的花岗岩，你更看重那花岗石下伴生的绿翠玉矿。"

熊冬生确实没料到，刘源森说事会如此直白。

"但熊董事长，我哪能做得了这个主呀！"

"我也是在为老朋友着想，你看你们这春竹乡的财政收入，一年只有清风镇一个零头，老百姓还需要同步小康呢，你还是好好想想吧。"

刘源森站起来故意露出一脸感恩的神色，把杯里的茶一口饮尽，笑意灿灿地回道："我知道你来春竹，那是看得起我，我感激熊董事长的关怀，但这破山开矿的事，我实在不敢答应。"

熊冬生摇了摇头。

"熊董事长你是知道的，这春竹乡历来治安复杂，新中国成立前这里还有一个白莲教分会，记得前些年也有人来此盗采花岗石伴生的玉矿，有的被捉到了派出所，有的被打残过腿，这茶仙坪的人，一直将这清龟山视为他们的茶祖圣山。"

"这个，你不必吓我，只要你没意见，我有的是办法。"熊冬生微笑着拍了拍刘源森又紧接着说，"我们算是老朋友了，今天叫你一声兄弟，这花岗岩矿是国家允许开采的，我也有手续，只是扩一点范围，我可从没说过要去碰那玉矿的。"

刘源森细细倾听着，没有开腔。

熊董事长继续说："其实这件事，对春竹乡、对茶仙坪的老百姓也是大有好处的，矿是大自然野生，不能埋在那里睡大觉，你们更不能躺在金窝里当乞丐。这事成了，于春竹乡的发展，于百姓大家都有好处，马上要换届了，听说县上缺一个副县长和一个常委，你总得有些政绩才能去竞争吧？兄弟！何况，我在市里还是能帮你敲敲边鼓的。"

这话说得再明白不过了，刘源森站在一旁不便深说什么，将手中茶杯往茶案上一放，低声回了一句："熊董事长路子宽，但我这小人物怕是没那福分。"

熊冬生依然微笑着。"兄弟，我俩名字中都有一个读音相同的字，我这个'生'若没有你那个'森'字，怎么贯彻落实你们县委的资源转化战略？你那个'森'若没有我这'生'字，你的活力何在？乡里的生产力咋整？那这样吧，我会弄妥上面的，你这里顺势而为就行了。"

熊冬生说完就随手打了个响指，门外那随身保镖样的高个子随即拿了两个肥皂盒样的礼品进来，熊冬生转手往茶案上一放，轻描淡写地说："兄弟，我上周回广州召开董事会，厂里生产了一款男女保健药，你用得着的。"

刘源森心里顿了一下正想推脱，熊冬生话一完已转身出了门。他忙跟着追了出去，人家已经走下阶沿石梯快步出院子门了。

刘源森返回来拿起药盒一看，正面是青春肾宝四个暗红大字，背面写着两行草绿色小楷：汉藏秘方合成，助你青春不败。打开，里面是两个精致的葫芦状金黄色小药瓶，一个药瓶身上是两个楷体字：雄哥；另一个药瓶身上是两个篆体字：女宝。

刘源森放下药盒，脸上显露出一丝苦笑："妈的，老子现在光棍一条，哪还需要你这肾宝！"

二

常务副县长孙玉珉在风城宾馆会见厅外来回踱步，十分焦急地等着熊冬生，打他电话一直不接。听刘大林说，工业园区那边出了点小插曲，李谷雨和肖书记要提前回来参加北京方舟集团客商的会谈，可到现在，熊冬生牵线搭桥的谈判客商还不见踪影。

对于熊冬生这个商场土匪，孙玉珉又是好奇又是恨。好奇的是，当年他当县委招待所所长时与自己一样平淡无奇，不知到南方去干了什么行当那样招财，没隔几年就混成了一个活脱脱的大富翁，还被县上当成商场精英招商引资回来返乡创业。

这个魔鬼般的熊冬生自从六年前从广州回来收购县委招待所起步，几年间在风城这个贫困县的土地上，竟弄出了两个上市公司，经营资产一翻再翻，实在是个天方夜谭般的商业神话。而恨的是，自己从清风镇回来，先任县委办主任，后作副县长兼县公安局局长，现在已是县政府常务副县长了，但这位财大气粗的霸主，好像从来没把他放在眼里。

这娃忘恩负义呀，当年熊冬生毅然返回来剥离式收购县委招待所，孙玉珉正担任县委办分管后勤的副主任，若没他的支持和帮助，能那么顺利地捞到风城第一大桶金？别人看不透，以为他孙玉珉也傻呀！剥离债务式收购县委招待所本身就赚了大钱，而宾馆背后那片绿化用地东倒西转竟弄成了商住建设用地，尽管开发容积率不高，也依规补缴了正常的土地出让金，但那位置风水特别好呀，要是拿出来公开拍卖，政府不多收益三四个亿才怪。还不说清风峡口那工业园区建设项目的搭配条件，要求必须在去熊猫谷的绿色走廊上划两片林地搞康养旅游开发，什么康养开发哟，不就是修建别墅搞高端房地产么，仅这两块地建起来的湖周别墅群就有三百多栋。同时还将别人手里一个立了项的水电项目弄到自己手里。若没有这些支撑，你熊冬生的地产公司能上个狗屁的市。

孙玉珉又拨打电话，是熊冬生的跟班麻二娃接的，听声音熊冬生好像有些不耐烦，在电话里只听见熊冬生说，叫他们直接去长城凤凰堡接人。孙玉珉咬牙切齿但又只好忍住，问清楚房号后才把电话挂了。

熊冬生今下午是在清风峡石材产业园区见了李谷雨后顺道就近来春竹乡拜会刘源森的，没想到自己亲自出马他刘源森依然不给面子。

这时，熊冬生正从春竹乡加紧往回赶，他心头更是一团怒火。

北京方舟集团是他牵线引来的，也不过是想拼配个红顶子企业牌子今后便于办理矿产手续。现在国家反腐，政府官员们给民企老板打交道有些谨慎过度，而与国企合作联手做事就方便多了。但合作伙伴是我熊冬生找来的，你小子孙玉珉安排会见谈判时竟把老子拒之门外，你不就是还想要一套房子没给你嘛！你在凤凰山上要了一套，这熊猫谷的独栋别墅又给了你一栋，可你还想为你表妹喻小菊弄一套，什么表妹哟，不就是你从清风镇带回县政府的女秘书么，没见过你这样贪得无厌的。

熊冬生越想心头越来气，就问麻二娃："孙玉珉前次借那三十万还了没？"

麻二娃说："还没呢。"

熊冬生愤然自言自语道：你以为我熊冬生赚的钱是大风刮来的啊！老子二十二年前大学毕业后以优秀大学生的身份被分配到风城这个小县城，整整奋斗了十个春秋，原以为自己就成了这个小县城的主人，却没想到就是再读两个大学，就是好不容易坐上了县委招待所所长的宝座，自己依然还是农民子弟，依然是这个城市里的一个匆匆过客，依然因为贫穷而被老丈人看不起，就是当了一个副科级还是被人算计。不就是当年自己没钱去送礼么，连个正科级的县委办主任没能竞争上不说，纪委还派人来调查招待所的小金库和自己收的小红包。

结婚离婚、仕途维艰，命运注定的是自己要颠沛流离。

汽车在山路上摇摇晃晃往回走，熊冬生眼前又浮现出多年前那个自己永远也忘不了的悲凉凄然的黄昏。

当年，离别这个小县城时正是腊月二十九，傍晚雪花如鹅毛般纷纷飘散，天色愈加阴暗而寒冷起来。汽车站里走出来的行人身穿太空服、头裹五色围巾急急匆匆向家赶去，而自己却独自一人背上马桶包买了几盒方便面，孤零零地登上了那开往南方寒凉彻骨的长途客运汽车，在那雪花飘飘寒风呜呜的严冬里离开了这座生活了整整十年的城市。

风萧萧兮易水寒，壮士一去兮不复还。

当时，熊冬生默默地对自己说：忘掉这座城市，永远不要再回来。

人生总是有许多说不清挥不去的东西，即使走南闯北久谙世事，熊冬生却总是忘不了清龟山下的这座小城市。南下打工六年，几乎是隐姓埋名，断绝了同风城的一切联系，但听说风城在"5·12"汶川特大地震中也受灾严重，同时灾后重建也是一个回来投资的大好机遇，而当年自己经营过的县委招待所地震后重建缺资金又经营困难，便毅然带着团队杀了回来。商场如战场啊，汶川特大地震后的灾后重建，注定又是一次资产大重组、资本大扩张的大好机遇。

熊冬生想，发财与当官一样，机遇稍纵即逝，一切都仿佛是在时间空隙中发生发展的，白驹过隙机不可失，遥想当年自己只身闯深圳走北海，为人打小工，为老板擦桌子拖地板甚至干杂活，不就是为了寻求发财与生存的机会么？人要发财，实际上就是靠胆量加智商再加机遇。

当年他跟随韩国老板，就是凭着他学中文的才气和自修法律知识的敏锐，再加之勤奋地为老板卖力，不到一年就博得老板信任，委派他去负责一桩投资三亿七千多万的两座高速立交桥建设。一个偶然机会，他从市建委主任秘书口里得知，在离立交桥不远处的那片河滩地上，政府正规划建设一片高档商住区，因为这里将直接与去机场的高速路相连接。他在世人都还不知晓时就冒着胆子从老板拨付的建桥款中悄悄挪出八百万元来，迅速与当地村社签订合同，买下河滩地一百五十亩。当时荒芜河滩地价格便宜，加上各种花销还不到三十万一亩，没料到两年时间不到，这块地皮一炒再炒地价竟涨到一百多万一亩，扣除各种税费，他轻轻松松一下子就赚了近亿元。

以后几年间，熊冬生以此为本钱搞地产倒股票贩药材。之所以样样都能赚大钱，熊冬生认为，赚钱这玩意可不只纯粹是个技术活，尽管都说小财靠勤、中财靠运、大财靠德，但他最满意自己的还是两条：第一条，做生意就要做大买卖，大买卖关键是学懂玩资本，一旦弄懂了资本的真正含义，那就找到了打开财富密码的金钥匙；第二条，一旦看准了机遇就必须壮起胆子冲锋陷阵，一刻也不能耽误。

于是，熊冬生回到风城六年里，又一次依靠资本运作而创造了自己生意场上再一个快速发展的神话。

三

韩月川处理完清风峡石材产业园区群众堵门事件返回风城宾馆，李谷雨、肖一凡、孙玉珉已和北京方舟集团的常总商谈到了尾声，加之已快晚上七点了，李谷雨就招呼说，干脆叫韩县长直接去餐厅等着，他们赓即过去边吃饭边交换意见。

韩月川总觉得他们有什么事在有意无意地回避着自己。

来到宴会楼的龟泉寺雅间，韩月川心头掠过一丝不快。听说，两年前马良县长就是在这间屋里被纪委带走的，今晚接待办咋非要安排这个霉戳戳的雅间。

客人还没过来，韩月川去洗手间洗了把脸，然后对着镜子反复看了两遍，真还在外衣领角处发现了两片白花花的鱼鳞。刚才接待上访群众时那场面实在是太乱，自己还在耐心听取诉求呢，不知谁将两条死鱼扔到了自己身上来。

刚整理完毕，李谷雨、肖一凡就带着常总一行进了雅间，相互寒暄之后一一落座，李副书记坐正中，常总靠右，常总的助手居左，然后分别是肖一凡和韩月川主陪，其后是孙玉珉和常总的女秘书。

每人面前都摆有座牌，韩月川见对面还空着两个座位，就提议把刚报到的两位新人请来，一方面是工作需要，林旭晖直管矿业园区，程子寒协助招商引资；另一方面，新来班子成员现在不能搞迎送和宴请，更不能沾酒上名贵菜，但借招商引资的契机还是可以打个擦边球的。

坐在斜对面的肖一凡说："好呀好呀，正好借机为他俩接个风。"

李谷雨好半天却不表态，饮了一口茶后侧身看了常总一眼。常总说："没事的，这桌上不谈敏感事，听说你们那个林书记，过去是郑宏德的秘书，他来了解些情况，对我们下步项目合作会有好处的。"

李谷雨这才有些谦卑地点了点头，然后转头对韩月川说："那韩县长快通知人吧，我们边吃边等。"

程子寒被梅凤领到龟泉寺雅间时，宾主们已酒过两巡正在兴头上。他走进屋显得有些拘谨，李谷雨忙招手叫他过去拜见常总。

程子寒抬眼一看，这常总虽然生得有些富态，但头发浓密衣着讲究，戴着一副淡茶色宽边眼镜，一看就是个有身份的上层人士，不愧是这里企业巨头的掌舵人。他走过去躬身致意，对方坐着没起身，只伸出手象征性地握了握，明显有股气势压人的傲气。

李谷雨有些讨好地特别介绍道："常总，这小程是专家型领导，他岳母是省政协副主席，今天刚从省里来，还是学环境与动物学的大博士。"

常总这才转过头，然后重重地看了程子寒两眼，随口赞叹道："博士好呀，这边远贫困县就是需要高层次人才的，科技是第一生产力嘛！"

李谷雨满脸堆笑地附和道："程博士还不赶快敬酒，你在常总面前可不能摆博士架子哟，这常总是留美博士，论级别，正局加呢！"

常总微微摆了摆手，极其老道地回道："不敢不敢，在企业界里级别再高，也是在给政府打工，还得服地方政府管。"

程子寒端着酒杯过去敬酒，李谷雨将面前的分酒器递给他："子寒呀，你管招商引资，我们今天可为你求了一个大单，预计投资三十亿呢，将大力推进清龟山的'双石'战略，你来个小钢炮吧。"

程子寒以前也喝过小钢炮，但眼前这一壶至少有二两，看了一眼对面的师姐，心头有些发虚。但看今晚李副书记放得如此开，也是给自己台面，便上前碰了碰常总手中的小酒杯，正准备仰口喝时，韩月川插话说：

"程县，既然是喝的'双石'战略酒，那常总也该端个钢炮。"韩月川说完，就将自己面前的酒壶送过去端端正正放在了常总面前。李谷雨和肖一凡一齐站起来，附和道："整一个、整一个，'双石'战略，好事成双。"

常总却并没有站起来，拿起面前的酒壶摇了摇后说："这样吧，程博士这酒我得喝，你管招商引资不能得罪呀，但我要给书记、县长讲个条件。"

肖一凡恭恭敬敬站到他身后去，欠着身子说："请常总指示！"

"你们县里这'双石'战略得改一改。"

肖一凡抬头为难地看了李谷雨一眼，李谷雨一改常态，有些放肆地重重拍了肖一凡一把。"就听常总的吧！"

肖一凡没开腔，常总就放下手中的酒壶从外衣口袋里掏出一份资料。"我认为风城最大资源还不是锰矿石和花岗石，而是清龟山的两宝，一宝是大熊猫，另一宝是埋在矿石里的绿翠玉石。大熊猫那是国宝你不能乱动，但开发绿翠玉石前景无限。"

李谷雨附和说："那是那是。"

"也有同行建议，借开发花岗石偷采玉矿，但这样风险大，叫明修栈道，暗度陈仓，我不赞同。现在是法治社会，我们得坚持，干企业必须要走正道。"常总说完就站起身来，将手中资料递给肖一凡，然后一字一句地说，"你们的'双石战略'，应该改成'三石'战略。"

肖一凡接过资料没吱声，站在一旁的孙玉珉却插话说："三字好呀，一生二、二生三、三生万物。"

肖一凡转头盯了孙玉珉一眼："'双石'战略，那可是老书记当年提出的。"

李谷雨走过来有意碰了碰肖一凡，说："只要有利于县域经济发展和脱贫攻坚，我当年提的也不能一成不变，要与时俱进嘛。"

李谷雨说完，就端了个空酒壶过来把常总桌上的小钢炮匀了半壶酒过去。"来来来，这笔招商大单我可是见证人，我们作陪！"肖一凡、韩月川和在场人见状都纷纷端起自己面前的小酒壶过来一一相碰，然后相顾而饮。

这时，林旭晖才匆匆赶到，走拢就一屁股坐在常总女秘书的旁边。李谷雨指着斜对面的林旭晖给常总作了介绍，然后风趣地说："小林书记呀，你来晚了，跟常总也来个小钢炮吧，因为常总等会儿还要谈事，常总的酒就由鞠秘书代了。"

林旭晖站起来推脱说："李书记，我不知道今晚要接待常总，我在外先喝了一台，但我声明啊，是朋友私款请我，不敢违背八条。"

李谷雨说："那不行，何况今晚是与美女对饮，今晚招商大项目，鞠秘书正代表常总起草合作协议呢，她这一关过了，常总自然就过了。"

韩月川斜眼看了李谷雨两眼，以前他可不是这种风格，今天咋兴奋起来有些近乎失态，就走过去劝林旭晖，但林旭晖依然说壶太多喝不了，求李书记放他一马。

还是常总心头明了，主动起身走过去，接过鞠秘书手中的小钢壶，与林旭晖碰了三下，先自己一口闷了，然后把小钢壶倒竖过来甩了甩。"我知道你过去是市里的一号大秘，今天你可以不喝酒，但我们这项目能否顺利招商落地，市委郑书记那里全靠你美言。"

林旭晖只好端起酒壶艰难地喝过一口，然后引来一阵干呕，看起来的确此前是喝了不少，李谷雨就说："这碰了的酒是必须喝的，若不行，就请子寒去代一下。"

程子寒空腹饮酒在一旁本来就有些眼晕，但一听市委副书记这样亲切称呼自己，二话没说，走过来接过酒壶仰头一口就干了，直烫得心口一阵发麻。

酒兴高潮过后，大家又坐下相互聊了一会儿。林旭晖坐了一会儿，脸色很快恢复过来。鞠秘书就说："林哥，刚才我俩没碰成杯，今后市委郑书记那里的事还得求你，我补敬你一个？"

林旭晖转过头，看了看眼前这长得灵秀而又婀娜多姿的鞠秘书，端起她手中的分酒壶与杯子重重地碰了碰，然后将半小壶白酒慢慢倒进了嘴里。

程子寒坐在一边，心里愤愤不平。"典型的重色轻友！"

大家似乎已经尽兴，李谷雨就请常总致闭酒词。

常总稳稳地站起来，端起面前的小酒杯向大家举杯示意了一下，然后叫鞠秘书把放在礼宾沙发上的小礼盒拿过来给大家一人送了一份。

肖一凡说："这咋能收常总的礼品呢？"

常总将手中的酒杯晃了晃，然后满怀诚意地说："这不是礼品，是我们公司生产的一款内供保健品，不需要你们帮着打广告，而是这款保健品的广告词很吉利，也很有寓意，就当是我们双方项目合作的一个好兆头吧。"

常总说到这里故意停了下来，然后侧身对鞠秘书说："鞠秘书，你将那青春肾宝的广告词献给领导们。"

鞠秘书放下酒杯双手合十，虔诚而有些故作羞涩，用十分标准的普通话大声朗诵道：

你我性福生活，

助你长春不败。

第六章 长城凤凰堡

一

胡常威今天真的不知道，老同学程子寒就在前来清风峡调研的领导群里。

两人已十多年没见过面，历经岁月沧桑，气质容貌都变化太大，晃眼一看也是难以辨认出来的。加之程子寒下午随同调研是临时定的，接待方案上就没有他的名字。

胡常威处理完龟肚坝群众上访事件后，翻看县政府手机政务新闻才知道，县上今天添了两位新领导，其中一位，竟是自己的大学同学程子寒。毕竟是同寝室两年多的大学同窗，胡常威从刘大林那里证实消息后心中一阵狂喜，衣服一换，赶紧回城，直奔凤城宾馆县级干部周转房。

周转房的值班女服务员吃惊地问："那程县长果真是你同学？"

胡常威盯着这个一笑一对酒窝的女孩多看了两眼，故意伸过手拍了拍人家的臂膀。"我们当年还是睡上下铺呢，而且我还救过他娃的命。"

另一个女服务员不以为然，揶揄着说："我们不信，听说你原来是个耍猴戏的。"

胡常威见人家揭了自己老底心里很不舒服，但毕竟在美女面前又不好发作，就随之讲起他和程子寒当年去都江堰上游探源岷江的科考之行。"那天本来天气很好，但我们逆水而上刚步行到中途，突然遇到上游突下暴雨河水顷刻陡涨，我们就被困在了一个小沙岛上。"

服务员听得入神，赶紧追问："后来呢？"

胡常威端起女服务员的水杯猛地喝了一口，接着说："河水迅速上涨，小沙岛很快就要被淹没了，有了我，他才没被洪水卷走，因为程子寒不会水，是我胡常威玩着命将他拖上岸的。"

听胡常威这一讲述，两个小美女自然对老所长多了几分敬意，赶紧为他泡了一杯热茶。

二

程子寒晚饭后，陪肖一凡、韩月川在贵宾楼常总的套房门外等候着李谷雨。李谷雨跟随常总进屋去，差不多已大半个小时了。

久久不见李谷雨出来，肖一凡低声对韩县长说："看来，这常总和老书记的交情不一般。"

韩月川不知该怎么回肖一凡的话，就转身对林旭晖、程子寒说："要不，你们俩先回吧，刚来县里，你们新房还没开铺呢。"

林旭晖有些迫不及待，立马说："就是，就是，那我就先撤退了。"

程子寒看着林旭晖远去的背影，心头想，这兄弟真能喝，难道他今晚还要去赶第三台？

林旭晖刚走，李谷雨打开房门伸出半个头喊了一声："老肖你进来。"

肖一凡转头看了韩月川一眼，自己一脸茫然。

韩月川问："李书记，我们还等不？"

李谷雨说："那你们先休息吧，我们和老肖再说说事。"

李谷雨说完又转身退回了房间，肖一凡跟着闪身进了屋。程子寒从半开的套房门看进去，只见李谷雨坐到常总身边忙着给客人倒水续茶。肖一凡进去后，李谷雨重重地说了声："把门关上。"

韩月川好像有些失落，转身对程子寒说："那我们就回吧，你今天也喝了不少。"

韩、程二人一前一后下楼往周转房走，刚走出贵宾楼大门，一个人突然从背后闪过来一把紧紧抱住程子寒。程子寒转头看了好半天，对方才大声说："我是老同学胡常威！"

程子寒喜出望外定睛一看，这胡常威十多年不见，明显是发福了。胡常威在学校时最鲜明的特征是他那双勾人的眼睛，头大额宽显得发际线很高，两道浓眉下一对眼睛里黑多白少，随时都闪烁着专注异性的熠熠光芒。

而此时，程子寒在灯光下仔细打量眼前这位老同学，十多年不见了，沧桑岁月和特殊经历让他苍老了许多，虽然那双大眼睛依旧在灯光下炯炯有神，但看人的神色早已没有了从前那份自信与从容，变肥胖了的脸反而将过去那能言善辩的嘴显得更加小。

老同学见面分外激动，程子寒禁不住大吼了一声："阳痿哥！"程子寒声音太大，护送韩月川的服务员们都转过头来吃惊地看着他。

当年在学校里，不知什么时候同学们给胡常威取了这样一个绰号，好多年不这样叫了，今天猛地一吼，程子寒才意识到自己失态了，忙一本正经地转移话题补充问："你现在在干啥？"

胡常威没直接回答程子寒的话，而是先过去给站在一旁的韩月川汇报工作说："报告县长，下午那拨上访群众已完全平息了。你走后，他们还专门签了息诉承诺书。"

韩月川问："那郑和平进医院了没？"

"我已安排过了。"

"今天咋不见村支书蔡红宝？"

"他说他走亲戚去了。"

"这不行啊，村里的事情还得有人管。"韩月川走了两步又问，"袁九金也没露面，是谁把他爹的遗像抬去的？"

第六章　长城凤凰堡

073

"今天的上访明显是有人组织的,要求每个股东家出个人,袁家没人去,他们就把袁四焕的遗像框抬去了,说是抵任务。"

"荒唐!这暗地里挑头的,会不会是袁九金?"

胡常威拍了拍胸口说:"那不会,野人娃,我摆得平。"

"工作可要做细,千万不能弄成越级群访。"

韩月川说完,自己转身回周转房去了。

今天下午,程子寒见清风镇党委书记在给李谷雨汇报工作时是觉得有些面熟,万万没料到,这清风镇党委书记竟是自己的老同学胡常威。

"我就是个作业小组长。"胡常威说起话来腔调还是学生时代那样没啥变化,只是更加油滑了,"现在可好了,有老同学来罩着(方言,照顾之意)我们,那我这'伟哥'未来就大有前途了。"

说起"伟哥",那是当年同学们都叫他"阳痿哥"时,胡常威感觉很伤男人的面子,便一个劲纠正说,不是"阳痿哥",而是"威猛哥",于是他便自称"伟哥"。如今一想起这些往事,程子寒忍不住问:"你那女朋友,后来跟你一起没?"

老同学间一提起如烟往事,胡常威心头悔恨难当,为了掩饰内心的卑微,才故意哈哈一笑,然后低沉地说:"老同学,不说她了,为了她,我后面混得这么惨,她哪还会跟着我来。"

胡常威这么一说,程子寒心里自然生起一丝同情。当年他俩也太疯狂了,居然大白天在电影院的座位上胡搞,周围还有那么多看电影的观众,其中妇女儿童占了大半。他被警察抓到派出所还口吐狂言说自己是省公安厅厅长的亲戚,甚至还动手打了值班民警一记耳光。后来还是学校派人把他从派出所接出来。

为了给老同学接好风尽好地主之谊,胡常威在回城路上真是用心谋划了一番,只是不知道程子寒愿不愿意赏自己这个脸。胡常威心头犯嘀咕的是,老同学是老同学,但世道变幻江湖虚实难料,特别是这无边的官海等级森严,虽然过去自己曾救过他一命,但自己毕竟是个混得不怎么样的同学，刚才在周转房与那些服务员小妹妹谈笑风生还底气十足，而此时，命运苦难的差距和迥然不同的人生际遇，一下子让胡常威的内心伤痕累累，于老同学面前的那种赶不走的卑微和过度自谦感便更加强烈起来。他几乎是小心翼翼地反复说："给您接个风，我没其他意思，老同学十多年没见了。"

看老同学如此真诚，十多年不见，程子寒若不去实在说不过去，即使刚才喝得再多也是不好拒绝的，何况当年胡常威洪峰里还舍生忘死救过自己。"'伟哥'，今晚再醉、再不行，我也得跟你去。"

胡常威伸出双手一把猛地握住程子寒的手，有些喜出望外。"谢谢老同学给我面子！"

"我们是老同学呢，'伟哥'！"程子寒特别情深意切地叫了声"伟哥"，这是他害怕再伤害老同学的自尊心，"分别这么些年，真的不知道你的去向，我问过好些同学，都不知道你的下落。"

"百草千花寒食路，香车系在谁家树。"胡常威陪着程子寒一边走一边说，声音渐渐有些哽咽，"这些年，路太曲折了，能活下来，能幸运地再见到老同学，这已是我的福分了。"

程子寒怕胡常威再伤感下去，就转移话题问道："今晚不是公款吧？"

"不会不会。"胡常威赶忙停步下来，立马从屁股后的裤包里掏出一叠明晃晃的现钞，义正词严地补充道，"我怎么会害老同学！"

"在什么地方呀？"

程子寒只是随口一问，但胡常威心头还是咕咚一声有些发凉，这就是官阶的落差啊。任何时候落差就是心灵的实际距离，于是他不自觉地立马后退半步，再是同学也不能和县委常委兼副县长并排走啊！

胡常威知道程子寒晚上在同书记、县长一起陪客，就把消夜的时间定在了晚上九点，地点特别选在了城里最隐蔽也最有接待档次的长城凤凰堡里。

程子寒不知道这长城凤凰堡是熊冬生开的，好奇地问："一个饭庄，怎么取了这么个古怪深奥的名字？"

"这是长风集团的产业链，而这个长城凤凰堡的名字，据说还是专门请了几个风城文人和一位易经大师PK出来的，熊老板还专门付了三万三的取名费。"

程子寒插了一句："有这么玄？"

"起初是几个文人取名，《红楼梦》中的滴翠亭，《西游记》里的黑风洞，还有古诗词中的情未了，一口气取了一大堆。最后，还是那易经师傅一锤定音，别出心裁地取了个长城凤凰堡。长城与长存近音，尤其是一个堡字，表明此地坚不可摧，固如碉堡，炮轰不塌，地震不垮，从而使顾客有十足的安全感。而加入凤凰二字，一来是此处地名先占个风水，二来这凤凰乃千古神物，大吉大利，必定助主人发达而鸿运绵长。"

"那特色是吃啥？"

"除了风城烧烤外，就是他们的清龟三鲜。"

三

长城凤凰堡，风城人都知道是长风集团熊老板开的。

胡常威带程子寒来的这个地方，从前叫柳滩，位置就在凤凰山的西南侧，实际上与"凤凰交雄"的凤凰山东侧风城宾馆相对应，只是这柳滩在山那边属城外了，多年来一直没人开发。

柳滩，一条沿江专用公路与城区相连接，翠绿悠悠的清河绕之蜿蜒西流。风水先生说，这是块好地方，山主人丁水主财，但一般凡人却坐不住。

传说清朝年间有一美艳村姑被一风城少爷始乱终弃，她便在这里搭了个草屋垦地种菜。那村姑很会吹箫，每至夜半便有缠绵的箫声响起，那箫声如泣如诉销魂断肠。一夜，城内那男人终于忍不住便去了，可他一去就再没回来。第二天，人们看到的只是一片茅草屋焚烧后的焦土。后来这片焦土上便长出了两棵柳树，所以人们便称此地为柳滩，也有人叫它风流滩。

一九五〇年后，这地方成为风城枪毙犯人的刑场。据说仅当时在此被镇压的地主恶霸就有几十人，胡常威在县城读高中时就曾跟着刑车后面追到这里，亲眼看见过枪毙人的场面。后来这地方常常传说有鬼叫，半夜后还有点点鬼火丛生。所以这里便一直荒芜着，连庄稼也没人耕种。

如今熊冬生在这地方开辟了长城凤凰堡，成为风城饮食消费和住宿名店，齐宇矿业公司的徐富达也跟着在旁边配建了一处唱歌打牌和喝茶的娱乐城，名叫红灯笼逍遥宫，中间仅一个小山脊相隔开。这侧红灯笼挂满院，霓虹灯闪烁夺目，客人来来往往，小汽车在坝里停成一坪坪，生意异常火爆；那侧长城凤凰堡，庭院式建筑，幽静而庄重，布局典雅、华丽雍容。

程子寒在省城里也算是见多识广，什么餐饮码头也都见识过，但一走进这长城凤凰堡，才一下感觉眼前这个典雅而宁静的庄园完全像个神秘而安全的宫殿。前面湖水波光粼粼，后山以绿色调为主的森林光亮工程营造魔幻梦境。整个建筑取川西民居和传统新中式楼阁融合风格，就连路灯也是宫廷韵味，抬头望一眼，或者在院子里走几步，仿佛就会有一种自己变得高贵而典雅起来的优越感。

走进包房，尽管胡常威选的是个小包间，但屋里陈设和那仿古红木桌椅，自然映衬出一种超凡的富贵与霸气。走进屋里，程子寒才看见里面还套着一间茶室，屋里四个人正在打着目前官场最时兴的扑克双扣。一看孙玉珉也在，程子寒心头有些不快，原来你"胡阳痿"是请常务副县长，弄不好自己还是来当陪客的。尽管心头不快，程子寒还是装着兴高采烈模样上前与孙玉珉主动握手。

孙玉珉二年前从清风镇回来本来是被安排为县委常委兼县委办主任的，后来出了意外。好在他过去有过从警经历，他县委办主任干了半年就被提拔为副县长兼公安局局长，刚干了两年多，去年八月又转任常务副县长，只是县公安局局长职务半年来还没有被免去。孙玉珉丢下手中扑克站起来，先介绍打对家的一个平头说："这是我们康全著名的熊冬生董事长，也是这长城凤凰堡的堡主。"

程子寒忙上前握手。熊董事长虽然留着平头，但个子中等，眉目清秀，还戴了副精致的金丝眼镜，完全一副极有修为的儒商模样。

程子寒绕过去和桌对面的另外两位握手，熊冬生就跟过来主动介绍道："这位是公安局刘政委，马上要接替孙县长的公安局局长了，下月和你一道，由人大常委会任命呢。"

刘大江主动伸出双手，和程子寒热情相握。"下午见面会我没能参加，我去参加处置'全能神'邪教专题会去了，早听说程县长是大博士，久仰久仰。"

站在一旁的孙玉珉却说："大刘可不能乱叫，这县人大常委还在场呢。"

刘大江忙转身指着熊冬生对程子寒介绍道："这熊哥，是县人大常委，下次要给我俩画圈投票的。"

程子寒冲熊冬生礼貌一笑，熊冬生忙谦虚道："都是领导栽培，我一定与县委保持高度一致。"他说完又指着对面正在收拾桌上扑克的女性说："这是我们风城宾馆梅经理，你们县领导的周转房就是她在代为打理。"

站在身后一边的胡常威抢着说："风城宾馆也是熊老板的。"

梅经理收完扑克牌抬头冲程子寒微微一笑，是那种浅浅而不露齿的笑，笑得有几分委婉，并没有显示二人中午早已相识。但程子寒一看这场面心头还是咯噔一下，不知这些人的深浅，也就礼节性地与梅经理拉了拉手，一点没有中午那种柔若无骨的感觉。

开席吃酒。今天虽然是胡常威做东，但真正请客的仿佛是常务副县长孙玉珉。孙玉珉坐正中，一开席就说："我和老程今晚已经陪招商客人喝过了，但听说程博士和胡常威是大学同学，今晚这第二台就是为老程接风，今儿个可是胡常威私款啊，不违背中央八项规定。"

坐在一边的熊冬生说："这样吧，程县第一次来我这堡子，今天算我请。"

这熊冬生真还是老道，一个"程县"用得极具技巧，既表达了对县长的称呼，又不违背人大还没正式任命的意思，反正人家早已是县级干部了。

胡常威站起来举起酒杯说:"那怎么行,今晚我是请我大学同学呢,你熊老板不收我高价就行了。"

"那行!"熊冬生见两个服务小姐端来两个大盘菜,就吩咐赶快上上来。第一道大盘菜是一个直径小半米的大瓷盘中摆着香酥鸽子,一只鸽子对半开,瓷盘中央是干炸的银鳕鱼片,四周摆了一圈金灿灿的乳鸽,胡常威站起来戴上一次性卫生手套,将鸽子肉首先给孙玉珉和程子寒各抓了半块,热气腾腾的香气扑鼻,然后说:"报告老同学,这是长城凤凰堡里的金银鲜炸,香酥而补肝肾。"

第二道大盘菜端上桌的是个大砂锅,锅里烧的是清香四溢的豆腐鲜鱼汤。胡常威指着这黑色砂锅介绍道:"这可不是一般的豆腐鲜鱼汤,而是黑砂锅炖冷水洋鱼。只有川西独有的千年黑砂锅配上清龟山里的冷水洋鱼,才能有这独特的鲜汤美味,这也是我们长城凤凰堡里的一道名菜。"

熊冬生这时说:"但你胡老弟今晚点的菜只有这清龟二鲜还不行,剩下一鲜算我送的菜。"说完就叫梅凤亲自去端了一个大瓷钵进来,端上桌后揭开瓷钵上面的一层锡箔纸,一股浓郁的野味膏汁馨香便在屋内乱窜。熊冬生说:"这是红焖娃娃鱼。"

程子寒这时才明白过来,这长城凤凰堡里的"清龟三鲜"特色菜,原来就是吃山中野味。他是学环境与动物学的,心头有些不是滋味,但又没法说出口,只好自己提了一杯酒敬大家。

孙玉珉走过来敬了程子寒一杯酒,然后对程子寒说:"你们从省上下来的一定要学会'五得',干活要累得,老百姓骂你要受得,领导批你要忍得,请客陪客要喝得。"

"才'四得'呢!"熊冬生在一旁细心数着。

最后一得因为有梅凤在一旁,孙玉珉不便说出口,还是胡常威挨着程子寒坐,他把头凑过去悄声说:"家中女人要熬得。"

程子寒笑着问他为啥,胡常威就趁着酒兴说:"老同学,在基层久了,连性欲也搞得没有啦,真是喝坏了脑袋喝坏了胃,喝得老婆背靠背。"惹得在场人一阵大笑。

四

此时，清风镇峡口村支部书记蔡红宝，也在长城凤凰堡里做客喝酒，他们的酒席就在隔壁房间，只是现在已进行到了劝酒的尾声。

今晚请客的，是长风集团董事长熊冬生和齐宇矿业的徐老板。蔡红宝来得很早，一个人在雅间里瓜子都嗑了两大盘，一直等到七点过，县国土与规划建设局局长韩东顺、县发改局局长张虎才姗姗来迟。一见两位大员驾临，蔡红宝才明白，自己今晚只是个小小的陪客。

熊冬生和徐富达随后即到，大家也没啥客套，直接就入了席。韩东顺说："要扯峡口电站的事，应该把毛艳艳叫来。"

麻二娃一边斟酒一边说："请过了，她说晚上要陪女子去补课。"

徐富达说："不是一路人，来了，反而会坏事。"

张虎说："这个彝族妹妹很有性格。"

熊冬生举杯开席："不说毛艳艳了，我们开席喝酒，今晚兄弟们好好地喝一场！"

大家碰杯，干杯；再碰，再干，相互间的话就渐渐直白起来。蔡红宝此时才弄明白，原来是峡口水电站遇到了麻烦。你一句，我一句，酒杯相碰声里，大家终于有了应对办法：暗地里加快施工进度，尽早将锅里的生米，提前煮成无法回锅的熟饭。

徐富达说："兄弟们，下午你们没在现场，李谷雨书记明显是持支持态度的，肖一凡也说，看一看，风头就过去了。"

韩东顺端起杯子和熊、徐二总相碰后，一饮而尽。"当务之急，必须尽快把手续补全。"

张虎说："你那里的施工许可证有了，但还缺工程设计审查的正式批文。"

"已经在办了。"韩东顺咬了一口香酥乳鸽，一边嚼一边说："现在最关键的问题，还需补行洪论证报告和流域环评报告，你们发改局主管水电，这两项手续不尽快补齐，那环保督察下来，问题就严重了。"

熊冬生端了个半酒壶的白酒，足足有二两，当着大家的面，一口饮过。"就拜托兄弟们了，包括红宝那里，你是地头蛇呀，一定帮我们躲过这一劫。"

在座的都客气地说："明白，明白，熊老板你放心！"

熊冬生放下酒壶，十分诚恳地说："我马上要去接孙常务，还有个新来的程县长，就分管环保的，这里就委托达哥和麻二娃陪你们尽兴了。"

"我们也差不多了。"韩东顺、张虎齐声回道，然后起身相送。

"你们再整两巡，然后搓搓麻将，好好休闲一下。"熊冬生说完就出门走了。

韩东顺顺势说："酒也差不多了，那我们就来搓两把？"

徐富达站起来一挥手："不行哟，大家得干完壶中酒。"

接着，大家便加速将几壶酒三两下就喝干了。蔡红宝说："你们刚好四个人，我就不玩麻将了。"

"不行哟，你们四个上阵，我来下注。"徐富达说。

"你们玩得大，我胆儿小，上不了这大席。"

"红宝兄弟，有达哥呢！"徐富达说完，就拽着蔡红宝进了套二的里屋小间，一把将他按坐在东方座位上。

麻二娃赶紧跑过来："达哥，他坐西方，这东方是虎哥的。"

蔡红宝起身坐到麻将桌西侧椅子上，轻轻打开桌边抽屉，见里面已放好了厚厚一叠百元钞票，用手一摸厚薄，足足有一万块。

张虎、韩东顺分别在东北两方一一落座，徐富达和麻二娃相互谦让，张虎说："那就达哥上吧。"

徐富达在南方椅子上坐下来。"麻老弟，那我们俩捆起打。"

"好，达哥把抽屉里的子弹用光了，我就上。"

韩东顺、张虎嘿嘿一脸酣笑。

蔡红宝抬头一望两位局长，瞬间明白过来，他们抽屉里备的货，肯定比自己的多。

隔壁的消夜接风酒，此时喝得正酣。

孙玉珉不仅能喝，还喝得耿直爽快。他的民间酒文化更是十分深厚，什么酒风就是作风、酒德就是品德、酒量就是胆量，一说一大串。然后就要与程子寒喝个小钢炮，程子寒说："我实在是不行了。"

熊冬生走过来，举杯和程子寒碰了碰，十分文雅地介绍道："程县从高层下来，你不知道我们孙县特别能喝，这风城县有个清龟山乡官男人四宝，他是排在魁首的酒圣呢。"

孙玉珉却很不满意地摇头说："这做酒宝不爽呀，还是胡老弟那色宝才有意思。"他边说边将视线转到了梅经理那边。

梅经理今晚很少喝酒，也很少搭腔，更多的是文文静静地来回服务着。看大家酒兴正浓，她也端起酒杯满桌走了一圈，后面再怎么劝她也劝不进酒了。"现在中央八项规定起了作用，相比过去，你们这酒场上的应酬确实是少多了。"

熊总是学法律的，说话一直比较谨慎，今天几杯酒入柔肠，接过梅凤的话说："这喝酒和世上应酬，其实与婚姻间的男女关系是相类似的。"

"咋说？"胡常威放下酒杯，一脸迷醉。

"从本质上讲，爱情是精神生活，遵循的是理想原则；性是肉体生活，遵循的是快乐原则；而婚姻是社会生活，遵循的是现实原则。现实中，婚姻的困惑就在于，在同一个异性身上，要把这三个完全不同的东西有机统一起来。我们喝酒，还有社会上的各种应酬，其实与此道理是基本一致的。"

胡常威听了半天还是不太明白，孙玉珉就补充道："熊老板的意思是说，老朋友的酒要喝，但还是要有不断想结交新朋友的欲望。没有朋友你咋个喝酒，你一个人闷在家里，几杯酒下肚就不想再喝了。还是朋友一起好，酒题多、酒兴浓，各种复杂感情都在杯里，一口闷了，五味杂陈自己才能体会。"

孙县长说完就举杯和大家干了一个。熊冬生接着说："是这个道理，自家老婆结婚几年后就会渐渐厌倦，但这是家，也是婚姻自然的结果，因此相互间尽管欲望淡了，但任何时候还必须得守着这个家，这是道德规范，也是婚姻的底线。而一旦有了婚外情，你那冷漠多时的性欲望，就会立马春心复燃。但婚外情人，大多是一见面就睡觉，却又缺乏真正家的那种温馨。这一点，程博士是研究性心理学的，比我们有发言权。"

程子寒认真听着，突然想起自己和肖辛芯的婚姻状况，心头有些淡淡的苦涩。他正在纳闷时，胡常威却抢着说："孙县长这一说，让我突然记起来一个段子，外面女人是糖，家中老婆是粮，一日三餐靠粮，偶尔也要尝尝糖，身体健康全靠粮，一时快乐得靠糖。"

胡常威显得十分兴奋，他诵完段子自己独自喝了一杯。孙县长说："还是听博士专家说说看。"

程子寒稳坐在座位上，小呷了一口酒后说："从心理学上讲，这里面有两个核心原因。第一，婚姻给你生活增添了很多新东西，但同时也带走了很多东西，比如，带走了独处和自由。而婚姻相互间更需要的是安全感，这样一来，快乐服从稳定，稳定服从安全感，而安全感就自然会扼杀欲望的。第二，婚姻是追求家的稳固和安全感，但同时又希望得到性爱的活力，这本身就是一对矛盾，所以婚外情本质上是对日常惯例和婚姻束缚的一种反抗，虽然违背道德良俗，但这种行为本身就具有强烈的兴奋性。"

"难怪呀，婚外情人一有机会就不断地发生关系，甚至一个长年在婚姻里对性提不起兴趣的人，一旦出轨了，就总是疯狂地和情人合体寻欢。"

酒入柔肠，胡常威的话一股一股直往外倒。

第七章

突变

一

周转房的服务员早上来催吃早饭，程子寒才一觉醒来。

程子寒睁眼一看，自己衣服没脱就躺在床上睡了一夜。昨晚两台酒实在是喝得太多，连自己是咋回来的都记不起来了。原以为自己还有几分酒量，在省城朋友间聚会时常常是打败全席无敌手，想不到这风城里更是酒仙酒圣高手多，尤其那孙玉珉和刘大江越喝越清醒，三杯入席酒，四季发达工作酒，九九大顺情感酒；感情深一口闷，感情铁喝出血。能喝八两喝一斤，这样的干部最放心；能喝半斤喝八两，这样的干部要培养……喝酒题目一套连一套，喝酒理由名正言顺，叫你喝你不喝都推脱不过去。

程子寒起床去卫生间，卫生间里满是一股浊酒气，才依稀记起来昨晚自己趴在马桶上吐过好几趟。然后使劲回想，实在回忆不起是谁送自己回来的，心中便担心第一次就喝成这样，身体受伤是小事，千万不能初次就损了新来干部的形象。程子寒打开水龙头冲了一阵滚烫的热水澡出来，头脑一下清醒了许多，才隐隐约约记起昨晚是那梅经理搀扶着自己回到周转房的。

昨晚醉了酒，现在头昏脑涨周身骨头像散了架一样，程子寒倒在床上心中一片空荡。随手抓起床头一本《康全志》，仰着身子翻了几页，才想起来该给省城的老婆去个电话报报平安。

程子寒在屋里四处找，最后才在门口鞋柜上发现手机，估计是梅经理昨晚放在上面的。手机没电，插上快充打开手机才看见昨晚有肖辛芯好几个未接电话。赶紧回拨过去，肖辛芯一开口就冷冰冰地责怪说："我以为你真的乐不思蜀呢。"

程子寒故意用调侃的口吻回道："难道这风城县不归之于蜀？"

"从前你那里可归属西康省！"肖辛芯并不买程子寒这调侃的账，反而揶揄着说，"你不是自己也说过，要去夜郎西么，再向前推历史，你那儿应该是青衣羌族的领地吧？"

程子寒只好如实报告说："昨晚遇到大学老同学，一高兴就喝醉了。"

"是美女同学吧，姓韩？"

连这信息老婆都掌握着，程子寒暗自一惊，赶忙回道："那韩县长可是我领导，研究生班的师姐，昨晚喝酒的是中途退学的胡常威，现在是一个大镇的党委书记。"

"记得你说过，好像外号叫'阳痿哥'。"

"还是肖处长记性好。"程子寒赶紧讨好附和道。

肖辛芯却在电话那头大声警告道："你现在终于脱了缰绳，那你们可以一起去随便骚搞了。"

程子寒嘴里"切"了一声，赶紧回道："我咋会与他沆瀣一气哟！"程子寒说完就讲了些下来后的情况，双方不冷不热便各自挂电话了。程子寒挂了电话后，倒在床上心头一阵乱麻，和肖辛芯的那些往事云雾般直涌眼前。

二

程子寒与肖辛芯的恋爱本来应该是甜美的。

程子寒一直到读完博士都还是孑然一身，他在北京参加一个全国性的学术研讨会时认识肖辛芯，那完全称得上奇遇。先是二人住宾馆的房号门禁卡被会务处相互发错了，都打不开房门一同去大堂就萍水相逢初相识了，然后是大会辩论两人恰在同一编组，一个学环境与动物学，一个研究金融生态，同时为一个话题而深入探讨便互相成了怦然心动的朋友。

席慕蓉在《回眸》里说，前世，我频频回眸，挥别的手帕飘成一朵云，今生我寻觅前世失落的足迹，跋山涉水走进你的眼中；前世的五百次回眸换得今生的一次擦肩而过，我用一千次回眸换得在你面前的驻足停留……程子寒能与肖辛芯于茫茫人海中遇见，那算是千年等一回的缘分，而相识相交相知似乎就起于那么一个眼神，甚至源自一个瞬间的心灵感应，最后顺利走到了一起。如果不是门不当户不对的家庭背景和随之而来的性格冲突，二人间是不会走到今天这一步的。

程子寒是恋爱两个月后才知道肖辛芯的父亲是大学教授、母亲是高级干部的。加之肖辛芯人漂亮单位又好，虽然同是处长，但她实权大；尽管她性格强势，但追她的真是不少。特别是她母亲最满意而亲自撮合的那位干部子弟，一从国外回来就紧追不舍，甚至到了跳江割腕相逼的地步。

后来，程子寒曾多次表达自己为此一直感动万分，也问过肖辛芯是不是她对纨绔子弟的厌倦才猎奇选择了自己。肖辛芯家庭条件好，城里女孩那种优越感出奇得强烈，后来也后悔少时不懂世间事，为啥当年自己非要坚决反对婚姻门当户对的潜规则。

程子寒来自农村大山区，曾经相处的两个女朋友都因为自己家在农村和城里没房而黯然分手。之后他也常常静下来思索，婚姻是否能够幸福，婚姻的门当户对规则也还真是有它存在的现实性。在他看来，门当户对择偶观，一直是封建社会以来人们普遍遵从的主要择偶标准，也因其具有维护婚姻高度稳定性和维护封建社会礼制合法性而备受推崇。从社会交换角度看，某种类型的交换观念是婚姻的基础。择偶本来就是一种涉及物质和意识相交易的综合形态，更是一种社会交换过程，行为主体倾向于互惠交换和公平原则，同一阶层内部门当户对的等价交换，必然是一种最现实最稳固的文化与心理交换形式。

在程子寒眼里，世上女人大体可分成四类：一类是美丽而善良的，二类是美丽却凶悍的，三类是丑陋但善良的，四类是又丑陋又凶恶的。平心而论，肖辛芯是漂亮美丽的，是那种男人一见就会想入非非的美艳型。但她性格太凶烈，自我意识太强，不容男人有丁点余地和偷偷喘息的空间，所以程子寒把自己老婆划为了典型的第二类。也正如肖辛芯好几次向人自我介绍那样，父母当年给她取名字叫肖欣，希望一切都欣欣向荣而被人欣赏，是她自己改名肖辛芯的，辛者辣也，芯是草木之中心，草木者大自然之精灵，自然表达的是对事物包括男人的驾驭欲望和挑战男权的英雄气魄。

但从自己研究心理学角度看，程子寒总是于心不甘而心有余悸。他认为，虽然大多数人在爱情关系中更容易被具有相似性的他人所吸引，其中特别包括更容易被有相似的经济基础、社会阶层，即所谓"门当户对"的潜在对象所吸引，但并非每个人都应该或者就一定遵循"门当户对"的规则。

程子寒心里也矛盾重重，一方面自己从那宽厚而贫困的大山而来，即使后来的生活跟随着城市的节奏不停转动，但内心世界跟大山与乡村那千丝万缕的联系难以割断。另一方面，爱情就是爱情，毕竟婚姻较之更具实用主义。而后来，他乡下的父亲第一次进城来的际遇，就真正在夫妻间画上了一道城乡烙印与划分阶级般的分明隔断。

那是他们搬新家后的第三天，程子寒的父亲大老远来到省城贺喜。程子寒知道，老父亲是那种宁可自己咬碎牙也不向别人诉苦的人。母亲早年去世后，父亲没再续弦，独自将程子寒养大。为送他读完书，父亲进山挑桐油背煤炭，最困难的时候还跟村子里的年轻人们一道去山里背矿，背一趟矿挣八角，凑起来的钱才供他读完大学。风雨几度，父亲渐渐老了，后颈上磨起了两个硕大的肉包，那是山里人才有的名字，叫劳力包。父亲肩上的劳力包越隆越高，上面的老茧脱了一层又一层，在阳光下泛着古铜色的光。可父亲几百里之外背了一大背山货进城来，连床都没住热第二天就悄悄走了。

程子寒一直后悔，他怪自己头天晚上喝酒喝得太多第二天没能早起，也怪肖辛芯对农村人那种内心天然的隔膜无法改变，城乡差别，阶层分类，注定自己在婚姻里要矮人一截。

程子寒一大清早被老婆的埋怨声惊醒。起床一看，老父亲穿了个单裤子，像个做错了事的孩子在客厅里呆站着。程子寒问咋啦，肖辛芯二话没说一把将他拉到卫生间，原来是父亲清早起来解完大便用不来城里的抽水马桶，最后不知所措竟用双手捧抓在一张报纸里裹着，弄得整个屋都臭烘烘的。

程子寒给父亲穿上外套，然后给他讲如何使用抽水马桶和安全使用天然气炉灶，父亲却一直说："对不起对不起。"程子寒安慰父亲说："没事，以后就会了。"

第二天父亲说他要回了，程子寒说，肖辛芯口恶心善莫见气。父亲说，天底下哪有老子跟儿子见气的。父亲执意走了，肖辛芯马上就要将他住过的床单被套用消毒液反复浸泡，但清理床单时才发现父亲走时将一口袋钱放在了床头柜里，打开一数，大都是些零钞，足足六万块。程子寒数完钱，眼泪止不住地滚滚而下……

从此，一道无法逾越的门不当户不对的鸿沟，就渐渐变成了两人心灵间一道越来越冷的情感隔断。

三

迷迷糊糊里，程子寒被床头一阵电话铃声惊醒，是宾馆梅经理打来的，先问中午要不要送饭过来，程子寒说屋里有方便面和面包牛奶。梅经理顺口说："领导一个人在外，一定要爱惜自己身体，世间的酒是喝不完的。"

听了梅经理电话中暖暖的话，程子寒胸腔里自然泛过一缕特别的感激，就说："昨晚谢谢梅总，我一高兴就喝过了。"

"领导可不能因酒误事啊，今上午县委召开全县处置邪教'全能神'

专题大会，听说县领导就缺你了。"

程子寒这才记起来今天上午有会。梅凤在电话那头又说："你不知道，今上午专题会快完时，清风镇的上访农民抬着死人冲进了县委大院。"

"是什么死人？"

"是清风峡的，一个癌症病人，前天死的，他们怪工业园区开矿而导致的疾病。"

"这么严重？"

"现在有人正在县委院里和警察争夺尸体呢。"

"那峡口村开矿的，不就是你们长风集团吗？"

"我们集团重在对锰矿电解加工，是齐宇公司直接开矿山的，我们山上虽然有几个小矿洞，但主要还是从齐宇公司买矿石。"

"你们轧矿石和电解锰，就没有污染？"

"我只负责管好我的宾馆。"梅凤电话那头欲言又止，停顿了一下又继续说，"领导，还有件更大的事呢。"

"啥子事？"

"肖书记出事了。"

"肖书记咋啦？"程子寒一下从床上蹦起来急着问。

"上午专题会快结束时，肖书记在主席台上突发脑溢血，刚才所有县级领导都去县政府了，通知说一点半韩县长要主持召开紧急会议。"

程子寒半天没回过神，一看手表快一点一刻了。"咋没人通知我呀？"

梅经理在电话里劝道："我也是才听说。领导还是快赶去参会吧，你虽然还没被任命为副县长，但你是县委常委呀，你要去参会！"

"过去要二十分钟，我没车呢。"

"那你快下楼来，我马上开车送你过去。"

程子寒放下电话心里一片茫然。这才是真正的宦海江湖啊，才来风城两天就发生了这么多离奇古怪的事。程子寒想自己也还是县委常委吧，那办公室咋也不通知一声？你以为你就是真正的县委常委兼副县长？不就是下派的嘛，不会有啥实际权力，下派干部是飞鸽牌，镀镀金染上一水就打道回府，而且越是上面往下派的实权就越虚，因为市里派下来的很多人是可能留下来转任为永久牌，即使不转任，等下派时间满后回市里也是山不转水转总绕不过去，下面干部们早就暗地里将各级下派干部分成三六九等了。

程子寒匆匆跑下楼，梅凤已停好车在周转房门口等着他。

程子寒跑步进入县政府二会议室，县上的紧急会议已经开始。

会议室里异常安静，县上几大班子的人都直直地望着坐在正中的韩月川县长，目光凝重而有些游离。

韩县长主持会议，先是县委办主任田晓伟通报情况。程子寒进入会议室时田主任刚通报完肖一凡突然患病的情况，韩县长见程子寒在找座位就向他招手说："子寒同志前面坐。"程子寒一听师姐叫自己名字脸一下潮热起来。领导干部坐位置是要讲政治的，他本该坐到前排那张大椭圆桌上，但自己一个下派干部又会议迟到了，赶忙在后面找了个空位置坐了下来。

继续开会。韩月川说："同志们，现在召集大家开个紧急会，刚才通报了情况，然后请旭晖同志传达市委的三条紧急指示，再看大家有什么说的，最后我讲一下当前的几项工作。"韩月川说话突然变得有些缓慢而沉重起来，像是在念悼词一样，"下面，请旭晖同志传达市委指示。"

大家把目光转向同坐在中间位置的林旭晖。

林旭晖打开一页纸，先喝了一口茶，然后故显老练地说："按照月川同志的安排，我现在将中午收到的市委书记郑宏德关于风城县当前工作的三条紧急批示传达如下：

第一，听到一凡同志在工作岗位上累倒的意外消息，市委很震惊，我也很痛心。一凡同志一直在基层工作，兢兢业业，是一个十分难得的好同志，望风城县委组织专门力量，不惜一切代价全力救治，务必让其尽快脱离生命危险。

林旭晖读到这里，特别停下来环视了一下，参会的同志们都在埋头作笔记，会议室异常安静，只听得见写字的沙沙声。程子寒又忘了带笔记本来，忙轻声向旁边一位同志要了两张稿笺纸，也在上面若有其事地记录起来。

第二，鉴于肖一凡同志需要一段时间治病和身体疗养，市委决定，暂由韩月川同志临时主持凤城县全面工作，望四大班子特别是县委一班人精诚团结、勤奋工作、开拓奋进，确保各项工作稳定接续与推进。

林旭晖读到这里又停了下来，抿了抿嘴唇，补充道："关于这一点，宏德书记刚才还打电话给我，要求我全力支持和配合月川同志的工作，他还特别吩咐说，关键时刻看干部，特殊关头考验干部。我愿与同志们共勉，坚决支持和配合好月川同志的工作。"

程子寒一听，倒觉得他是故意这样一说，完全在显示自己的特殊身份，究竟郑书记给他打过电话没有也难说。但转眼一看孙玉珉并没来参会，就侧身问左边一位，左边同志说："孙县长和刘大江在县委大院处理上访呢，尸体就摆在县委大堂里。"

林旭晖又继续宣读：

第三，凤城县是全市的大县，也是全市脱贫攻坚工作的样板县，在特殊时期，务必坚持与时俱进，确保工作不滑坡。在当前，有三项工作务必抓紧抓好抓出实效：一是坚决妥善处理好邪教"全能神"问题，特别是要严防严查从外省流窜到我市一带的"全能神"邪教骨干人物，千方百计确保社会安定和政治稳定；二是县乡换届和招商引资工作还要更大力度推进，今年全县的GDP总量只能增不能减；三是继续搞好新时期三次产业融合连片开发，一定要三次产业融通联动，落实省政府马副省长计划六月中旬前来调研和现场会的事，望风城县的工作能多为康全市增光添彩。

郑宏德
3月7日上午12点

林旭晖一宣读完市委书记的批示，大家热烈鼓掌。

韩月川侧过身问陈仲兴主任、文运昌主席有什么要讲的，二人都摇了摇头。接着又问大家还有什么说的，见同志们都没吱声，她便继续说："同志们，从刚才大家的掌声来看，同志们都是非常拥护市委决定的。一凡同志为了县上工作病倒了，他现在还处在深度昏迷中，我们要千方百计抢救他的生命，只要有一线希望，我们就要尽一百倍的努力。"

韩月川停顿了一下，清了清自己的嗓子又接着说："下面我讲两个问题。一是，一凡同志病了，但我们县里的工作绝不能趴下，请各大班子同志必须顾全大局，要站在贯彻市委决定的政治高度，站在加快风城发展的大局，站在真心真意对一凡同志负责的战友情怀，共同维护当前人心思发展的良好政治局面。二是，鉴于目前的特殊情况，请县委旭晖副书记、政府孙县长分别负责好县委、县政府的日常工作，在抓好处理邪教'全能神'的同时，务必坚决维护好社会稳定，该硬的，我们的手段一定要硬起来。旭晖同志重点抓好乡镇领导班子换届和产业化连片推进工作，子寒同志重点是全力协助抓好招商引资，我们这里生态环境优良，环保容量空间大，再上几十个企业也不是问题。"

韩县长说到这里又问陈仲兴："老陈啊，子寒同志的任命什么时候过呀？"

"要下月三号才开例会呢。"陈仲兴不冷不热地回道，明显是对韩月川刚才那个"过"字有些不满。县人大常委会例会每双月召开一次，这可是法定程序，除非要决定代理县长或者重大突发事件才能够加开例会，何况你韩月川现在还不是县委书记，人大是一个地方的最高权力机关，你县政府还要依法接受人大的法律监督、工作监督和执法检查呢。

但韩月川还是照样往下讲:"子寒同志从省里来,是农业和环保专家,省里的人脉关系丰富,你要协助孙县长大胆抓,下功夫抓,不弄成功几个大项目,不行啊!"

协助?大胆抓?程子寒在心头反复琢磨这两个词,心想:怎么自己一下就变成二派和辅警啦,我还是省里派来的,要论文凭可比他林旭晖高几个格呢。既然是"协助",又怎么去"大胆抓"?到时候成绩归谁?问题又归谁?师姐呀,你这一夜之间怎么突然像是变了个人似的。

这权力容易改变人呀!

权力,真是一剂诱惑力无限的春药。

韩月川还没宣布散会,楼下保安队长和刘大林急匆匆跑进来,大声说:"那些上访的群众正往县政府赶过来。"

四

程子寒还是第一次见识这样大规模的群众上访场面。

透过走廊外的玻璃窗往外看,仿佛是一刹那,一百多号人就迅速把县政府大门口给堵满了。幸好,他们没有将尸体一同抬过来。因为保安们早已将铁栅栏大门严严实实地锁上了,上访群众只好拥挤在大门前情绪异常激动。大街上过往看热闹的人越聚越多,不一会儿县政府门口就汇集了黑压压一大片。

有人拿着半块砖头使劲敲打大铁门栏杆,一边敲打一边喊:"我们要见韩县长。"

门口人越聚越多,嘈杂的呼喊声一浪高过一浪。

有人开始翻爬铁门,几个保安死死守在铁门前不知所措。

门口突然有人扯起了三条横幅,白布上黑字,还是机印的那种,特别耀眼:

我们坚决听党的话!

还我青山，惩治奸商！

政府必须为我们治病！

大街上看热闹的人快速增加。好些出租车也停下来四处张望，县政府门前半条大街就快被轧断了。程子寒对刘大林说："韩县长该出面了，不然这火势是压不下去的。"

刘大林跑过去请示站在一旁的林旭晖，林旭晖看了一眼程子寒，故意大声说："他不了解基层，这是战场啊，一把手过早现身，后面就没有退路了。"

这初春里的天气说变就变，刚才还晴空万里，突然间天上乌云集聚，天色很快就暗了下来。

突然，有人高喊警察打人啰！这时不知什么方向扔进来一串东西。

"有毒蛇！"

听到有人惊恐大叫，人群顿时乱作一团，纷纷朝县政府大门猛挤，程子寒透过玻璃窗见那道铁栅栏门看着看着就被挤倒了，黑压压的上访群众如洪峰出闸直往院子里涌。

程子寒跟着林旭晖来到旁边转拐的信访值班室，孙玉珉站在门口正火冒三丈训斥胡常威："你昨天不是说什么都安抚妥帖了吗？"

孙玉珉个头不高，但人长得结实，腿短屁股大，走起路来整个身子都在摇摆着，双手臂左右直甩。程子寒还是头回从屁股后面见孙玉珉这副模样，脑海里就立马涌出新拍三国电视剧里那董卓的形象，只是孙县长没董卓那大把黑胡须。

孙玉珉听见胡常威还委屈地顶了一句，走过去一脚踢在胡常威屁股上，气冲冲地骂道："你他妈的清风镇老惹祸，你看这半年里越级上访了多少回？你把死人都弄到了县委大院了，老子真想一刀劈了你！"

这时，韩月川在信访工作局长陪同下阴沉着脸走了过来。"大家先说说情况。"

胡常威见大家纷纷落座，就跟着找了个位置准备坐下来，孙玉珉阴沉着脸眼睛一瞪："你站着说！"

胡常威只好瓜兮兮地站直腰，口里却咕噜道："孙县，你过去在镇里干过，这帮刁民眼高，哪听我们镇上的。"

韩月川狠狠地看了胡常威一眼正要发火，刘大江急匆匆闯进来，前额上凸起一个大血包，韩月川忙问："大刘咋啦？"

刘大江身后跟着的女警察赶忙汇报说："报告韩县长，刚才我们在分隔上访群众和围观人群时，有人扔砖头。"

"人抓到没有？"

"正在调天网录像。"女警察中等个子，瓜子脸，大杏眼，一头短发，精明干练。

"那毒蛇是咋回事？"

"就是两条小娃娃耍的玩具蛇，是一个疯疯癫癫的流浪娃甩过去的。"刘大江转身看了一眼女警察，又补充说："幸好邱大队当场就查实了，还果断拘留了两个故意滋事的怂恿者。"

被称作邱大队的女警察接着汇报说："再报告县长，摆在县委大院的尸体已经强行运到殡仪馆了，政府门口看热闹的群众也已完全隔离，正在疏散，门前交通二十分钟后可完全恢复。"

"小邱不错！"韩月川满意地看了邱警官一眼，站起来十分镇静地说，"现在，最要紧的是三件事，第一是接待群众安抚人心，千万要把火头压在县里，绝不能让他们跑到市上去，这个事由老孙牵头；第二是尽快做通死者家属的思想工作，火化尸体，此事就由大刘来牵头；第三，算是尤其重要的，"韩月川说到这里暂停下来，转过身示意胡常威坐下，喝了一口矿泉水后又接着说，"大家知道，市委希望我们尽早把清风镇到峡口那片工矿联动、产城一体的产业园区建设好，马省长六月底就要来视察，这个由我牵头，旭晖和子寒各自负责，一个管建设，一个抓招商。"

韩月川最后特别说："我再次强调，发展是第一要务，是我们风城最大的政治，大家不能含糊！当然，群众的困难我们也要实事求是地解决，该花钱的要舍得拿钱买平安，该政府买单的你们大胆表态，就是砸锅卖铁该出血的也要出。"她说完一起身，"走，我去见群众，共产党的县长，怕啥！"

大家跟着韩月川来到大堂门厅，外面的天气更加阴沉，上访群众的情绪依旧火爆，站在最前排的还一个劲往前拥挤，手挽着手的警察和保安背上衣服已被汗水浸透。见县长走过来，大家安静了些。上访群众被挡拦在三级梯步下，大厅门口两侧，十多位警察手握安防盾牌，见领导们走过来赶忙上前左右护卫着。

韩月川一挥手："请你们退后五米！"

韩月川走到厅堂房檐滴水板前，孙玉珉忙跨前两步，大声说："峡口村的乡亲们，韩县长刚从市里开会回来，连午饭都没吃就来见你们了。"

下面有人大吼："上午还看见县长的专车呢，你们想着法来骗我们农民！"

韩月川侧身看了孙玉珉一眼，孙县长赶忙知趣地退后一步。

韩月川上前一步正要开口讲话，林旭晖从后面端了一把椅子过来，韩月川看也没看，用力往后蹬了一脚，然后大声讲话。不知是今天突然经历的事情太多，还是自己的确没有吃午饭而发声太高的缘故，"父老乡亲们"一出口，那嗓音干涩而有些嘶哑。刘大江连忙递了个喇叭过来，韩月川这才开始接着对上访群众讲话：

"乡亲们啦，你们大多数人都认识我韩月川，我们昨天才见过面的。我也知道，你们反复反映的主要问题有三个：第一个问题，你们反映开矿破了你们清龟山的祖脉风水；第二个问题，在你们村开办石材产业园区，你们要么嫌土地款低了，要么怀疑有人贪污了土地款子；最重要的是，第三个问题，你们担心企业开矿和电解锰项目污染了你们的水源，近来有患肝胆病的就往这上面靠，你们说企业请人检测河水的报告不可靠，今天一早，我们就安排清风镇政府另外请专家来化验水质了。"

没等韩月川继续往下说，下面又七嘴八舌闹了起来：

"我们不相信镇政府！他们已经被奸商买活（方言，勾兑之意）了！"

"袁四焕被锰矿毒死了，他孙子又查出血里有矿毒，不知道我们村里还有多少人中毒了！"

"我们要求全村人免费体检！"

"你们县上不管，我们明天就到市里去，市里不管我们就到省里，我们就要看看，这风城县还是不是共产党的天下！"

……

这时，天空突然划过几道闪电，然后徐徐滚过一道雷声，懒洋洋的，好像被关在堂屋间的破鼓声，断断续续的，十分羞怯而沉闷。

听见雷声，下面的吵闹声更加激烈。胡常威走上前亲切地说："大家不要闹，要先听韩县长把话讲完！"

胡常威话没有说完，下面更是一阵痛骂：

"你滚下去，你没资格说话！"

"你就是徐老板的狗腿子！"

……

突然，一个头扎白布条、身穿黑色孝服的高大个子，从警察保安组成的人墙缝里猛拱了出来，一步冲过来跪在韩月川面前的台阶上。两个警察赶忙上前去拖他，小伙子一下从怀里掏出一把小刀，一下抵在自己的颈部，大声威胁说："县长大人啊，我一家人死的死、病的病。我老婆现在活不见人死不见尸，我小儿子才六岁呀，也查出来血里锰严重超标，惨啊，县长！如果你不让我说话，我现在就死在你这县政府大堂前！"

刘大江忙上前在韩月川耳边小声说："这就是野人娃袁九金，死者是他父亲袁四焕。"

韩月川点了点头，把喇叭递给刘大江，自己上前一步劝说道："好，我今天就听你袁老弟说，但你不能跪着说，来，坐到椅子上来。"

韩月川把袁九金扶到刚才林旭晖搬过来的椅子上，顺手把他手里的钢刀夺过来，一手递给了刘大江。

又一道闪电掠过，豆大的雨点很快滚落下来。

韩月川从刘大江手里又拿过喇叭，大声而恳切地吼道："请警察和保安立马让开，天要下大雨啦，这惊蛰雨寒凉啊，请乡亲们到大厅里来！"

第八章

县长被关

一

韩月川处理完峡口村群众上访又去办公室签批文件，等回到周转房已快晚上十点。

韩月川害怕自己变胖，多数时间是不吃晚饭的。在她看来，好多官家人吃着吃着小肚腹就慢慢凸腴起来，男人还好说是富态，而一个女人家三十六七就大腹便便起来，影响个人形象虽是一方面，丈夫十多年一直在国外工作，真是怕一下弄丢了自己在男人心中的那个美好形象。自从八年前生了女儿交给父母帮着带后，再忙她也坚持做体操练瑜伽，在市委工作期间，因此还被直接上级李谷雨半开玩笑半当真地批评为小资情调。

今天忙了一整天，中午饭和晚饭都没吃，韩月川奇怪此时居然还没啥饥饿感。凝望窗外今年这第一场春雨后的树阵，正在淡黄色路灯光中摇曳，一下想起清代诗人张维屏的《新雷》："造物无言却有情，每于寒尽觉春生。千红万紫安排著，只待新雷第一声。"

下午这场春雨说来就来，而这惊蛰节气后第一声春雷怎么就偏偏在今天炸响呢？今天突然一下发生这么多事，就仿佛几声早来的春雷，一下将韩月川眼前的夜给惊醒了，更是搅乱了她本来十分平静的心绪。现在这县区长也不好干，尤其是排在前面的一把手书记一旦强势起来，无论你怎样工作都难称心如意。书记希望政绩更显，县长得去设法找钱，要么加大负债，要么多卖地皮，但摊子还得有人收。书记希望年底各项数字好看些，县长总是小心翼翼向前达标进位。现在安全和环保督察越来越严格，当年与自己一同当县长的一位同僚，前不久就因为履职不到位被就地免职了。而风城县更难解的是，这里一任又一任官员光荣升迁，但走后好多事却上访与告状不断，而这些手续都是县政府原来批办的……之前正寻思着找个机会撤回市里，殊不知今天肖一凡突然脑溢血，似乎有股诱人的春风，正朝自己迎面扑来。

在韩月川脑海中，另外一连串问题还想不明白，又总是挥之不去。肖一凡怎么突然间就脑溢血了？昨天晚上李谷雨与那常总躲在屋里又聊的些啥神秘话题？为啥后来只请肖书记进去而有意回避着自己？还有，清龟山是国家生态自然保护区，那"三石"经济又怎么合法化开矿手续？……"惊蛰打雷米似泥，清明前雷坟堆堆。"面对今天这声早来的春雷，韩月川越发忧心忡忡起来，真不知道，这对自己来说是一种吉兆，还是即将面临苦海无边的炭火炙烤。

韩月川越想心头越乱，干脆脱光衣服一个人钻进滚烫的热水澡盆，一边泡澡一边练起瑜伽。

前些天听一位健身专家说，每天回家边泡热水澡边做瑜伽，不仅可以减轻一天的疲乏，排除体内残余的毒素，还能消除女性慢慢衰老中的皮肉浮肿，更有利于促进人体新陈代谢，真是既瘦身又健体。这些天一忙平竟忘了实践，今天正好，韩月川说做就做起来。

第一步，猴式运动。韩月川将光滑而均匀的大腿伸直坐在浴盆中，双手反于背后做深呼吸三十秒，然后肋部伸直促进体内循环，弯曲膝盖，坐在浴盆中双手在滚烫的热水里不停拍打大腿与前胸后背。这姿势练上五六个回合，韩月川明显感觉刚才疲惫的身子一下放松了许多。

第二步，单腿鹿式运动。韩月川慢慢抬起单腿，绷直脚面和脚趾，用腹式呼吸保持三十秒，然后双腿完全弯曲，屁股正坐在后腿上，两手抱住跪姿的腿膝两侧，再不断抚摸自己大腿内外侧。

第三步，仰卧热水澡盆里梳理排毒。韩月川在一个独立空间里放肆地摇晃摆动，在热气腾腾的水雾中更加妩媚迷人。头靠盆沿，曼发一肩，先双腿上翘，两手前倾保持腹式呼吸三十秒，然后平静下来双手不断揉抚着自己的整个身子，呼吸就渐渐急促起来……

二

第二天清早，程子寒就去敲师姐的门，敲了半天没人应。

昨天从下午到晚上，程子寒一直陪着师姐在接访。

接访群众对话会，是在一楼信访二号接待室进行的。群众选了二十位代表，其他人由群众工作局派车先送回了峡口村。整整听了将近三个小时，没想到这峡口村的问题如此多而繁杂。韩月川耐心听群众诉说，办公室同志当场逐一梳理出来，除了主要反映野蛮开矿、低价收购农民土地、乱砍林木不赔偿、污染水源等核心问题外，还牵扯出其他大大小小的远近各类问题六十余个。不仅有村组账务、土地分配、邻里纠纷，还有乡村管理、干部腐败、白条欠账，更涉及与春竹乡的林权纠纷、土地边界和茶叶价格分歧等历史遗留问题。

听完情况，见大家也累了，韩月川问："还有啥没说尽的？"

大家说："差不多了。"

袁九金这时站起来，义愤填膺地大声说："县长，大家说了老半天，渣毛渣草一大堆，解决问题还得抓住重点，他们反映的关键问题两个：一个是，企业满山乱挖乱采矿石，破坏了我们的生存环境；另一个是，电解锰项目严重污染了村里的水源，全村不知有多少中锰毒的病人，这是人命关天的大事情。此外，村里还有个最危险的问题，今天没人敢反映。"

韩月川追问："还有啥呢？你大胆说。"

袁九金迟疑了一下才开口说："在清风峡里，存在着恶霸黑势力。"

坐在韩月川一侧的孙玉珉立马吼了一声："野人娃，这话可不能胡乱说哟！"

"齐宇公司除了养有藏獒和狼狗外，还专门训练的有打手，我们村里好多人都挨过他们的黑打。我怀疑我家女人就是被他们关了的，弄不好，有可能已经被他们给弄死了。"袁九金转身环视了一圈乡亲代表，"你们说话呀！"

韩月川站起来问大家："你们说，有这些事没有？"

下面没一个人开腔。

孙玉珉接过话说："真是有恶霸黑势力，我们公安上咋能不知晓？"

坐在边上的胡常威插话说："九金兄弟，你女人我们正组织人力四处寻找呢。"

袁九金骂了一声，坐下来没再说话。

天已完全黑暗下来，外面的雨依旧淅淅沥沥下个不停。孙县长和刘大林分别讲了些意见，但下面群众还是叽叽喳喳不安宁，最后韩月川总结讲话，大家基本上静心在听，还有人拿出手机在录音。

当韩月川讲了几条县上的处理意见后，群众代表还鼓起了清脆而热烈的掌声。韩县长讲出的意见中，条条都是务实而具体的："一是现在的问题较多，需要梳理一下，分出主次，该县乡村各自负责的，自己的娃娃自己抱；二是派出专门工作组，环保局牵头，国土、水务、公安、农业等部门参加，负责调查死鱼事件和野蛮开矿等园区矛盾纠纷问题；三是公安局成立祝小春失踪案专案组，由公安局孙政委亲自抓，要和春竹乡的马来福失踪案合案调查。以上这两件事，务必抓紧，要力争两个月，最迟三个月内，我们向全村群众通报最终调查结果。"

孙玉珉大声说："我们立马就组织专案组。"

群众代表中有人说："三个月，是不是太久了哟？"

韩月川随即答复道："有些事还需要专家参与，比如水质化验，还有就是，侦查破案得有个过程，这都需要一些时日的。"

袁九金说："大家莫打岔，听县长把话讲完。"

"第四啊，也是个大事，群众提出村里建工厂以后患肝病、胃病的多了，我们就对峡口村村民进行一次专项体检，这项工作由清风镇负责，县政府拨专款四万元。"

群众代表热烈鼓掌。

袁九金又问："那，病人的医药费呢？"

"先体检，下一步再根据体检结果研究处理意见。"

最后，韩县长提高声调严肃而强硬地说："另外还要宣布一条，请县公安局记下来，这回将死尸弄到县委大院来已经触犯治安处罚法，但鉴于特殊情况，这次暂不予追究，下次若再犯，老账新账一起算。"

"我是个野人娃，不怕你们打击报复的。"袁九金站起来哈哈一笑，说完就领着群众代表们出了会场。

韩月川望着这群人的背影，问胡常威："村支书蔡红宝呢？"

"火葬场去了，帮助处理尸体。"

"估计后面还有军师。"

孙玉珉说："很可能，今天闹这么凶，那郑和平和蔡聪明，居然都没到场。"

"但袁九金反映的黑恶问题，你们公安上，要好好盯一下。"

三

清早起来没见到师姐韩月川，程子寒心头很有些空落。

程子寒给刘大林打了个电话，他想去医院探望一下县委书记肖一凡。

程子寒在刘大林的陪同下来到医院干部病房，除了一个保安守坐在重症监护室门外，整个通廊一片冷寂。程子寒在玻璃门窗前，远远看见重症间里肖一凡仿佛在睡觉，屋内医疗仪器四布，病床前各种插管和输液线围了一大圈。

来到旁边的家属陪护室，一个不怎么打扮的中年妇人从沙发上起身相迎，刘大林在程子寒耳边轻声说，这是肖书记的夫人，还一直住在老家的乡场上，然后上前一步说："陈姐，这是新来的程常委，专门来看望肖书记。"刘大林说完便把手里提的装有几袋奶粉的礼品袋恭恭敬敬放在沙发前的茶几上。

程子寒一看这书记夫人就是那种特别厚道的家庭妇女,上前去握手,肖书记夫人有些不习惯,把手伸出来又很快缩了回去。"太劳烦常委了。"

"我来县里才三天,不想肖书记突然病了,我们都希望他能快些恢复健康。"

书记夫人眼光暗淡地说:"这脑溢血,很快恢复怕是不容易,若能醒过来保条命,那就谢天谢地了。"

看着书记夫人这伤感的神情,程子寒不好再说什么,就安慰她多保重。刘大林却插话问:"陈姐,这两天来看书记的人多么?"

"没几个人,好像春竹乡那个姓刘的书记来过两次。"

刘大林随口而出:"妈的,这官场真是世态炎凉,平日里多少人跟上跟下哟!"

程子寒看了刘大林一眼,转头对书记夫人说:"那我们隔天再来看书记。"书记夫人将茶几上的奶粉礼品袋提过来还给刘大林。"刘主任,我们老肖是不收别人东西的。"

刘大林恳切地说:"这是程常委刚才去商场自己掏钱买的呢,陈姐。"

正在这时,一个身穿白大褂的男医生走进来,冷冰冰地说:"隔壁是病人,不要太吵闹。"刘大林忙介绍:"这是县医院邓院长。"

那邓院长不冷不热地回了句谢谢领导们,然后在书记夫人耳边嘀咕了两句什么就转身走了。

程子寒和刘大林跟着话别离开,半路上,刘大林告诉程子寒:"这邓院长是肖书记专门从省医院高薪挖过来的。"

因为下月初县人大才按法定程序任命职务,政府办公室暂时又没安排啥具体工作,程子寒返回周转房觉得有些无聊。打开电视大都是男女青年火热的爱情,电视屏上女人那嗲声嗲气的声音,让程子寒一阵肉麻。这些爱情片都是骗人的,现实中哪有这样温情如水的女人。程子寒心头一毛,关了电视。干脆今天去清风镇看看胡常威,顺便暗地里了解一下峡口村的实情。

程子寒给刘大林打电话说自己下乡去,希望派辆工作用车。刘大林隔了几分钟回过来,政府办共六台车,正报废一台,韩县长固定一辆,其余四台车都派出去了。程子寒说那就坐公交吧。刘大林电话里忙回道:"那就委屈领导了,车票回来报销哈。"

程子寒一看时间还不到十点半,就打开风城县地图,用手卡了卡地图上的距离,再按地图上比例尺一计算,清风镇离县城不过二十多公里,便出门向梅凤借了辆自行车,自己换了套牛仔服,挎了背包就出门径直朝清风镇而去。

程子寒从地图上计算的是直线距离,加之一段公路坑洼不平又尽是上坡路,等他骑到清风镇已快中午一点。

程子寒找到清风镇镇政府,乡政府大门紧闭连个守电话的人也没有。一问,才知道今天三八妇女节,乡镇上的机关都放假了。早上没吃早饭现在肚里饿得发慌,程子寒先去找了一家饭馆子,准备吃点东西。

饭馆子名叫"清风二姐",堂子不大,但屋里干净整洁。程子寒把自行车放在门口,进屋找了张靠窗的小桌坐下。老板娘是个看上去很泼辣很能干的胖妇人,一条白色的围裙把胸膛系缠得鼓胀鼓胀的,一见程子寒落座忙过来热情倒茶。"兄弟吃点啥?"

程子寒说:"就来碗酸汤面吧。"

"兄弟就吃这么简单?"

程子寒补充说:"那再加个小炒肉丝。"

肚子发饿喝了两口热茶,程子寒只觉元气恢复了大半。转眼一看餐堂里食客都散了,只有靠里边有四五个人还在慢慢悠悠喝着闲酒。程子寒看那几个人大声说话的样子显然是已经到位了,再看旁边桌上空着的酒瓶吓了一跳,白酒三瓶啤酒无数。心想,这天下处处酒风同,但愿不是吃喝的公家款子。

突然,那桌上一个人说:"你们听说了吧,县委书记肖一凡出事啦。"

另几个人齐声问:"咋啦?"

"昨天突发脑溢血,多半是活不成了。"那说话人背对着,程子寒看不见他的脸。

"嗨呀,可惜。"其中一个年纪长者说,"其实肖书记还是挺平易近人的,那次到我们村里来,还给我们发过烟呢。"

"一支烟就把你收买了?"那背向着店门的人接过话说,"你们知道他怎么一下整成个脑溢血的?"

旁边一个年轻高个子说:"一般来讲,得脑溢血的不是遭摔倒绊倒,就一定是精神强刺激引发的,那肖老板咋整起的?"

"兄弟们,关于肖一凡出事,目前有三个版本。"刚才那背向店门的人神秘兮兮地说过之后,举起杯和大家干了一个。其他人就催促道:"王主任快说快说。"

那个叫王主任的放下酒杯,有些霸气地说:"着啥急?我讲一个版本,你们得给老子整一杯。"

在场人急忙答应:"行的行的。"

王主任把一只脚跷到另一条凳子上,很权威地讲道:"你们知道今天是妇女节吧,城里人妇女节也兴送礼的。对情人要送玫瑰花,对领导也要借他夫人的名义上门拜一拜。昨天上午肖一凡在开整治邪教的大会没去办公室,会开到中途秘书打来电话说,办公室柜子的锁被人撬了,你们知道吧,现在当官的有八怕。"

"哪八怕?"旁人齐声问。

王主任把酒杯一举,与大家一口闷了,然后继续说:"领导干部有八怕,一怕情妇怀孕,二怕老婆拼命,三怕小姐有病,四怕群众反映,五怕情人被泡,六怕赃款被盗,七怕麻将点炮,八怕伟哥失效。肖一凡一听办公室的柜子被撬了,当时就瘫在了主席台上。"

"那第二个版本呢?"

"第二个版本是,听说前两天有个北京来的外商,给他送了一盒中国伟哥,你们知道的,他老婆一直住在川东乡场上,晚上兴趣来了咋办?现在这交流干部也真是造孽呀。"

大家聚精会神地听着，那王主任又举杯和大家喝过一个。

"那中国式伟哥灵不灵，得试呀，头晚上肖一凡试了一场，听说效果不明显，就把药备在身上准备第二天重来，结果坐在台上讲话心发慌，一摸救心丸把药弄错了，就心跳过速而发生了脑溢血。"

"原来是这样，该遭该遭！"

"莫急，还有第三个版本呢。"那王主任与同桌又碰了一杯后说，"第三个版本其实很简单，这与我们清风镇有关。昨天野人娃不是把他老爹尸体抬到县委大院去了么，马上要换届了，这大不吉利呀，当场就把肖一凡给气成了脑溢血。"

这时，胖老板娘给程子寒端菜过去。程子寒接过青椒肉丝，严肃地说："你不要听他们乱说，纯属造谣。"

"啥子，是老子造谣？"那王主任耳朵很尖，转过身来一声怒吼。程子寒看清楚了，那王主任喝得通红的脸上有一道明显的刀疤。

"你刚才说的，全是造谣！"程子寒义正词严地回道。

"我的消息来自官方，你他妈的懂个屁！"那王主任气一急，脸上的刀疤晃晃发亮。

"造谣就是造谣嘛，怎么还骂人！"程子寒把面碗狠狠一丢。老板娘忙过来解释说："大兄弟，莫见气，那是镇上综治办的王主任。"

"是乡干部就更不能造谣嘛！"程子寒想了想，自己堂堂一个县委常委，马上还要兼任副县长，绝不允许这样诋毁县领导，便放低声调说，"你们知道吗，县委肖书记是因工作累倒的。"

"你是干什么的？"两个年轻人走过来，把程子寒的自行车和放在自行车上的包反复打量了两遍后严肃地问。

"我，是县政府的。"

"县政府来的，我们怎么不知道？"其中那高个子说。

"我是新来的副县长，我叫程子寒。"

那几个人都抬头看着程子寒。刀疤脸走过来，把桌上的餐盘子和程子寒一身衣服再打量了一番。"你是副县长，秘书呢？还骑个破自行车来？就吃他妈的一碗面？"他一边说一边打着酒嗝。

旁边那高个头在刀疤脸耳边神秘地说，"他会不会就是从外地流窜来传播'全能神'的那骨干头目？"

王主任点了点头。

高个子转身审问式地问程子寒："你说你是县长，有工作证吗？"

"刚来，还没办。"

"身份证呢？"

"也没带，那玩意儿哪个天天揣在身上。"程子寒停了一下，生气地说，"我是程博士，省上下派来当副县长的。"

"博士？"王主任十分生气地说，"我看你，像那传播'全能神'的邪教分子，你还敢冒充县长！"

程子寒一下火了，把手中的筷子一甩："不信，我给你们书记胡常威打电话。"程子寒一摸身上，手机却忘在家里了，便说，"你们给胡常威打电话问吧。"

老板娘走过去拉了一下那王主任。"问问吧，不要弄出麻烦！"

王主任一拨胡常威书记电话，关机。

"那你们打县政府孙县长的电话。"

"我们……哪敢给县长……打电话哟。"王主任掏出手机来，"我们，就打县政府……值班室。"

王主任拨通电话，醉眼蒙眬结结巴巴："喂，喻小菊，喻科长呀，我们请示一件事啊，这里……有个人，说是县政府的副县长……他说他，姓程，叫程子寒，什么？根本没有这个县长……好了好了，多谢多谢！"

打完电话，王主任上前狠狠踢了程子寒一脚。"我早就说，你是冒充的嘛，来，把他给我弄回综治室去。"

两个年轻人赶紧上前给程子寒上了手铐子。程子寒说："你们镇党委书记胡常威，是我大学同学。"

"你又胡编嘛，"王主任恶狠狠地说，"你这'全能神'邪教分子真是

第八章 县长被关

顽固不化，给我弄回去好好医治医治！"

胖老板娘见几个人硬性拖走程子寒，走过来劝道："王主任，你看你酒喝得不少，是不是再问问，看他那样子，也不像是'全能神'的人。"

"'全能神'是啥样子你见过？告诉你，二姐，袒护邪教分子，要治你个窝藏罪。"王主任说完趁着酒兴三两下把程子寒推出了饭馆大门。

"这一下，这碗面钱又打水漂啰。"胖二姐在身后惋惜地说。

程子寒被拖弄到乡政府后院的一个小黑屋关起来，王主任害怕他逃跑，还特别用两只手铐子把他牢牢地铐在了傍墙的木栏柱上。满屋一种潮湿的霉味和粪臭熏得程子寒睁不开眼，他借着昏暗的光线一看，原来是乡政府从前喂猪的一个旧猪圈。程子寒怒火一下涌起来，厉声吼道："这是什么鬼地方？去把胡常威这狗杂种给我找来！"

"叫你骂！"王主任上去就是两脚，正好踢在程子寒裤裆上，痛得他彻骨连心，"你看你，练邪教都练得走火入魔了，还胆敢辱骂我们的书记！"说完又补了一脚。

"王主任，是不是再打电话问问，万一，万一真是新来的下派县长呢？"高个子小心翼翼地在王主任耳边说。

"滚他妈的。是县长还这副行头！"王主任一口痰往程子寒身上一吐，恶狠狠地说，"你娃敢冒充县长，等老子把酒喝完了再回来慢慢收拾你，我就要看看，你'全能神'的功力有好高？"

刀疤脸说完，砰的一声把猪圈门一关，摇摇晃晃地又喝酒去了。

听着他们远去的脚步声，程子寒又冷又气又无奈，只觉自己胸口一阵剧痛。"胡常威，这一下，我程子寒再不欠你的了！"

第九章 生态位

一

韩月川一大早就赶回康全市参加市委中心组理论学习会了。

市委这种集中封闭式理论学习，每年一次，又称市级班子成员和县级主要领导干部读书班。读书班学习时间三天，减去半天自学，实际上会期就两天半。这次读书班研修的主题：树立绿色发展理念，引领康全跨越式发展。

第一天上午自学，实际就是领取资料熟悉会议材料，然后各自准备会上的发言稿；下午，市委书记郑宏德作开班动员和主题报告；第二天上午是两个专家教授进行生态文明理论辅导；接下来是两个半天的会议讨论，最后半天是学习总结与安排工作。

按照议程安排每个县的一把手都要在大会上发言，要么畅谈理论学习体会，要么结合县情谈打算。这既是县区委书记们在领导面前公开展示自己的最佳机会，也是同僚们难得的一年一次同台竞技，绝大部分人都十分看重。但风城县在第二天下午首轮讨论发言中却没出镜，李谷雨晚饭后特别把韩月川叫到房间，问："风城是市里的大县，今天怎么哑声啦？"

"我又不是书记，不该我上台讲。"韩月川站在房门口笑盈盈地回答李谷雨。

见韩月川站在房门口回话，李谷雨从靠窗的座椅上站起来，丢下手里的书慢慢走上前，说："不行啊，关键时刻不能自己下钯蛋。"

"我是临时主持工作，我去抢着发言，别人还以为我急于抢班夺权呢。"

李谷雨一副关怀备至的眼神，走到门口特别伸出头向门外望了望，才把房门轻轻掩上，然后转身朝韩月川背上轻轻一抚，示意她去墙边沙发坐下谈。"月川呀，这次是多么好的机会哟！"

屋里灯光有些暗淡，床上服务员铺过的床上已掀开半副被子。韩月川顺手一按墙头的按钮，屋顶的莲花吊灯唰地亮起来。李谷雨连忙回到窗前去收捡刚才放在窗台的书，韩月川很好奇，上前两步，故意把头伸向前："我看领导学习的啥宝典？"

李谷雨慌乱一躲藏，那书就掉在了地上。韩月川忙弯腰去帮着捡，李谷雨却一脚将书划到了身后，和韩月川正好碰了个满怀。韩月川赶紧后退，一屁股坐到旁边的座凳上，心里猜想，领导读的定是歪书。

李谷雨趁机把地上的书捡起来放进了床头柜的抽屉里，然后很正式地说："你这同志啊，就不想再进一步？"

"想呀，但不是我韩月川说了算。"韩月川有些调皮地回道。

门外好像有过路的脚步声，李谷雨摆了摆手，轻手轻脚走到门口，侧耳朝门外听了听，然后将门关严实，随手反锁上了门扣。韩月川站起来，欲言又止。李谷雨走到长沙发上坐下来，严肃地说："莫紧张，我吃不了你。"

"我才不怕呢，就看李书记咋个吃我。"韩月川说话时眼神有几分迷离。

"坐过来吧，我们说点正事，当心窗外有耳。"

李谷雨两眼充满召唤，韩月川起身过去，在长沙发的另一头坐下。

李谷雨用十分慎重的口吻说："风城现在的情况很特殊，也很微妙，肖一凡能不能醒过来，醒过来还能不能够正常工作，这决定着下半年换届时风城一把手人选和干部结构。"

韩月川静静地望着李谷雨，十分专注地听着。

"依我看来，一个脑溢血患者要苏醒过来是有可能的，但多半是瘫痪或者植物人，依我判断，肖一凡要重返岗位，可能性几乎为零。"

"那要是一直不醒也不死呢？"

李谷雨摇了摇头。"今年第三季度就开始县区换届人事考察了，很快就要召开县上换届会，到那时，一个躺在ICU监护室的脑残废，还能有提名权？"

李谷雨见韩月川听得入迷，有意打住，起身倒了半杯开水放在韩月川面前，顺势就在她身边坐了下来。"接下来就有三种可能性，一是你韩县长顺接，你资格、条件、能力和党风廉政都不应该有问题，也顺理成章，当然，这对你是最有利的。"

韩月川有些感激地望着李谷雨，眼眸里有几分顾盼生辉。

"第二种可能，市委空降一个来做书记，这种可能性也很大。"李谷雨说着说着屁股朝韩月川这边又挪了一下，"对你最不利的，是第三种可能。"

"啥呢？"

"林旭晖，直接上位。"

"有这种可能吗？"

"你莫忘了，他身后是市委书记郑老板，这老人儿很可能要把市里的届换了才隐退。"李谷雨看着韩月川眼睛里已经燃起一份焦急，便自然而然地捉住她的手轻轻抚了抚，那种深怀关切和体恤的表情令人十分感动，韩月川把另外一只手也顺势递了过去，李谷雨就两只手来回交替摩挲着韩月川那温暖而肉肉的双手。

"那我该咋办呀？"

"首先要有一个必成的目标，其次必须有个周全的计划，最后得有人帮你出头说话，三者缺一不可。"李谷雨讲到"出头说话"时，两眼特地盯着韩月川看，他那愿意主动"出头说话"的神情异常鲜明。

韩月川说话有些期期艾艾的，李谷雨顺势一只手将她揽进怀里，另一只手轻轻揉捏她的胸部。韩月川挣扎了两下，但李谷雨力气太大她没能再动弹。

渐渐地，李谷雨呼吸急促起来，将嘴伸到女人耳边，幽幽地说："当然，还有另外一种特殊的可能性。"

"啥？"韩月川没动，却呈柔情万千状。

"那就是，在换届前，我若有机会直接接任书记，那你的事自然就水到渠成了。"

"那当然是好。"韩月川有意把身子向领导怀里靠了靠。

"但这要靠你好好配合。"

"我咋个配合呀？"

"我们不是有个招商项目嘛，那常总会去找你的。"李谷雨说着说着，一只手就想从韩月川衣领口处猛地探进去，韩月川温柔绵绵地用一手顺势挡开。"你手好凉，让我看看你读的啥宝典。"

韩月川边说就起身两步逃到窗前，一手拉开床头柜抽屉取出书来，两本，一本是《风水宝典》，一本是《灯草和尚》。

李谷雨走过来，从背后顺势揽住韩月川。"我们现在，是拴在一根藤上的两只瓜呢！"他说完就伸手往女人身上抚摸。

韩月川有些慌乱，推迟说："等我把书放好。"

李谷雨收回手，韩月川慌忙抓起那本书皮发黄的《灯草和尚》，站起身说："那我先借本领导的书，回去也好好学习学习。"

韩月川说完就起身直奔房门而去。

二

县公安局党委委员、国保大队政委邱之兰晚上十一点接到清风镇报告：有个外地流窜来的"全能神"邪教骨干，被镇综治办成功抓获。

邱之兰接到清风镇报告时，正在办公室梳理今天收集的专案组案情信息。昨晚陪韩县长接访一完，刘大江政委连夜成立了祝小春和马来福失踪案专案组，刘大江任组长，邱之兰任副组长。

邱之兰属于有颜值但又让人望而却步的那类人，民间有个外号，叫"邱老虎"。她警校毕业直接分回风城，从片警到治安、刑警都逐一干过，然后去清风镇派出所当副所长、所长，再回城来做刑警支队队长两年，去年底刚刚被提升为局党委委员兼国保大队政委，但大家叫她"邱大队"的称呼却没有变。

今天一大早她首先去了春竹乡。

她第一个想找的是乡党委书记刘源森。一方面，马来福在县里名声不太好，大家都知道，他是"清龟山乡官四大活宝"中的赌鬼，当年设苦肉计把刘源森副书记拖下马的故事，虽然没得到组织上正式纠正，但民间都纷纷责怪马来福太不地道。这回一个乡长突然失踪，刘源森作为乡上一把手，看能不能提供些有价值的破案线索。

另一方面，这也是邱之兰心中一直的隐痛。刘源森曾是她一直敬重的姐夫。

姐姐邱之琪和自己性格迥异，太内向而柔弱，遇事没什么主见，经常受人欺负。就是从小一块上学到高中毕业，因为姐姐长相娇小可人，所以常被城里的街娃们算计。要不是自己出手相护，姐姐早就遭人使坏了。父母是清龟山农民进城户，全家人的希望全都落在了邱之兰一个人身上。这风城自古民风彪悍，她当初下定决心去考警校，直接目的就是将来能保护一家人平安。

但邱之兰心里痛啊，最终还是没能保护住姐姐邱之琪。姐姐被胡常威花言巧语缠下水，到后来离婚再嫁，也不能全怪胡常威厚颜无耻和姐姐六神无主没主见，你刘源森也有不可推卸的责任。要是他当初下到春竹乡后多回家照看家庭，要是出事后多些温情而不是亲手将老婆孩子往别人怀里推，也断然不会有如此悲惨的婚姻变故，更不会导致邱之琪与胡常威再婚后不到两年母女俩竟命丧山谷间。邱之兰越想心里越疼，越想就越急于查出姐姐真正的死因。

刘源森和邱之兰在办公室长谈起来都潸然泪下。刘源森一个劲儿地悔恨，老婆跟人走了，自己好想把女儿留在身边，邱之琪却坚决不肯。结果母女俩一同死于那次汽车翻下悬崖的惨烈事故中。"要是当初我多一分宽容，多一些温暖，好好一个家还在，她们母女俩也不会说没就没了。"

"这就是你几年来一直不愿再婚的原因？"

"我已经对不起一个女人了，我不配再找女人。"刘源森无比痛心地说。

"但光是自责不行啊，哥，我一直怀疑姐姐的死，一定另有隐情。"

"有证据吗？"

"我暗地里调查了这两年，一直还没找到实实在在的证据。"

"你去问过胡常威没有？"

"去找过两三次，他每次一说起来就眼泪汪汪的，他总是诅咒发誓说，那完全是场意外。"邱之兰微微一顿，"但我还是怀疑，姐的死，绝不会只是一场意外的车祸。"

"胡常威他善于演戏，母女俩好好地交到他手里，却连命都保护不了，现在一想起来，老子就恨不得一刀剁了他。"

邱之兰看得出来，刘源森至今心中还深深地怀念着姐姐和那还不到五岁的小女儿。"但旧事不能重来，世上哪有后悔药。"

二人依依别过，然后各自忙事去了。

邱之兰到移动和电信营业厅，将马来福所有电话卡和移动通信全查核了一遍，最后又到他家里询问了些情况。综合起来，除了前几天马来福在乡政府借过一笔十八万的项目工程款外，其他并没有啥特别有价值的线索。

邱之兰从县城赶到清风镇，已是晚上十二点过。

她让派出所张所长先找到综治办的刀疤脸，待她一到就直接去带人走。她特别嘱咐说，这"全能神"是邪教中规模较大的一支，对群众欺骗性强，邪教组织内部管理严格，一定不要走漏风声，更不能网上发任何信息，一旦让那些邪教骨干把不明真相的教徒裹挟起来，弄不好就会酿成大事。

到了清风镇，酒气未散的刀疤脸引着邱之兰来到镇政府后面的猪圈屋，邱之兰一看，厉声呵斥："这是刚来的县委常委、程博士！"

刀疤脸醉意突然消去一半，一下跪在地上，一个劲地磕头谢罪，连声说："大人不计小人过，大人不计小人过！"

邱之兰厉声问道："咋这么晚才报告？"

站在旁边的综治办那高个子一脸后悔神情，看着刀疤脸跪在地上没敢起来，只好硬着头皮回答："我们几个喝多了，到晚上十点多才醒来。"

被铐在一边的程子寒此时大喊："快解开我，我尿泡（膀胱）都快胀裂了。"

张所长和高个子立马过去解开铐子，程子寒顾不上邱之兰在场，转过身对着猪圈木栏就是唰唰一阵急泄。完毕，程子寒怒吼道："快去把胡常威，给我叫来！"

高个子郁郁地说："胡书记到市里招商去了。"

三

天太晚，邱之兰陪着程子寒在街上找了个正要收摊的烧烤小店，简单吃了几串烧烤，喝了两碗稀饭，大家都很累，便在派出所里简单住了一夜。

第二天一早，邱之兰陪程子寒在所里吃过早饭，说要去峡口村查案子。程子寒说人大还没任命自己，今天没啥事，坚持要随她去乡下了解基层实情，邱之兰实在不好推脱，便只好答应了。

二人上车，镇派出所张所长问要不要他陪同，邱之兰厉声说道："你上午先去把综治办的手铐给我收回来！"

"是胡书记叫借的。"张所长辩解说。

"天王老子说的也不行，早就三令五申过，非警务人员不得使用警具，你们这不是胡来吗？"

程子寒在一旁说:"山高皇帝远,老子行霸权,现在看来,邱大队,这基层政法队伍的确良莠不齐,是该好好治一治。"

"领导说得是,总会有一天,要来个大整顿才行。"邱之兰关了车门,压低声调附耳又说道,"有人反映他在下面收黑钱,今天,他不宜去。"

程子寒嘘了一声,没再说话。

车到清风峡石材产业园区,一辆挨着一辆的运矿大车正候在门口等着过地磅。为便于隐蔽办案,邱之兰今天开的一辆比亚迪城市小越野,挂的民用牌照,没法再往前行驶,只好在路边停了下来。

"领导,看来厂子里现在是进不去了,我们先去厂周围转转,正好先暗地里查查他们的排污口。"

程子寒说:"行,群众强烈反映电解锰项目污染了水源,找到了排污口,自然就找到了答案。"

二人下车,邱之兰叫随行民警将车开往养鱼场去等着。清早,太阳还没出来,峡沟里薄雾缭绕,阵阵山风吹过来,让程子寒感觉到了山里初春的寒意。

程子寒跟着邱之兰在厂区外围边走边巡查,大片农田没人耕种,到处是些乱倒的矿石渣子。程子寒问:"这长风集团和齐宇矿业,究竟是个啥关系?"

"两个不同的企业,一个开矿山,一个轧矿与深加工。"

"哦,上下游关系。"

"也不完全是。"邱之兰走了两步又继续说,"这两个企业最初起步,都是半路上接管的老旧小厂,所以工艺水平一直不高。"

"这么说,这锰矿开发得很早了?"

"前些年大办乡镇企业时,清风镇就开始了开采锰矿石,但规模小,仅是出售原矿石,一年就百多万产值。前些年锰矿行情猛涨,徐富达过去在小金川淘金挣了些钱,就回来把乡上的两宗矿权和企业一并接管了,然后不断扩大,几年间就从开矿石、轧矿洗矿,一直做到了现在的规模。"

"那长风矿业呢?"

"熊冬生从广州回乡创业，第一个项目是剥债式重组了县委招待所，正逢汶川地震后房地产低迷，他接连搞了三个大楼盘，又参与灾后重建，效益好，他一夜间赚了大钱。正好有个招商企业立项搞电解锰项目缺资金，当时的县委书记李谷雨一动员，他就拿下了这个项目，并大手笔规划了这个石材产业园区。"

"不过，投资办工业园区，还是不容易的。"

"但是，他提出了两个附加条件。第一个是，这石材产业园区的基础配套设施项目要打包给他做；第二个是，他知道这基础设施建设，包括征地费要一二十个亿，县上是没钱的，他就指定在熊猫谷里要五千亩山地搞生态康养项目。"

程子寒听到这里，似乎才一下明白过来熊冬生资本经营的战略技巧："难怪，峡口水电站项目也顺利转移到了他手里，目的是蓄水成湖，便于熊猫谷高端康养地产开发。"

"峡口电站他们怎么弄到手的，我不太清楚，但我知道，徐富达很有手段，矿权是他的。虽然后来政府也给长风矿业配了矿权指标，可那上山的路是齐宇公司修的，熊冬生只好乖乖地与徐富达合作，巧妇难为无米之炊嘛！"

"淘金的，一般都会用黑道手段。"

"是啊，群众也一直有反映，包括乡办矿业公司的老总不明不白失踪，查了半天没结果，也有人怀疑，是被他们做掉了。"

"一条人命，就这样算了？"

"你知道的，世界上有个百慕大三角死亡区，在我们这清龟山里，也有个类似的迷魂谷，被称为神秘的北纬三十度，人进去以后会离奇地消失，找不到尸首。我们也曾用无人机进去探秘，可机子一飞进迷魂谷，一切视频信息瞬间消失，几拨探险人员进去，也没能再回来，所以，过去人命案子查不出来的，大家就往这里面归大堆了。"

程子寒早听说过这里有个神秘的迷魂谷，没再纠结，就直接问："那现在这两个企业，合作咋样？"

"上游的活儿主要归齐宇公司，下游加工主要是电解锰，以长风集团为主，徐富达占了些股份，包括峡口电站项目，所以才派了个麻二娃去长风集团任副总。"

"但据我了解，干这电解锰项目，对电解锰的废料和污水处理，一直是个难题。"

"企业一直宣传他们采用了先进的处废流程，都说是达标排放的。"

"企业都会这样说，那环保局就没来核查过？"

"前任环保局局长收了企业一台二手车，刚被查处了。县委新任命的环保局局长，是个泼辣的女将，叫毛艳艳，才到任三个多月。"

二人绕着厂区外转了一圈，的确没发现直排的排污口，只有从厂里流出来的一条水渠，水质微清，还略带些温热，一直流向养鱼场方向。邱之兰说："会不会真的是达标排放？"

"我们还是去厂里看看吧。"程子寒满眼疑惑地说。

二人到刚才下车的厂门外，拉矿石的大车已剩得不多了。来到厂门口，正遇上毛艳艳带着两个环保执法人员被保安挡在门外不让进，邱之兰上前问："咋回事？"

毛艳艳一见邱之兰，气愤地说："我们是例行执法检查，他们非要我们去县政府开介绍信。"

"你们没出示执法证？"

"出示啦，他们不认。"一位执法人员十分委屈地说。

一位手持电警棍的保安瘪着嘴说："现在这假证件，街上五块钱就可以买一个。"

邱之兰脸一沉，两眼怒视着问："你持这警具，是谁批的？"

"你管得着？"

毛艳艳在一旁大声说："这是县公安局邱之兰政委。"

那保安一听"邱之兰"三个字，似乎有些震惊："你真是邱大队？"

邱之兰将警官证一亮，十分刚烈地说："我就在这清风镇当过派出所所长，还有假？"

"我们都听说过的，说你还会武功，外号'邱老虎'。"那保安一边说，一边赶紧将电警棍收了起来。

"这是县领导程子寒常委，快开门，我们要进去办正事。"

"可是没我们达哥和麻总的同意，外人是不准进厂的。"保安怯怯地说。

"笑话！你们徐富达长红头发啦？"

正在这时，徐富达从厂里出来了，一见邱之兰和程子寒，忙上前满脸堆笑相迎接。保安调头解释说："达哥，主要是他们没得介绍信。"

徐富达狠狠地踢了保安一脚。"你眼睛长到牛屁股后面去啦，这位是程县长，这位女侠，外号'邱老虎'，你也敢拦？"

"算了，徐总，你不要再叫我'邱老虎'，这一叫，更没男人敢要我了。"

徐富达亲自打开电动伸缩门槛，领着程子寒一行进入厂区。"叫你'邱老虎'，说明坏人怕你嘛！"

"你徐总也怕我？"

"我守法经营，又是纳税大户，应是你们公安局保护的对象吧？"

"守法就好，可不要被我逮着哟！"邱之兰半开玩笑地说，但语气更有威严。

在电解锰厂转了两圈出来，大家多少都有些失望。

毛艳艳十分不解地说："电解锰的工艺，从矿石破碎、磨矿、硫酸浸出，到压滤电解、钝化干剥，其实也就这样简单，但奇怪的是这污水排到哪里去了呢？"

其中一位执法人员说："但他们过滤的矿渣到处乱倒，这也是个问题。"

邱之兰站在水渠边闻了闻从厂里流出来的微黄色清水，同样疑惑地说："看上去，在磨矿和压滤环节，是有两个大池子在沉淀废渣污水，从厂里流到这渠里的水，应该是第二个池子里的。那第一个池子里的污水排到哪里去啦？这是个需要解开的谜团。"

程子寒问环保执法员："那你们知不知道，这锰矿电解后，污水里最主要的是哪些有害成分？"

其中一个瘦个子忙回答道："我是学化工的，这个我知道。"

"啥呢？"毛艳艳紧跟着追问。

"锰矿石电解后，废水里主要含有总锰、总铬、六价铬、硫酸盐和一些悬浮物。"

程子寒不愧是博士出身，接着问了一个核心技术问题："那按正常工艺流程，通过污水治污处理，这些有害物质的浓度会减少多少？"

"现在，电解锰废水处理工艺主要有五种，他们采用的是最简单的石灰曝气氧化法，加入石灰氧化，成本低，操作简单，但处理后的污水不可能完全达标。"

"那你们就先化验这水渠里的水，再去清河分段抽水样检测，若某一段的指标突然增高，你们就顺势去查找那暗排污水的出水口。"

毛艳艳喜出望外，连声说："这个办法好，我们下来就抓落实。"

大家顺着水渠朝下走，不远处便是山坡上蜿蜒而来的一条小溪沟，这水渠里的水就直接流到了小溪沟里。环保执法人员走过去捧起清澈见底的水，仔细嗅了嗅，说没啥异味，正常。

又往前走，转过拐，人们突然看见南山坡一个大椅子湾里，堆了一山锰矿废渣，离这小溪沟最多不到两百米远。大家走近一看，股股黑灰色的泥浆从矿渣堆里溢出，远远就闻到一股刺鼻的臭味。这黑臭泥浆明显是下了雨后从锰矿废渣里渗出来的，流到水田里积成了黑乎乎的一大摊，不少地方正冒着黄褐色的气泡。

毛艳艳说："这还了得，只要下场大雨，这些废水污染物就要全部冲进小溪沟，然后再流入清河，整个溪水都会被污染的。"

程子寒说："走，我们顺着小溪沟往下查，估计下面就是养鱼场了。"

四

韩月川刚从李谷雨房里一开门猛冲出来，恰好林旭晖要去见郑宏德书记，从门前路过，一看韩县长这满脸惊慌的神色，似乎已猜想到了几分。为了打消林副书记的胡乱猜想，韩月川忙将手里的黄皮子书朝他晃了晃，慌慌地说："我找李书记借本书看，要准备明天发言稿呢。"

林旭晖从前无论当市委书记秘书还是作市委副秘书长，都必然要列席市委举办的此类理论读书班会议的，而且还是幕后关键的筹办指挥者。但今天这读书班按正常情况他是没有资格参加的，就因为肖一凡突然病了，一个县两个参会指标，除了县长韩月川那就该轮到他这位副书记了。林旭晖毕竟过去和韩月川在市委机关共过事，关系自然熟悉也很随便，就随口说："那我看看姐姐借的啥秘籍宝书？"

其实林旭晖此时是无意想看韩月川手里啥书籍的，只是为了掩饰二人在这领导门口突然相碰的尴尬，才下意识伸头过去做做样子。不料韩月川并不知道这《灯草和尚》是本禁书，为表明自己刚才进入男领导房间真是为了借书，就有意将手里的黄皮子书主动递给林旭晖。

林旭晖下意识接过书一看，眼光唰地一惊，想说什么但没说出口，立刻把书本还给韩月川，笑了笑，二人便各自转身回了。

韩月川匆匆回到房间，胸腔里那热乎乎的心脏还在怦怦乱跳。她很庆幸自己借助一本书顺利脱身，更为刚才李谷雨为自己仕途点拨而添加了几分争取更大权力的欲望。她把手头的书往桌上一丢，立马拨打了程子寒的手机。她想：李书记说得有道理，明天应该好好发言显露一下，一定要给市领导，尤其是书记、市长和组织部部长，留下我韩月川很有思想、很能出大思路的好印象。

韩月川拨通程子寒的电话，开口就说："听说，你昨晚被关了猪圈？"

"我倒要先问问你，你是县长，去检查过石材产业园区的环保吗？"

韩月川一听程子寒的回话里充满着怒气与谴责，反问道："咋啦？"

"我今天跟随公安局邱之兰在清风峡跑了一整天，先去了石材产业园区，又去了龟肚坝的养鱼场，没想到这里的生态破坏和环境污染如此严重。"

"有这么严重?"

"我先发你几个今天现场拍摄的视频,你自己好好看看吧!"

韩月川刚刚坐下,程子寒微信里就唰唰唰发来了一连串的视频。

第一个视频,齐宇公司锰矿石废弃尾矿堆码场,就在清河岸边,茫茫一大片堆成了几座小山,不仅堵塞了半边河道,沿岸仅有的一片基本农田也被荒废了;

第二个视频,由于直接放炮开采大片矿石,龟石坡一面山上千疮百孔满目疮痍,那是国家自然保护区啊,恐怕三四十年都难以恢复本来的生态;

第三个视频,是从山上运下来的矿石漫坡堆放,下雨后那冲流下来的矿粉石渣,把几条本来清晰见底的小溪沟污染成了浑黄浊沟;

第四个视频,平平整整的二十多口水塘和养鱼池,水面上不时翻起一条条白鱼肚皮,几个农民在那里不停打捞着死鱼。镜头转向一口池塘特写,水面死鱼漂浮,太多打捞不过来,引来大量苍蝇飞舞……

快速看完视频,韩月川心头有些沉重,又拨通程子寒手机问:"还有吗?"

"可能还存在暗管偷排问题,山上私挖乱采也很严重,毛局长亲自在一一调查。"

"哎,很多年了,是没咋管。"

"那你当县长这两年呢?"程子寒在电话那头较劲地反问了一句,但他好像又感觉自己太书生气,才放缓口气补充说,"那你今晚找我,有啥事?"

韩月川顿了一下,说:"我是向师弟讨教,生态文明如何引领我们县跨越式发展?"

"你们集中学习的理论课题?"

"就是,明天会上要发言呢。"

程子寒在电话那头喔了两声,然后才说:"这个课题太大太宽泛,发言又限时一刻钟,建议选择一个角度去深入浅出,比如生态位的话题,就刚好是一个敏锐的切入口，也是风城目前必须正视的现实问题。"

"今天教授也点到生态位，但这是个动植物学的概念，怕是生僻了些。"

"生态位，是指每个个体，或者种群，在一个群落中的时空位置、功能关系和作用。现在学术界的生态位，已不只限于动植物学的范畴了，已经扩展为整个生态系统和全空间领域，甚至还延伸到了我们的人类活动及其政治生态。"

"那让我想想。"韩月川拿着手机低声说。

"你发言中若能把生态位的功能关系，和我们现在不少地方大肆破坏生态环境、错位开采大自然、资源过度开发等现实问题分析透，再把我们的资源配置方式和政治生态优化等结合起来谈，你发言一定会精彩，也会很有理论杀伤力。"

"这会不会被认为，是哗众取宠？"

"县长姐姐呀，我今天到山里去实地看了下才知道，那生态环境被破坏得太严重了。如果不尽快制止和产业转型，今后就是用再多的 GDP 和财税收入也无法弥补我们对大自然的伤害。"

"从这样的角度去发言，会不会让人以为我是在倒戈逼宫，县上这资源转化战略，毕竟是李谷雨当年提出的，而且县委书记肖一凡现在还在生命垂危之际，不能过河拆桥吧！"

对方听出韩月川还有些犹豫，就说："师姐，你我都是学环境与动物学的，其实你心头明白，只是现在被 GDP 蒙住了双眼。还有，现在是新时代了，中央一再要求，不要带血的 GDP，那是讲安全，不要黑色 GDP，那是强调环境和资源保护。你现在，虽然还不是县委书记，但你应该站在一个高位去思考风城发展的问题。"

"那你，先帮我思考个提纲？"

"行，我一小时后给你。"

韩月川放下手机，好奇地拿起李谷雨书记那本书，随手一翻，没看几行，天啦，是本淫书！

第九章 生态位

韩月川随手将书往厕所墙角一扔，才觉得这一下是惹大祸了。刚才在李谷雨房间里自己没有拿那本官场风水的书，却专门挑了这本淫书，他李谷雨心头会咋想？从市委副书记房间出来，恰巧遇上自己同班子的林旭晖，他又是市委书记的前大秘，他刚才见到自己手里这本《灯草和尚》，这男人见多识广不会不知道书的内容，那林旭晖又会咋个猜忌？

　　韩月川越想越可怕，真后悔今天不该去李谷雨的房间，更不该去半推半就招惹他。这官场里的女人实在不易，漂亮美人就更是风雨难当了。这么些年来，多少人包括自己当年的研究生导师洪教授，是多么直截了当和用尽心机，但韩月川都挺过来了，让多少人围着疯转能见得到鲜肉却扑朔迷离吃不到口，实在是让人心路艰辛活得累。

　　去了浴室，将浴缸放满烫水，韩月川褪尽衣服，仿佛一条光滑的银鳕鱼，试着试着就钻进了烫热的池水里。

　　今晚不敢再做浴盆中的瑜伽了，只将淡银色的沐浴液慢慢涂在身上，轻轻揉几下，那满浴缸里五彩缤纷的沐浴泡泡很快就四处飞扬起来。

　　毕竟是女人，韩月川在温润烫热的水里泡着泡着，仿佛整个身子又进入肉软骨酥魂销灵化的境界。她突然想，要是人一到了完全放松的时候，把那些富贵宠辱与功名利禄一下都忘却，那才是真正地到了放下的境界，犹如眼前这些五彩缤纷的沐浴泡泡，在时空里不停地变幻着颜色，一会儿是淡绿色的，一会儿又变成浅蓝色，一会儿又变成橘黄色，灯光照射下散发着七色光，飘冉浮沉，梦幻斑斑。

　　人一旦放松，心里就容易生出欲望。韩月川心中突然对那《灯草和尚》生出一种本能的好奇，纵身一起跨出浴缸，白光一闪，她从墙角捡起那黄皮子书，两个快步又钻回水里，快速翻起《灯草和尚》。《灯草和尚》是一部清代白话艳情小说，韩月川翻看几页，觉得这荒唐故事写得太离奇，就纳闷市委李谷雨书记咋就带上这么本书呢！

　　手机突然响了，韩月川裸着身子去床上拿起手机一看，是李谷雨打来的。韩月川说："领导，我正泡澡呢。"

　　李谷雨玩笑着说："可不要把骨头儿给泡化了。"

"泡化了好呢，免得尽惹些烦恼。"韩月川淡淡地说。

李谷雨在电话那头挑逗道："你身体上有颗暗红的土痣，在左边，半粒豆大。"

韩月川知道自己左乳上是有粒痣的。"你怎么知道的?"

对方煞有其事地说："我懂些易经。"

韩月川知道李谷雨是在蒙自己，但还是忍不住问道："咋个讲究?"

"这人体上的痣很有意思，在相学里尤其讲究。"

"我不相信。"韩月川有些心猿意马。

"比如，发中有痣，主富贵。额头和印堂有痣，尤其是红痣，就特别大贵。嘴角有痣，聚财。眼皮有痣，主妖和媚。若下眼睑有痣，这叫泪痣，大都是一生坎坷。"李谷雨说到此就停了下来。

韩月川轻抚着自己丰满光滑的乳房，忍不住问："还有呢?"

"手臂有痣，善主理财。脚背有痣，劳苦命。脚底有痣，主大富贵。肚脐有痣，风流鬼。屁股有痣，掌大权。乳房有痣，犯桃花。"李谷雨停顿了一下又补充问："那你的痣，究竟是在哪里呀?"

"去去去，领导果然是蒙人的。"

五

次日上午，是读书班第二阶段发言，会议由市委副书记李谷雨主持。

大会发言事先并没排序，参会代表各自看情况决定发言时段。李谷雨主持会议的开场白特别强调，为确保有序和发言紧凑，第一个上台发言后，请下一位要到发言预备席等候。今天参会同志多，每位同志发言时间控制在十分钟之内，特别精彩的不超过十五分钟。

今天上午首位发言的是市中区新任书记，他的发言题目是"深入践行生态文明理论，推动市中区经济再上台阶"。韩月川见李谷雨在主席台上老用眼睛余光瞟自己，似乎是在鼓励自己早些上台发言占个先机，往往发言到了后面大都千篇一律就没人喜欢听了。正犹豫时，市规划和住建局局长已起身到发言预备席位坐上了。

市中区书记发言很一般化，满是正确而套路式的语言，韩月川又翻了翻自己的稿子，顿时觉得师弟的见解确实高人一筹。

昨天晚上程子寒发过来的发言提纲，韩月川先在手机上打开电子文档简单浏览了一遍，觉得写得太大胆了些，就有些打退堂鼓。好在程子寒同时发了个科教视频，打开一看，是几个明星联合做的环保公益视频，一口气看完，韩月川心里渐起震撼：

大自然母亲（蒋雯丽的声音）：有人称我为大自然，也有人叫我大自然母亲，我已经度过了四十五亿多年了，是你们人类存在时间的二万二千五百多倍。我并不需要人类，人类却离不开我。我已经存在了亿万年，我养育过比你们大得多的物种，我的海洋、我的土地、我的河流、我的森林，他们都可以左右你们人类的存在。我将继续存在，我随时都在进化，而你们呢？

海洋（姜文的声音）：我是海洋，我是水的家，我覆盖了大部分地球。每一条河、每一朵云、每一滴雨，最终都将回归到我的怀抱。地球上所有的生物都将离开我，所有的生命又都来自于我，你们人类也不会例外。人类不仅贪得无厌，还毒害着我。如果人类还想在大自然中与我共存赖我而生，我只说一次，没有健康的大自然，人类将走向灭亡。我是海洋，我曾经覆盖过整个地球，我也可以再一次把它全部覆盖。

土地（葛优的声音）：我是土地，我在高山上，我在山谷中，我在农场里果园间，没有我人类无法生存，而你们却把我看得一文不值，你们可曾意识到，我就好像这地球的皮肤，只有薄薄的一层，但我却被你们过度利用、过度开发与凌辱，现在只剩下不及百年前一半的厚度。

水（濮存昕的声音）：我是水，对于人类来说，我司空见惯理所当然，但是我是非常有限的，我化身为雨水落入山中，流进小溪与河流，最终汇入大海，让我再回到起始形态需要一万年时间。如果人口再增加几十亿，人类还能找到我吗，人类自己又将如何生存呢？
……

看完这段公益视频，韩月川这才坚定了以生态位角度去发言，但她还是将那些过激的提法进行了处理，又补充了一些内容，今天一早又花半小时誊抄在自己的工作笔记本上。这官场里发言讲话也有技巧，拿着笔记本发言，更能够表示这是自己个人的思考与见解；若用机打稿上去读，别人自然会以为，这一定是秘书代写的。

眼看前面有三四位都发言了，韩月川只好起身去到预备席候着。前面一位是市工业局局长，他的发言主题是"提高科技水平、延长材料工业产业链"。他发言完毕，主持人李谷雨特别点评说："这个观点很重要，我们强调保护生态环境，不是说就什么都不能干了，就完全回归到原始社会状态去，那不行啊！同志们，我们一定要牢记，发展，才是我们党执政兴国的第一要务，尤其对于我们这些发展不平衡、不充分的贫困落后地区，更不能守着金窝子去讨饭！"说完就带头鼓掌，下面人跟着鼓掌，掌声雷动，十分热烈。

韩月川觉得自己的发言稿主基调与此有些不相和谐，但又坐到预备席上了，实在进退两难。这时台上李谷雨点名说："下面请我们唯一的女县长作精彩发言。"

韩月川硬着头皮上去，先行了个礼，然后不快不慢地说："前面听了郑书记的报告和同志们的发言，让我深受启发和教育。我这里仅仅谈一个学术观点：用生态位法则来指导康全县绿色发展。"

"生态位"三个字从韩月川口里一出，全场人的目光都齐刷刷地集中到了她身上。

"生态位法则，又称为价值链法则，是世界生态理论创始人格乌司对自然界和谐共生原理的杰出贡献。其主要内容是，在生物学和大自然中，各种生物都有自己的生态位，亲缘关系接近的，具有同样生活习性的物种，不会在同一地方竞争同一生存空间；往往会由于其中一种或者几种物种对于相应生态位的更适应性，逐渐把其他亲缘性或者是有相同生活习性的物种赶出相应的生态位或者是压制其相应比例，最终形成相互斗争又相互依存的一个和谐共同体。比如，由于食物的不同，非洲草原的狮子在白天觅食，猎豹在中午觅食，豺狼在晚上觅食。这样虽然都是食肉，但是在捕食时间上分不同时间段，各种生物占有相应的生态位，这样才形成了既斗争又相适应的整体生存与和谐世界。"

台上台下的同志都专心听着，但又觉有些深奥与太理论化。韩月川接着说："这里的关键，我是想强调三个观点：一是我们必须尊重和敬畏大自然，这是生态位法则的起码要求，我们人类和大自然所有生物，包括山水岩石也都是有生命的，千万年来已经形成了和谐共生的统一体，我们不能够随意破坏其平衡。二是经济社会环境必须依赖大自然生态环境，包括两个方面，一方面是我们所处的生态环境，另一方面是我们赖以生存所需要的生态环境，这里包括气候、食物、土壤、水源等地形自然生态位环境，也包括文化、观念、道德、政策等社会生态位环境，这都对我们人类生存和可持续构成必要条件，一旦破坏了平衡，我们和我们的子孙后代，就必然会遭受大自然的惩罚甚至未来的自我灭绝。"

韩月川讲的不是平常套话，大家听得很认真："三是生态文明建设与生态位法则所揭示的大自然普遍原理是一脉相承的。在自然环境中，各种动植物，包括人在内的全部生物，都在不断竞争，但同样必须共同维护人与自然的和谐相处，尤其是党的十八大，第一次将生态文明纳入中国特色社会主义事业'五位一体'，这就要求我们必须改变传统发展方式，那种对大自然和地球村掘取式、掠夺式的发展道路，不符合新时期要求，也是违背生态位法则的。"

韩月川的发言本来无所指的，但与会者一听都一下子严肃起来。而接下来的观点更是震动全场。"通过学习生态文明建设和生态位法则，昨天一位环境与动物学专家给我提出三问，我昨晚一夜难眠。他的三问是：一问，矿山是否过度开采，山里岩石大面积裸露会不会有地灾发生？二问，河水变浑浊、鱼塘死鱼是不是水质严重污染，这样长期下去后果会是什么？三问，堆积如山的矿渣还能不能够回收利用再生产？"

这时，主持人插话了："月川同志莫跑题了。"

韩月川转头看了一眼主席台上的领导，接着继续发言道："按格乌司的生态位原理，一个物种只有一个生态位，但并不排斥其他物种的侵占，如一山不容二虎，并不是说A山的老虎不能到B山，老虎饿了哪里都能去，不过就会发生一场生死搏斗，这种现象在商界叫市场竞争，在资源开发中叫掠夺与生态位侵犯。所以今天结合现实工作实际和专家三问，我苦苦反思，我们究竟怎样才能够达到总书记要求的生态文明绿色发展、有序利用可持续发展的高标准要求。现在大胆讲出来，算是我个人通过这次读书班学习肤浅的思考，也是我自己良知与责任的扪心一问。谢谢大家！"

全场没有掌声。

韩月川都走下发言台了，郑宏德书记带头鼓掌，大家跟着鼓掌，稀稀拉拉，一点也不响亮。

会议中途，韩月川去洗手间出来，正遇上李谷雨迎面过来。韩月川停步问李谷雨："领导，那书晚上去还你？"

"弄错了吧，我有什么书你要还我？"

韩月川愕然。

李谷雨走了两步后又回过头问："你今天是不是被人洗过脑了？"

领导从未有过的一本正经，说完就气冲冲地去了洗手间。

第十章

茶仙坪

一晃就快到清明了。今年春茶还没开采，好多外地茶贩客商两天前就住到了乡镇上，大家只等清龟山上茶仙坪开摘第一篓春茶。

清龟山茶农自然有他们管茶采茶的固有规则，而每年不等到茶仙坪开采第一篓春茶，则所有山上山下都不能提前乱采任何一指新茶的规矩，还是在刘源森主持茶叶协会后才兴起来的。

春分后开采的鲜茶叫头春茶，很多人又称之明前茶。茶树在经过一个冬天后发的新芽，由于茶树休眠时间长积累营养成分充足，春来阳生雨水又丰沛，开春后的茶芽一般都长得比较肥硕，采摘加工而成的茶叶自然营养丰富，加之能达到采摘标准的产量很少，故坊间有"明前茶贵如金"之说。

但春茶也不是采得越早就越好。因为在市场上存在一种偏见，一些茶商认为春茶"以早为喝"，大家都想提早尝到第一口鲜茶，有些地方三月初就开始采摘鲜叶，茶叶生长没足月，不仅影响春茶质量，而且富硒含量上不去，茶碱素也严重不足，炮制出来的新品喝起来就显嫩臭。

春竹乡自从刘源森当了乡茶叶协会会长以来，就定了一个铁规，不等到茶仙坪开采就提前乱采的茶园，一律不准许贴清龟老川茶的牌子。前两年春竹乡也有茶农为投机鲜叶市场抢早抢新提前开采的，不知啥缘故这些茶园到了夏季都纷纷出现茶叶云纹叶枯病，嫩叶尖突然生起不规则的枯褐色病斑，还伴生有波状褐灰色云纹或黑色小颗粒点，这样的茶叶自然就难以销售出去了。

茶仙坪的老茶农便说，这是不守茶道而受到茶神的惩罚。

刘源森知道，山里农民最怕的，就是违背神灵意愿后的报应。为了惩戒这些不讲诚信、不遵守协会约定的茶农，他一面派专家上门治病，一面进行敬畏茶神恪守诚信宣传。这一招果然奏效，几年来不等到茶仙坪开采第一指新茶，整个清龟山的茶农们是不会贸然乱采新茶的。

阳春三月，天气回暖，清龟山上阳光明媚，春意盎然。

刘源森早早地来到茶仙坪，他仔细将活动现场每个环节又亲自查验了一遍。政府办通知今天是程子寒代表县委、县政府来出席整个活动。昨天县人大刚刚任命他为副县长。刘源森知道，程县长是位大专家，其岳母又是省领导，春竹乡的农村经济发展，真需要他来帮助指点和向上呼吁。

今天的新茶开采和茶旅促销活动，是清龟山茶业公司与县文化旅游集团共同举办的。过去每年也搞类似的新茶开采仪式，但政府主办每次的花销没法入账，现在总算是逐渐真正市场化了，就包括眼前这批刚刚完工的茶旅融合一期项目建设，也都是与县文旅集团联手打造的。

茶农们已陆续到来，刘源森一看时间还早，就和县文旅集团的夏总把新建的茶旅项目又验收了一遍。先是脚下这生态小广场，地面铺着生态方孔砖，四周被老茶园围包着，面积不大却十分简约而生态。刘源森对夏总说："有了这个小广场后才好呢，搞个群众活动，茶农相互斗茶，还有游客前来，终于有个地方可以聚集人气。"

夏总过去是县电视台的美女主持人，又是清龟四大美人宝贝中的夏花，今天漂亮的脸上只稍微地化了个淡妆，看上去兰心蕙质，十分清纯可人。"刘书记，现在城里满是焦虑和喧嚣，正需要打造一片清爽自然的心灵净地。你看我们这一期项目，很少使用钢筋水泥，目的就是最大限度地体现清龟山的自然生态。"

刘源森十分欣赏这批茶旅景观。比如，远端，那仙茶古树后方的小山包上兴建的神农大头像，古铜色的色彩，没大砍大挖的生态呼应，一看这尝遍百草方发现茶叶的人类神农茶祖，仿佛就是从那山头绿树丛里长出来的一般，整个后山包，就宛如神农茶祖那魁伟的身躯。中端，是二台地上那三棵千年仙茶古树，以前没怎么围栏，现在被一圈低矮的小灌木丛围护着，既不遮挡古茶树，又显得庄重自然。近端，老茶田里，一排排长势茂盛的茶树间，巧妙放置了几组深褐色玻璃钢雕塑。夏总特别介绍说："正中那两人，一个是蒙顶山人工植茶始祖吴理真，另一个是茶圣陆羽，散在东西两侧的是美丽质朴的清龟山采茶姑娘。"

这时，身后锣鼓齐鸣，一对雄壮而威猛的四川舞狮来到了广场。中国舞狮有南狮、北狮两个流派，但这清龟山流行的却是独树一帜的传统表演艺术，两只大狮摇摇摆摆地蹦跳在前，一金一银盆口大开，后面是两只单人身披狮皮扮演的小狮儿，一黄一花，异常精灵顽皮。

在清龟山，这舞狮不叫舞狮，民间里叫耍狮子。清龟山人相信狮子是祥瑞之兽，舞狮能够带来吉祥好运，所以每逢婚丧节庆都会锣鼓阵阵狮舞蹁跹。艺高而讲究的可单桩跳上九重八方桌，然后云里翻舞梅花桩，简单的也要平地一番跑跳滚扑和前空翻后空翻，逼真模仿真狮动作形态，既威武雄壮又憨态可掬，目的就是在热闹声里诚恳祈求一种幸福吉祥。

突然，所有声响戛然而止，偌大的广场上一下鸦雀无声。

刘源森转身一看，原来是十多个身穿工人劳保服的壮汉将几根粗壮的铁架子抬到了小广场来。

刘源森赶过去一问，原来是齐宇公司故意前来要挟索赔的，分明就是借机生事，想来捣乱的。

二

程子寒是早上才接到出席清龟山新茶开采仪式通知的。

刘大林打完电话，程子寒责怪咋不提前通知，刘大林说："春竹乡党委政府的请示从县委办转过来晚了，韩县长昨天晚上才作的批示。"

程子寒正要问几点出发，刘大林在电话那头又补充说："领导，你昨天被人大刚刚任命，这正好是个出场亮相的最佳机会。"

"为啥一定要出场亮相？"

刘大林笑嘻嘻嘻地解释道："每个新领导到位，都应该有个首次出场让大家知晓的场面，今天正好新闻记者多，你这一亮相自然被全县人民都认识了，断不会再把你弄成邪教骨干给关起来。"

程子寒心里有些不爽，这刘大嘴巴啥都敢说。但转念一想，刘主任说的也很有道理，就顺口问："那当年韩县长是咋亮相的？"

"韩县长在县上工作过，大家都认识，但从市里再派回来当县长，她自然要选择个加分的场面，要好好亮亮相。"

"那你说说看。"

"她那次亮相，也是我精心设计的，效果非常好。"刘大林在电话那头一说起这事显得十分兴奋，"那次刚好遇到三月十二日植树节，我们就特意安排领导带队去植树。新来的县委副书记兼县政府党组书记去义务植树，本来就是个新闻亮点，但我特别让人故意拿钱将种树业务外包给当地村民，领导们去植树，也就是培培土做做样子，韩县长一到场自然发现这义务植树是作假走过场，当场就进行了严厉批评，并要求政府机关要坚决反对形式主义花架子。当晚电视台一播出就震动全县，而且这条新闻还上了市电视台的新闻联播。后来，县人民代表大会选举韩县长时，她得的是全票。"

程子寒一听，这官场里还真藏有书本里没有的大学问，同时也暗自佩服这刘大嘴"抬轿子"的水平。

但是程子寒心里还是一阵纳闷，昨晚就和师姐就在一起，她咋一点都没提呢？要是早些说了，自己也好有个思想准备。

虽然是对门邻户，但昨晚程子寒还是第一次走进韩月川的闺室。

昨天县人大常委会委员们正式投票任命他为副县长，韩月川约他去房间聊一聊。程子寒明白，这是要必须履行的谈话程序。下午县人大常委会决定正式任命后，陈仲兴就在大会上对他和新任公安局局长刘大江进行了集体谈话。

敲门进入韩县长的房间，程子寒一下愣住了。女同志的房间本来就布置得格外温馨和有小资情调，关键是师姐房里的米黄色餐桌上，摆了两瓶红酒和一盘生日蛋糕。

"今天是师姐生日？"

"主要是给你祝贺，毕竟人大全票通过。"韩月川将两盘凉菜和一锅烧菜端上桌，取来酒杯递给程子寒一个后说，"你开开酒，这还是我先生去年从国外带回来的，私家庄园正宗干红。"

相互间没有什么更多的官话套话，二人几杯酒一下肚又仿佛回到了从前的同门岁月。师姐说："你还记得十一年前吗，就是在这个房间里，那天要不是你挺身而出，师姐恐怕早就不是干净身了。"

程子寒同样也思潮如絮感慨万千，但他心头清楚，现在毕竟不同当年了，面对官途中的师姐不能够平起平坐乱讲话。"哦，时过境迁，我当时也是醉眼蒙眬，现在都忘了。"

韩月川也觉得刚才提起这事自己有些失态，忙转移话题说道："这回在市里发言悔不该听你的，现在弄得领导对我很有看法，还批评我被什么人洗过脑了。"

"这也很正常，因为生物所具有的各种属性人类都具有，每个人都必须找到适合自己的生态位，会自然地根据各自的爱好、特长、经验以及利益驱使等众多因素来确定自己的利益与位置，然后自然而然会选择适宜自己的生存路子，这本身就是一种特殊的生态位法则。"

"是啊，企业产品在刚进入某个特定市场时，往往没有竞争对手，可市场是开放的，马上就会有众多竞争者大举进入该市场，这样一来，均衡就被打破了。市场容量虽然不断增大，但随着市场份额的相对缩小，企业无论大小强弱，都会像狮子与羚羊一样快速奔跑，你跑慢了，自然就会被吃掉。"

程子寒觉得师姐话中有话，又不便追问，只好顺势说："不过，我的师姐啊，吃老鼠的猫即使变成了老虎，充其量也只能吃狼、吃狗，决不能吃狮子、吞大象，这也是一种生态位现象，因为世界总体要求还是要和谐发展的。"

"师弟，你一直在学校搞科研，尽管现在的学术殿堂里不完全是干净的，但现在的官场也不完全是风清气正的，还是有害群之马的。"

"是不是这次发言，真的给你带来了仕途上的麻烦？"

"那也不是，我只是有一种隐隐的感觉。"

"市委郑宏德书记反感了？"

"那倒没有，那天反而是他带头鼓的掌。"

"自然界衡量一个物种成功的尺度，是看这个物种是否能延续下去，而衡量一个企业、一个人能否成功的标尺，是看他能否长久而健康生存下来。做企业、做人不是百米冲刺，而是马拉松赛跑，一旦偏离了正常的生态位而去强行争做强者的话，那不会长久，并且非垮不可。"程子寒给韩月川碰了一杯后又接着说，"你看世界上好企业都是百年不衰，如美国的可口可乐公司，一百一十五年啊，还有法国的人头马白兰地酒业公司二百四十一年，如果都搞短期行为，都一味地追求短期效应，那真的就离灭亡不远了。"

"子寒你说得有道理，一下让我心头放下了很多，来，我敬你一杯。"韩月川和程子寒都把半杯红酒一口干了，"你这一说，也让我明白了一个天大的动物生存规律。"

"那你教教我。"程子寒故作谦虚的神色。

"在动物界，老虎是强者，但因为人类不断的过度开发，老虎在慢性饥饿中减少。而被视为弱者的老鼠，人们虽然千方百计在消灭它，但现在世界上依然还是到处都有。因为老鼠格外狡猾且不断回避人类的手段，它的生存能力反而变得更强，最终导致其生态位没有发生根本的变化，它完全可以避开老鼠药和人们的棍棒、夹板而生存。"

"那我大胆问韩县长，你说市委李谷雨副书记，算是老虎还是老鼠？"

"不谈他吧！"韩月川倒上酒，与程子寒一碰，"你刚来，慢慢观察。"

程子寒似乎猜出了点什么味道，但他不能说破，就转移话题问道："那你说说肖一凡，我那天去医院探望他，他夫人说他们老肖从来不收礼的，他真的是这样廉洁？"

"在社会上也没听到他什么太贪的传言，只是他怕事，遇事不敢担当。"韩月川轻轻放下酒杯，自己长叹一声后又才接着说，"这两年县里很多大事他只表态，从不签字，也从不出纪要。有些事老说是上面交办的，只安排我们政府抓落实，我真怕哪一天出事了，他现在又成了脑溢血，到时我去找个证人都没有，想想这些就真有些后怕。"

"我也在暗里观察，包括那天晚上，那常总和李谷雨说完事又把他叫进去，我管招商引资的刚来不说，却不应该回避你这个县长，他们很可能在做什么交易。"

"子寒，没想到你如此有眼力。"韩月川停顿一下，低声说，"但这些话，其他人面前可千万不能乱讲的。"

"我懂的，师姐。"程子寒说完就要回自己房间小解，韩月川说："没那么多讲究，就地解决吧。"

程子寒也没推辞，就呼地进入县长闺室卫生间，出来时还顺手带了本发黄的书。"我的姐姐呀，你敢看这些书？"

韩月川的脸唰的一下红了，有些后悔不该把这书随便乱放，赶忙夺过去一手扔进了身后的垃圾桶里。"这是在外面捡来的。"

"师姐，我们都是学动物学的，怕啥，这《灯草和尚》我早就看过了。"

韩月川正好有些下不了台，仍一脸羞红，忙去将书捡回来一手丢在程子寒的怀里。"那你拿去，再好好温习温习。"

三

程子寒和刘大林赶拢茶仙坪时，刘源森刚好处理完齐宇公司赶来索赔的意外搅局。

这是在关键环节砸场子啊，开初商量说先承认赔钱都不行，后来刘源森只好承诺县委常委兼副县长程子寒马上来，并答应乡治安室主任陈林陪他们先去乡上谈判，才暂时应急化解了这突如其来的一场敲诈。

狮舞翩跹，锣鼓喧天。等程子寒一行往规划位上一站，刘源森就示意活动开始。

今天的活动主持人是县文旅集团夏总。

"清龟仙茶披月霜，恰似幽兰吐芬芳。滋味人间珍稀少，川茶一壶漫天香。"活动伊始，夏总先朗诵了一首歌颂清龟好茶的古诗，然后就开始说既简洁又吉祥如意的开场词。夏总不愧是电视台的节目主持人，那标准而带着女性天然磁性的普通话，将在场的程子寒都镇住了。

第一项议程是乡党委书记致辞，接着是龟泉寺的品茶大师鲁瞎子带着两个茶农敬香，然后是荡人心魄的笛声悠扬而起，十多个衣着嫩绿长裙的采茶姑娘从人群里一条龙出来，手持茶篮在广场中央飘逸曼舞，阳光下美目流盼，显得格外纯洁妩媚。

待两曲空谷幽兰若仙若灵的采茶舞一结束，姑娘们很快就优美轻盈地飘进了茶树林间。主持人夏总这时欢快地宣布："有请风城县委常委、副县长程子寒先生移步茶田，启动今年清龟山的第一指新茶正式开采。"

说话间十多台摄像机唰唰跟了过来，程子寒这时才知道今天的活动网上在现场直播。他整理整理衣服，在刘源森和鲁瞎子的陪伴下，正步走进茶田，按照先前刘大林的点拨，双手在一盆清水里象征性地洗了三下，接着面对仙茶老神树拜了三拜，然后才庄重而虔诚地在前后左右茶树上摘下四瓣嫩茶叶芽，轻轻放在自己左手心，然后将第一瓣献给了茶神，第二瓣放到了地上以表达感恩大地厚土，最后将另外两瓣嫩茶叶芽恭恭敬敬放进了采茶姑娘的茶篓里。

此时，响彻云霄、欢欣鼓舞的锣鼓声响起。

程子寒深受感染，就随手摘了两枚一芽二叶初展的嫩芽，放进自己嘴里轻轻一嚼，只觉那凉中带涩的一股清香迅速在全身弥漫。

开采仪式一过，茶农们就纷纷下田采茶，刘源森和夏总便陪着程子寒去参观仙茶古神树。

三棵仙茶古神树在上一个台阶处，千年古树茶，老态展新枝，程子寒看着这老气横秋的古茶树又重新发出新芽，心里不自觉地对神树生起一种膜拜与虔诚。刘源森介绍说："这古树下的大石头，叫观音石。在清龟山茶农的眼里，这古树，这石头，都有着鲜活的生命，而且我们还都相信这仙茶古树，真的是带了仙气的。"

程子寒围着古茶树转了两圈，只见树身上搭满了新旧不一的红布条。夏总介绍道："报告领导，这里现在也算是个乡村旅游景点了，来这里旅游的专家和城里人越来越多。"

程子寒忍不住问道："他们来这儿主要耍些啥？"

"主要是来体验这仙茶古树的神奇。"夏总指着中间那棵身形巨大的古茶树，滔滔不绝地给程子寒讲述了一连串神奇无比的故事，"这古茶树仿佛真是带有仙气的，一年四季不换叶，常年碧绿，风调雨顺时还要结茶果。遇到天灾国难时，不仅不结果，还要枯枝掉叶。听老人们传说，每逢大灾来临，这古茶树就会几天里突然枯枝掉叶，而有国家或民间重大喜事时，这树上就会很快长出新枝新叶。"

程子寒有些不信，刘源森就接着举例说："据山里的老人说，近几十年来就有三次奇迹发生。第一次是那年中央红军路过此地，大雪天里那发枯的茶树半月里突然长起了满树的嫩叶；第二次是唐山大地震那年，这古老仙茶树一夜之间树叶全掉光了，不久毛主席逝世时这树上还意外枯了半块大枝丫；第三次是邓小平同志复出那年冬天，这仙茶古神树也长了新芽。"

程子寒越听越感到神奇。

夏总跟着又讲了另外一个故事。"这古茶树，是会惩恶扬善的。有一年，村里有一个行为不端的混混在古茶树上砍了一根老枝丫，结果回去后他自己大病一场，半年里家中先后死去两人，从此这仙古茶神树周围的草木都没人敢动了。"

刘源森停步补充道："也许，这只是一种巧合，不过村民们很相信这是上天的预警，就更把这几棵古茶树当成镇山之宝了。大家还自发组织起来护树守树，这比我们开会学法教育还要管用。"

"这大概就是民间信仰的力量吧。"程子寒是学环境与动物学的，听了这些故事，同样感慨万千，"一棵古茶树，就是一个地方醒目的文化符号，慢慢的，这千年古茶树就变成了人们心中的一种图腾。"

这时，刘大林走过来请领导们去参观下一个节目。

接下来的节目，是要现场对今天采摘的第一篓明前茶鲜叶进行公开拍卖，标志着清龟山鲜茶今天正式上市。

刘源森向程子寒汇报说："我们今年举行这第一篓清龟老川茶鲜叶公开拍卖，主要是想以此为噱头，努力在线上线下提升我们茶叶的品牌影响力。"

程子寒觉得新奇，转身返回了小广场，没料到今天公开拍卖这第一篓老川茶鲜叶如此热闹。有六十多家省内外茶贩客商前来参与竞拍，起拍价从三万元开始，央视二套《第一时间》栏目和网络百度视频都在现场直播，拍卖师一个劲地吆喝，仿佛这茶仙坪第一篓新茶果真是带有仙气似的。

活动进行得十分顺利，经历二十多个轮回竞拍，重量二十六点五斤的第一篓鲜叶，此次竞拍价已涨到了十七万。

各商家还在继续加价竞争，刘源森突然接到电话，护山群众联防队发现，齐宇公司的人正在茶仙坪下面的山洞里偷采玉矿。

四

新官上任三把火。

县公安局政委刘大江昨天被县人大常委会正式任命为风城县公安局局长，他烧的第一把火就是狠下决心要在扫黑除恶上撕开一个口子。自从孙玉珉升任常务副县长后，此前虽也是刘大江实际主持县公安局工作，但重大问题得请示还挂着县公安局局长的孙玉珉，毕竟他还是法人代表，从申请办案、拘留治安违法人员、拘捕刑事案件犯罪嫌疑对象，没有孙局长签字，那是无法动人的。

上午接到前姐夫刘源森求助电话时，邱之兰正在刘大江办公室密谈峡口村可能涉黑线索排查。刘大江局长面对邱之兰终于亮明了自己的鲜明态度，关于齐宇公司徐富达称霸一方的民间叫怨声持续好几年了，不是刘大江不想查，一方面是没有确凿的铁证，加之这徐富达又是县政协委员，没有过硬的罪证是动不了他的。另一方面，去年刘大江收到几封群众举报信，也曾动议先摸一下线索，去与孙玉珉一碰头，是孙局长首先怕了，孙玉珉说那齐宇公司背后的水深着呢。

"今年春节前，我又接到对徐富达在清风峡胡作非为的电话举报，但还是被孙县给否了，他还特别告诫我，在没有搬正（方言，升成正位之意）之前要先保护好自己。"

邱之兰问刘局长："那你估计孙县与他们有瓜葛没？"

"这难说。"刘大江深深地吸了一口烟，脸色凝重地说，"他在县公安局干了三年多，我料定即使没有大问题，也免不了河边打湿鞋。"

"可你现在的职务的确才续了一半，副县长还没提名呢，是不是再忍忍？"

"邱大队，看来你还是不了解我刘大江。"刘大江边说边起身打开自己的保密柜，慢慢取出厚厚一叠材料丢给邱之兰，"你看看吧，这是我这两年来暗中搜集的一些材料，之所以早就下了这样的决心，是因为我就没把这头上的官帽看得那么重。"

邱之兰拿起资料大体翻了翻，没想到刘局掌握的这些线索远比自己到处去查找的丰富。刘大江将手里的烟屁股往烟灰缸里狠狠一摁，镇定地说："你先拿回去慢慢看，再认真仔细地梳理一遍。这里面重点涉及三个关键人物，一是齐宇矿业老板徐富达，好几处打人行凶都反映是他指使的，还有来信反映他强奸过袁九金的老婆祝小春；二是长风集团董事长熊冬生的副总麻二娃，表面上没徐富达那么张扬，但这小子也霸道得很，有份材料里反映他到一个舞厅里看上一个女服务员就硬上，女子不从，他居然当天晚上就派人将其拖出门扒光衣服，弄得这女子到垃圾桶里捡了张塑料布裹住身子才回了家，同时还有人反映这麻二娃常常帮人收历史欠债，再从中高额提成。"

刘大江说到这里停了下来，盯着邱之兰看了好半天。

"怎么，局长信不过我？"

"不是，我是说这第三个人物，特别重要，也特别敏感，将是你下步首先侦破的关键人物。"刘大江思考片刻后继续说，"这个人，就是齐宇矿业公司负责开矿山的老总。这个人很少露面，我也没见过，听人说是个狠角色。到目前我还没掌握到他过多的线索，只知道这人是个劳改释放犯，叫豹子娃，左手因赌博被断过两个指头，但在清龟山乱采矿有那么多的民怨，这里头一定隐藏着重大的黑幕。"

邱之兰简单在自己本子上作记录，刘大江立即制止说："这些事你先记在自己心头，回去梳理材料后再找出最容易的突破口。"

邱之兰没想到刘大江局长这么信任自己。"刘局，既然你是这样的决心，我也不再瞒领导，这两年我也一直在寻找齐宇公司的罪证，我一直怀疑我姐就是被他们害的。"

"我的邱大队，我们需要的是证据。"

"是，我一直在暗地里寻找，我自己的直觉告诉我，清风镇的书记一定卷进去了。"

刘大江把手一摆，十分严肃地告诉邱之兰："刚才谈的话你一定要记住，要找证据，更要找到铁证，在没摸到对手七寸前，你千万不要去妄加猜测官场上的人。"

"我明白了，刘局，那我就去寻找他们的七寸。"

"另外，此事只能秘密进行，我给你选了一个帮手，治安大队的张勤，过去在法制科工作过五年。这人可靠，也机灵，我已找他谈过话了，归你指挥。"

"谢谢刘局！"

刘大江起身，从保密柜里又取出一个手机交给邱之兰。"电话卡在里面了，我们单线联系，务必要做到万无一失。"

邱之兰接过手机，将刚才的资料还给刘大江。

"怎么啦？"

"刘局，这资料先存放在你这里，我要先去春竹乡一趟。"

"你又要去见前姐夫哥？"刘大江半开玩笑道。

"刚才，刘源森书记打电话来求助，齐宇公司一伙人把春竹乡政府的办公室给砸了。"

第十章　茶仙坪

141

第十一章

龟泉寺

一

龟泉寺的住持鲁瞎子，是康全市多年的政协委员。

鲁瞎子从茶仙坪回来正准备生火煮饭，突然接到老县委书记李谷雨的电话。"鲁道长，在院里吗？"

"在呢！"

"等会儿，我去看你。"

"你已两年没来了。"

"我联系政协嘛，得去听听你参政议政的建言。"

"我泡好茶，等有缘人。"

龟泉寺，位于清龟山龟头下行的半山腰，山脚下就是河面并不宽阔的龟河，朝南眺望清河向西南蜿蜒流去。

龟泉寺始建于唐贞观元年，是茶马古道和南方丝绸之路上一个重要的佛家驿站。龟泉寺名字的由来，与庙里龟泉井有关。

位于寺庙左前方的龟泉井，是由本地原石砌成的一眼方池。泉池长宽四至五米，泉井深两米多，泉底巨石上镌刻着龙与龟的浮雕，在正北临水石面还刻有"龟泉"二字。泉池底部由高向低，最低处是泉涌的出水口，潮歇时一潭深水平静如镜，潮涌时泉水上溢荡起层层水波，顷刻间那镌刻龙龟浮雕的潭底石刻龙嘴处就有大股泉水涌出。当泉水漫至镌刻的龙龟腰身时，池中便渐渐传来嗒嗒的马蹄声，马蹄声由远及近，由慢到快，清脆雄浑，动人心魄。

鲁瞎子心里明白，李谷雨说来听他参政议政的建言，完全就是托词。老书记过去每次来必定都是这么说的，其实他是为了看那龟泉井的水涨水落。

这龟泉寺之所以远近闻名，与这龟泉井的水涨水落相关。一直都传说，这龟泉寺里的龟泉井极具灵性，其水涨水落都赋有吉凶寓意，一般人来此那泉水是不会涨潮的。平时井水欲涨不涨、水面如镜，只有贤达显贵或者鸿运吉兆的贵人到来才会泉涌潮升。贵人运势越好，那泉水就涨得越快、水位越高，更会有铿锵悦耳的马蹄声从泉洞里传扬出来。

鲁瞎子接待过李谷雨书记好几回，其中有两次正逢那龟泉井水涨潮，一次是他县委书记兼任市委常委前一周，另一次是他调离去市里作副书记之前。也许此事纯属巧合，但经世人不断渲染，到此上香膜拜的人就更多了起来。

今天，李谷雨是由县委副书记林旭晖陪同来的。

早年听说龟泉寺很出名，明清以前是一处香火极盛的佛家寺院，其后道佛融合共生至今，林旭晖当秘书跟班时就听过这里不少传闻，也曾经建言郑老板来此调研，可宏德书记对此并无兴趣。前两年林旭晖他自己倒是悄悄来过一回，却不见池中水起潮涨，回去与宏德书记一叙，人家是市委书记，回他的话那是说得入木三分："你的事还是我算得准。"不久，林旭晖就被提升为市委副秘书长。

前次来正好是傍晚，山岚深浓光线半明半暗，林旭晖也没心思细看掩藏在这密林丛里的寺庙。今天不一样了，除了主人家的底气外，心情自然更有所期盼，他走近一看，不承想这座名气很大的寺院，藏在林子里竟一点也不显眼。

进入龟泉寺，鲁瞎子正在几棵苍劲的银杏树下打扫地上的落叶。世间

第十一章 龟泉寺

银杏树多是深秋黄叶满地飘，独这龟泉寺里的银杏树是春天里换叶。李谷雨停下脚步问林旭晖："现在你是风城半个'地主'了，你知道这里最有吸引力的是啥？"

"是庙里的清龟泉？"

李谷雨转头瞟了林旭晖一眼。"为啥？"

林旭晖心头很觉平淡，毫不回避地说："我听人说起过，这里的泉水井潮起潮落，能卜吉凶祸福。"

"你现在是县委副书记了，不能随便乱说哟。"

"那书记指的啥？"

"我指的是，这里积淀的文化价值。"李谷雨见鲁瞎子朝自己走过来，忙招呼说，"鲁道长，来，见见新来的县委林书记。"

林旭晖上前去握手。"副的，副的。"

鲁瞎子不习惯握手，就还了个道家八卦拱手礼。

"正好，你给林书记讲讲这里的龟泉文化吧。"

鲁道长随口说："我们这里的清龟泉是一处恒温间隙泉，在全国的寺院里也算一大奇观。"

"李书记，我从前来过的。"

鲁瞎子一听，没再说什么，就领着李谷雨直奔龟泉井而去。李谷雨走在前面与老道叙事，林旭晖知道这里的讲究，故意放慢脚步掉在后面很远，心里还在琢磨刚才路上李副书记那不经意间的几句问话：

"林老弟副县几年啦？"

"下月刚好三年。"

"我像你这年段时，已正处三年了。"

"我哪敢与李书记少年得志比。"

"兄弟，事在人为啊！"

突然，李谷雨站在龟泉井边漫不经心地呼叫他，林旭晖才大步赶上去。林旭晖赶过去一看，那泉井里水潭如镜。李、林二人心头明白但什么都没说，就跟着鲁瞎子进了观音主殿。

林旭晖站在观音主殿门口，迎面是一尊硕大的观音像，不解地问："我前次来，还纳闷，鲁道长是道家人，咋住在这寺庙里，还供着观音菩萨?"

李谷雨见站在一边的鲁瞎子不便回答，自己接话说："旭晖呀，这龟泉寺，在明清以前是座有名的佛教禅院，后来被火烧过两次，现在仅存的这两重寺院门房，还是近百年后来民间筹资重建的。前些年老方丈圆寂后，没有僧人接续，这鲁道便入住寺庙，你看这大殿里，他专门增塑了道家的祖师爷。"

林旭晖再抬头一看，只见观音像的两侧分别是老子和张天师的塑像。

"李书记，其实，我们道家也是要供奉观音菩萨的，我们尊称慈航道人。"

林旭晖忙说："哦，难怪，有书上说观音菩萨最初是个男人身，原来是叫慈航道人，看来，这里真正是道佛一体了。"

"林书记，这里供奉的观音是座连山雕像，而且观音像前有一眼天然观音泉井，这眼井千多年来没断过圣水。"

林旭晖取下眼镜，将镜片擦了擦，稳稳戴上后埋头细看盆口大的泉眼，一边说："前回匆匆忙忙来，不知这里还有如此深的文化积淀。"

"这眼井与外面的清龟泉是暗流相通的。"鲁瞎子边说边动手从楠木架子上取下小水桶，转身问李书记："贵客临门，品口观音圣水?"

李谷雨轻轻一笑："我们共产党人不信这个的。"

鲁瞎子从深井里打出小半桶泉水，那泉水还在散着热烟。"你们强调生态环境，我们主张道法自然，这天然泉水，自然是最洁净之物呢。"

"这是当然。"

鲁瞎子取出两个一次性纸杯，给二人各自舀了半杯泉水，分别奉上。

林旭晖接过去，轻轻品了一口，淡淡地说："这泉水的确清爽微甜，鲁师傅又亲手加持过，这水自然更为上品了。"

李谷雨没说什么，微微饮了半口，将水杯置于观音像前的祭台上，双手合十默默一拜。鲁瞎子走上前："老书记来一签?"

"我们共产党人，不搞这个吧！"

李谷雨却还是在鲁瞎子递上来的签筒里挑了一签，鲁瞎子接手一看，中平签。"中平签，也是最好的签，中正平安。"

李谷雨是过来人，哪会听鲁瞎子忽悠，重重地看了壁上观音一眼，转身出了殿门。

鲁瞎子明白老书记今天心头不快的原因，但又不能说出口来，便自己快步返回龟泉井，却见那井池里泉水此时已潮涌如喷，便赶紧招呼二人转身回来。

林旭晖跑得飞快，冲在前头仿佛抢了个头彩。"这真是奇迹啊！"

鲁瞎子附和道："吉人自有天相。"

李谷雨满脸喜色，和林旭晖对望了一眼。"老弟，你看刚才在路上我说的啥！"

二人相顾一笑，实在意味深长，鲁瞎子装作啥也没看见。

二

程子寒从茶仙坪下来，路上开始飘起毛毛细雨。

因为刘源森急着要赶回乡上，齐宇公司那拨混混们居然把乡政府的办公室给砸了，夏总就主动跟上来陪着程子寒。

走过一程，夏总突然神秘地说："这下面，有两处风水宝地。"

"啥？"

"一个是千年龟泉寺。"夏总忙上前两步，手指不远处一块石碑说，"从这石碑左手边过去，十多分钟就到了。"

程子寒望了望，下面那块两人高的石碑已有几分残破，上面三个大字斑驳不全：清龟山。

"另一个宝地呢？"

"从石碑处向右走，再下一道坡，那二台地上，有座风水很好的农家四合大院子，都说这里文脉很昌盛呢。"

"怎么讲?"

"在这里,出了个不大不小的人物,更主要的,还是个文化人。"

程子寒想了想。"你说的是文运昌文主席?"

夏总转过头,神采飞扬,一脸天真可爱:"县长真是悟性高。"

"随便猜的。"

"要不要陪领导去沾些灵气?"

"文主席也不在呢!"程子寒随口说。

"嗨,程县长,刚才在微信里看到,主席回老家来了。"

程子寒听到夏总一改风城人遇比自己大的干部都称呼领导的习惯,特别亲切地叫了声程县长,相互间似乎一下子就亲近了两分。"这都马上午饭了,合适吗?"

"他老家没人,找了个亲戚在看屋,有人煮饭。"

"你这么熟悉,去过?"

"好几次了,与几个文友一块去的。"

"看来,你很适合搞旅游。"

夏总在前面带路,程子寒跟着往文家大院走。"那你说说,文主席是个啥样的官?"

"一个'官'字,不好概括文主席。"

"是吗?"程子寒听小夏这么一说,一下来了兴趣。

"他要是想当官,不至于到现在还只是个正处级。"

"为啥?"

"程县长,你看过阎真的小说《沧浪之水》吗?"

"看过。"

"他就像书里的罗清水。"夏总说到此时,眼里顿生一抹敬意,"他很有文采,政策水平高,书法也写得好,就是清高,一般的人他看不上眼,也从不去求别人。"

"真的?"

"他过去服务过的一位县委书记,现在已在外地当省长了。听说,老领导很惜才，两次要调他去做副秘书长，他都没有去，后来给他写了封推荐信，他回家就烧掉了。"

"哟，真是个另类！"程子寒长吁了口气，十分遗憾地说，"可惜，他约过我喝茶，我却没当回事。"

"他还常和龟泉寺的鲁道长谈论《道德经》，很有些仙风道骨的境界。"

二人边聊边走，很快就到了文运昌的农家大院。

这里的确是处风水宝地。偌大一丘台地上，坐落着一个大四合院，屋后林木茂盛，房前两排柿子树正开始长出花蕾，不远处一眼池塘若隐若现。四合院属典型的川西民居建筑，两侧分别是开阔的菜田和葱葱郁郁的楠竹林。程子寒对夏总说："难怪这里出了个文运昌，真是一处清静的世外桃源，仿佛也带了些仙气。"

"他们家三兄弟，二弟在部队当师长，三弟是大学教授，你说这里风水好不好？"

说话声惊动了院里的人，一个妇人走了出来，夏总认识她，是文主席的远房表妹。"姜姐姐，去通报一声，我和程县长来讨中午饭了。"

那姜姐姐双手在胸前围裙上擦了擦，就领着二人进了大院。

果然是座极具川西民居特色的农家大院子。从大宅门进去，正面是座两层楼的正房，二楼上建有全木结构的穿斗式吊脚虚楼。两侧的厢房是清一色的老柏木门窗，青砖、青瓦、夹壁墙，院子中间的院坝，青石板铺出的一方大天井，中心是石头凳子和棋盘桌，四周布置着十多盆秀气的兰草。

文运昌正在一楼的堂屋里写书法，见客人到来，便出来相迎，那神色很有几分意外和喜悦，忙叫姜姐姐去加几个土菜。

"不速之客，惊扰主席了。"

"是有缘人，落地便是家。"文运昌清瘦的脸上今天没有刮胡子，更显仙风道骨，"今天我轮休，但你们要上班，中午不能饮酒，我们就来个煮茶论道，程县长，如何？"

"那当然好！"

二人说着就进了文运昌的书房。夏总跟在后面，说："文主席，那我去帮姜姐姐做菜。"

"你行吗？"

"当年为了做好电视台的美食栏目，我还专门去新东方烹饪学校做过一月的功课呢。"

"那行，饭好了，你叫我们。"

走进书房，程子寒见墙上挂着文主席新写的几张条幅，典型的柳体基础，兼容赵体，明显是行书多临过辛弃疾的《去国帖》、草书临过怀素的《自叙帖》。这字体，既矫若惊龙又铁画银钩，的确功力深厚，禁不住赞叹道："主席这书法行云流水、柔中潜骨，真是一手好字。"

"子寒老弟过誉了，我这人啦，不喜欢相互拍马屁。"

"主席，我这可是心底直言。"程子寒盯着一幅一幅字欣赏，见其中一张不起眼的小长条上，行书笔法写着：

人法于地，道法自然
九尺垒土，厚德载物

"主席，这幅好，字写得流畅而沉稳，内容是从古典四句名段中摘来的，很有意思。"

"大博士果然厉害。"文运昌递过去一杯茶，"这四组词，的确是从《道德经》里的句子中拼凑来的。"

二人对坐下。程子寒说："人法于地，道法自然，这两句，我知道是出自《道德经》中'人法地，地法天，天法道，道法自然'；厚德载物，最早见于《周易》，'地势坤，君子当厚德载物'，在《道德经》里也有'上善若水，厚德载物'的论述。但'九尺垒土'，我不知出处。"

"这是《老子》中的句子，原文是，'九尺之台，起于垒土；千里之行，始于足下'。"

"哦哦！"

"老弟呀，《周易》里有两句话：一句是，'天行健，君子以自强不息'，这是八卦里的乾卦；另一句是，'地势坤，君子以厚德载物'，这是八卦里的坤卦。梁启超在清华大学任教时作《论君子》的演讲，他希望清华学子们都能继承中华传统美德，后来清华人便把'自强不息，厚德载物'这八个字演变成了清华校训。"

"我理解，这里面有两层意思。一是本意，君子应该像天宇一样运行不息，即使颠沛流离也要不屈不挠；如果你是君子，接物度量要像大地一样，没有任何东西不能承载的。"

文运昌会意地点了点头。

程子寒喝了一口茶，又继续说："我理解的第二层意思是，天，是大自然的运动，一定会刚强劲健、永不停息；而大地的气势厚实和顺，君子增厚美德方能容载万物。因此我们应该像脚下这块大地一样，地势厚广才能够承载万物，多做善事、好事、正能量的事，方能积小善而成就厚德。"

文运昌真诚地看了程子寒一眼："应该还有第三点。"

程子寒摇了摇头，"只有听主席的了。"

"其实，很多事，都与大自然一样，无论世道人心、官场生态，还是人的身体和内心世界，都是一个自我循环而相互和谐的内在平衡体。"

程子寒一听，觉得文主席的确是个高人。

"程老弟啊，你是学环境学的，这人的身心，还有世道、官场，其实都与自然界一样，它都会有自己的生态圈，都各自有一个复杂的内宇宙，这和博大无边的外宇宙一样，也同样需要环境保护的。"

"文主席，你看得深透。"

"子寒呀，你还年轻，慢慢就会懂的。如果我们的大自然，我们现在的官场，我们所处的社会，还不进行严格的生态环境和资源保护，那不仅不能保全自身，还会破坏内外宇宙的互相融合，你说，那还能积小善而成就厚德载物吗？"

"现在，的确有不少怪象。"

文运昌抿了一口茶，慢悠悠地说话，眼里有些淡淡的苍茫。"现在人心浮躁，社会上一些人诚信缺失，正好让一些行道里妖起魔生。"

"文大哥，我初来县里，很多事看不明白。"

"何为妖？由畜生慢慢修炼成人形即为妖，中国最著名的妖，就要数狐妖妲己、蛇妖白素贞了；何为魔？怪物也，引人中邪的恶魔。"文运昌看着程子寒虚心和真诚的眼光，呷了一口茶后接着说，"程博士，你是研究环境与动物学的，其实，在我们脚下这块广袤的土地上，现在就出现了不少妖事怪事。"

程子寒不解地望着文运昌。

文运昌站起来，伸了伸腰，若有所思地说："现在的自然界，特别是在土地和生态环境与资源领域，就存在一些妖事怪事。别的不说，至少有五种乱象，是十分可怕的，弄不好会伤及国本。"

"有这么严重？"

"老弟，你过去在省上搞学术研究，你大胆说说，这方面目前存在哪些怪象？"

"我想，目前土地和生态环境方面，总体是好的，但的确也有很多乱象，比如乱砍滥伐树木、乱开乱采矿山、过度开发自然资源、基本农田上山下河滩、野生动物遭人类大肆捕猎、水土污染严重、生态空间被无限挤占，这些都是大地上的妖象怪象吧？"

"程县长讲的这些，的确都是问题，但还只是算作妖气，个别地方土地和环保上的妖怪现象还更严重。"

"主席，你赐教！"

"《左传》上有句话，人弃常则妖兴。我理解，这句话的意思是说，如果我们世人把常弄丢掉了，那就是妖孽，这也说明，妖怪最终还是少数人作出来的，那常是什么？"

"这个常，应该就是五常吧，礼、义、仁、智、信。"

这时，夏总走进来，往煮茶的铜壶里续添了半泡泉水，看了两位一眼，插话说："我以为你们真的在煮茶论道呢，结果是在喝茶说妖。"

"小夏，那你说什么是五常？"

夏总想了一下，回答道："你说的弃常，应该就是不仁、不义、无礼、没有智慧、没有信用，这就是文主席指的妖象鬼象？"

"是呀，刚才程县长总结了土地上很多怪象，我把它概括为：疯狂的掠夺式乱开采，这是对我们自己的地球村不仁；不惜土地和农田变质乱抛荒粮田，这是对自己饭碗口粮的无礼；另外一个，多年来报灾层层掺水，基本农田被偷梁换柱赶上山撵下河滩，对严重的水土流失却视而不见，这是人类严重的无信。"

程子寒严肃地听着，一句话没插。

"此外，还有两大思想乱象，一个是对大自然缺乏敬畏之心，少数从政者为所欲为，政绩观偏航，这属于政治生态上生妖了，这在五常里叫无智；另一个是管理层面出妖魔了，用生态资源进行利益交换，你看一些社会资本运作的项目，快进度花掉未来的钱不说，而且都是数额巨大的项目投入，有的不公开招投标，有的过度超限推进BT模式，有的一个谈判方式就签约搞定数十亿的大项目，这就容易生妖生邪，还容易让个别特别贪婪的人走火入魔，在五常里称作不义。"

程子寒猛然一惊："主席，没想到你对问题看得如此入骨。"

"我不过比你年长些，又在一线多年，容易看到事物的本相。"

"那，这土地上的妖和魔，又有何区别？"

"我以为，这妖和魔，都属妖怪家族中的核心成员，但二者又有区别，妖是修炼到了一定境界的怪物，他可以自行向恶，而魔是修炼失败的妖怪，这些虽是极少数，但其向恶使坏起来就更可怕。这里面有两个关键点，一个是那些实体可见的妖和魔还容易防，而隐形的、飘忽不定的妖和魔更可怕；另一个，有些妖看上去异常美善，一般人是难以看到原形的，这更容易蒙蔽世人的双眼。你们想想看，前不久为啥中央对甘肃省祁连山生态环保与矿资源乱开发问题从严查处，说明这些妖象怪象隐形变异必须得出重拳。"

夏总专心倾听着，趁文、程二人续茶空隙忍不住插话道："难怪，连有佛家慧根的唐三藏，都辨不出白骨精是妖。"

"比如吧，你来那天，省上委托市里针对我们风城的小水电站乱象，进行了严肃的约谈，但下面对策多多，不但没有整改，反而抓紧时间搞得更快，你们说，这叫不叫妖象？"

夏总眼睛空蒙一片，提起茶壶给二位老师杯里续茶，一头下泄如瀑布的黑发遮住半边脸，让程子寒心头猛地想起了电视剧《西游记》中的蜘蛛精。程子寒便说："但有火眼金睛的孙大圣，毕竟少啊，世间凡人，哪能都识得出妖。"

文运昌继续说："这《西游记》中的妖魔，多是佛教里的概念，完全是一种邪恶化身，实质是磨难和生命堕落的一种实物体现，这与道家的妖魔概念是有差异的，道家更加强调妖魔即为邪恶，更多的是指世人面对欲望的一种邪念与胡作非为。"

"原来是这样，我还一直以为那些三头六臂、青面獠牙的怪物，才是世上最可怕的妖呢，今天我深受教育了。"夏总说完就端起茶杯站起来，"来，我敬二位老师一杯茶。"

这时，文运昌手机响了。一看，是村支部书记马运超打来的。"运超，等你吃饭呢，还忙啥？"

对方说："主席，来不了啦，齐宇公司的人，和我们护矿联防队的，在山上快打起来了！"

"当忍则忍哈！"

"忍不住啊，他们太黑了！"

"报案没有？"

"刘书记在联系人。"马运超停了一下，又赶紧说，"主席呀，你要注意安全呦，他们领头的跑了，手里还有刀，正往你老院子方向去了。"

三

邱之兰带着治安大队的张勤赶到春竹乡政府，齐宇公司那帮混混早已撤离乡政府小院了。

第十一章 龟泉寺

张勤个子高挑，机敏地在四周巡望，一楼几间办公室的房门被踢破，室内椅子电脑已横七竖八摆了一地，中间办公室的烧水器和茶瓶直接被摔碎在门口，一个小女子捂着刚流过血的鼻子正打扫房间。

"你暂时不要动，我们要拍照取证。"张勤说。

邱之兰刚好来到拍摄现场，那女子走出房门才突然想起："哦，差点忘了呢，治安室陈林主任还被他们关在厕所里。"

张勤跟着邱之兰来到院子东北角，打开厕所门，只见陈林被反绑在女厕所的马桶水龙头铁管上，嘴巴里塞了一团卫生纸。张勤将卫生纸扯出，陈林立马着急地说："邱大队，先不要管我，那些杂种们说要去绑架外地来的茶老板。"

邱之兰问："咋回事？"

"半小时前，他们听说今天茶仙坪斗茶竞拍，第一篓新茶叶拍到了三十八万，他们就要求，必须以这三十八万来赔偿他们山上探矿的损失，邱大队，这帮龟儿黑呀，就那几根铁杆子，也值三十八万？"

张勤将陈林从水龙头铁管子上解开，陈林又补充说道："他们走前扬言，一定要把今天竞拍出的新茶叶抢到手，同时还要将那杭州茶老板弄去做人质，要求竞拍资金直接汇给他们公司抵账。"

"简直无法无天了。"张勤口里抱怨道。

邱之兰没开腔，放下手中的摄像机出去了。

陈林追出来十分焦急地说："邱大队，那得快去保护客商，要不然，今后还有谁敢来我们清龟山做茶叶生意？"

"慌啥？猪儿不催肥，你怎么宰杀它？"

陈林一听邱大队的话很有道理，就上前央求道："镇上设有派出所，而我们这乡里只设个治安室，你看吧，终究是镇不住邪的，邱大队回去得帮我们呼吁呼吁。"

这时，没想到居然又跑回来两个混混，他们一进大院看见警车和两个警察，转身就往外跑，张勤几步跟上去，一脚一个人，三两下就把两人铐到了一起。其中那胖娃还口气强硬地说了两遍："我们是齐宇公司的，乡政府欠我们的债。"

邱之兰上前一声怒吼："你就是齐天大圣，也得给我铐回去！"

张勤和陈林刚把两个混混关上警车，刘源森正好赶到。"兰子，你来了就好，上面还有一拨人在惹事。"

"又咋啦？"

"齐宇公司的人偷偷进山好久了，他们躲在山洞里盗采玉矿，现在已被我们护山群防队堵在山洞里。"

"有多少人？"

"我没进去，说是有一二十人。"

"人太多，将他们的工头带走就行啦。"

"我怕双方打起来呢，要是弄出了人命，那事就搞大了。"

"春竹还是共产党的天下，你急啥！"

这时，刘源森手机突然响起，他拿起来一接，对方正是刚才去绑架杭州茶老板的混混。"刘书记，你上午答应赔偿我们的设备损失费，你们正好新茶拍了三十八万，就直接入我们的账户吧！"

"你他妈的，两个铁杆子就值三十八万？"

"还得计算我们企业的间接损失吧，你们政府不能欺负招商企业哟！"

"要是不依你呢？"刘源森强硬地回道。

"那可由不得你哟，你听听，今天斗茶的秦老板，现在正和我们一起喝茶呢！"接着电话那头就传来一阵呼救声。

"他妈的，你们还有没有王法哟！"

邱之兰走过来，在刘源森肩上重重一拍："正好，杀猪匠找到了下刀口的地方。"

四

文家老院子正准备开餐，门口突然冲进来四个彪形大汉，领头的是个光头。"屋里有人吗？"

姜姐姐走出去。"你们要干啥？"

"讨口午饭吃！"站在前面的光头笑嘻嘻地说。

"你们是上山盗玉矿的？"

"妇女家，莫张嘴乱说哟！"那光头用手里明晃晃的小尖刀，不停地在自己脸上来回刮着。

夏总正好端一大钵鸡肉汤出来，那光头两步跃上台阶，一下挡在她面前。"哎哟，这山上还有如此大美人呢！"

后面两个跟着上了堂屋前的滴水石板。"看来，豹哥今天有艳福了。"

光头将小刀慢慢插进汤钵里，一用力，煮熟的鸡头破为两半块。

夏总狠狠地吼道："你疯啦！"

光头嘴一瘪，收回刀正准备往夏总衣服上擦，文运昌一声厉吼："哪来的一群流氓！"

光头抬头一看，文运昌正站在自己面前，浑身一惊，忙收回小刀。"喔，是领导哇！误闯、误闯！"

"还不跟老子快滚！"

几个人都收起手上的刀，其中一个问光头："咋啦？"

"你他妈的瞎眼啦？平时又不看报看电视，这文大爷，从前给省长当过大秘书的，你敢惹！"

那被称为豹哥的光头，调头赶紧往门外跑，后面几个跟着夺门而逃。

程子寒刚才上厕所去了，回来见到几个混混正落荒而逃，惊诧道："这成什么世道啦！"

文运昌说："那我们再喝会茶。"说完，他就拉着程子寒又回了书屋。

"这乡下的治安，咋成这样了？"

"这也是大地上的妖魔鬼怪呀！"文运昌顿了一下又补充说，"凡开矿、淘金、采石场，自古都是黑恶势力存在的地方。"

"就没人管？"

"妖怪多了，就容易见怪不怪。"

夏总把汤钵放回厨房，又走进书屋来续茶水。"刚才，真吓我一跳。"

"怕啥！小夏，你记住，正气存内，邪不可干。"

"这又是出自《道德经》上的?"夏总有意揶揄地问。

程子寒顺口答道:"这可不是,这句话出自《黄帝内经》。"

"哟,真是两位高人!"夏总边说边将铜壶里黄澄澄的老茶汤掺入二人茶杯里。

"算了,不说地妖了,影响心情。"

"好,那我们来品茶。"程子寒坐下来嘴鼻朝热气腾腾的茶盏轻轻一闻,双眼微闭,仿佛这书屋里多了几许春光祥气,"这应该是,多年的老叶子黑窖茶。"

文运昌接过夏总手里的茶壶轻轻一抚。"小夏,你也来一杯,你看,这程县长,才是真正的品茶高人。"

"对茶,我只是一种爱好,还是听主席高论。"

"老子说:道生一,一生二,二生三,三生万物。这里面的道,衍生万物,从少到多,从简单到复杂,我以为,这正是衍生中国茶礼与茶文化的源头和精髓。"

"主席讲得有理,中国茶礼,完全可以简单概括为俭、清、和、静四个字,中国古代哲学先贤老子在《道德经》中阐释的思想内涵,正是这中国茶礼精神的实质,所以我们中华文化博大精深而源远流长。"

夏总在一旁有些似懂非懂,就说:"没想到,这小小一片茶叶,却还与《道德经》相关。"

"其实这茶古代就有的,只是没有正式命名,汉代吴理真也只是开了人工种茶的先河。"文运昌饮了一口茶,然后接着说,"武王伐纣,茶叶已成贡品和货物交换物,先秦《诗经》总集就有茶的记载,魏晋南北朝已形成饮茶之风,唐代茶业昌盛,还有'宁可三日无肉,不可一日无茶'的说法,出现了专门的茶馆茶会,提倡客来要敬茶,而到了宋朝流行起斗茶,明清时将曲艺引入茶馆,由此这茶文化就源远流长起来了。"

程子寒说:"不过,我来县里时间不长,但我感觉这清龟绿茶品相是好,叶油润壮、紧卷多毫,汤色浅黄带绿又清澈明亮,茶韵高爽长于醒神解乏,但香馨还不足。"

"今天真是让我长见识了。"夏总端起茶盏轻轻饮了一口,"对我们下一步深度开发茶叶,一定有帮助。"

文运昌也钦佩地看过程子寒一眼,就故意考验道:"那请程老弟品品这款黑茶,说说究竟是哪年的。"

"主席,你这款茶香优雅醇正,还沁有一丝糯米清香,这香型饱满而不艳,滑口生津,汤色十分明亮,应该是十年以上的上等黑茶。"

"这可是我和鲁瞎子亲手采摘亲手炮制的一款老品,取料较老鲜叶,配有茶果茶籽,制作过程经过渥堆醇化,比那普洱茶多了几分压制过程,我又存放了十一年,今天算我们有茶缘。"

夏总喝了几口茶热气外溢将外套一脱,她那一头披肩的秀发飘逸柔顺,标准的瓜子脸上鼻梁尖细而挺拔,再配上烈焰般的红唇,加之那魔鬼般的身材,程子寒这一看才觉得此人竟是个祸水般的美人。她不会饮茶,却呼呼地已经续过两盏。

"看来,夏总对茶也是情有独钟了。"程子寒说。

"报告县长,我们集团和春竹乡正协商,清龟茶还得拓展新产品新市场。现在这清龟黑茶和小罐红茶,可能是未来看好的旅游高端品。"

文运昌说:"黑茶属全发酵茶,去疲消脂生津养神;红茶属半发酵茶,温和养胃,延年益寿,再与清龟老川茶这款绿茶相配,三茶并行,倒是个竞争市场的连排舰,可行。"

"但现在这茶的香气刺激性还要再降低,最好是饱满而不刺激,汤色适度加深,这款茶定会被市场看好。"程子寒补充建议道。

"那我们就定下来,县文旅集团、春竹茶叶公司联手共同打造一款清龟老窖黑茶新品牌。"夏总突然转移话题说,"程县长,你要支持哟,听说你妈妈是省政协领导,农业厅那里,需要她老人家打个招呼。"

"是我夫人的妈妈!"

夏总咯咯一笑。"夫人的妈妈,就不是你妈啦?连女儿都给你了。"

文运昌半开玩笑着说:"你们年轻人可要注意,从造字上来看,魔与鬼有关,妖和女色相关联的。"

程子寒觉得文主席话里有话，就有意借《道德经》里开篇话引开话题说："道可道，非常道。原来我理解不深，今天才算明白过来，老子这话是告诉我们，若把道中奥秘都说得一清二楚，那就不是正常之道了。"

"程老弟，这世间道与茶道一样，圣无常心，世事无常，你以后的日子还长呢！"文运昌将茶杯里的茶水一口饮过，两眼空蒙的一瞥，"走，我们吃饭去。"

夏总一把扯住程子寒。"求领导赐个电话！"

程子寒将手机打开。"你自己扫微信吧。"

手机叽叽两声响过，程子寒点开一看，一个新微信名跳了出来，叫"花一夏"。

"怎么取个如此名字？"

"花无常红，能有夏季，该知足常乐了。"

"难怪你不当主持人，这就是你跳槽的原因吧？"

"人，各有各自的活法。"

程子寒走出书房，只觉一阵透骨的长风在天际打开了一重格外的幻形，那远山初春正复苏的绿色，陪衬着近处田野上层层叠叠的花与叶，一阵微风吹过来，将清龟泉古朴悠长的泉水声送向了云端。

手机又叽叽一响，程子寒拿起一看，花一夏发来首条信息："谢谢领导厚爱，我父母给我取的名字为：夏贝竹。"

第十二章

逍遥宫

一

清明一过，很快就是谷雨了。

邱之兰简直不敢相信，齐宇公司的红灯笼逍遥宫，竟是软禁杭州茶商秦老板的黑窝子。秦老板虽是被及时解救出来护送回了杭州，但造成的影响极坏，可能对清龟山的茶业发展，尤其将对茶业外销和合作打造小罐红茶项目造成致命的打击。

刘大江刚从市局开会回来，找他汇报工作的排成长队，邱之兰在门外等了一会儿实在等不了，就用专用手机发了一条短信息：刘局下午忙完，一定给我半小时，事有重大突破。

前姐夫刘源森还在办公室候着，这回的两场遭遇战总体算是胜利了，但春竹乡付出的代价也不小。一是杭州茶商秦老板明确宣布他的鲜茶竞拍拉倒作废，造成此次失信的理亏单位在甲方，并诅咒发誓这辈子再不进清龟山了。二是因秦老板事件直接影响，原与武夷山茶业集团合作开发小罐红茶项目搁浅，人家明确回话，风城市场环境太差了，他们还是先保性命再说赚钱。三是在茶仙坪下面的山洞里还是闹出了祸事，对方是外地劳工啊，你群众护山联防队就不能忍一下，非要干上一仗显英雄？结果弄得双方各自伤半，县公安局治安大队只好以滋事扰乱治安为由各拘了四人。虽然群防队的人当天晚上就放了，但群防队长的半边手，今生恐怕是废了。

"所以姐夫，今后的工作，还得冷静沉着讲技巧，千万不能用违法方式去斗非法之徒。"

邱之兰和刘源森话刚说到一半，刘大江来了电话，要她迅速去办公室谈工作。刘源森从包里掏出两包新茶，软袋简装，邱之兰透过透明的塑料袋子，看见袋里那刚刚炮制出来的新茶灿绿诱人。"是公家的？"

"我自己掏了钱半价买的，感谢兰子这回帮了我，要是你不来，后果真是不敢想象。"

"好的，我收了。"邱之兰从抽屉里拿出一个小礼盒交给刘源森，"你这满脸的胡须，也该刮一刮了。"

刘源森有些羞涩地接过电动剃须刀，小心翼翼地放进了包里。"你姐的案子，可有进展？"

"现在线索还需要保密，但我可以告诉你，已有了重大突破，这还得感谢你这回提供的机会。"邱之兰边说边匆匆出门。

邱之兰赶到刘大江的办公室，汇报的第一件事，就是她姐姐邱之琪的命案有了突破性进展。"在突审春竹乡政府闹事的那两个混混时，其中一个是吸毒的，外号蒋胖娃儿，为了讨一口毒粉，他主动告诉我说，他知道邱之琪是我亲姐，那年我姐去清风峡旅游的车，就是他送去的。详细一审问，原来他也怀疑，可能是有人在刹车片上动了手脚。"

"这需要证据啊！"刘大江一针见血地指出，"当年摔下悬崖的汽车残骸还在没？"

"就是这点难度大，我还在四处找寻呢。"

"其他有什么突破线索？"

"在审问两起事件中，我们发现了三条重要线索。一是从解救杭州茶老板情况看，红灯笼逍遥宫很可能是个大赌窝，他们说齐宇公司办公楼下有个地下室，是专门关人的。二是这盗采玉矿的队伍，是从清龟山矿石厂派去的，他们反映挖锰矿石的两个矿区，可能有劳工上百人，里面管理混乱,恰好离山中那神秘的迷魂谷不远,只准进去不准出,每个月都有人死掉。"

"我也估计到了,只是缺乏证据。"刘大江审慎地说。

"第三条线索,也是那蒋胖娃儿说出来的,齐宇矿业公司的徐富达,不仅背有命案,还卖过他'K粉'(这是毒品氯胺酮的俗称)。"

刘大江略一思索后说:"那你好好准备一下,能不能乔装改扮混入虎穴,一定要在最短时间里搞到第一手铁证。"

"保证完成任务,我这周末就行动。"

刘大江站起来紧紧握住邱之兰的手。"你一定要注意自身安全!"

邱之兰正转身出门,刘大江突然又叫住她。"你回去将齐宇公司的人先放了。"

"放了?"

"只留那个吸毒娃,转给禁毒大队。"

"这才刚找到个突破口呢!"邱之兰一脸郁闷。

"你要好好去读读'三国'。"

"明白了,刘局,要欲擒故纵、转移视线。"邱之兰开心一笑。

刘大江顿了一下,又问:"盗采玉矿那工头,叫啥?"

"外号断掌娃。"

"记住,这娃,是个关键人物。"

二

在今下午县委常委会上,程子寒和林旭晖直接对干了起来。

程子寒打开面前会议材料夹,第一个议题就是研究《县委、县政府关于大力发展"三石"经济,集中力量建设千亿工业园区的决定》。

韩月川一到会场,环顾长椭圆形会议桌前还缺三位,正中的肖一凡书记位置没人敢去坐。上次开会县委办主任兼政府办代理主任田晓伟居然将韩月川的座牌摆上去,韩县长走拢就赶快挪回原位。这可是官场大忌呀,人家肖书记人还在呢，即使他被撤销了职务，这书记位置就一定是我韩月川的？韩县长下来狠批了田主任一顿，兄弟可不能害我哟！从此以后，虽然肖一凡人住在医院里，但县委书记这一号座位一直都空着，其左右两侧边分别坐着韩月川和林旭晖。

林旭晖急匆匆走进来，田晓伟紧随其后。田晓伟走到韩县长身边，屈下身子轻声请示："县长，林书记说讨论第一个议题时，要增加一个附件，他说市委李书记要求急办。"然后递上一份材料。

韩月川接手一看，原来是北京方舟集团的投资意向协议书。"不是还没过政府的会吗？"

"林书记说，方舟集团的常总在康全等着呢。"

"再等也要过程序呀，什么叫依法行政？"韩月川脸上露出不悦，抬头看了一眼斜对面，正好与林旭晖目光相遇。林副书记便侧身过来有些故作讨好地补充说："姐也，李书记中午又专门打电话催过。"

"上午协议文本才送过来，我还没来得及看呢！"韩月川说。

"所以，今天会议只列作附件，大家先议议，下步政府依法走程序？"

韩月川尽管心头不爽，但又不便再说什么，毕竟你我现在都是县委副书记，何况又抬出了挂包联系风城县工作的市领导李谷雨，只好勉强答应："那行吧。"

正式讨论议题时，部门同志提了三点意见：一是"三石"经济的提法还应斟酌，因为有首歌叫《三生石》，易让人误解；二是千亿目标需要再科学论证，会不会有些过度冒进；三是附件材料涉及项目与投资招商，应由县招商局商发改局和工业园区管委会上报，不能由企业直报。

县级领导讨论时，大家多就《决定》文字上作了些修改性意见发言，只有县委常委、副县长程子寒提出了明确的反对意见。

对于《决定》，程子寒提出了三个"违背"：一是违背了习近平同志明确提出"绿水青山就是金山银山"的绿色发展理念，而自然保护区重在保护，不能加速甚至掠夺式开采资源；二是违背了市场经济规律，市场法则是供给侧必须适应市场需求端，而现在锰矿市场已经过剩；三是违背了国

第十二章 逍遥宫

家行业管理政策，比如，绿翠玉矿的开矿许可权，那可不是我们这一级政府能确定的。

林旭晖打断程子寒的话说："程县长讲的是有道理，但有两个基本县情，恐怕是省里来的同志不太了解，第一是我们风城县的贫困状况，国家对贫困县应是有特殊政策的；第二，我们开采地下矿藏资源发展县域经济，目的是加快脱贫步伐，这也是中央第一个百年奋斗目标的核心任务，我们县的生态覆盖率全省第二，开采'三石'，从根本上不会影响我们的生态环境。"

林旭晖说完，韩月川示意程子寒继续发言。程子寒清了清嗓子，提高音量继续说："关于北京方舟集团的'三石'产业发展投资协议，我个人不赞同。"

全场愕然，大家纷纷抬头，看着程县长。

"大家知道，西方神话中有个诺亚方舟。"程子寒喝了一口茶水，他毕竟是大学教授级的专家，讲起话来也是不慌不忙，善于引经据典，参会同志便都抬头望着他，不知这位大博士要故弄什么玄虚。

"西方有本书叫《创世纪》。据这部书上记载，上帝因世人行恶，曾降洪水灭世。而因为诺亚一家行善，维护正义，故命他制造方舟，率全家并选取所有兽禽各一对避难，因此才使人类得以留传。后来，在西方神话中诺亚就成了地球上洪水灭世后的人类新始祖，诺亚方舟便成为拯救苦难的象征。"

林旭晖副书记有点忍耐不住，用手中笔敲了敲桌面。"老程啊，这是常委会，不是你大学的讲堂，你莫扯远了哟！"

"我刚才讲述诺亚方舟的来历，主要是想强调人类的责任和使命。我认为，人类与所有生物，包括山里那些树木、矿石也都是有生命的，都同属于地球上可贵生灵，当年诺亚特地将大地上的各种禽兽，备选雄雌一对带上诺亚方舟，才让大自然的各类物种得以繁衍，到了现代文明的今天，我们可不能助纣为虐、破坏人类共同的生态环境与资源。"

"呃，子寒同志，谁在助纣为虐？谁是商纣王？谁又做啥大恶事啦？

你把话说清楚!"

"怎么不是助纣为虐?你看看方舟集团这个投资协议,投资三十亿人民币,年产值目标近期三百亿、远期上千亿,所涉及的开发流程和工艺都是开采和简单加工'三石'原料,产业链短,开采量巨大,这必定会带来一场掠夺式的疯狂开采,这必然会给国家自然保护区带来不可估量的生态灾难。这样下去,将来就是用三百亿、三千亿也是无法还原和弥补这巨大的生态与资源损失的,你们说,这不就是对人类、对我们的后代、对我们这个已经是伤痕累累的地球严重的犯罪吗?"

"你程县长是站着说话不腰疼,你两年下派镀金期满就回省上了,你哪管我们这些人今后的吃喝!简直是书生意气不可理喻!"林旭晖将手中的签字笔重重地甩在桌上,气势汹汹地说。

韩月川顿了一下,以低沉的口气厉声道:"这是常委会议室,不是北门沟里的菜市场!"

三

胡常威从前天开始,一直魂不守舍、坐立不安。

他心中害怕呀,那是从没有过的一种要他命般的恐惧,仿佛是铺天盖地而来。当他听说喜欢好口K粉的蒋胖娃被邱之兰给拘了,随后又是盗采玉矿的工头断掌娃也进去了,胡常威简直是熬心煎肺一样,噩梦缠身通夜恐惧难眠。只要他眼睛一闭,立马就是妖男魔女和狂兽猛虎向他不断袭来,弄得他这两天开车好几次拐弯都差点摔下了悬崖。

也许人世间真的都是有报应的,当初邱之琪那样相信自己,那样不顾亲友反对执意带着娃来投奔自己,而自己却鬼使神差受了徐富达的蛊惑,将这么一对善良的母女送上了荒山悬崖断魂路。

邱之琪真是自己全身心爱着的女人啊!当年老表刘源森下调去春竹乡当副书记,我就劝他慎重考虑,县农业局机关党委书记照样是副科级干部,你不能丢开老婆去创业想升官呀。邱之琪特别柔弱,依赖性太强,是

《红楼梦》里描写的那种水做的美人儿，若是一天没有男人作支撑，她会经不住风雨，像金枝玉叶般自然匍匐一地。事实上，我胡常威并没有对表弟妹施展多少技巧，是她自己乖乖投入我这表哥的怀抱。

就在老表下乡任职后的第二年，清河上游突然涨了一次几十年罕见的特大洪水。那天午后，雷鸣闪电暴雨如注，不到三个小时，河水陡涨很快超过洪峰警戒线。县农业局职工宿舍楼临河而建，眼看二楼很快就进水了，胡常威有意无意间爬上楼去，他第一次见到了赤身裸体的邱之琪。

时过境迁，胡常威现在一回忆起邱之琪那柔软如柳枝、缠绵似春絮的白雪般的身子，心依然止不住地一阵狂跳。也许，这一切真的就是一种躲不过的缘分。

暴雨停了下来，西山的天际红霞弥漫。上游下来的洪峰还一个接一个，河面洪水仍一个劲地往上涨。胡常威是预估到表弟妹会在家里，这时段她上中班回家正好休息。也怪你刘老弟太信任我，专门为我配了把大门钥匙，还特别嘱咐我，县委招待所离这里近，家里有事一定多多关照。可就在胡常威打开门进去的那一刹那，邱之琪刚刚洗完澡，全身赤裸着站在窗前，正用一条浅蓝色的毛巾斯文地擦拭着她那白雪般的身子，仿佛初放的花骨朵儿一般鲜嫩，完全就是一个十足的玉人儿。

就在这个洪潮漫卷的傍晚，一个柔软而缺乏安全感的女人，便半推半就投入表哥的怀抱。事后自己也曾追悔，表弟妻不可欺，但人性的欲望势不可当呀，一次两次，那邱之琪居然对自己生起了难舍的依赖。刘源森，刘表弟啊，你也莫怪我，你他妈的对工作也太玩命，居然一两个月不回家来，正常女人也是需要滋养润泽的，漫漫长夜里更需要男人的慰藉与安全支撑，你将这样柔情万种而又寂寞难耐的漂亮女人闲在家中，就怪不得表哥为你排忧解难了。

想着想着，胡常威恍恍惚惚又进入一种幻境。在一个苍黄而落叶翻飞的旷野，他看见温顺多情的邱之琪，正被一个五大三粗的杀猪匠搂抱着在草丛间跳舞，那男人突然狠狠咬了她一口，接着她被扒光衣服赤裸着拖上街示众，然后一群五花八色的毒蛇争先恐后地往她身上缠绕，邱之琪大声呼救似乎呼喊不出声来，胡常威扒开人群走过去帮助她，那五彩的蛇就一下全缠到自己的身上了……

叮铃铃！叮铃铃！

一阵急促的门铃声把胡常威从噩梦中唤醒，他开门一看，是综治办的王疤脸。"啥屁事，这么猴急猴忙的？"

"县公安局将断掌娃放出来了。"

"可靠？"

"断掌娃刚才给我通过话了。"

"蒋胖娃呢？"

"还没消息，估计打架斗殴罚些款，很快就会了事的。"

"你去电话通知断掌娃，叫他在红灯笼逍遥宫等我，我要回去给他洗尘压惊。"

"但我提醒'伟哥'哟，断掌娃这小子，易反复小人心。我担心的是，他被公安局放了，会不会是又叛过变了？"

胡常威心头猛地一惊，后背上渗出一丝冷汗。

是啊，这小子还是自己当年跑江湖时带出来的铁杆，不承想他中途竟投靠了徐富达这烂娃。

三年前，徐富达逼得紧呀，非要要了邱之琪的命。

胡常威刚刚接任清风镇镇长时，徐富达为了龟石坡那两个镇办采矿场的产权转让，送来票子他没要。当时胡常威并不在乎那十几万的好处费，他在县委招待所混了几年多少还有些积蓄，可没想到徐富达约他斗地主埋了一个大坑，几天就让他陷进去几十万。吃人口软，赌债难还，而且徐富达诱惑他嫖娼还给他录了像，徐富达就逼着非要他亲手灭了那死守镇办采矿场的企业老总，可人命关天啊，那乡企老总的四肢都被他们打残了，那徐富达黑呀，还用电击棒将人家生殖器直接烫成了一根黑炭，最后为了控制胡常威，非要他交个投名状，逼迫他和徐富达同握着一把尖刀插进了人家的心脏。

胡常威见的世面也多，但他胆儿小啊，他背着半条命案日夜难眠，一次酒后偶然间告诉了邱之琪。这女人胆小心软，就天天劝他去投案自首。这事被断掌娃知道后，就凭此投靠了徐富达，然后他们非要赶尽杀绝，不仅让他心腹蒋胖娃借了辆车，还逼着断掌娃去动了汽车刹车片，那刹车一旦失灵，邱之琪手艺再好，也只有一路滑向了悬崖。

但是，那断掌娃知道自己的事太多了，胡常威明里暗里还不能得罪他。

胡常威开车到了红灯笼逍遥宫门外，特地给徐富达通了个电话："达哥，听说断掌娃出来了，老弟约你一起喝两口？"

徐富达在手机里回道："这娃正在我这地宫里叙茶呢！"

胡常威明白徐富达这叙茶的意思，猜想那断掌娃怕是真的惹事了，也更担心这娃出卖了自己。

胡常威心头又悔又恨，只恨自己当初错上了贼船。

红灯笼逍遥宫，就建在当年那枪毙犯人和传说中那风流鬼时常出没的柳滩坝心上，前后两栋楼，中间一个连廊，四周和走廊上挂满了血一样燃烧的红灯笼。胡常威在前楼也算是玩耍过的常客，唱歌跳舞、喝茶打牌，但经过一段阴森的通廊来到后院，才见到两个彪形大汉把着一扇楼洞门帘。

胡常威被领进洞门，徐富达正站在暗处等他。"胡大官人，你走进这生命之门，有何感慨？"

胡常威知道这后楼是齐宇公司的办公地，但他还是第一次来。听着徐富达那阴阳怪气的问话，又退出门洞去细细看了两眼这古怪离奇的门形，胡常威心头生起万般怒火，但表面上还是硬着头皮说："人从地门来，那是上天生了我；今从地门进，才明白啥叫逍遥宫。"

徐富达却摇着头说："'伟哥'是迟钝了，齐宇这生命之门，是要明确告诉你一个道理。"

"啥道理？达哥你赐教。"

"你自己抬头看看，道理就包含在我们刚刚刻上去的这副对联里。"

胡常威再退后两步，借着灯光看见，在这椭圆形大门框边，果然隐隐暗刻着一副对联：

  熊心豹胆进来，阅尽良宵春色
  心悦诚服离去，记住虎宫诚意

胡常威问："有横批么？"

徐富达哈哈一笑，手指着上端一盏麻色灯笼。胡常威仔细一看，那灯笼在慢悠悠地旋转着，灯笼身上暗显四个大字：此生有缘。

胡常威却一点没笑出来，似乎猛地预感到了一种不祥。徐富达递给他一个黑布眼罩："兄弟，这里光线刺眼，遮一下才安全。"

胡常威心里明白，乖乖戴上眼罩，被刚才那彪形大汉带到了地下负一楼。摘下眼罩，看见黑乎乎的墙角跪着一个人。胡常威走过去仔细一辨，原来是断掌娃。"达哥，他又犯啥戒啦？"

徐富达淡淡地说："今天碰到了个铁脑壳。"

断掌娃恳切地说："达哥，我真的什么也没说。"

"鬼信呀，不说他们会放你出来？"

"我们进去的四个兄弟一起放的。"

"放屁，他们怎么没放蒋胖娃？"徐富达手一挥，两个大汉上前把断掌娃两铐子铐在了墙角的铁架上了。另一个大汉取来一块生猪肉，用小刀切了一小块，在脚底上搓了搓，再用钓鱼线绑上，强迫断掌娃一口吞下。

"你究竟说不说？"徐富达一手牵着钓鱼线，一手指着断掌娃厉声问道。

"达哥，我真的什么也没说。"

徐富达立马将钓鱼线来回回扯拉，没两下，断掌娃哇哇一阵狂呕。胡常威有些看不下去，上前央求道："达哥，这兄弟我一手带出来的，他是不会骗你的。"

"呸！我的内线已准确报告，这娃早就当了叛徒，把你也出卖了。"

第十二章 逍遥宫

"达哥，我真的什么也没说呀！"

"上神仙水！"

等徐富达话一出，刚才那光头大汉解开裤子往一个盆子撒了一泡尿，然后倒进半袋辣椒面，另一个从衣服口袋里拿出一支芥末膏挤进盆里，然后取了一根铁棍搅了搅。

胡常威站在一旁，噤若寒蝉。

"兄弟，这达哥安排的事，你可不要怪我。"两个大汉说完就用铁棍撬开断掌娃的下巴，直接将半盆神仙水往他嘴里灌。

"达哥，达哥，我说我说！"断掌娃实在抵不住终于承认，他昨天向邱警官透露过，自己当年动过蒋胖娃那桑塔纳的刹车片。站在一旁的胡常威上前就是一脚，狠狠地踢在断掌娃的胯下。

徐富达见断掌娃疼得直不起腰，上前一把捏住他的下裆，恶狠狠地厉声再问："你还说过啥？"

断掌娃气喘吁吁地呻吟道："达哥，是那邱警察反复问，是谁害了她姐姐，我没办法才说的。"

"你说没说龟石坡上矿场的事？"

"绝对没有哇，达哥！"

徐富达终于松开手，重重地拍了拍断掌娃。"那就信你娃这一回！"

胡常威忧心忡忡地说："那我们咋办？"

"你怕个啥？那汽车残片早就报销了，让她邱之兰去寻找个鬼的证据。"徐富达说完就转身取了个铁钳子过来，"兄弟，我们道上也有规矩，你今天触犯了天条，得取你一根手指头。"

胡常威还没回过神来，只听断掌娃哇的一声惨叫，他左手半根中指头就已掉在了地上。

徐富达见胡常威傻傻地愣在那里，知道今天这场面是能镇住这"伟哥"了，但毕竟下步还得共事合作，便主动走过去扯了他一把。"兄弟，走，我们去舞厅嗨一把。"

"这断掌娃呢？"

徐富达转身对光头大汉命令道:"明天派车送这兄弟回矿上去,丢了一根手指头,发三千元慰问金。"

"谢谢达哥!"胡常威和断掌娃异口同声喊道。

四

长风集团董事长熊冬生很长时间没来他的风城宾馆视察了,今下午县委常委会上常总的投资协议遭到搁浅,连开发"三石"战略的文件也没能顺利通过,这完全出乎他的意料。

听说熊冬生董事长五一长假前要检查周转房安全,田晓伟急派政府办副主任刘大林赶过来配合。梅凤带着两个美女陪着熊冬生先一一察看了南楼、北楼和东楼的安全管理,然后又去食堂和茶社检查了食品卫生情况。熊董事长一路强调,这宾馆的安全管理不仅事关企业经营效益,更是涉及政治站位和责任担当的大事,各部门、各岗位务必抓细工作、落实责任,谁出问题就拿谁开刀严惩。

刘大林在干部周转房大门口等了一阵,熊冬生才带着梅总一行走了过来。"我们企业履行安全主体责任,怎能惊动刘主任呀!"

"我代表田晓伟主任来配合董事长,共保领导们的周转房绝对安全。"

熊董事长十分谦虚地说:"我们企业再大也是政府的管理对象,我们坚决听政府的。"他说完就和刘大林肩并肩地拉网式检查每层楼的安全。

来到三楼,熊冬生亲手打开楼口的消防灭火器材细心查验,梅凤说:"我们在三楼、四楼专门加装了烟雾消防预警器。"

熊冬生立马怒斥道:"这怎么行呢?因为三楼四楼住的是书记、县长你们就重视,其他县领导就不是领导啦?这么好的电子预警装置花再多的钱也要全覆盖。"

刘大林站在一旁连连感谢,梅凤即忙在本子上记了下来。

来到三〇七房门口,熊冬生重重地看了两眼,刘大林介绍说,这是下派副县长程子寒的住房。熊冬生意味深长地对梅凤说:"梅总啊,程县长是大博士，外来干部更不容易，你一定要重点服务好啊！"

梅凤正在本子上记录，刘大林手机响了，熊冬生便说："刘主任你事多就忙你的去。"刘大林刚走，熊冬生侧过身低声对梅凤说："你眼睛要放灵点，重点就是看好这两户。"

梅凤从熊董事长的眼神里已经读懂，这两户指的是程子寒和韩县长。

"必要时，可以上点手段。"

"要上手段？过了吧？"

"要从这里，多获得些有用的信息。这，你心中得有数。"

梅凤哦了一声，熊冬生又补充说："信息，有时比资金更重要。"

熊冬生说完就下了楼，梅凤紧随其后，走到门口，正好程子寒县长参加常委会回来，一脸阴沉仿佛能拧出水来。熊冬生主动迎上去："程县长，兄弟脸色咋这样？"

程子寒一丝苦笑，没直接回话。梅凤揣好手中的笔记本，邀约程子寒一同去吃晚餐。程子寒毕竟是高校来的学者，不会像官场中人那样懂得掩饰，就直接说："今晚没啥食欲。"

熊冬生上前拽住程子寒的胳膊："走走走，我们去红灯笼消消气。"说完就和梅凤一起将程子寒拉扯上了自己的丰田阿尔法商务车。

天还没完全暗下来，长城凤凰堡旁的红灯笼逍遥宫已开始热闹起来。门外小车停了一坪，楼宇走廊上五彩霓虹轮廓灯闪烁发亮异常抢眼，一排排大红灯笼早早地亮得又红又艳。

程子寒和熊冬生从左右车门分别下车，梅凤从前排副驾室下来，甜甜地说："正规餐在我们堡子里去吃。这逍遥宫主要是舞厅茶楼俱乐部，这里吃饭休闲，还有最正宗的风城烧烤，领导想吃啥？"

熊冬生搂住程子寒的肩膀，异常亲近地说："兄弟，要不先去三楼蒸一下，等你全身大汗一出，郁闷也好，怒气也好，自然就会烟消云散了。"

程子寒猛然感觉这熊老板话中有话，一下警觉起来，忙推脱说："你事多先忙你的去，我和梅总吃点风城烧烤。"

熊冬生有意看了梅凤一眼，会意一笑，淡淡地说："那也好，梅凤，你照顾好我这程老弟。"说罢他就先走了。

梅凤说："我知道，你今天心里顾忌什么。"

"你说我顾忌啥？"

二人站在宫门外，一辆小汽车打身边开过。

"今天下午，县委常委会上争得激烈，主要是为开矿石的事。"梅凤靠过来，用半边身子轻轻碰了程子寒一下："你怕我们老板拉你下水。"

程子寒一怔，不承想这官场商场竟是如此的水乳交融。"我只是想尽到一个学者的良知，真没想到，消息传得这么快。"

"算了，我们进去聊吧。"梅凤轻轻扯了程子寒一把。

程子寒没说什么，跟着进了宫门。

"来这里的人，都不会称官职的，今晚我就叫你程哥吧。"

"行。"

"我陪你去桑拿一个钟，然后再去吃烧烤？小妹今晚私人请客。"

"你敢陪我去洗桑拿？"

"你想歪了，这里各有男女单蒸。"梅凤边说就边拽着程子寒进了俱乐部。

走到中途，程子寒觉得心头有些没底，加之第一次和梅凤单独行动，也不能太张扬太随便，于是婉言回绝说："就不去蒸了，在大厅里聊聊就是了。"

梅凤迟疑了一下说："那我们去二楼选个包间，可以唱唱歌跳跳舞，叫人将烧烤送上来。"

程子寒站在一边，没开腔。

见程子寒一脸疑惑，梅凤又补充说，"程哥，我不会害你的，如果你还害怕，那我们就 AA 制？"

"行，那就去二楼大厅吧！"程子寒这才跟着梅凤到了二楼。

一到二楼，旁边马上便拥过来一群各色打扮的陪舞小姐。尽管还没到五月，但那些各式样的女人穿得这么少这么薄，比肩接踵，项背相望，一个个浓妆艳抹，一双双火辣辣的眼睛直勾勾地射过来，但一看到梅凤跟在后面，就一个个知趣地退了回去。

二人在大厅东南角选了张幽暗的小案桌坐下来，服务生马上端了两盏插着红烛的水杯放过来。这时，一个领班引着两位服务小姐过来，她们手里分别端了两盘水果和两瓶红酒，放在案上。"梅姐，还需要些啥？"

程子寒抢着说："算了吧，吃点烧烤，听听歌就行了。"

"行，今晚程哥你就放松些。"梅凤说完就起身安排烧烤去了。

一个舞女见程子寒独自一人枯坐案前，幽幽地走过来，一头鬈发，个子很高，嘴巴涂得血红，身上散着一股廉价的香水味。"一个人呀？"她说着说着就一屁股挨着程子寒坐下来，万分热情地往他身上贴，一只手很放肆地主动去摸他腿。

程子寒忙将椅子往边上移了移。"这里有人了，你去吧。"

正好梅凤这时拿着歌单回来，那小姐赶紧溜了。

"程哥，唱首啥？我给你点。"

"先请你跳支舞吧。"

梅凤没说什么，就应和着程子寒款款步入舞池。

舞池里旋转多变的彩色光环充满着灼人的诱惑力。那乐曲是奏的慢四步，像是一股醉醺醺的水雾在缓缓流动。整个舞池华丽而又夸张，下池跳舞的人并不多，但那旋律和灯光织成了一团粉红粉红的雾气，使程子寒的灵魂有些飘荡起来。

程子寒极其正规地用右手两指头托着梅凤的腰，胸前距离拉得很开，左手轻轻拉起她的右手，她那手指亦如从前一样软若无骨。舞曲悠扬婉转，梅凤显得沉稳而又绵软，在灯光变幻中一双大而黑的眼睛一直望着程子寒，舞步轻盈飘逸，随着旋律翩翩而动，程子寒心中生起一种轻似絮飘若柳的快感。

两支舞跳过，几盘风城烧烤已送了过来，程子寒和梅凤回到座位，荤素各自吃了两串，的确是麻辣香脆无比。梅凤举起葡萄酒杯说："你在风城一个人，凡事要多珍重！"

程子寒觉得梅凤的话有些涩味，似乎特有所指，就一下饮了杯中的红酒。"我不曾想到，这官场如此错综复杂。"

"是啊，程哥，有人说，商场如江湖，其实，官场才是真正的江湖。黄晓阳在他的《二号首长》里就说过，这当官，是个特别的技术活。"

"但我赤条条地来，单身一人去，也没啥可怕的。"

舞曲又响起，梅凤放下了酒杯，挽着程子寒再慢慢步入舞池。

"但是，程哥，人都说，'侯门一入深似海，从此萧郎是路人'，但你还能保持着仕途上的一股清风，我从心里敬佩你。"

程子寒心头微微一动，知道梅总这不是说的场面上的官话，将她向怀里轻轻一揽。"我这也是初入官场不知水深浅，也许将来真会碰得头破血流。"

"程哥，我告诉你，这开矿项目，可不是方舟集团和几个人的事，是一个庞大的利益群体，所以你面对的，可能是一大群人。"

"你为啥这样说？"

"我本来不应该告诉你的，你来风城时间并不长，今天上会的那开发'三石'的投资协议，背后的水，深着呢！"

"今晚，你是来替人当说客的？"

"怎么会呢！我是从你身上，看到了一种新的生机，也许这些我还不配来评说，但从我心底里，就是不希望你被人暗害了。"

程子寒感激地搂了梅凤一把，继续跳着舞。

接着，梅凤告诉程子寒，这北京的方舟集团实际上是熊冬生请来的，他们表面上是要开发"三石"，实际上看重的是那绿翠玉矿。熊总知道这么重要的矿山私企是难拿到手的，只有借助国企，尤其是北京国企的牌子才硬，可以不走招投标程序，可以打着合作建设工业园区的名义就能直接拿到项目。

程子寒听得有些毛骨悚然，但嘴里不愿表露，只淡淡地哦了两声。

"程哥，后面可能还有更深的背景，我也说不清，即使知道也不敢说，程哥是正直的好人，今后一定要多加小心。"

"但我坚信，人间自有正道。"

"可是程哥，这风城，不是你大学里的讲堂，这官场里，也复杂啊，你千万不能书生气。比如，在你们下午常委会上，为啥大家都不发言？即使发言也都是不着边际，包括韩县长，她一直都在钢丝线上走呀，她谁也不想得罪，所以，程哥，你一定要学会保护自己。"

"你咋知道这么多？"

"程哥，你不要怀疑我。"二人在舞池里转过两圈，梅凤将身子朝程子寒怀里靠了靠，诚恳地说，"我们是半个老乡，我能叫你声程哥，这是我在高攀了。"

"别这样说，梅凤！"程子寒虽然还不明梅凤是啥底细，也不知道她究竟有过怎样的经历，但直觉告诉他，梅凤是个善良的女人，至少对自己是真诚的，于是真诚地问："你读过巴金的《家》吗？"

"读过，怎么啦？"

"书里有个可爱的小女人，曾经被男主人公深深地爱着。"

"哦，你说的，一定是书里那个小丫鬟，鸣凤。"

"嗯。"

"你是说，我，有些像鸣凤？"

"你们不仅都有个共同的凤字，而且一样的美丽，一样的善良。"

"可她年纪轻轻，就跳湖死了。"梅凤语调里明显有些伤感，停了片刻，她又补充说，"她是那样纯洁，而我，一只脚还陷在污泥里。"

"你怎么会一只脚在污泥里？"

梅凤将头微微靠在程子寒的肩上，什么话也没再说。

程子寒看得出来，眼前这女人心头一定很苦，就有意转移话题问道："现在，你的婚姻是啥状况？"

梅凤周身似乎微微颤动了一下，双眼倏地黯淡下来，过了好久才回程子寒："缺月挂疏桐，孤鸿人初静。"

程子寒从这词句里一下明白了眼前这女人不良的婚姻状况。这句词出自苏轼的《卜算子·黄州定惠院寓居作》，但她自己却作了稍微的改动，就微微改动的这一句"孤鸿人初静"中的"孤鸿"二字，一下就将她心比天高、命比纸薄的爱情婚姻苦楚道得淋漓尽致。

    缺月挂疏桐,漏断人初静。
    谁见幽人独往来,缥缈孤鸿影。
    惊起却回头,有恨无人省。
    拣尽寒枝不肯栖,寂寞沙洲冷。

  重温苏轼这首孤独词,程子寒的心绪有些异样的触动,突然联想起自己与肖辛芯的婚姻。"这世上,有的人有缘无分,即使相隔咫尺却鹊桥难会;而有的人有分无缘,即使终身厮守也可能心遥如隔千山。"
  二人在舞池里漫步,程子寒看见胡常威和徐富达各自搂着一个舞女走进了旁边的一个包厢里。

第十三章

迷魂谷

一

上午十点过，郑和平跛着脚走进会议室，前来听会的乡邻们大都已到了。早上接到村支书蔡红宝的通知，今天是县里第一次来峡口村召开调查情况通报会，每家每户来个代表，主要是了解前期查案与村民体检情况。

前面几排都坐满了人，郑和平见后面一排只有袁九金抱着儿子在玩着一块旧电子手表，便挨着他坐下来，轻声问："尿桶儿的病好些不？"

"吃了半个月药，还没去验血。"袁九金没精打采地答道。

"这血液重金属超标，可不是一天两天的事哟，医药费呢？"

"先挂着账的，反正县上领导答应给我儿治好病。"袁九金停了片刻，抬头又问郑和平，"你家里呢？"

"我儿子不算严重，但我家女人，哎，已到了胃溃疡三度，稍不注意胃就大出血。"

"他妈的，都是这电解锰项目惹的祸。"

"等会儿，看他们怎么说吧！"郑和平从尿桶儿手里拿过电子手表一看，摇了摇头，"这啥表哟。"

袁九金漫不经心地说："这娃非要买一个，没耍两天，就进水了。"

二人说话时，县政府分管环保的程子寒副县长、环保局长毛艳艳、县公安局邱之兰在胡常威陪同下进了会场。郑和平抬头见主席台还坐了个不认识的人，便问袁九金："坐程县长右手边上那人，谁？"

袁九金耷拉着脑袋："发改局局长张虎。"

"他怎么来啦？"

"第二政府嘛，听说小水电站归他管。"

蔡聪明最后一个进来，在郑和平旁边坐下。"我刚才又去看了，塘里的鱼还在继续翻。"

"检验的最终结果出来没？"

"说是等会儿就宣布结果呢！"

胡常威这时宣布会议开始，先讲了两条会议纪律：一是今天只是通报第一阶段工作进展，还是初步的结果，没查完的失踪案还不能公布，大家一定要理解；二是大家有什么意见，由村支部集中起来统一上报，今天程县长忙，就不搞现场办公了。

胡常威说完还特别问坐在一排的蔡红宝："红宝，听清没有？"

"听清了，村里努力配合。"

今天来的村民代表似乎特别理性，也没有像以往那样唏嘘与乱说话，还是袁九金冒了一句："过门儿太长了，快进入正题吧！"

胡常威这时拿着喇叭说："下面，首先请县环保局毛局长通报环保查案情况。"

毛艳艳站起来，给大家鞠了个躬。"先更正一下，我今天通报的不叫查案，还没进入那个程序，目前只是执法检查情况和有关技术化验结果。"

村民代表们屏住呼吸，静心听着。

毛艳艳接着宣布："近一个月来，我们经过几次执法检查和问题排查，目前初步查出石材工业园区存在着三个方面的问题。"毛艳艳说到这里，转头轻声问程县长："照直说？"

"查都查出来了，还有啥隐瞒的？"

毛艳艳清了清嗓子，接着说："第一，锰矿的尾矿侵占河道，严重影响清河的正常行洪；第二，电解锰项目污水虚假处理，我们查了两周才发现，是通过一根暗管直接排到了清河的河中心，这是严重违法；第三，电解锰废渣未作无害化处理就乱堆放，其渗透液污染了部分土壤和水源，初步化验结果，这是养鱼场大量死鱼的主要原因。"

蔡聪明在下面大声问道："上个月前那次集中死鱼，我们怀疑是有人往塘里投了毒的。"

毛艳艳转身说："这个问题，该由邱大队来回答。"

邱之兰大声说："我们反复调查和取样，你们的说法缺乏足够证据，抽样病检结果，与鱼塘水质检测结果相符，是二氧化锰严重超标所致。"

蔡聪明呼地站起来，气愤地问："既然这样，那该谁来赔偿我们？"

蔡聪明这么一问，村民们便七嘴八舌议论起来，整个会议室一下变得乱哄哄的。蔡红宝起身大声吼道："大家静一静，先听领导们把话讲完。"

村民们声音更大，胡常威把喇叭音量调大了一个档，声音洪亮地说："韩县长专门拨了四万块钱，现在体检结果出来了，你们还听不听？"

大家倏地平静下来。胡常威翻开笔记本，照着本子念道：

> 峡口村在册村民367人，涉及龟肚坝和龟石坡的187人，这次自愿参与体检的153人，其中小孩38人、老人34人、中青年47人，还有34人在外务工没联系上本人。通过县人民医院专项体检，血液中锰、铁超标的87人，其中较为严重的26人，初步检查出，有明显肝胆疾病和胃病的18人，其中疑似癌症病象的6人。

胡常威念到这里，全场鸦雀无声。

郑和平大声说："是哪十八人？含不含我女人？"

全场一下又沸腾起来，村民们纷纷询问自家体检结果，而所有的体检报告都放在镇政府没敢拿到现场来，大家一哄而上，一窝蜂地将台上几位领导团团围了起来。

邱之兰觉得今天这种方式，弄不好会惹出大麻烦，忙拿过话筒："乡亲们，你们知道，我爸爸这一辈，也是这清龟山上的农民，你们间好些人还是我的长辈。大家听我一句劝，这体检结果，要等医生来一家一家见面，还要把脉问诊一个一个开药方。现在大家一定要理解，一定要冷静！"

下面依然一声声怒吼——

"开药方，谁付医药费？"

"万一像袁四焕那样说死就死了呢？"

"都怪政府引进的电解锰厂毒害了我们！"

……

袁九金突然冲上前去，一把将胡常威和程子寒面前的茶杯拿起来，啪的一声砸在了地上，"你们得说说，我女人祝小春的事呢？"

二

程子寒和胡常威、张虎，都被村民们关进了养鱼场的库房里。

村民们聚集在库房前的水泥坝子上，群情激愤，向政府提出了四条人质交换条件：一是由政府负责治疗癌症病人和村民其他病；二是必须由政府或企业承担全部医药费用，并要发放治病期间的误工费和生活补助费；三是必须赔偿养鱼场全部经济损失；四是立即停止电解锰企业在峡口村生产，更不能上项目二期。

大家知道邱之兰是公安警察，外号邱老虎，加之上午她的一席老乡悲情牌打得及时，村民们没敢动她。村民们说："环保局毛局长，还算有良心，也为村民出了头，至少查到了黑心老板污染水土的证据，你也可以走。"

毛艳艳还是第一次见识这种场面，站在邱之兰后面没敢多说话。

邱之兰心头明白今天挑头的三个人，袁九金、蔡聪明、郑和平，但这局面如干柴烈火一点就燃，现在只能以退为进，便软硬兼施地说："乡亲们，我知道，你们心头有很多委屈，听了今天的初步结果，大家也很气愤，我们完全理解。我和毛局长这就回县里去，我们负责，一定负责给韩县长汇报好你们的四项请求，但我提出两个要求，行不行？"

村民没人答话。

蔡红宝无能为力地坐在一边，埋着头，眯着双眼，像是在练功。

郑和平终于说："你是公安局的干部，那你先说说。"

"第一个要求，你们现在关的是程县长，他是省里下派来的博士专家，和企业没有任何瓜葛，你们千万不能伤害他。"

郑和平回答说："这个，我们能做到，但时间，不能超过五个小时。"

"那好！第二，你们必须保证，屋里的三个人，要有饭吃，要有水喝。"

袁九金却突然说："那你们公安局，必须用祝小春来交换，否则，他们莫想回去。"

郑和平站起来，厉声道："呃，野人娃，犯法的事，我们可不能干！"

"你老婆没弄丢，自然不着急。"

蔡聪明却笑嘻嘻地开玩笑说："袁老弟，都四五个月了，说不定，你女人，早就去迷魂谷里喂神仙了。"

"你那女人，才喂神仙去了！"

祝小春失踪案专案组查了一个多月毫无进展，邱之兰刚才听蔡聪明这一说，似乎多了一条思路，忙问："那你们有啥线索没有？"

袁九金手牵着儿子，结巴着说："莫听他……瞎说，我家女人，是从不去……迷魂谷的。"

三

县政府小会议室。

韩月川坐在正位，两边依序是林旭晖、孙玉珉、刘大江、田晓伟、刘大林。

听完邱之兰和毛艳艳的情况汇报，林旭晖将茶几一拍，十分愤慨地说："这程子寒也太轻率了，这么大的事，县里没事先碰个头，他就私自去向村民宣布调查结果，完全是个人草莽主义！"

孙玉珉轻描淡写地紧跟着说道："的确是，也太不慎重了，这些结论给村民们一公布，企业咋办？一点回旋余地都没得，哎呀，真是书生意气！"

毛艳艳插话说："各位领导，今天宣布的这些结论，都是专家反复评估出来的结果，与检验数据也是完全相吻合的。"

"相吻合的，就可以对外随便讲？就不能内外有别？"孙玉珉阴着脸反问道。

毛艳艳有些不服气地回了一句："孙县长，市环保局说，这些都已构成了严重违法，应该由公安局立案查处，完全是可以判刑的。"

孙玉珉将毛艳艳刚才呈上的检验报告，啪的一挥扔了过来。"我们培育一个纳税企业容易吗？你们这一搞，就能灭了一个大家吃饭的钱袋子。"

林旭晖接着说："就是嘛，刚才市委李书记还来过电话，他说熊冬生和徐富达是市人大代表、县政协常委，也是市县重点企业，他们都找到市里去了，李书记还责骂我们成事不足、败事有余。倒也是，他程子寒屁股一拍走了，我们的企业都死掉了，今后大家去喝西北风呀！"

"我们还是先合计一下，怎么去解救人质吧！"一直没有开口说话的韩月川也是一脸怒气。

刘大江发言说："我认为，峡口村民们提出的这四个交换条件，还不算过分，可以适当地答应下来。"

孙玉珉瞪了刘大江一眼："大刘啊，你是不当家不知油盐贵哟，这口子要是一开，我们县财政这点气血，就撑不了两天啦！"

林旭晖说："去二十个公安，强行救人。不行，动用武警。"

邱之兰马上反对说："林书记，这个不行哟，现在还是人民内部矛盾。"

"敢随便关我们的县委常委、副县长，这真是胆大包天！不抓两个，还以为我们政府是豆腐做的。"

刘大江严肃地接着说："林书记，硬来不行，公安部也有明文规定，警察不能直接介入类似行动。"

刘大林一边为大家茶杯里续水一边说："我建议软硬兼施、恩威并举，太软，解决不了问题，光来硬的，把村民惹翻了，要是惹个农民暴力事件，那在全国就闹大啰。"

韩月川在屋里走了几步，转过身，用拍板的口气说："这样吧，事都出了，现在不是追问责任和谈教训的时候，我原则上同意大林的意见，当前最要紧的，是三项重点工作，我们分头来进行。"

林旭晖毕竟是从大机关才下来，也没多少办法，听韩月川这一提议，便赶紧表态说："县长大姐，你安排，我们来抓落实。"

韩月川沉稳地坐下来，环顾了一圈，十分镇定地说："第一件事，解救人质、稳住村民，我和大刘、邱大队负责，大林尽快通知财政、民政和卫生局长一同去现场。"

刘大林哦了一声，就赶紧出门通知人去了。

"二是稳住企业，长风集团和齐宇矿业，是两个骨干企业，必须首先稳住，如果他们也闹腾起来，我们就腹背受敌了。这件事，由老孙牵头负责，你是园区管委会书记嘛！"

"那我呢？"林旭晖问。

"林书记，你负责与李书记沟通，同时负责舆情，千万不能在互联网上闹出新闻，这就拜托老弟了！"

毛艳艳坐在那里，像是捅了马蜂窝似的一脸木然。她一听到韩县长下步工作没点自己的将，一下站起来，十分意外地冒出一句："韩县长，我还要报告一件麻烦事。"

韩月川十分诧异。"还有啥麻烦事？"

"峡口水电站根本就没有停工，更莫说准备拆除，现在还在偷偷施工，外面看不出，里面的设备都快要安装完了。"

韩月川转头问孙玉珉，"老孙，你是分管发改的，咋回事？"

"我去看过两次，他们都说，已停工待拆嘛。"孙玉珉狠狠瞪过毛艳艳一眼，沉着脸说："毛局长，你究竟查清楚没有？你能不能少给县里捅些娄子？"

"孙县长，我昨天才去暗访过的，他们完全是外面挂羊头，里面在卖狗肉。"

熬了一天一夜，直到第二天下午，县政府才与峡口村村民们达成一致协议，韩月川方才带着程子寒、胡常威和张虎离开峡口村。

程子寒坐进韩月川的汽车，一脸颓然。汽车开了很长一段路，二人都没说话。汽车又跑了一程，程子寒忍不住，终于开口说："这次，是给县里添乱了。"

韩月川阴沉着脸，半天没回程子寒的话。程子寒又说："这里的环保问题，的确十分严重，并且是特别典型的。"

"问题典型就可以先斩后奏？子寒同志，这不是大学课堂里讲课，讲错了，粉笔刷子一擦还可以重来。"

"我既然分管生态环保，也是照章办事，又有啥大不了的过错？"程子寒针锋相对地回了一句。

韩月川无奈地盯着程子寒看了半天，十分痛心地说："师弟，不是师姐在责怪你，这基层工作是要讲方法、讲策略的。你看今天，我们答应村民们的那些条件，那是要财政出血买单的。"

"我们大办企业，破坏了水土环境和生态平衡，一味追求 GDP 和财政税收，你看一个村里得癌症的就七八个，难道我们政府不该买单？"

"你呀，难怪别人骂你书生意气！"

程子寒见师姐万般无奈一脸疲乏，心头又很过意不去，就忍住没再说话。

韩月川叹了一口气后接着又说："师弟呀，这从政当官，还得要经过三个六月二个冬，你真还得好好磨炼！"

刚说到这里，韩月川手机响了。

"你谁呀？"

"我找韩县长。"对方传来十分焦急的声音。

"我就是韩月川，啥急事？"

"报告韩县长，我是县环保局执法股股长朱益全，我陪毛局长深入采矿区暗访，半个小时前，毛局长说去林子里方便一下，结果一转眼间人就不在了。"

"你在林子里找过了吗？"

"找过了，我周围都找了好几遍，打手机无人接听，我在一个树丛里还捡到了毛局长的一只运动鞋。"

"你那里离迷魂谷有多远？"韩月川十分焦急地问。

"离得不远，齐宇公司的一个矿区，就紧挨着迷魂谷的。"

"朱股长，你马上报警110，我这边立即组织人力赶过去。"韩月川放下手机，自言自语道："咋又失踪一个！"

程子寒在一旁吃惊地问："又有人在迷魂谷失踪？"

"真是多事之秋啊！"

第十四章 野人娃

毛艳艳失踪案，惊动了康全副市长兼公安局局长郭强。

因为涉及内部办案的保密性，郭副市长来到风城没有惊动县上领导，直接就去了县公安局。

县局刘大江局长和办公室主任早早地在大门口候着，郭副市长在大门口却没停车，而是直接去了二号楼。二号楼除了治安与国保大队办公外，顶楼上是电子公安监控平台和技监室。

邱之兰正好从二楼下来，见到郭副市长忙上前立正敬了个礼。"欢迎首长驾临！"

郭副市长举手还礼后说："毛艳艳失踪案，是你在抓？"

"刘局牵头，我具体办。"

这时，刘大江跑步前来，气喘吁吁地说："我还在大门口等您呢！"

"谁叫你去等的，我们不搞这些虚的。"

"我们去会议室？"

"先去天眼监控室。"郭副市长走了两步，见县局办公室主任跟在后面，又说，"老刘，就你和小邱参加，其他人该干什么干什么去。"

刘大江使了个眼色,局办主任转身回了一号楼。邱之兰轻声问道:"郭市长又要突然袭击去暗访?"

"今天不暗访你们了,我们要去查一查小水电关拆情况。"

刘大江诧异地问:"就您一人,咋暗访?"

"市发改局环保局两位局长已先下去了,你们不能通风报信哈!"

走进三楼小会议室,办案组张勤已打开天眼显示屏在等着。郭副市长在中间位置入座,问张勤:"清龟山那迷魂谷里安有探头没?"

刘大江跟上前,站在郭副市长身后。"过去在沟口安装过,后来都被人毁了。"

"咋就毁了?"

邱之兰在一旁回答说:"在迷魂谷进口处,慕名前来探险的不少,另一侧正好又是齐宇公司的一个采矿场。"

"查过吗?"

"查过,没查出结果。"

"是这样!"郭副市长眼睛快速转了一下,又问,"有离毛艳艳失踪地最近的天眼吗?"

"附近的,有两个。"刘大江示意张勤:"先调出岩口那组。"

张勤迅速调出一个远端场景画面,然后放大到全屏:密匝匝的树木青青一大片,中间一条弯弯曲曲的进山公路,正好远端一辆运矿大车摇摇晃晃行驶过来。

张勤用电子激光笔在屏幕上画了一个圈。"报告市长,毛艳艳那天车就停在岩口,然后从这个位置进山的。"

"这里离迷魂谷有多远?"

"从这条路向前再走六七百米,向右是徐富达的矿石场,向左不到一公里,便是迷魂谷。"邱之兰报告说。

"你们回放过这几处监控视频没有?"

"都调看了,没有发现有价值的线索信息。"

眼看运矿车已行驶到了近端,郭副市长命令说:"局部放大。"

屏幕上很快现出凹凸不平的泥石公路，那运矿车装了满满一车矿石，颠簸着一晃而去。郭副市长突然说："这运矿车，咋没有牌照？"

邱之兰说："刚才没注意。"

"下来调监控，查一查山里无牌照的车有多少。"

刘大江若有所悟："还是市长眼力敏锐，这些人，应该是办案中的重点排查对象。"

郭副市长说："这清龟山也真邪门了，不到五个月就接连失踪了三个人，省厅都挂牌督办了，现在一点线索都没有？"

刘大江汇报说："春竹乡乡长马来福我们已经掌握了一些线索，祝小春还是没一点进展，毛艳艳昨天失联，我们怀疑与电解锰项目有关。"

"依据呢？"郭副市长站起来，盯着刘大江问。

"这个，毛艳艳硬是查出了电解锰项目的污水偷排和废渣尾矿污染水源问题，正好昨天又进山去暗访矿石场，极有可能被齐宇公司打击报复。"

邱之兰在一旁补充道："当地村民怀疑，会不会是毛艳艳走迷了路，误入迷魂谷。"

"毛艳艳是学环保的，这种可能性小。"郭副市长转身问秘书，"你将那份匿名举报信带来没？"

秘书立马从公文包里取出一封信来，双手呈给郭副市长。郭副市长拿起信纸在空中扬了扬，面色严肃地说："这是我上周收到的，举报峡口水电站想方设法假整改，我叫刑侦上比对了笔迹，就是毛艳艳写给我的。"

刘大江拿过举报信翻了翻。"这是毛局长的笔迹。"

"这样看来，毛艳艳被打击报复的可能性很大，你们迅速与祝小春的案子合案侦破。"

刘大江汇报说："我们也是这样安排的，具体由邱之兰和张勤同志负责。"

"下一步，市里抽调两人配合你们，带队的是刑侦支队的刘海涛。"

"那就感谢市长了！"

郭副市长又说："现在，你们的重点是，要尽快深入矿区去寻找线索，最好不要打草惊蛇。"

郭副市长安排完工作，就带着刘大江暗访峡口水电站去了。

二

郭副市长暗访峡口水电站回来，在县政府坝子里直接约谈了韩月川和分管环保的程子寒副县长。

"今天我和大江去了峡口电站，现场看工地上空无一人，估计是听到风声后人先撤离了。"

韩月川站在郭副市长车门外："我也去查过两次，峡口电站的整改的确是行动缓慢。"

"其他几个小水电站关停是关停了，但拆除工作一直没有行动。"

"我们下来抓紧整改，保证在年底前完成任务。"

郭副市长走下车来，张臂伸了伸腰，然后问程子寒："程博士你分管，你说说实话，年底前能否全部拆除？"

程子寒看了一眼韩月川，硬着头皮说："估计峡口电站有问题。"

"就是嘛，我收到举报说，这峡口电站不仅没停工，实质上还在昼夜加班施工，这咋行！"

韩月川正了正衣襟，口气坚决地回答道："我们下来再督促，坚决落实好郭市长指示。"

"另外呀，我们在暗访中还发现了一个新情况，你们要引起高度重视。"

"啥？"

"在那电站侧面的废弃工棚里，我们发现有几个老头老太太躲在里头听音乐，一核查，原来是他们在偷偷练'全能神'。"

"这邪教真是无孔不入。"

"你们要巩固好查处邪教的前期成果，还要高度重视安全管理，我看那废弃的工棚，风一吹就会倒的。"

送走郭副市长回来，程子寒在凤城宾馆门口碰见了文运昌。

"主席去神农架参加培训班回来啦？"

"这次生态理论培训班，一半是现场考察，一半是心灵疗养，还是感受多多。"

"神农架，既是世界地质公园、国家森林公园，又是国家自然保护区，和我们清龟山，真是有很多相似之处。"

"他们的生态环境保护和生态文化挖掘利用，的确值得我们好好学习。"文运昌说到这里，突然兴奋地拍了程子寒一把，"呃，在这次培训资料里，还有你的一篇论文呢！"

文运昌边说边从包里取出一本培训参阅资料，程子寒接过来一看，里面果真收录了他一篇理论文章：《论川西亚热带过渡地区动植物的多样性与濒危厄运》。

文运昌又说："你看，在这次培训资料汇编里，居然还有一篇涉及我们清龟山的野人娃。"

程子寒继续往下再翻，一篇《野人回归》的自由论文跃然眼前，他大体浏览了一遍，原来是从神农架野人和清龟山野人娃的华丽转身，来论述人类生态位与适应性的。"文主席，你相信这世上真有人类特征的野人？"

文运昌空灵般地一笑，随意说："真作假时假亦真，假作真时真亦假，这神农架野人都争论和研究几十年了。"

"袁九金当时才七八岁，真是在山洞里待了七年？"

"大博士，你可选作课题好好研究一下，说不定，你会有重大发现。"文运昌分别时又补充道，"找回家后，发些素材给你。"

不一会儿，程子寒手机叽叽响过，文运昌主席发了几段视频，点开一看，是野人娃袁九金多年前的电视专访——

> 主持人："你就是袁家丢的孩子，是吗？"
> 野人娃："嗯。"

主持人："你能告诉大家，你是怎么变成这个样子的吗？"

野人娃："我那时候七岁，不小心掉进了一个山洞，我在里面生活了七年。"

主持人："你怎么掉进去的呢？"

野人娃："那时母亲带着我一起上山，她去玉米地锄草，我在一边玩耍追蚂蚱。那蚂蚱就是现在说的蝗虫，一抓它就猛地一跳，一抓一跳我总是抓不住，就一直跟着后面追。最后它飞到一片芭茅草丛上面，我一下子扑了过去，结果那芭茅草丛是虚的，遮挡着下面一个天坑洞口，当我一下扑过去，就像做梦一样，扑通一声就滑进了一个万丈深渊的黑洞里。"

主持人："你在洞里一待就是七年多。七个春秋里你咋度过的呢？"

野人娃："山洞有多深真不知道，我醒来后完全是在一片黑暗里，伸手不见五指，后来才遇到斜口处有一线亮光，慢慢才看清这天坑洞有五六层楼房那么高，对于一个小孩来说，在这样的环境里是无法逃出去的。"

主持人："在这七年时间里，你经历了些什么？你先从洞内的生活说起吧，当时有水喝吗？"

野人娃："这里面有水，比现在的矿泉水还要好喝。"

主持人："这是纯天然的，也没有什么污染是吧？"

野人娃："那水是从岩石头上滴下来的，还有一股淡淡的甜味。"

主持人："你天天就靠喝水活着吗？"

野人娃："不是，开始没啥吃的，实在受不了，只好抓洞里的虫子吃，吃得最多的是爬虫和蚯蚓，后来就开始吃老鼠和蝙蝠。"

主持人："那你先说说第一次。"

野人娃："那时还是热天里，洞里面有很多飞来飞去的虫子，屁股后面还发着绿光那种。"

主持人："类似于萤火虫，是吧？"

野人娃："对！那时候，好几天没吃东西，实在是饿啊，就顺手抓了几只放到嘴里面嚼，开始很苦很涩，吃不下去，后来就硬着头皮往肚里吞，慢慢的就习惯了。"

主持人："你都吃过些什么虫子？"

野人娃："里面有甲壳虫、爬爬虫、蚯蚓，吃起来感觉很清凉。"

主持人："能吃饱吗？"

野人娃："吃不饱，后来没有那么多虫子了，然后就发现了蛇，一开始也害怕，也不敢吃，可是没吃的，没办法呀，只好吃蛇。有时候还有蛇主动爬过来，从我脖子上面滑过去，冰凉冰凉的。慢慢的，我就学会了生吃活蛇，再后来就吃老鼠，每到晚上那老鼠的眼睛放发绿光，一群一群的特别多。"

主持人："那你说说第一次吃生蛇。"

野人娃："第一次吃蛇的时候，我抓住也怕它咬我，就先一把逮住它，也就是蛇的七寸，然后一口咬断它的头。"

主持人："那时你那么小，就知道七寸？"

野人娃："小时候我见过我父亲抓蛇，他抓住蛇时就是先逮住它脖子的。这些年我也观察过，你不弄疼它它是不会咬人的，只要一手抓住了七寸，立马将蛇脖子咬断，咬断后把头扔到一边就吃蛇肉。"

主持人："就这样生吃？"

野人娃："对呀，里面没有火，但总比虫子好吃。"

主持人："你吃了就没中过毒吗？"

野人娃："现在分析起来，这应该是有个耐受的过程，最先吃的小虫子，然后再吃的是老鼠，最后才吃的蛇，专家们分析说，我可能是逐渐有了一种特殊的抵抗能力。"

主持人："老鼠肉你吃得多么？"

野人娃："洞里面的老鼠不像外面的这些老鼠，外面的老鼠很狡猾，山洞里面的老鼠特别大。"

主持人："有多大？"

野人娃："最大的和农村家养的小土狗仔那么大。"

主持人："好抓好吃吗?"

野人娃："老鼠不好抓,你弄急了它还会成群来攻击人。我吃的第一只老鼠,是一只从悬崖上面摔下来的,摔到地上摔晕了,我就立马拧住它,然后咬它的脖子,再把头给咬掉,将皮一剥就可以吃了。"

主持人："吃这些生食能消化吗?"

野人娃："能有这样的东西吃,那已是万福了。"

主持人："你在洞里有春秋四季的感觉吗?"

野人娃："那洞里有口地下水塘,每当那水冒烟时,水就特别暖和,我就知道这肯定是到冬天了。"

主持人："你在洞里跟什么东西交流多?"

野人娃："在里面,我唯一能听到的声音,就只是老鼠和蝙蝠的叫声。"

主持人："那你经历了七年多,又是怎样找到出口的呢?"

野人娃："日子久了我就天天去寻找光亮。每当有亮光照射在洞里,我就从相反方向去找出口,找了大半年发现有出口四个,但有两个洞口在天窗上我上不去,还有一个在悬崖边,剩下那个洞口有七八个人那么高,我就从洞里四处找石头,然后搬到洞口一个一个往上垒,经过四五年的努力,我才堆满石头爬了出来。"

主持人："都过了七年,人世间已变化很大,你出来后还能够正常说话吗?"

野人娃："刚出来时,我已经不会说话了,但我能听懂别人说话。"

主持人："那你咋办?"

野人娃："我那时不会用语言表达,见到人只能比画。"

主持人："你长时间在洞内生活,你对自己童年的记忆也越来越模糊,你出洞后怎么找到自己家的?"

野人娃："我刚出来后没法识别回家的路,不得不又找到一个山洞独自生活,白天躲在山洞里,晚上出来偷农家的鸡吃,所以才引发了山村里到处防偷鸡野人的故事与传闻。"

主持人："那你父母后来咋认出你的？"

野人娃："是通过我身上的一块胎记认出的。"

主持人："那你后来咋还改不了生吃活物的习惯？"

野人娃："刚回到家里我吃不惯熟食，肚子也不适应，吃熟食反而天天腹泻拉肚子，所以好几年我都仍然保持着生吃习惯。有次我父母出山去了，我一个人在家里把一窝小鸡全给吃光了。"

三

袁九金清早起来，天开始下起了小雨，细细地，缓缓地，飘飞在人身上，那纤细的雨点很快就变幻成了白泛泛的一团雾气。

袁九金回到屋里，给床上五岁的儿子尿桶儿穿好衣服、洗过脸，然后牵着儿子先去堂屋里向父亲的灵位上了一炷香，父子一块儿跪下磕头。

"尿桶儿啊，今天是老爷升天满七七四十九天的祭日，我们再磕个头。"

"爸爸，什么是升天呀？"儿子抬起头来天真地问。

"升天，就是爷爷到天上当神仙去了。"

"那我也要当天上的神仙。"儿子笑咯咯地说。

"尿桶儿，乱说！"袁九金连忙朝地上呸了两口。

这时，袁九金突然想起老爸曾经讲述过翼王爷石达开的故事。当年石达开被抓到成都衙门府，他誓死不降清政府，朝廷判了他凌迟处死。他一家老小在大渡河畔集体跳河悲壮而死，只有一个五岁小儿子陪伴他守在牢房里。石达开被处刑那天清早，他离开牢房时儿子还没醒来，石达井特别拜托牢房看守，待儿子醒后就告诉他老爹已上天了。上午儿子醒来一问老爹咋不在，牢卒说，你爹上天了。儿子知道父亲讲过上天的含义，他没有哭，十分坚定地说，我也要上天。后来这五岁小儿子非要追随老爹而去，连四川总督骆秉章也没办法，只好默许狱卒用石达开的那床破狱被将其捂死了。

想到这里，袁九金更增添了悲从心起的无限苍凉，便跪下来给老爹袁四焕又磕了两个响头，起身将老爹的灵位牌小心翼翼取下来，恭恭敬敬放在竹背篓里，然后将柜子上的香蜡和一大叠黄澄澄的草纸放了进去。"走，儿子，我们去给爷爷上坟。"

尿桶儿走上前，将刚放进竹背篓的草纸扯了一叠出来。"爸爸，要留下点纸钱哟。"

"干啥？"

"留着，我下回读幼儿班交学费呢！"

袁九金啪的给了儿子一个耳光，尿桶儿哇的一声哭了起来。

"这是爷爷在天上用的！"袁九金心头一阵刺痛，觉得儿子今天这话很不吉利，便撕了一根红布条拴在尿桶儿的手腕上，他在心头默默说："儿啊，现在爷爷走了，你妈还不知死活，你千万不能有个啥闪失呀，不然，我们袁家就要绝后了。"

尿桶儿很乖，自己穿上胶鞋跟着袁九金出门去上坟。走到门口，袁九金特别返回屋里又细细查看了一遍，这还是一辈一辈传下来的广东老家的规矩，在家里拜完七祭，这所有祭物都必须送到坟前烧掉。

走出家门，小雨点开始飘了起来。袁九金站在院坝边向整个龟石坡一望，坡下几户人家的屋顶上正冒着袅袅炊烟。从前这龟石坡是多么祥和宁静呀，自从齐宇公司上山大肆开矿，这整片山坡的林木全被毁了，到处开挖着大大小小的矿眼，最后弄得给老爹选个安静点的墓地都差点没选上。

从家里走向老爹的坟地，以前是有条很顺畅的石梯路，现在已被矿老板开挖得坑坑洼洼一片糟。

尿桶儿说："爸爸，爷爷上天当了神仙还回来么？"

袁九金说："爷爷回不来了，他在天上看着我们。"

"那妈妈走了好久没回来，是不是也跟着爷爷当神仙去了？"尿桶儿话没说完，跌跌撞撞行走中被一块矿石绊倒在地上。

袁九金生怕惊扰了背上父亲的灵位牌，只好半蹲下来，双手将尿桶儿抱进怀里，才高一步低一步直往前走。

想着儿子刚才的问话，袁九金心里一阵悲凉，然后心口像镰刀割肉般生起一阵隐痛，两行泪水忍不住夺眶而出，流到嘴角，用舌头一舔，又苦又咸。

四

雨越下越大，天空里开始滚动起轰隆隆的雷声。

邱之兰轻轻推开袁九金家的房门，机敏的张勤领着程县长先跨了进去。屋里睡着一只黄花猫，不见一个人影。穿过中间的堂屋，整个黑乎乎的老屋里一片阴暗。

"这就是野人娃的家。"邱之兰在屋里转了一圈，对程县长说。

程子寒耸耸鼻子在屋里嗅了嗅："这屋里才刚刚点过香，说明袁九金走得不会远。"

张勤这才记起来，今天应该是袁四焕的七祭。"我们去坟地看看？"

"那不行！"邱之兰手一挥，"我们今天是秘密侦查，绝不能出任何意外。"

今天早上，邱之兰和张勤乔装打扮进山办案，半路上遇见程子寒的车坏了，邱之兰在路边车一刹："程县长要去哪？"

"进山，要去会会野人娃。"

眼看程县长的汽车一时修不好，邱之兰主动说："我们也是进山去找袁九金，就一块走吧。"

程子寒上了邱之兰的车，邱之兰一边开车一边问："县长咋要去会野人娃？"

"我知道，你们是去办案，我是想去解开袁九金这野人娃的真相。"

"怎么？你不相信袁九金在电视上的采访？"邱之兰好奇地问。

"我是学环境与动物学的，我的直觉，袁九金那野人娃的故事，很可能是精心杜撰和炒作出来的。"

"不会吧，前些年全国多个电视台都先后现场采访过。"张勤站在一旁根本不相信程子寒刚才的判断。

突然，屋外滚过几声炸雷，惊天动地，震得地皮仿佛都在颤抖。邱之兰对张勤说："可能大暴雨要来了，你带把雨伞去坟地里接应一下野人娃，不能让他走散了。"

张勤走后，程子寒问邱之兰："你核查的两起失踪案有进展么？"

"这袁九金的老婆祝小春倒没啥新的线索，但春竹乡马来福目前已有了确切的消息，我们发现他在网络百家乐和虚拟货币交易市场上有 IP 痕迹，上报省厅网监总队一协查，昨天已核定，马来福的行动轨迹出现在缅甸云南交界的毒三角区。"

"真不可思议，一个乡长，咋堕落成了一个如此疯狂的网络赌徒！"

"也很可能是马来福在逃债，最近好多人都在找他讨债。"

这时，张勤背着尿桶儿回来了，袁九金紧跟其后。

眼看袁九金满身淋得水湿，邱之兰便开玩笑说："野人娃，上坟天下大雨，那是你们袁家要大发的好预兆哟！"

袁九金毕竟见过些世面，知道邱大队这是在跟他野人娃套近乎，就爽快地回道："邱大队也莫与我绕弯弯，你们今天是来找我取证还是要拘留我？"

张勤把身上湿衣服脱下来拧了拧水。"袁九金莫胡说，那位是程县长。"

"程县长我可不惧怕，下派来的莫啥实权。"

程子寒一听，哈哈一笑："我是没啥实权，但我会卜卦算命，你信不信？我对你一算一个准。"

袁九金嘴巴一撇，不屑地对程子寒说："你是大博士也哄不了我，共产党的大干部还敢公开算命？"

张勤正上前制止袁九金，程子寒一摆手，直接说："我学过《易经》，今天我给你算三卦，若准了，你听我们的；我若说不准，我这运动计时电子手表，送给你儿子。"

"当真？"袁九金从前经常赌博，一听程子寒的这话立马就兴奋起来。程子寒端来一把凳子端端正正坐下，故意微闭双眼嘴里咕噜了一阵。"第一，你爷爷的老爹，曾经是翼王石达开的贴身手下，算准没？"

袁九金有些愕然，怔了一下才说："这是你蒙的，大家都知道，石达开在这大渡河一带留有后人。"

"那我说第二个，你老爹断气前吐过鲜血，而且还颜色发黑。"

袁九金一下站起来，十分信服地惊叹道："你这也晓得？"

"不是我晓不晓得，是我看《易经》有特异功能，我可以从你这房屋里的信息，从你穿的衣服进行的电子信息反射，就能看到你过去所做过的一切。"

"我还是不信。"

"那我再说第三条。"

"那你说准了，我就服你。"

"电视上采访你这个野人娃，大部分都是你编出来的，对吧？"

袁九金一下跳起来，忙对儿子说："尿桶儿，你快进里屋去。"

"你看你，给儿子取的这名字，多臭！"程子寒乘胜追击，"一定是你老爹取的这个臭名字，因为你们是外来户，你又是独子，你老爹就是想，取的名字越丑，今后娃越好带，就更吉利，对吧？"

袁九金一个劲地说，服了，服了。

站在一旁的邱之兰忍不住笑，就伸过头在程子寒耳边细声说："领导这心理学的确是学得精。"说完，她就打开录音笔开始询问，没想到袁九金果真将当年胡常威精心设计和炒作的"野人娃"故事和盘托出。"没想到啊，你袁九金这么多年来骗了多少观众哟！"

"那你咋不早说？"张勤一边作记录一边问。

"我和胡常威有个秘密约定，若此事机密外泄，当年他分给我的所有收入都要全部退赔。"

"那你生吃活蛇活鸡又是咋回事？"程子寒不解地问。

"我从小就有异食癖，后来经胡常威一动员和训练，这习惯就越来越强势了，有时也是不得已，毕竟这项演出很来钱，后来不吃反而不习惯了。"

第十四章　野人娃

"听说你在演艺团那两年，都是和毒蛇睡在一起的，你不怕呀?"

"开始也怕，后来胡常威这杂种为了吸引游客，用铁链子拴着我，慢慢的也就适应了。"

"那些蛇不进攻你?"

"开始也进攻呀，但我事先服了防蛇毒药，后来就适应了。"

"袁九金啊，你真是个怪物。"邱之兰在一旁如释重负，说完立马进入正题，"你夫人祝小春是不是被徐富达强奸过?"

袁九金赶忙跑过去将里屋门关紧，他怕儿子听到了幼小心灵有阴影。"你们咋知道的?"

邱之兰一本正经地说："我们专门请程县长用易经卜过卦的，你不知道，程县长真的有特异功能。"

程子寒在一旁忍不住笑，心想这邱之兰真是个办案高手，便跟着附和道："等会儿你将祝小春的生辰八字交给我，我回去后好好推一卦，争取早些找到你老婆的下落。"

袁九金真的就信了，便老老实实讲述了因欠赌债徐富达上门把祝小春强奸了的事。邱之兰追问："现在还留有证据没有?"

袁九金想了一下，进里屋去取来一件被撕扯过的黄花内衣。"这我一直保存着，这上面有他龟儿徐富达的血迹。"

然后，袁九金又一五一十地讲述了徐富达在清风峡涉黑涉恶的一系列罪证线索，尤其还告诉邱大队："我还知道，在城里那红灯笼逍遥宫里，他们还专门设有个地下赌场，还养了一支替人收欠债的铁剪队。"

"啥铁剪队?"张勤问。

"就是他们组织的一个收债队，全是打手，每人手里一把大铁剪子，有民间欠账和赌债不好收的，就交给他们去收，他们按百分之三十至五十提成。凡不愿还款子的，他们就用大铁剪从剪破衣裤开始，一直剪到你的内衣内裤，若还不还，就剪你的指拇和男人的命根儿。"

程子寒站在一旁，听得头皮一阵发麻。"那果真剪过人的命根儿?"

"肯定有，我们村里就有人的耳朵，是被他们剪掉半块的。"袁九金还报出了具体名字和住址。

邱之兰把录音笔换到另外一只手上，十分严肃地问："还有件事，你知不知道，齐宇矿业公司在山上有开矿的黑窝子?"

"听说过，也知道大体方位，但我们进不去，那矿山里管得死，远远的就有人站岗放哨。我也没去过，只听说，进去了的人很少有再出来的。"

程子寒呼地站起来，满腔怒火地说："这还是共产党领导下的清龟山吗?"

"那长风集团开矿有没有胡来过?"邱之兰进一步追问。

"熊老板的开矿队伍还是正规的，但他们大部分原矿石，是从齐宇公司购买的。"

这时，尿桶儿一手推门跑出来，好奇地追问程子寒："叔叔，你刚才说，你手上的电子表表，是要送我的嘛!"

袁九金一把抱住儿子："今天是爸爸赌输了，下回爸爸给你买新的。"

程子寒一看眼前这娃满眼新奇，自己这电子表也不值几个钱，就摘下来送给了袁九金。袁九金推辞不要，程子寒才说："兄弟，刚才我说的那些，都是我故意蒙你的。"

"那你咋知道我祖爷爷，是石达开的贴身手下?"

"你没回来前，我已在你堂屋里看过，那门后的墙上嵌着一块老砖，那砖上有个大大的翼字，如果你家不是石达开的贴身卫士的后裔，那是不会一代一代保留这样东西的。"

"那你又咋晓得，我老爹死前吐过血的?"

"肺癌病人临死前大都是这样的，那是回光返照后的生命体征刺激。"

"原来我还是中你们计了。"袁九金边说边将程子寒递过来的电子手表亲手戴在了尿桶儿的手臂上。

屋外雷声阵阵大雨滂沱，整个房顶上哗啦啦巨响不息。邱之兰说："今年的洪水期怕是要提前了，程县长，我们走吧。"

袁九金一把拉住程子寒："程县长，你们得留下来吃顿我煮的饭，我家女人，还要麻烦你们帮着寻找呢!"

第十五章 "三清"经济

一

熊冬生很少站在长城凤凰堡门口迎候客人的。但今天不一样，市委副书记李谷雨要来此会见北京的贵客。害怕走漏风声，李谷雨特别嘱咐，连县委林旭晖副书记也只能在房间里等候。

熊冬生与李谷雨打交道好几年，这领导应该是严于律己的。凤凰山上那连排别墅装都装好了，他坚决不要。不像那孙玉珉，把手伸得老长，经常到集团来报销发票不说，房子给了一处想二处，真是人心不足蛇吞象。人家李书记却不一样，他在县委书记任上时，熊冬生趁他女儿考上大学机会送去五万块钱，他只是在里面抽了三张。有年过春节，熊冬生送去两件十五年的年份茅台他坚决不收，最后实在推不脱就留下一件，却从家里还了他一箱沱牌舍得酒。但熊冬生心头也一直纳闷，这李谷雨不贪小钱小财，会不会暗地里做些啥大买卖呢？前不久省上查处一个贪官，平时连一个小红包都不收的，却突然查出他与一个房地产老板股份合作，一笔就收了人家一千六百万元。

熊冬生和方舟集团鞠秘书在门口等了好一阵不见客人到来，鞠秘书说："常总说的和李书记一起来，会不会换场子了。"

"恐怕不会吧，房间还是林旭晖亲自定的。"

"现在领导都特别小心翼翼，中央反腐力度越来越大，中央八项规定也越查越严。"鞠秘书边说边打开手机里的镜子照看自己漂亮的脸。

"我们也没干啥非法勾当，怕啥？"

"可人家领导小心呀。"

熊冬生还没续话手机就响了，一接是林旭晖的，原来客人已从后门走地下室进了房间，二人赶忙回到贵宾楼顶楼的内部接待楼层。

宾馆贵宾楼并不高，共六层，讲究的是六六大顺。庭院式坡屋顶，第六层就显得格外宽阔。此层楼不对外，主要供集团内部接待使用，连上楼的电梯也是独立专用，进楼层的铁门上不仅装有指纹锁，还特别安了电子显示屏，未经允许，任何人是不能进去的。

熊冬生和鞠秘书走进豪华套房，李谷雨主动招呼："来来来，堡主过来坐。"熊冬生走到会客厅中央，见长沙发正中间坐着一个头发花白精神矍铄的老头，常总和李谷雨分别陪坐两边。李谷雨热情地介绍道："熊董事长，这位是方舟集团的智库顾问，侯老！"

熊冬生过去也是见过世面的，但一看这侯老稳稳坐在那里纹丝不动，便知道这一定是个大人物。现在做大企业的，往往都有两个新鲜动向，一个是热衷聘请些大顾问扎场面，尤其是好多退下来的中高层官员喜欢当这个角色；二是中央要求决策科学化，于是从政府机关到企业一夜之间便涌出了众多智库。任何场合，尤其企业商谈业务时，若身边没有智库的智囊跟随，那一定会被认为这个企业缺乏文化和决策的科技含量。

熊冬生上前躬身与侯老握手，常总在一边补充介绍道，侯老是能去海里行走的。熊冬生心头明白常总所说这"海里"的含义，便恭恭敬敬双手合十作了个崇拜的手势："侯老对小熊多多指教。"

侯老笑一笑，只见门牙缺了一颗。"你们长风集团效益不错嘛。"

李谷雨接话道："这还是我当年在县上工作时引回来的，不到六年，他们资产已过两百亿。"

侯老说："下步，就看你们和方舟集团合作的缘分了。"

林旭晖坐在一旁一直盯着侯老，一句话没说。鞠秘书挨着他坐下来，白嫩嫩的手往他腿上轻轻一碰，轻声说："林哥好像不高兴？"

"没有呀，我正开眼界呢。"林旭晖顿了一下，转身在鞠秘书耳边悄声问，"这侯老过去啥级别？"

"副部。"鞠秘书将嘴贴近林旭晖脸上亲昵地回道。林旭晖嘴里哦了一声。二人手碰在一起，相互就轻轻捏了一把，然后跟着步入套房的餐厅吃饭。

餐厅里的餐桌是特制的，金丝楠木桌面，中间并没有转盘，却放了白玉兰为主的一篮鲜花。等侯老在正中落座后，常总说："这林书记真是有心人，你咋知道侯老喜欢玉兰花？"

"听鞠秘书讲的，她还说侯老的国画很有名气哟！"林旭晖站在一边微显沉稳地回答道。

"哪里哪里，我是退下来找点爱好。"侯老谦虚地说。

桌子本来坐十二人的，现在六个人只围坐了大半圈。特别打扮过的服务小姐依序上菜，还没等到长城凤凰堡的"清龟三鲜"特色菜上来，熊总先拿出五十年的年份茅台，侯老马上制止说："虽然你们大企业有的是钱，但也不能太奢华啊！"

李谷雨忙说："是的是的，这五十年的茅台，要抵我半年工资了。"

熊冬生赶忙去换了瓶三十年的，侯老看了一眼没再说什么。大家便斟酒举杯互碰起来，相互间话都很少，整个午餐吃得格外安静。

侯老突然问："小李呀，你们这里的清龟山还是很有名气的，那山上有种绿翠玉你见过吗？"

李谷雨端起酒杯侧身回答："过去见过，但只是毛货。"

"我在北京一次艺术品展销会上见过，色泽绿润，水头也很好，只是硬度稍差些，但业界还是蛮看好的。"

常总跟着举杯过去。"如果我们这次能合作到位，就一定会为凤城县，乃至康全市的经济发展带来奇迹。"

"你们就相互创造机会嘛！"侯老并没有站起来，举着杯和常、李二人轻轻碰了碰，一小杯酒饮过半许。

鞠秘书和林旭晖邻座，侧过身子低声问林："你见过这玉么？"

"只听过传说。"

"我这里有一小块，你瞧瞧。"鞠秘书从身上掏出一个小把件，从桌子下递给林旭晖，"你看这色彩绿得多么纯正。"

林旭晖并没伸手接货，只是侧眼看了看，那翠玉的确鲜绿如清晨还带着露水的嫩竹叶，水盈盈的让人眼馋，尤其那色泽异常耀眼，分明还透出一抹粼粼的波光。"哦，真是好货。"

鞠秘书一听这个"货"字，就知道身旁这林副书记是懂玉的，便挪过头去低声说："林哥，喜欢就送给你。"她边说边将那翠玉把件放进林旭晖的手里。林旭晖坚决不要，又将那玉块从桌边下顺手送了回去，二人相互一推扯，林旭晖手与鞠秘书套裙外裸露的大腿碰在一起，只觉一种特别肉肉的感觉，仿佛触电一般。

眼看二人拉拉扯扯，李谷雨笑嘻嘻地说："嘿，鞠秘书，你可别将我们的二号首长灌醉了哈。"

林旭晖明白李副书记这是一语双关，忙随口应道："李书记，我酒量深着呢。"

常总就说："林书记若能主政风城，我们定会为你创造中国县官第一流的政绩。"

熊冬生似乎此时才明白过来今天的主题，端起一个酒壶绕过来，非要和林副书记干个小钢炮。林旭晖反复说，领导在呢。侯老就笑着说，不碍事，你们放开喝。等二人饮过小钢炮，李谷雨过来把林旭晖拉到一旁，轻声说："兄弟，我只能给你搭个平台，你自己好好把握。"

"那协议就等韩县长过政府会了。"

"她被洗脑了，你要多长个心眼，有的办法是人想出来的，反正我只支持你。"

"谢谢李书记关爱。"林旭晖双手捧杯，一口干了杯中酒。

李谷雨顿了一下又说："此事千万不能告诉郑老板哟，等水到渠成时我来提议，你过去当过他秘书，免得宏德同志为难。"

"明白了，李大哥！"林旭晖返回餐桌将鞠秘书面前的分酒壶拿过来，当着李谷雨的面一口干了。

吃罢午饭，李谷雨和常总送侯老去里屋午休。侯老留下李谷雨，常总出门随手将房门反锁了。侯老说："小李呀，常总都给我讲过你的情况了，你们的合作是有基础的，就看你们最后的诚意，我会全力助你的。"

"谢谢侯老！"

"反正大家都努力吧，能一步到位当然好，若有难度，先作市长过渡也是一种方案。"

"谢谢侯老关怀，若一步到位当然最好。"

"这就看你和常总的合作了。"

"我明白，侯老放心！"

二

今天周六，韩月川的日程安排，上午去医院看望肖一凡书记，下午参加春竹乡绿色经济发展专家恳谈会。

上午韩月川在田晓伟主任陪同下去了医院，医院邓院长一直陪着。先在院长办公室听取了治疗情况汇报，邓院长说："肖书记病情总体是稳起的，前几天请省医院的专家来会过诊，要尽快恢复神志和语言估计还有些难度。"

韩月川说："要不干脆转到省医院去治疗，毕竟那里条件和技术是全国一流的。"

邓院长却说："肖书记夫人陈大姐一直希望就在风城治疗。"

韩月川心头一暗："怎会这样？人家家属巴不得去大医院呢，我们又不要她家里出钱。"

邓院长说："陈大姐说，这里人熟便于照顾，再说现在远程医疗会诊也很方便。"

韩月川看了邓院长一眼，没再说什么，但心头却突然冒出了几许疑雾，然后一同去干部病房看望了肖书记夫人陈大姐。

从医院回来，韩月川心头七上八下又说不出个所以然。上午与肖书记夫人陈大姐交谈，看上去她心宽体胖不像病人家属那样焦急。肖书记重症病房不能进去，但透过玻璃观察窗看病床上的肖一凡，他的下半身似乎在不经意间微微动了一下。邓院长说，韩县长可能是看花眼了，这脑溢血瘫痪病人，治疗中若有动作，首先敏感的应该是手。

韩月川心想，也许真是自己看花眼了。

午饭后韩月川给刘大林打电话问程县长去向，刘大林说今天周末没有掌握。韩月川说，你找找看，希望程县长下午一同去参加春竹乡绿色经济发展专家恳谈会。

自那天常委会后，韩月川就一直没见到程子寒人影。她知道师弟在抱怨自己会上和稀泥，但自己又有啥办法呢？会上不是自己不站出来支持他，人家也同样是县委副书记，后面还有郑宏德呢，我哪敢去发生正面冲突直接撕破脸皮硬来？但最后拍板时我内心不还是向着师弟么，要不然我就直接通过文件了。之所以让林、孙、程三人再组织论证，目的就是还有回旋的余地。现在的关键是孙玉珉了，他毕竟是分管招商与项目的常委兼常务副县长，还兼着清风峡石材产业园区管委会书记。现在这把锁到底怎么开，你程子寒必须要去和孙县长碰一碰的。

韩月川有些着急，自己直接拨了程子寒电话，程子寒电话里说："我在峡口村野人娃的家里躲暴雨。"

"你怎么跑那里去啦？"

"我来解开袁九金野人娃之谜。"

"师弟研究范畴宽呢。"

"现在已证明，这野人娃故事一半是虚构的。"

"怎么会这样？"韩月川有些不信。

"我回去告诉你谜底吧。"程子寒在电话那边特别提醒说，"这山里暴雨很大，估计今年这川西的汛期要提前了。"

一听说清风峡下大暴雨，韩月川电话上安排田晓伟尽快发个文件下去，今年全县要注意提前防夏汛山洪地灾，要求各乡镇务必强化防汛值守。

下午，春竹乡绿色经济发展专家恳谈会在风城宾馆举行。韩月川到会时从省市请来的专家已经坐好。刘源森见县长到来，忙请韩月川先讲话，韩月川说，今天主要是听专家的。接着刘源森就先将全乡资源和经济发展现状作了汇报，最后，他特别抛出了乡党委政府的初步构想，意在抛砖引玉，盼望专家们能碰撞出思想的火花。

韩月川坐在主位席上，细心听了刘源森对下一步绿色发展的构想，觉得很有意思。尤其总模式叫大力发展"三清"经济，即清龟茶叶、清龟渔业、清龟康养，真还很有创意。特别是他谈到清龟山的茶旅融合、大熊猫生态研学游和龟泉康养时诙谐地说道，龟类就是长寿之物，据说最长的可以存活一万年。清龟康养可以将生态资源优势和龟泉文化深度融合起来，清龟茶遇清龟泉，长寿康养赛神仙，竟引得专家们一阵掌声。

韩月川再一翻前来参会的嘉宾名册，里面除了十多位省市专家外，更多的是企业家和投资商。她这才一下明白过来，今天刘源森搞的这个恳谈会，看是专家献计智囊会，实质是企业招商引资促成会，专家们暗地里成了春竹乡招商项目的啦啦队和助阵人。

韩月川心头暗自为刘源森点赞。

三

林旭晖在风城的临时住房说是县委组织部租的，实际上是熊冬生暗地里在长风集团开发楼盘里留了一套供他居住。

林旭晖午饭后从长城凤凰堡回来，虽然几个小钢炮催得人半醉，但还是抑制不住心头意外的兴奋。以前跟郑宏德书记跑了九年，从市长跟班到市委书记秘书整整六年，当时好几次机会可以出师独当一面的，就是郑书记为官正直生怕别人说三道四，连这次以市委副秘书长身份下派风城县都还是李谷雨提议的。郑书记马上五十八了，要想在他手里再进一程恐怕真是万难。若真如李谷雨所判断，肖一凡醒不过来，即使醒过来也难以正常履职，这韩月川又与他对着干，只要他李书记真挺自己，郑书记定会顺水推舟，那自己直接上位一把手是完全可能的。即使这次上不了书记，接替韩月川做个县长也是正县级。何况他李谷雨下步顺利接了书记或市长，就是郑书记调回省上或者隐退二线了，自己在市里总还有个硬靠山，想着想着，林旭晖全力维护李谷雨的决心就越来越坚定了。

冲了个热水澡，林旭晖心头更是热血滚烫。突然想起前次常总送给自己的青春肾宝还没启用，便打开药盒细读说明书，心中不由生起几多欲火。与在康全的老婆通了个电话，老婆说，今天医院值晚班，哪有空闲往你风城跑。

林旭晖突然回想起康全集中学习那天晚上，鬼使神差偶遇韩月川，真好奇她怎么会有《灯草和尚》这部书，想着想着，韩月川那丰腴美艳的形象便在心头翻卷。出于好奇，将那女宝药盒说明书再反复读过，就幻想着下回先偷偷给老婆试试这药力，而自己这年龄段还用不着这雄哥的，不如下回郑书记过生日转送于他老人家。

正胡思乱想着，有人敲门。

林旭晖住这里除了司机外并没人知道，便从床上爬起来趿了双拖鞋就直奔客厅去开门，拉开门一看，竟是风城宾馆的梅凤经理。

梅凤一看林旭晖穿了个短裤背心，赶忙背过身去。林旭晖也是一阵尴尬，说了声你先在客厅坐，自己急着跑回卧室套了一身睡衣裤。林旭晖的酒还没有完全醒，回到客厅见梅凤站着在等他，便问："梅总咋知道我住这里？"

梅凤将手里的餐盒放在茶几上。"这是熊董事长叫我送来的，说你中午喝了不少酒没吃东西。"

"是有些醉了，谢谢熊总惦记。"林旭晖今天见梅凤刚烫过头发，前胸高挺，小腹微隆，一身丰腴，心头猛地掠过一丝洪潮，赶忙说："梅总先坐，我给你泡杯咖啡。"

不知是酒力功效，还是刚才念想到韩月川与那《灯草和尚》，林旭晖在里屋一边冲咖啡一边强忍着胸膛里翻腾的热浪，突然看见刚才打开的青春肾宝，就取了女宝药瓶过来。客厅里梅凤娇声说："不麻烦领导，别泡咖啡了，我说完事就走。"

梅凤和林旭晖认识也好几年了，林旭晖似乎从未听到过刚才这声音是那么具有女人诱惑力，一抹妖气样的雾霭在心中猛烈升腾。林旭晖站在里屋微微顿了一下，心一邪，将一粒女宝去掉胶囊外壳，那米黄色的药粉便很快融入棕黑色的咖啡汤里。

梅凤感激地接过咖啡杯，一屁股坐在林旭晖对面："熊董事长刚才交代我，将这套资料送过来。"

林旭晖接过资料一翻，原来是一套房产登记表。"熊总这是啥意思？"

"这是你住这套房的房产资料。"梅凤边喝咖啡边回答说。

"这房不是组织部租的吗？"

"不是，这是熊董事长自己留用的，听说林书记来没住处，就让出来了。"

"既然这样，我们继续租就是呀。"

"董事长说，现在看来，林书记在风城不会只是一天两天了，下步还会挑重担，自己有套房子，方便。"梅凤又喝了几口咖啡，说话声音变得低沉软糯。

"那怎么行呀！"林旭晖此时似乎酒已醒十分，"我可以暂住，办产权是万万不可的。"

林旭晖说完就将那叠资料甩在了梅经理面前的茶几上。

梅凤续了一口咖啡站起来捡回资料，绕过茶几又亲手递到林旭晖手里。"我只是个传话的，具体你自己向董事长说去。"

林旭晖又推过去，梅凤一闪身那资料就散落一地。梅凤赶紧弯腰下去一页一页捡，半露的前胸惹得林旭晖心头那妖魔一阵狂涌，猛地上前一把抱住梅凤狂吻。

"林书记，你是领导呢！"梅凤连忙推开林旭晖，手握资料步步后退。

"领导也是人嘛。"林旭晖赶上前双手紧紧箍住梅凤。

梅凤奋力挣扎，只觉周身热血焚燃。"你是不是往咖啡里放药啦？"

"前次常总的肾宝今天才启用呢。"林旭晖的右手捞住梅凤的脖颈，左手揽着她的腰，一把将她拽进自己怀里。

梅凤使劲挣脱，林旭晖却如斗牛场上被飘逸眩目的大红布巾刺激得近乎发疯的公牛，越发激动起来，赶忙腾出一只手，迅速插入女人的怀里。女人开始疯狂抓扯，用尽全身力气阻止着这双伸向自己的发烫的大手。"你将来是县委书记呢！"

"凤儿，你就是我县委书记的人了！"林旭晖粗野地扒开梅凤的上衣，一把扯掉梅凤的胸罩。梅凤用力猛地将林旭晖一掌推开。这却反而更加刺激了林旭晖，他上前双手紧紧箍住她的腰，仿佛要把她的纤腰掐断，然后用尽全身的力气把她拽在怀里，忽地拦腰抱起直奔卧室而去。

四

下午四点半，为时两个半小时的专家恳谈会告一段落。绝大部分专家发言都十分支持刘源森提出来的"三清"经济模式，几个企业界嘉宾发言特别说，对"三清"产业未来市场看好，他们投资信心倍增。

为促进"三清"经济能真正形成产业规模，专家们向风城县委、县政府大胆提出了四条战略性建议：

一、将清风镇一分为二，涉及清龟山部分划归春竹乡，成立一个绿色产业大镇，建议同时将春竹乡更名为清龟山镇。

二、在龟泉寺下的山脚修建一条绿色产业公路，将清风峡和茶仙坪两大产业片连成一体。若环评无障碍还可打个山体隧道，使连接两地的公路可缩短一半路程，这样更有利于"三清"绿色产业连片发展。

三、清龟山冷水鱼产业发展很有市场前景。这里的气候水质温差同时更适应鲟鱼类生长，可以大胆建设中国西南最优质的鱼子酱生产基地。

四、现在旅游康养产业同质化严重，清龟山可以面向成都、重庆、昆明三大消费主市场，大力发展野奢森林空中酒店，在做好熊猫生态旅游的基础上，将茶养、泉养、林养、禅养四养融合，大力打造真正的清龟山长寿康养品牌。

韩月川听完专家建议后甚是兴奋，只觉发展思路豁然开朗，完全给县域绿色经济发展打开了一扇天门。田晓伟坐在旁边却侧身耳语："韩县长，这些思路的确是好，但李谷雨书记说的那北京方舟集团的协议咋办？"

"没事的，今天这也只是专家之言，我们可以作为一种发展方案供大家讨论。"

这时，公安局刘大江局长在会议室门口候着县长，正好会议进入企业对接恳谈阶段，韩月川起身出了会议室。刘大江见刘源森送韩县长出来，就赶紧叫住他一块儿听听情况。

刘源森问："啥事这么急？"

"有两个案子，要向县长汇报，你也听听情况吧。"

刘源森伸过头低声问："马来福有消息啦？"

刘大江神秘地点了点头。"被我们逮住了。"

韩月川说："到旁边休息室说去。"

三人走进休息室，刘大江先汇报了全县查处和打击"全能神"邪教情况，涉及人员绝大部分是贫困农民，但也有乡村干部被卷进去了。刘源森忙问："我们春竹乡，有入教的么？"

"你们乡没有。"

"这可能和农民经济状况相关吧。"韩月川冲刘源森一笑，"春竹乡这些年大抓农业产业化，农民相对要富裕些。"

刘大江却反驳道："可是，在清风镇的峡口村，村支部书记、村委会主任都陷进去了。"

"这峡口村天天闹事不安宁，原来，是这里被邪教渗透了，真不知道那胡常威基层工作是咋抓的！"韩月川眼神凝重地说。

"报告县长,蔡红宝的老婆也中邪了。"

"怎么处置?"

"对邪教骨干,有其他劣迹的,并案处理;一般性的情形,治安惩戒与教育。"

"对蔡红宝呢?"

"他还有经济问题,前次村民上访反映的村务混乱情况,还在加紧查,现在准备先治安拘留,下步再转刑拘。"

"下一步,你们公安局下派个第一书记去,这地方工作呀,基础不牢,就会地动山摇。"

刘大江把韩县长的指示记在本上,然后就详细汇报了马来福的案情。

听完情况,韩月川和刘源森都不敢相信,这马来福竟在邪路上滑得这么远,不仅参与网上赌博两年多,涉及网上赌资交易流水额累计接近两千万,而且居然还潜逃到缅甸毒三角区去现场下赌注。韩月川气愤地说:"难怪清龟山人把他列为了四大活宝器中的赌鬼。"

刘源森十分焦急地问:"他到底卷走了我们乡上多少钱?"

刘大江翻开一个笔记本,十分沉重地说:"我们只是从账上初查了一下,前前后后挪走了二百七十多万,其中还有两笔是从清龟山茶叶公司划走的,最后借走的那笔十八万,是乡政府的扶贫专项项目款。"

韩月川问:"其他还有啥大额的资金账务?"

"这要等逮回来审一审才清楚,但县公安局接到他过去诈骗和借款报案的就有十几起,他甚至连家里的房子都拿去抵押贷款了。"

韩月川站起来愤然骂道:"混蛋!这哪里是赌鬼,我看,他完全是中了赌邪的妖孽!"

韩月川沉着脸回到会议室,专家和企业界的嘉宾们已将项目恳谈对接完毕。

韩月川转眼间大喜,居然现场就有三个投资项目得以基本敲定:

一个是成都蜀旅上市公司计划投资五亿元先建设清龟山野奢森林空中

酒店一期，其主要特点是不占耕地，平地草坪上用废弃的火车厢改造成亲子家庭旅养酒店，山坡森林中主要建设鸟笼式吊装情侣浪漫屋，这个必定被市场看好；

二是西安大风农业投资集团，准备投资一点五亿元建设大风鱼子酱项目；

三是市文旅集团控股，和县文旅集团联手打造大熊猫生态研学旅游基地和清龟茶旅融合两个项目。

眼看还有几个企业家也跃跃欲试，韩月川十分高兴地表态道："欢迎更多企业家来春竹乡，来风城县投资兴业，我韩月川一定当好大家的保姆。"

与会者热烈鼓掌。

突然，刘大林匆匆跑进来："韩县长，清风镇出大事啦！"

韩月川一递眼神，田晓伟和刘源森紧跟着县长走出会场。"大嘴巴，啥大事？"

"峡口村龟石坡发生大面积塌方和泥石流。"刘大林焦急地说。

"目前有人员伤亡吗？"

"刚才值班室接到报告，我又电话上问了胡书记初步情况，涉及被冲走的农户有四五家，具体数字还在摸排中。"

"那袁九金家的房子还在不？"韩月川焦急地问。

"胡常威书记电话里说，泥石流就是从野人娃那里开始大滑坡的。"

"问一下大刘，对蔡红宝采取措施了没有？如果还没行动，暂缓。"

"好的。"

韩月川突然想起程子寒。"你再打一下程县长手机。"

"咋啦？"

"他中午就在袁九金家里。"

刘大林拿起电话拨打两次。"打不通呢。"

"走，我们快去峡口村，这下，果真是出大事了！"

第十六章

堰塞湖

一

林旭晖觉得自己终于读懂了什么叫作人生得意须尽欢，昨天下午那实在是从没有过的爽。尽管起初梅凤还万般抵挡，但终究抵不过那女宝的药力，到后来翻云覆雨梅花重度，一下让人遍身筋骨瘫软，连梅凤什么时候走的也不知道。因为明天是周日，半夜里索性关掉手机呼呼大睡，并不知道清风峡里发生了天大的地灾泥石流。林旭晖一觉睡到第二天天亮，还是司机前来敲门，他才从倦怠惺忪的睡意中醒来。一听峡口村出大事故了，他赶紧爬起来顾不上洗脸上车直奔清风峡而去。

等林旭晖赶到现场，已是上午九点过。他下车一看，市委书记、市长、副书记李谷雨、副市长兼公安局局长郭强和县长韩月川正在现场紧急开会研判。抬头一看河对面那龟石坡上，红朗朗半面坡都滑到清河里了，加之齐宇矿业倾倒的矿渣挤占了半边河道，暴雨一来，整个清河就形成了一个巨大的湖泊——堰塞湖。暴雨虽然停了，但堰塞湖水面还在剧烈上涨，龟肚坝低缓处那些养鱼塘已被淹没，整个湖面离这工业园区厂房就仅有十多米了。

郑宏德转过头看了林旭晖一眼，阴沉着脸问："怎么现在才来？"

"周末我回市里去了，家里娃娃生病了。"

"简直没点敏感性！"郑书记说完就大声命令道，"现在立即成立抢险救灾指挥部，分成两个层级，总指挥由我和市长担任，相关领导同志作为副总指挥和成员；指挥部下设立四个工作组，第一个组由我和市长牵头，韩月川具体负责。必须在今天下午三点钟前解决堰塞湖问题，否则后果不堪设想，立即报告省政府，请求省消防武警和航运水务部门全力驰援。"

有人端了两把椅子过来，书记、市长便各自坐下，电视台记者马上调整了摄取新闻镜头的最佳位置。郑宏德继续说："第二组由副书记李谷雨牵头，县人大常委会主任仲兴同志协助，负责继续全力搜救群众。昨晚大家忙了一夜，再辛苦也要以最大限度救人为重点。目前已查明倒房两家，被泥石流卷走四户，幸好是在白天，好些人都在山上采茶，不然，失踪的人数咋才八个！"

站在身后的韩月川补充道："报告书记，这八人里还不含程子寒副县长和两个上山办案的公安警察。"

李谷雨插话道："这三人究竟核实了没有？"

"现在只能算疑似失联，我昨天中午一点钟打过一个电话，程子寒和两位警察正在袁九金家里吃饭躲雨，现在他们几个人的电话都打不通了。"

市长说："你们继续寻找，上报数据暂不加进去。"

"就按市长说的办，上了十人性质就变了。"郑宏德手在半空中一扬，继续安排工作，"第三组由分管农业、民政的副市长牵头，县上由小林负责，进一步摸排和转移危险居民，安抚受灾群众，千方百计确保他们有房住、有饭吃，绝不能再发生次生灾害死人，并确保社会稳定不惹事端，否则，你林旭晖就地免职。"

林旭晖信心十足地回答："明白任务了。"

李谷雨插嘴道："旭晖同志基层不太熟，是不是安排政协主席协助一下？"

"好，文运昌本身就是这清龟山人。"

郑宏德站立起来，疲惫地伸了伸双臂，又继续说："第四组，由市委秘书长牵头，马上通知全市各县区、各乡镇，立即行动，举一反三，全面排查，严防此类事故再次发生。"

二

肖辛芯是中午看省电视台午间新闻，才得知清龟山发生地灾泥石流重大事件了。

因为程子寒分管招商引资与生态环保，肖辛芯根本没有想到老公会疑似失联。是她打电话给程子寒始终打不通，才找到联系程子寒工作的刘大林主任电话，但刘大林吞吞吐吐不敢直言，也没联想到这程子寒可能会出事。

昨晚眼皮一直跳，肖辛芯还在抱怨这程子寒当了县长乐不思妻，周末连电话也没一个。今早起来，她打电话还是打不通，只以为这小子肯定睡懒觉了。上午陪母亲去医院做胃镜，眼皮还一个劲地跳。中午电视上报道说，风城泥石流目前已发现有干部群众八人失联，才使肖辛芯一下意识到程子寒可能是出事了。

肖辛芯找到母亲说此事，说着说着就哭了起来。

"看你们平时见面就吵，现在这样着急，原来两人间还是有真感情的。"

"那是条人命啦！"肖辛芯说完就央求母亲给市委书记郑宏德打电话核头一下。"出了这么人的事，市委书记肯定在现场。"

当妈的心软，掏出手机直拨郑宏德电话。电话是郑书记秘书接的，问程子寒副县长有危险没，秘书不敢随便回答，将电话交给郑宏德。郑宏德书记在电话那头直截了当地回答道："子寒同志现在联系不上，我们正在全力寻找，但没在失联的八人中。"

肖辛芯一听人就懵了，立马就要开车赶赴风城县。母亲怕她开车出意外，赶紧叫来自己的专车司机，开着肖辛芯的私家车直奔风城而去。

当肖辛芯赶到风城县城，刘大林已在高速路口迎她。见面一看表情，肖辛芯就知道凶多吉少，忙急着要赶往事故现场。

刘大林说："肖处长，你不急，现在还在全力寻找呢。"

肖辛芯有些不解："他怎么跑到那荒山野岭去了？"

"周六没事，他和县国保大队邱之兰一块儿上山去的。"

"邱之兰是个女的？"肖辛芯微微一惊，立马追问。

"是个女警察。"刘大林知道自己大嘴巴又惹祸了，赶忙补充说，"邱之兰是县公安局国保大队政委，他们上山是去查案子。"

"他程子寒又不分管公安，他跟去查什么案子？"

"主要是涉及乱开采矿石破坏了生态环境，上个月农民们还把死人尸体都抬到县委大院了，程县长分管环保呢。"

刘大林一看肖处长听他这么说没再开腔，便劝说道："肖姐，我们先去吃点东西，现场有什么消息我们再去。"

肖辛芯头一回："走，你领我去现场，现在哪还有心思吃饭哟！"

当刘大林把肖辛芯送到峡口村现场，已是下午三点四十。省政府马副省长现场指挥多路人马刚刚完成堰塞湖的爆破作业。肖辛芯登上石材产业园区一个高平台，只见一个偌大的湖面上好几艘冲锋舟正在来回穿梭。湖面西南端刚刚炸开的两个巨大决口处，洪水向着西南方向汹涌奔泄。

刘大林手指对岸那一面滑坡体介绍说："那就是龟石坡，中间那条红土带，就是昨天傍晚大滑坡和泥石流现场。"

"刚才来的路上我专门在网上查过了那个野人娃的故事，他们家就在对门那面坡上？"肖辛芯阴沉沉地问。

"肖姐，程县长昨天出事前还电话报告过韩县长，他已查明那个野人娃的故事一半是虚构的。"

"那就说明，子寒昨天就在现场，如果野人娃的房子都被埋了，那他多半……"肖辛芯话没说完，一下蹲在地上失声痛哭起来。

听说程县长夫人来到了现场，郑宏德书记在韩月川的陪同下专门赶了过来。刘大林在肖辛芯耳边说："肖姐，市委郑书记过来了。"他说完后一把轻轻扶起肖辛芯。

郑宏德与肖辛芯握手。"小肖呀，不着急，现在正寻找呢。"

"郑叔叔，怕是凶多吉少了。"

"一切奇迹都可能发生。我和你妈妈刚刚才又通过电话了，不管发生什么事，首先是，你不能倒下！"郑书记说完就转身对身旁的韩月川说，"月川呀，现在大的事都基本稳定了，你马上安排一下，让肖处长先回城去住下来好好休息。这边继续寻找，我已安排公安局动用上了生命探测仪和两条警犬，争取在天黑前能有个结果。"

郑宏德说完就陪马副省长去了，肖辛芯擦干泪水，说了一声："谢谢郑叔叔。"

韩月川走过去，肖辛芯一把将她紧紧抱住，大声恸哭起来。

"我和子寒是师姐弟，我没照顾好他。"

"当初我不同意他下派，他非要来，你看这把命都弄丢了。"

韩月川安慰说："妹妹莫乱说，子寒是好人，好人自有天保佑。"

刘大林走过来，也劝说道："肖处长，你要相信奇迹。"

韩月川对刘大林说："刘主任先陪肖处长回城去休息，办公室安排个女同志，要照顾好。我马上去指挥部，马副省长四点半钟召开现场办公会。"

肖辛芯却坚持守候不走。

韩月川亲昵地抚了抚肖辛芯："妹妹听劝，你先回去，我们晚上见。"

韩县长说完就直奔抢险救灾临时指挥部，途中碰见春竹乡刘源森正带着一路民兵走过来，一身迷彩服上满是泥浆。

"源森也来啦?"韩月川上前与他握了个手。

"知道这里出事故了，我们乡上组织了一支民兵救援队，连夜赶过来的。"

"你们春竹乡一直和清风镇较着劲呢，关键时刻还是邻居好。"

"再怎么说，都是发源于同一座清龟山，同根同脉嘛。"

"碰见胡常威没?"

"我和他之间再大的仇恨，那也只是个人恩怨。"刘源森疲惫的脸上露出一丝轻松的笑意。

"看来，你老刘是条真汉子。"韩月川表扬道。

"哎，人嘛，谁都有穿开裆裤的时候。"

"昨下午那几个项目签协议没有？"

"签了两个，成都蜀旅集团还要回去过董事会。"

"现在看来，这清风镇的'三石'战略，是赢不了你们春竹乡'三清'经济的。"

三

山洪渐渐退去，龟肚坝上全是一踩一个坑的稀泥浆，四处散落着不少废木料、破落家具和废塑料布块。

刘源森带着民兵救援队匆匆向前行走，按照任务分配，他们负责帮助龟石坡上两户受灾农家搭建临时住处，同时协助搜寻周围失联人员。

半面山坡断断续续垮塌后，加之开采出来还没来得及运走的锰矿石满山坡堆放无序，上山的路变得十分陡峭而溜滑。刘源森一行手脚并用，前后互相推拉，好不容易爬到半山腰一台坪地。

突然，他们发现了一只大熊猫。

在坪地西头的树丛里，一只山羊大小的大熊猫一跛一跛地朝他们走过来，行动迟缓，时走时停，还不断喘着粗气。

刘源森十分奇怪，自从这龟石坡开始爆矿采石以来，已经好多年不见大熊猫了，今天咋会来了只神秘的大熊猫？大熊猫本身是很羞怯的，初次见人时往往都会紧急回避，而现在看那大熊猫模样，走走停停，摇摇晃晃，突然就侧趴在一块避风石旁不动了，那黑白花头直朝人们不停地张望。

大家啧啧声不断。

陈林在身后说："听说这大熊猫也遵循'人不犯我，我不犯人'的法则，只要你不侵扰它，它是不会主动攻击你的；你若要故意招惹它，它也会攻击人，且攻击起来很厉害，可以把一辆小车拱翻的。"

刘源森低声说："这大熊猫虽然有很多古怪习惯，但它性情温顺，又具有丰富的情感，且极有灵性，我看，它一定是生病了，才跑出来向人类求救的。"

"不会吧！这大熊猫会跑这么远来向人类求救？"陈林说。

"野生大熊猫一般不会轻易到人类居住的地方来活动，除非生病或饥饿难耐时，它才会下山来寻求帮助的。"刘源森特别强调说。

"那让我先去侦查一下。"陈林说完就蹑手蹑脚走过去靠近一看，的确是大熊猫受伤了，肚腹上有血痕，一只前爪好像被石头砸断了，身上好大一片白绒毛被血染过。"刘书记，这猫是受伤了。"

刘源森一行轻手轻脚慢慢靠过去，那大熊猫也不惧怕，乖乖地侧躺着，还故意将受伤的小肚腹亮了出来。大家仔细查看，这只大熊猫是被乱石砸中的，身上的伤口已经感染化脓，看起来整个身体都十分虚弱。

刘源森试着用一根树枝丫轻轻撩拨了几下大熊猫身子，那大熊猫乖乖地伸了伸头。他又伸过手去轻轻抚摸了一下伤口，大熊猫转过头看了刘源森一眼，猩红的舌头吐了出来，口涎水长长地吊在嘴上，眼睛里明显有泪花在闪动。

"陈林，赶快报告林业局，要他们立马派车和技术人员，我们这就护送大熊猫去清龟山野外救护站。"

接下来，春竹乡民兵抢险救援队迅速兵分两路，一路由陈林负责，在村子里找来担架和棉絮被单，小心翼翼包裹好受伤的大熊猫，大家轮流抬着担架飞快往县城里赶，市林业局已联系好大熊猫救护站的专车和技术专家在高速路口等候；另一路由刘源森带队，继续搭建受灾农户过渡房，并协助搜寻程子寒县长与两位失联的办案警察。

抬头仰望渐渐暗淡下来的无比低矮的天空，刘源森忧心忡忡地默念道："天地保佑啊，这受伤的大熊猫不能死，自己心中敬重的程县长也不能死啊！"

四

　　临时指挥部设在峡口工业园区管委会。韩月川赶到管委会会议室，省市县三级联合现场办公会刚刚开始。

　　马副省长首先传达了省主要领导的批示和指示精神。马省长特别解释说，省上两位主要领导正在北京开会，如果失联人数超过十人，省长得立马赶回来，这是国务院应急与安防条例的硬性规定。

　　郑宏德汇报说："目前我们都一一核实了现场，有六人被大滑坡和泥石流冲走，这些人估计已经遇难；有三人被塌方和垮房掩埋，现已救出一人，其他的正在现场开挖救援，只要有一线生存的希望，我们都要不惜一切代价全力施救；现在悬着的是下派副县长程子寒和两位进山办案的公安警察，因为不知道他们昨天下午具体行程，现在还在四处寻找，市里调来了最先进的生命信息探测设备和公安警犬，等到今天下午六点后，我们再向省里上报具体消息。"

　　接着，市里补充了两点向省政府申请救灾款项与救灾物资的请求，马副省长问其他同志还有说的没有，其他同志都摇了摇头，然后直接讲了下步工作五条意见：一是继续全力搜救，尽量少死人；二是做好堰塞湖清理与善后工作，尤其是要注意灾后防疫与农田恢复；三是务必全力、热忱、细致地做好受灾群众安置工作，有序启动灾后恢复重建；四是全面清查和加固滑坡体，全域进行拉网式大排查，严防本地次生灾害和管辖区域内类似事故再度发生；五是成立省市联合调查组，尽快、深入、如实查清这次事件的责任和问题，千万要找到症结、吸取教训。

　　马副省长讲话条理清晰、干净利落，前面四条稍作阐述之后，对第五条讲得尤其具体而严格："同志们，这清龟山是国家自然保护区，又是大熊猫核心栖息地，我几年前来过，现在怎么弄成这个样啦？漫山采矿，四处开挖，我记得这龟肚坝还是省上批的优良粮菜基地，怎么全都成了开发用地？总书记一再告诫我们，'绿水青山就是金山银山'。为什么这清龟山会突然发生这么严重的大滑坡和泥石流？我过去也收到过一些群众来信，不承想这样严重，你们市县两级要好好自我核查，全面深刻反思。省上主要领导同志说了，对这次事件，省上派调查组，市里配合，将严查到底，决不姑息迁就。当然，同志们这次抢险救灾和应急处理还是积极而成功的，大家都很辛苦，我代表省委、省政府慰问同志们！"

马副省长讲完话，大家沉闷地鼓掌。

郑宏德说："我们下来认真贯彻好马省长指示要求，请市长陪同省长返程，我们留下来继续开会。"

郑宏德把马副省长和省直部门领导送出会场，就迅速返回继续开会。会场里人变少了，但气氛却更加凝重。郑书记阴沉着脸，看着大家半天没说话。

清风镇党委书记胡常威坐在后排，起身蹑手蹑脚地走到前排，小心翼翼地问郑宏德："书记中午饭都没吃，先吃点东西再开会？"

"同志啊，这还能吃得下饭？"

坐在旁边的李谷雨白了胡常威一眼，会场里没人再敢说话，整个会场寂静无声。

隔了一会儿，郑宏德又才开口说："月川，看来大家也都饿了，那你派人去弄些面包饼干来，大家就边吃点点心边开会吧。"

大家异口同声说："我们不饿，听郑书记指示。"

"没那么多的指示，该讲的刚才马省长都讲了，我们就研究下步具体工作措施。"郑宏德说完就侧身请李谷雨副书记先讲讲意见。李谷雨忙说："听郑书记的，我们抓好落实。"

郑宏德又抬头问韩月川："县上还有啥说的？"

韩月川说："我们工作没做好，请郑书记批评！"

郑宏德沉闷着又看了看，林旭晖突然站起来："我想大胆提个建议。"

郑宏德头一抬："坐下说。"

"我们风城县委书记一凡同志，因脑溢血住医院快两个月了，出了这么大的事，还要进行全面清理整顿，建议市委进一步强化对县委的领导。"

在场同志都没想到林旭晖提出这个问题。韩月川心头一惊，不知道林旭晖肚子里卖的哪服药，但又怕被领导误解，忙附和道："我附议旭晖同志的请求。"

郑宏德双眉一紧，略一思索后讲道："这样吧，大家都很辛苦，从昨晚一直战斗到现在，我们就长话短说，我讲四项具体工作。总的要求是，同志们一定要深刻领会和落实好省上主要领导批示和马副省长刚才的五条工作要求。"

郑宏德看下面有几个同志正在四处找笔和本子，就立刻说："这是应急抢险救灾特殊时期，没带本就记在心头，我怕的是你们记在本上却忘于九霄云外。"

李谷雨忙笑着说："书记您讲，我们坚决抓好落实！"

郑宏德简明扼要地讲了四项具体工作安排：

一、从即日起，立即暂停清龟山上的一切开矿采矿，石材产业园区将现有原料加工完后暂时待命。

二、市里立即组织专门班子，对清龟山矿产开发的审批和管理全面清核，不针对人，主要是将过程查清楚。

三、市里成立专项调查组，对刚才马副省长讲的这龟肚坝的土地问题，尽快核实清楚。

四、为了加强凤城县特殊时期的工作统筹，市委指定挂联凤城县工作的李谷雨同志，为凤城县当前工作临时总牵头人，具体工作还是由韩月川同志负责。

郑宏德书记讲完话，林旭晖带头鼓掌，胡常威跟着不多的几个人鼓了掌后，全场一片静寂。韩月川毕竟还是凤城当前实际主持全面工作的，将本和笔丢给刘大林，急忙走上前去送郑宏德书记，坐在一起的林旭晖随即跟上。走在前面的李谷雨故意慢下来轻轻扯了林旭晖一下，待韩月川一行鱼贯而出后才低声说："在这样麻烦聚焦时，你咋出这样的馊主意？"

"书记，我可是为你着想哟！"林旭晖一脸委屈，"你来牵这个头，什么事还是你说了算，即便遇到麻烦事，你还能够主动化解，如果是韩姐姐掌握主动权了，那你就必然被动。"

"你说的也有道理，只是这县上一大堆烂事搅在一块，太费精力了。"

"不是还有我嘛，李大哥！"

林旭晖想表达的意思再明白不过了，李谷雨会意地拍了拍他的肩膀，二人才愉快地走出了会场。

韩月川送走郑宏德书记后，还站在李副书记的汽车旁等候着。胡常威主动走上前请示李谷雨："老领导，到镇上吃了晚饭再走？"

"我往哪里走？现在不又将这风城的挑子扔给我了嘛！"李谷雨声音很大，仿佛是故意说给在场人听的。

韩月川顺接过李谷雨的话头说："你是风城老书记，关键时候我们需要您回来掌舵。"

林旭晖却说："谷雨书记，你只管下命令，我一定配合韩县长冲锋陷阵勇往直前。"

李谷雨突然脸一阴："下什么命令？逮人？还是炸矿？看你们捅下的这大窟窿，乱开乱采乱占耕地怎么到了如此地步？中央三令五申要保护好耕地和生态红线，你们怎么搞的呀？你们是什么政治站位？回去好好反思一下，千万不能弄成全省的一个反面典型。"

全场人一下都傻了眼，林旭晖双手一摊，摇了摇头。韩月川想说什么还没说出口，李谷雨已匆匆坐上自己的越野汽车走了。

刘大林在韩月川耳边说："嗨，怎么一下全成我们的过错了？"

韩月川长叹了一口气后，转身问胡常威："怎么一整天都不见蔡红宝？"

"昨下午派出所拘人，他娃听到风声后跑了。"

"跑了？"

"现在救灾，还没精力去找他呢。"

"看你们咋管的人！"韩月川走了两步，又回头说，"你还是先去弄些

第十六章　堰塞湖

225

吃的来吧，其余人跟我回指挥部，接下来的救灾防灾事还多呢。"

林旭晖却说："韩县，那我就回县委办去坐镇值守哈?"

韩月川顿了一下，以严肃口吻回道："行，那面上的摸排和防灾就交给你了，若出事，姐只找你！"

刘大林一听，这韩县长虽系女流，但这回话绵里藏针，高！首先表明，我韩月川目前还是临时主持风城工作的一把手；二是明确告诫你林老弟，姐也是有脾气的。

正说着，公安局一号警车赶到。刘大江局长从车上匆匆下来。韩月川急忙迎了上去："大刘，程县长有消息啦?"

"不幸啊！"刘大江从手包里取出一只电子手表。"我们从程县长座驾上取了样，两只警犬满山转了近两个小时，终于在泥石流堆积滩里找到了这只手表，同时还挖出来一个五岁小孩，村里人认出是袁九金的儿子。"

韩月川接过手表一看，愣了一下，十分痛心地说："这是子寒手上那只表，上周散步，他还摘下来为我计过时的。"

第十七章

天　坑

―

　　韩月川拖着疲困的身子赶回县城，才知道程子寒夫人肖辛芯已住进了医院。

　　刘大林电话里报告说，办公室文秘科长喻小菊正陪着肖处长清理程县长在周转房的住所，县公安局一位警察进屋请她辨认那只电子手表，肖处长瞬间晕厥倒地，大家立即把她送到了县医院急救科。

　　韩月川到达县医院时天色已晚，刘大林和县医院邓院长已在医院门口等她。韩月川走下车，一看自己满裤腿是泥浆，就到一楼医护卫生间洗了把脸，用湿毛巾简单地擦了擦，但裤腿上泥痕依然明显。刘大林递过去一盒牛奶，韩月川边喝边问邓院长："肖处长没啥大碍吧？"

　　"主要是低血糖加意外刺激，休息一下应该没啥问题。"邓院长回答说。

　　韩月川来到急救科，肖一凡夫人陈姐正好从病房出来，忙招呼道："陈姐也在。"陈姐一把牵住韩月川的手："韩县长，那程县长，真的埋进去啦？"

　　韩月川沉沉地点了点头。陈姐郁郁感叹说："这多好的人呀，两次来看过我们老肖，还自己掏钱买了一大包奶粉，可这人咋说走就走了！"

"肖书记这两天咋样？"韩月川问。

"哎，县里出这么大的事故，他又出不到力，实在是辛苦县长了。"陈姐说完就转身走了，神情怪怪的，一脸的郁闷，又仿佛是无可奈何的神色。

韩月川走进病房，肖辛芯慢慢坐起身子，二人啥话没说抱成一团痛哭难已。

"妹妹，事都出了，你要保重！"韩月川理性地直起身，帮肖辛芯理了理蓬乱的头发，再帮她拭去一脸的泪水，然后扶她轻轻躺下。肖辛芯双眼红肿，两目呆滞，睡在病床上没精打采。韩月川对邓院长说："还是把液输起，都一天没吃东西咋行！"

邓院长轻声说："肖处长拒绝输液呢。"

"那不行，如果她再出啥事了，我们良心何安！"韩月川强硬地说，好像也是说给肖辛芯听的。见邓院长转身出门去了，韩月川对刘大江说："你去弄点鱼汤饭来，我陪肖处长吃。"

"不用了，韩县长，我睡一觉就好了。"肖辛芯可能是伤心过度，话没说完，又一下昏了过去。

站在一旁的喻小菊赶忙跑出去叫医生，屋里就剩下韩县长一个人，她一屁股坐在床沿上，忍不住低声哭泣起来。"妹妹呀，我是他师姐，我和你一样心如刀割呀！"

程子寒意外失联，让肖辛芯、韩月川两个女人都突然一下坠入茫茫无边的悲情天坑里，但一直稳住在七楼干部病房的县委书记肖一凡，今天也同样掉进了一个深不可测而又难以自拔的自责的巨大旋涡中。

夜深人静，万籁俱寂，整个干部病房楼层空无他人。肖一凡丢下手里的保温饭盒，纠结万分地在狭小病房里来回走动，苦闷沉沉没说一句话。医院邓院长和书记夫人坐在一旁不知所措。

肖一凡在这监舍一样的危重病房里，简直是生不如死度日如年。早知现在这样一种危局，当初他是绝不会故意装病躲藏起来的。肖一凡马上就要跨入自己又一个本命年了，但这两天反复扪心自问，自己就仿佛一具屁都不是的行尸走肉，活了四十七岁完全是别人的一缕嫁衣。学生时代自己成绩冒尖完全可以去读高中最后考入名牌大学，但父亲说家在农村还是早就业早挣钱，这才初中毕业就去考了个师范学校。在学校里自己也曾有心仪女孩，但父母指腹为婚的陈家从小往来，实在搁不下情面，为不当陈世美咬着牙别过心爱的女同学回家匆匆完婚。参加工作后本来当个中学校长啥风险没有，但自己好像命中自带官运，三十多岁就以无党派人士结构性配进了县政府班子，后来便又申请入了党。要是当初继续保持党外人士身份，说不定现在自己早进市级领导班子了。

肖一凡在病房里来回踱步，心头想起李谷雨这个铭心刻骨的名字。按理说，自己这一路全靠此贵人帮助，从进常委到作县委副书记、书记，每一步皆由此恩兄提携，但自己却越来越喘不过气来。恩兄出的题越来越难解答，那不断加码的重压老让他想起过去读过的柳宗元那《蝜蝂传》。"蝜蝂者，善负小虫也。行遇物，辄持取，卬其首负之……极其力不已，至坠地死。"蝜蝂是一种善于背东西的小虫，它在爬行中遇到东西就抓取过来仰头背上；背负的东西越来越重，最终被压倒爬不起来。有人十分怜惜它，替它除去背上的物件，可它只要能够爬行，又会像原先一样抓取物件不断，直到被重物压死。

肖一凡觉得自己完全就是《蝜蝂传》中那可怜兮兮的蝜蝂小虫子，而这不断加压的重力不是自己对权力的贪恋，而是别人在不断加压推着自己向前走。那天晚上当着常总面李谷雨还一再表态下步会力荐自己进市委班子，但肖一凡却感觉自己已是压力重重惴惴不安：我不排斥权力，但我得首先保住自己的性命啊！

这回李谷雨书记交办的任务实在是非同小可呀，事关国家事权的矿权出让，那常总胃口好大，弄不好自己是要丢官吃牢饭的。以前办很多事从来都是按领导意图运作的，哪怕事后恩兄将所有批条和签字都一一收回了，自己担的风险也大不了是擦枪走火河边湿鞋。但要我肖一凡表态将茶仙坪的玉矿以花岗岩名义协议整体出让，这可是事关重大矿权公开评估、

第十七章　天坑

公开竞拍出让的反腐重点啊，谷雨大哥，不是我肖一凡官场里打翻天印，而是我个子小力气弱实在背不起走不动呀！"

坐在一旁的书记夫人实在忍不住，站起来大声说："你就这样一辈子躲在这里白天装死、晚上偷偷摸摸爬起来吃饭？"

"你小声点！"肖一凡赶忙走到门口偷偷倾听屋外声响。静坐一角的邓院长赶忙说："书记，两道门都关严实啦，不会有人的。"

"邓老弟，你是我从省医院专门挖过来的，谢谢你这两个月来帮我打掩护，我实在是没办法呀，这官场如战场，你我身后无大树，好多事只能惹不起躲得起。"

"不是大家都说，你是市委李谷雨的人吗？"

"不提他了，不提他了。"肖一凡说完，又上病床半躺了起来。

"你不要又上床睡瘟觉，你还是个男人不呢！"书记夫人走到床边，满怀怨气地厉声说，"邓老弟，我就是一个乡下妇女，但我今天也想说几句。"

邓院长忙迎上来。"陈姐你尽管说，我这饭碗都是肖哥给的。"

"邓老弟，我憋了一辈子的话，今天要讲出来。"陈姐拖了一把椅子在病床边坐下来，极其严肃地说道，"都说我这一辈子攀了一个县委书记，人前世面风光无比，但邓老弟，我今天也没顾忌地告诉你，我和你肖大哥这日子过得不行，看起来相互尊重，家和万事兴，甚至夫妻间连架都没吵过一回，省妇联还给我们颁发过五好家庭的大红奖牌。但两口子一年到头分居，再告诉老弟一个丑话，我们之间已有好多年没有夫妻生活了。"

肖一凡赶忙解释说："我不是身体不行吗？你看我这辈子上过歌舞厅吗？我去外面嫖过娼吗？在女干部中我有过情人吗？我贪过别人的钱财吗？我真的是守住了交流干部底线的。"

邓院长听到二人间这突然一争吵，不知道自己该怎么劝说，就拿了一瓶矿泉水递给书记夫人："陈姐，要是我早知道这些，医学上还是有办法的。"

书记夫人拧开矿泉水瓶狠狠地喝了一口，突然变得十分强势地说："邓老弟，有些病不是药物能治的。你肖哥是骨子里缺钙，什么事都听别人的，前怕狼后怕虎，患得患失，哪像个男人家，哪像个一县之主！"

肖一凡坐在病床上，忙制止夫人说："你这扯远了哈。"

"啥扯远了？你说你不嫖不赌不贪就是好男人？我们村里那公狗都知道找母狗发情，你每次都说用进废退，你还是个男人吗？"

邓院长忙上前劝说道："陈姐莫这样说，现在一个县委书记也难啦。"

"什么难啦？"书记夫人声音更加严厉起来，"遇到一点难事就躲起来，你睁眼看看，都出这么大的事故了，八条人命呀！还有那个省里派下来的程县长，好些人听说你得了脑溢血躲都躲不赢，这病房前门可罗雀，可他还自己花钱买了礼品来看过你两回，这么好的人都丢了性命，你作为一个县委书记，却还躲在这病房装死做乌龟，我都替你这大男人羞脸！"

病房里好一阵子寂静。隔了很久，肖一凡终于开口说："那这样吧，这长期躲在医院里也的确不是办法，我们分成三步走：第一步，邓老弟明天对外宣布，就说我已经苏醒过来，但还是神志不清；第二步，等省市来调查这次事件时看我责任有多大，若大了，还得躲一躲装一装，那些开矿手续都是李谷雨叫办的，他把批条都收走了，我自己背不起的，也不好去出卖恩人；第三步，等事过了再正式复出，即使当个调研员都行。"

邓院长长长舒过一口气："也只能这样了。"

二

听说肖一凡在医院醒过来了，林旭晖一上班就找到来县临时办公的市委李谷雨副书记："老板，没想到他真还能醒过来。"

"怕啥？醒过来不意味着能正常履职，何况他肖一凡还是我的人嘛！"李谷雨将手中文件一放，揉了揉自己双眼，又轻描淡写地补充道，"你现在要提防的，是街对面那位姐姐。"

林旭晖在桌对面的椅子上坐下来，神秘兮兮地说："我昨晚问了一下孙玉珉，这两年批的矿和征地手续，全都是她研究办理的，听说有一次我那美女姐姐还在政府常务会上公开抱怨过，县委定的事从不签字又不出纪要，这政府压断腰杆苦楚无处说，我估计此次追责下来，恐怕她是走不到干路了。"

李谷雨听到这里好像突然想起啥事，忙叫林旭晖通知办公室主任田晓伟马上来一趟。林旭晖立即打过电话，并从墙边拖了一把椅子过来。李谷雨站起来说："省市调查组上午就要到来，你是新人比较超脱，你去全面接待和统筹，也代表我。"

林旭晖问了一下北京侯老和常总走后的情况，李谷雨笑着说，一切正常，万事俱备只欠东风。林旭晖略微思忖后问："现在这形势变紧张了，我们咋操作那矿山？"

李谷雨手一摆："车到山前必有路，事都是人干出来的，关键是你要坚定信念。"

这时田晓伟敲门进来，李谷雨绕过去拍了拍田主任的肩膀问："回办公室多久啦？"

"快三年了。"

"马上换届了，刚才林书记也是林部长还专门推荐你呢。"

"谢谢二位领导栽培。"田晓伟一脸激动万分的表情。

"文运昌马上五十八了，我们正力推孙玉珉同志去接政协主席，若这个位置空出来，晓伟你要好好争取。"李谷雨满脸露出慈祥与关爱。

"这恐怕难哟，我常委都没进呢。"

"事在人为嘛，你应该主动争取。"李谷雨说完就示意林旭晖副书记去迎接省市专案调查组。等林一走，田晓伟就主动问李书记有何指示。

李谷雨在沙发上慢慢坐下来，然后招呼田晓伟紧挨着落座。"当年，派你去春竹乡任党委书记，还是有不少反对声音的。"

"李书记，当时若是没你，那我现在还在办公室里管文秘呢。"

"你能记得这些就好。"李谷雨顿了一下才接着说，"现在有件事，需要你去善后一下。"

田晓伟立马精神一振，坚定地回答："请老书记指示，我，你应该信得过。"

"那好吧，我就拜托小兄弟了。"李谷雨拉过田晓伟的手，使劲握了握，深思了一下才说，"你知道的，我和马良县长有些过节，他一直在弄我的黑材料。这次峡口村出事故了，专案组马上就到，前两年批那些地和矿山，因为马良他不作为，我们县委只好冲到前台去决策，当然，虽然是县委直接定的事，但最后手续还是县政府去依法行政的。"

"我明白书记意思了。"田晓伟想了想又才慎重地补了一句，"当年那些记录都是我做的。"

"那就好，晓伟兄弟你设法去整理整理。"

"全部剔除么？"田晓伟小心翼翼地试探着问。

"尽可能吧。"李谷雨站起来在屋中走了几步，回过头来微笑着又重重地补充说，"晓伟呀，我会记住你的。"

三

李谷雨、林旭晖真是掉进了权力欲望的天坑无法自拔，但他们做梦也没想到，程子寒和邱之兰并没有死，而是那天下午不经意间落入清龟山上一个真正的天坑溶洞里。

那天下午雨稍稍一停，他们在袁九金的带领下进山顺利找到了齐宇矿业公司的黑矿窝子。透过密林丛丛匝匝的树叶，程子寒和邱之兰远远看见龟石坡一侧的那道凹口里新修了一条运矿石的山路，顺着路向前走了不到两公里，便看见有人在一个卡口站岗放哨。袁九金说："前面我就不敢再去了，要去你们去，我得回去照看我儿子。"

邱之兰在袁九金手腕上写过一串电话，然后嘱咐说："你回去可以，若晚上七点我们还没赶回来，你记住，一定打通这个电话，请他们迅速派人来接应我们。"

袁九金立下保证后便独自回了。

第十七章 天 坑

现在一回想，要是袁九金不急着赶回去，兴许就保住了他自己一条命。人有旦夕祸福，冥冥之中真的是吉凶难料，也许一切上天果真有定数，不然那天下午他们咋就在关键时刻遇上了刚释放出来的断掌娃呢！

为了深入黑矿窝子掌握第一手情况，程子寒、邱之兰和张勤特别作了一下装扮，完全是进山摄影和一副外来探险的驴友模样。不仅邱张二人来前各自备了张驴友协会和摄影协会假会员证，还将随身带来的手枪藏进了摄影包的夹层里。但进矿山时还是被挡在了半山腰的矿山外铁栏卡口处，好说歹说不让进，更不让拍摄照片。

站岗放哨的是个满脸横肉的平头，身上挎了根长长的电警棍。他恶狠狠地威胁说："若再不走，就抓进去做苦力。"

这时，山外一辆丰田越野突然开进来。那平头立马精神一振。"你们现在想走怕是也走不脱了。"

"为啥？"邱之兰问。

"这是我们豹哥的车，遇上了他，只会将你们抓进去做苦力。"

程子寒一阵胆寒，扯了扯邱之兰。邱之兰说："稳起，少开腔。"

正说着，丰田越野一口气就开到了放哨卡口，那平头赶忙跑过去松开吊在铁栏杆一头的铁链子，那横在土路中间的铁杆就抬了起来。

但丰田越野车并没有急于开进去，而是从车上下来两个彪形大汉，走在前面的是一个光头，浓眉大眼，一嘴八字胡，穿在身上的青色风衣看上去很有些厚度和质感。"他们是干啥的？"

平头赶忙上前，"报告豹哥，他们说是进山探险和摄影的驴友。"

"真的吗？"这豹哥将嘴一瘪，恶狠狠地看了程子寒和邱之兰两眼。

"豹哥，我刚才查过他们的证件，有驴协的本本。"

"滚开些，有本本的多。我们这两天正好缺劳动力呢。"

邱之兰上前："哟，你就是那豹哥哟，前次在成都见过你们达哥，我送他一本摄影获奖作品集，他就邀请我进清龟山来拍大熊猫的。"

"你们真认识我达哥？"豹哥半信半疑，摸了摸自己光光的秃头。

"前次你们达哥说，这清龟山上风景美路难行，有事可以找豹子娃，今天真有缘分，在门口就遇上你豹哥了。"邱之兰边说边取出摄影协会会员证双手递给豹哥。

那豹子娃看了看证件，就说，那我得打个电话问问达哥。说着就掏了个镀金壳的手机出来，正拨号时，汽车上又下来一个人，邱之兰抬眼一看，正是前天从拘留所放出来的断掌娃。

站在一边的张勤心头一紧，正准备过去护住邱政委，却见邱之兰笑嘻嘻地快步走向断掌娃。"表哥，怎么是你呀！"邱之兰上前去一把捏住断掌娃的右手，两眼射出一股凛然杀气。

豹子娃转身走过来，将二人反反复复盯着看了好一阵。"你俩认识？"

邱之兰忙说："豹哥，这是我老家隔房老表哟。"

豹子娃转头问断掌娃："是吗？"

断掌娃点了点头。

豹子娃还是不信，又掉过头问邱之兰："你知道这娃是哪里人？"

"重庆江津呀！"

"他的大名叫啥？"

"我咋不知道我表哥名字，叫蔡兵。"

"当过兵没？"豹子娃继续追问。

"当过。"

"当的啥子兵？"

"汽车连的。"

邱之兰暗自庆幸，幸好那天是她亲自审的这断掌娃。

"哦，果真是熟人。"豹子娃伸出手来握手，邱之兰看见他右手只有三根指头，边指和无名指都不在了，心头明白此人就是刘局长讲的那矿山黑老大了。但邱之兰却没急于去握豹子娃的手，而是一手抓住断掌娃的另一支手。"哎，表哥，你这中指拇咋啦？"

断掌娃伸直被白纱布包裹着的断指手，随口说："昨天被狗咬的。"

豹子娃厉声道："咋说话的?"

断掌娃眼睛一暗，两行泪水涌了出来。邱之兰侧过身重重搂了断掌娃一下，大声说："他妈的这疯狗凶呢，表哥打狂犬针没有?"

断掌娃看了邱之兰一眼，就抬头给豹子娃请求说："豹哥，我和表妹两年不见，求你给我半小时，让我陪她一会儿?"

豹子娃左右看了看，再次问邱之兰："你果真熟悉我们达哥?"

"你这豹哥，一点没达哥耿直。"

"那好吧，断掌娃，许你一小时假，好好陪你表妹耍一耍。"豹子娃说完转身上车进矿山去了。

程子寒站在一旁惊出一身冷汗。张勤走过去，轻声对断掌娃说："你娃今天还懂事。"

"领导，刚才邱警官捏得我手都发麻了。"

邱之兰等那身挎电警棍的平头又放哨站岗去后，十分同情地问："你这指拇是被他们剁了的?"

"嗯，他们黑得很呀!"断掌娃愤恨地说。

"你今天已经立功了。"邱之兰再次捉住断掌娃的左手看了看，"兄弟，你若再不跳出火坑，下回弄不好你就没命啰，那徐富达身上已经背了好几条人命了。"

"邱警官，我今天全听你们的。"

于是断掌娃带着他们走进密林采矿区，先就地拍了些乱挖乱采现场，然后远远地摄了几组劳工做苦力的镜头。断掌娃还介绍说，这里很多劳工是从外地运来的黑工，还有十几岁的学生娃，而且时常有人被矿石砸死后，就埋在山坡上的矿渣里没人理。

下午四点过，突然狂风暴雨大作，雷电交加，山石滚落，山洪四起，程子寒一行就手拉着手在密林风雨中寻找山岩洞穴避雨，不料途中大家为躲避山上滚石，一同滑落进了一个茅草蓬生的天坑溶洞里，与袁九金当年电视上描述的坠入天坑溶洞的场景几乎一模一样。

四

　　清风镇峡口村大塌方和泥石流事件，被省上认定为风城"5·27"地灾泥石流重大事故。

　　中午十二点半了，韩月川还在办公室修改向省市专案调查组提交的专题汇报材料。刘大林端了一大碗米粉进屋，热气腾腾的，一股香辣麻味迅速弥漫在整个县长办公室里。

　　"韩县长，他们调查组一到，就把我们政府常务会议、县长专题会议的所有纪要和会议记录全提走了。"刘大林报告说。

　　"这都是正常程序。"韩月川边吃米粉边看材料。

　　"可我们也查了县委那边的会议纪要，都写得很模糊，看不出决策拍板过。"

　　"没事，开会总还有详细记录的。"

　　"但你这两年里定的事，好些都是肖书记电话上作的指示，现在找不到依据呢。"

　　"县医院邓院长早上不是报告说，肖书记都醒过来了吗？"

　　"啥哟，我刚才专门去核实了一下，肖老大醒是醒了，但他神志不清，连话都说不清呀。"

　　"哎，大林啊，是祸躲不过，就让调查组先核查吧。该来的总会来，面对这八条人命，我们总得有个说法。"韩月川终于在汇报材料上签了个"同意付印"。

　　"领导，这事可大可小的，你是不是签给县委那边林副书记再看看，正好李谷雨书记今天也在县上，他既然是全县工作总牵头人，也应该送他把把关？"

　　"刘主任，他们这些滑头，刚才都打电话全权委托我了。"

　　"领导，这签字可就得要背责任的哟！"

　　"哎，管他的，你再想一想程县长，他下来挂职，工资没拿咱们风城一分钱，命都丢在了龟石坡上，现在连尸首都没捡着，那我们还计较啥呢？"

刘大林深情地望了一眼满脸疲惫的韩月川，独自微微摇了摇头，端上米粉汤碗轻轻退出门去了。

刘大林刚出门，县长办公室座机电话响了。

韩月川一接听，那头是肖辛芯在说话："师姐，是我，肖辛芯。"

"妹妹你出院啦？"

"回去养吧，这里毕竟是个黯然伤心地。"

"你现在在哪儿？"

"我将子寒的房间收拾了，该带走的我带走，不需要的委托办公室喻科长去郊外帮忙烧掉。"

"你等着，我马上过去送你。"

"也好，正好有话对你说。"肖辛芯在电话那头停了一下又补充道，"就在高速路口吧，我等你。"

肖辛芯走得太突然，韩月川在办公室翻箱倒柜，终于找到两盒今年新出的清龟山明前绿茶，提下楼，正好司机一直等着，便上车直奔高速路口而去。

肖辛芯没让喻小菊陪同，独自一人在路口等着。

韩月川一到，上前紧紧拥抱住肖辛芯。"妹妹真不愿再留一天？"

肖辛芯慢慢地摇了摇头，一脸疲惫不堪。

韩月川松开手，看着肖辛芯真诚地说："那你多保重！这边的事，我来处理。"

肖辛芯脸上没有任何表情。

韩月川接过司机提过来的袋子，递给肖辛芯。"你走得匆忙，来不及备礼品，你带上这两盒清龟老川茶，今年明前出的。"

"今天，我再叫你一声师姐，这也是帮我家子寒谢谢你的。"肖辛芯接过茶叶袋子，一抹不易察觉的阴云从她眼中掠过，"这人说没就没了，人死如灯灭，现在我唯一的恳求，就是希望县里能够追认他一个因公牺牲的烈士。"

"妹妹，这我记下了，我会尽全力而为，但追认烈士需按程序报省上审批的。"

"那就谢谢韩县长了。"肖辛芯突然语调一转，冷冷地说，"另外，收拾子寒遗物时，有两份资料应该交给你这大县长。"

肖辛芯说完就从自己车里取来一个厚厚的大信封，双手交给韩月川。

韩月川接过信封袋子，正准备打开看看是啥东西，肖辛芯说："韩县长回去看吧！"说完，她就转身上车走了。

韩月川郁闷地回到车上，打开那鼓鼓囊囊的大信封袋子，从里面掉出来两个药盒，韩月川拿起来一看，是还没开过封的青春肾宝。再掏信封内有两份资料，一份是程子寒那天帮她写的发言提纲，一份是那本《灯草和尚》。

韩月川似乎明白了什么，再一翻那黄皮子书壳，封底竟是程子寒用铅笔写下的一个大大的 H 字母，旁边还工工整整留了两行小楷：

月下一江水，

滔滔入梦遥。

第十七章　天坑

第十八章

雷霆行动

一

省市"5·27"地灾联合调查组来风城不到两天，整个县城一下都紧张起来了。以往类似事故调查组一般都由省政府行政主管部门牵头，这回却是省监察厅副厅长洪浩带队，县上同志特别注意到，见面会上宣布领导名单时，洪浩副厅长前面还有个省纪委常委的头衔。

县上整个配合工作是由林旭晖副书记负责，具体工作联络是县纪委副书记、监察局局长冯启。县监察局毕竟是县政府组成部门，加之这冯启为人为官都还正派，韩月川县长就特别交代，每天要进行一次情况碰头，千万不能工作失控。昨天晚上一直等洪浩副厅长休息了，冯启才从宾馆匆匆赶到政府来，韩月川叫来孙玉珉一同听取了第一天的基本情况。

"省市调查组调查任务虽然重点不一样，省上重在这次事故，市里重在核查龟肚坝的土地问题，但实际上他们是在联合办公。今天重点是调阅资料和现场查验，也找清风镇书记、镇长和规划、环保、国土等几个主要乡镇或部门负责人谈过话，同时还去峡口村慰问了受灾农户与死者家属，整个情况还算正常。"

孙玉珉急着问："听说他们上午调走了国土批文和矿山许可审批原件，

还有县发改局的立项论证和批复，有啥问题没有？"

冯启喝了一口水，红红的眼睛眨了眨："具体审核情况不清楚，但晚饭时听省国土和发改委同志说，目前好些手续不全，需要尽快对照生态环境红线。"

韩月川站起来在屋里来回走了几步，又坐下来问孙玉珉："这些过去该向省市报备的履行手续没？"

孙玉珉翻了翻白眼，回道："过去我只管矿山、建设和公安，反正是按你县长要求办的。该报备的应该是报备过了，我下来再核一核。"

"还有两个问题，可能要麻烦些。"冯启补充道。

孙玉珉问："啥问题？"

"一个是整个龟石坡的矿山林木砍伐都没有办手续，另一个是工业园区缺总体环境容量论证和单个项目环境评价，今晚省环科院一位专家说县里胆儿真大。"

韩月川站起来，一脸惊讶："怎么会这样？我每次去他们都说手续是完备的。"

昨天晚上韩月川一夜难眠，除了调查组这些烦心事外，利刃割心的还有程子寒的突然离世，以及他夫人离开风城时交给她的那个沉沉的资料包。她从前读过《鬼谷子》，鬼谷子说，船停在码头那是最安全的，但这不是造船的目的；人待在家中最舒服，但那不是人生的意义，最美好的生活含义，莫过于和一个志同道合的人共同奔跑。自己到风城来工作，前前后后加起来也是六七个年头，一直坚持君子不党的铁律，县上干部大都是县委书记主导提拔的，自己一切事务都是公事公办，关键时刻却没一个信得过的心腹干将。好在程子寒的到来，让自己工作上不仅多了一个可靠的帮手，而且这师弟从省里来，眼界开阔能跳出风城谋思路。刘源森说春竹乡那"三清"经济模式就是受了程县长点拨才形成的。同门师姐弟，相互间心灵贴近又住对门，闲暇时自然不再像从前那样满腹空落。

但静好岁月不长啊，师弟不幸刚离世，这风城便晴天霹雳风雨欲来。自己一个女流之辈误闯仕途，小心翼翼摸爬滚打这些年，现在才深深地感觉到，人们呼唤忠臣，但不少忠臣却命运坎坷；人们抨击奸臣，而一些奸臣却往往逍遥自在。君子不计较私利满腹忠肝义胆，有时又不得不去结交小人，这并非想去投机钻营捞到好处，而是怕小人来祸害自己。由此一来，韩月川人前世面风风光光，人缘关系如鱼得水，为人处世游刃有余，但她内心却是极度的孤独，世无贴心人，心语无处诉。

昨天夜里迷迷糊糊中，韩月川竟做了两个奇异的梦，也不知道这两个怪梦的预兆吉凶，一觉醒来只觉人生无常世事难料。

第一个梦：韩月川奔走在一个茫茫无际的稻田里，突然有人拍了拍她肩膀，还有洪亮明了的问候声："韩县长还认识我不？"

韩月川转过头来，却被吓了一大跳，原来身后是一对硕大如牛的老鼠，一公一母，站在稻田里还磨叽着锋利的巨大门牙。

韩月川大声说："你这妖怪，也会说人话？"

站在前面的公鼠妖捂着肚子哈哈大笑，从身后掏出一个红色垃圾桶，韩月川定睛一看，桶里尽是金光灿灿的黄金和绿翠玉石。公鼠妖说："上山打猎见者有份，韩县长也来挑选一二？"

那公鼠妖说完就将腰间垃圾桶双手呈上。韩月川却好奇地问："这么好的黄金和宝玉怎么放进垃圾桶？"

站在后面的母鼠妖大声说："韩县有所不知，桶不过是容器，贵在装入的内容。"

韩月川一本正经地辩解道："非也！从前有个老者砍下一棵大树制作了三个完全一样的木桶，一个木桶去装了大粪，这叫粪桶，众人皆躲之；一个木桶装入泉水，人们叫它水桶，众人使用着；还有一个木桶装了甜酒，人们叫它酒桶，大家争先品之。你们看看，一样的木桶，却因为装的内容不同，这三个桶的命运便完全不一样。"

那公鼠妖反驳道："狼行千里吃肉，马行千里吃草，狗行千里吃屎，活鱼逆流而上，只有死鱼才会顺水逐流。"

"装过大粪的碗,即使再精美,洗得再干净,世人也是不会用来当作饭碗的。"韩月川大声反驳道,还分明略微带了些讥讽的语气。

母鼠妖一阵嘲笑:"你这县长毫不入流,你不见那装过屎尿的猪大肠,世人们吃起来却是何等的香!"

公鼠妖藏好金子和玉石,对母妖说,罢了罢了,任她另类清高去。韩月川还想说什么,一眨眼间,那对鼠妖便倏地消失了。再一转身寻找,天空中突然降下一床硕大的渔网,罩着罩着,那渔网就变成了巨大的铁栏栅,无数的猛虎毒蛇纷纷向自己袭来……

韩月川一梦惊醒,满身大汗,浑身湿透了。

仰望着黑乎乎的天花板,韩月川从刚才梦境又联想起程子寒来。要是师弟那天在常委会上不与林旭晖一番争执,也许他就不会负气而去山里,便不会有被泥石流掩埋的厄运。他去清龟山明显的是为了发泄自己那满腹郁闷与忧戚。韩月川明白,师弟一直是个十足的理想主义者。

迷迷糊糊中,韩月川很快又进入另外一个梦境,完全像《牡丹亭》中妙龄女郎杜丽娘和青年才俊柳梦梅梦中邂逅的那番浪漫飘幻。

一个仿佛熟悉的男人,模模糊糊间仰头哭了起来。

这仿佛熟悉的男人有几分像师弟。

男人和女人拥抱着哭了起来。

两张脸贴到了一起。

两张嘴触到了一起。

……

狂风渐起,水浪滚滚,整个身体、心智、灵魂都在天地间翻卷。

一梦醒来,韩月川少有过的一阵畅爽淋漓。静静地躺在床上,自己就仿佛是一朵月光下盛开的睡莲,便禁不住地动情感慨,人生自是期无限,但愿长梦不愿醒。

今天一整天里,韩月川都好像依然在昨晚的两个梦境里没能走出来,恍恍惚惚的,那一对巨大的老鼠和梦境里的男人轮番挤压着她的所有思绪，在脑海里赶也赶不走。下午四点不到，监察局局长冯启却提前来了电话："韩县长，晚上调查组要约你谈话。"

"这么快就约谈我了？"

"也是调查过程中必经的程序。"冯启在电话那头停顿了一下又接着说，"但你要做好思想准备，上午找过孙县长了，据说一切决策都是你最后拍板的。"

"不是还有县委把关吗？绝大部分都是他们先定了调子才送过来走行政程序的。"

"可现在查阅所有资料，前两年县委纪要和会议记录上查不到，这两年的记录也记得非常模糊，看不出最后决策过的痕迹。"

"还有好些是肖书记电话指示的，现在他又昏睡在医院里，看来这锅我是背定了。"

韩月川突然又想起昨晚那两只可怕的鼠妖和铺天盖地而来的毒蛇猛兽，自己真是被装进了一个大铁网里。原来，古人说得真是深刻，毒蛇口中信，毒蜂尾后针，二者皆不毒，最毒是人心。

二

上午，刘大江局长专门给洪副厅长去了个电话，希望调查组长能单独再听他一次情况报告。洪副厅长说："急吗？"

"也不急，但我觉得现在情况有些不正常。"

"你打内线过来，就电话上说吧。"

很快接通公安和纪委办案中心的内线电话。

洪副厅长开口就说："老刘啊，不是我不接待你呀，你可是我们办案的依靠对象。"他顿了一下又补充道，"现在风城有股妖风在作怪，连我身边都安插了他们的眼线，你来容易暴露目标。"

刘大江说："洪厅，我就是要向你反映这事的。"

"那你说吧。"

"一个情况，有县领导不经上面批准要私下对干部动用公安窃听手段，虽然被我发现并终止了，但我觉得这是个不好的苗头。"

"谁？"

"老局长，孙。"

"还有啥？"

"我们还发现，这两天孙和规划与建设局长韩东顺频频接触，而韩昨天在向境外转款。"

"这个，我们已经掌握了。"洪浩在电话那头说，"谢谢你，老刘！"

"另外，还有个情况，我必须向组织报告，是关于我的。"

"老刘啊，我这里是要电话录音的，你要说什么，说吧！"

"早上遇见李谷雨书记，他很慎重地许诺我，下步换届，他保我成为副县长的同时，要力荐我兼任市公安局副局长，我觉得这也不正常。"

"谷雨同志怎会这样！"

刚把电话挂了，刘源森就推门进来。

才几天不见，这刘源森好像是大病过一场，嘴上胡子黑刷刷的没刮，手臂上还缠着一根黑纱。"源森啊，你为邱之兰悲伤成这样？"

"兰子她突然间就消失了，连尸首也见不到，一时是接受不了。"

"哎，我们也痛心呀，一个多么能干又正派的好苗子。"

"可是，你老兄知道的，她父母和姐姐都不在了，现在连个守灵堂的人都没有。"

"不是还有你这姐夫吗？她可是常常念起你的。"

"刘局，哎，往事不堪回首！"刘源森苦笑了一下，十分痛心地说，"现在，也只有我来帮她料理后事了。"

"昨天，胡伟哥也来电话问过。"刘大江说。

刘源森一下站起来，十分气愤地大声说："刘局，这可不能让他龟儿染手哈，纯洁的邱之兰，决不能让这杂种靠近！否则，我们不做兄弟了！"

"他娃是问，什么时候领抚恤金。"

"抚恤金捐公，或者直接缴党费！"刘源森特别解释说，"我来找你就两件事，第一，我是她唯一的亲人，她的后事我来处理；第二，我来领她的遗物，她的钱款全部交组织，她若有债务由我来帮她还。"

刘源森说完就起身走了，明显的，眼中有泪花闪动。刘大江非常感动，在他身后端端正正敬了一个礼。

中午在食堂吃过饭后，刘大江刚回办公室沙发上躺下，一个陌生的电话接连不断打进来。第一次他没接，又接连响，一接听，竟是邱之兰的声音。

"啊，你还活着？"刘大江一下从沙发上蹦起来，惊喜万分，"程县长呢？"

"是的，刘局，我和程县长、张勤都还活着。"

"我们都以为你们被泥石流给埋了呢！"刘大江由于意外的惊喜和格外的激动，止不住泪眼蒙眬一阵眩晕。

"刘局，我现在在龟石坡一位农家借的电话，我的手机早没电了。"邱之兰在电话那头十分急迫，可能是为防消息泄露她声音压得很低。"现在急需二三十个干警，若能尽快得到武警支持最好。我们必须迅速行动。我害怕他们狗急跳墙，一旦东窗事发他们就会瞬间炸掉矿洞，不仅会毁损矿山，最可怕的是那一百多矿工会闷死在矿洞里。"

电话中，邱之兰简单汇报了带队进山的行动方案。为了保密，好多语言只有他们二人间才能听懂。刘大江略微思索后立马答复邱之兰："行，批准行动计划，我们迅速组织力量赶过去。"

"另外，建议刘老板统筹行动，千万不能让那宫里、堡里的大老鼠毁灭罪证和逃跑了。"

"明白。我马上研究总体捕鼠计划，代号就叫雷霆行动。"

"这个名字响亮！让我先雷霆进山捉黑耗子。"

"灭鼠器材和猫尽快运过去，统一行动定在下午五点，我得马上向市局和韩李二掌柜报告。"

"好！我挂了。"

三

程子寒是和断掌娃一同被背出天坑溶洞口的。洞口离那神秘的迷魂谷不到一百米远。

程子寒经历这几天的清龟山之行，他内心就一个鲜明的感觉，这种感觉也许将会刻骨铭心。那就是，人比狼更可怕，狼凶残在外，人凶残在心；狼为食而战，人为利而争；狼回头必有缘由，因为狼爱憎分明，而世间很多人却黑白不分、人妖难辨。这几天来，那一个个锥心疼痛的慢镜头一直在他脑海里一遍又一遍地闪现：

镜头一：一只幼熊在被矿石砸死的母熊身边声声哀号。程子寒、邱之兰和断掌娃躲在树林里不敢吱声说话。那幼熊突然止住号哭，用前爪和长长的嘴，将一边的泥土使劲向母熊身上拱，一下，两下，好半天，才将熊妈妈的半块头遮掩。停歇一会儿，这幼熊又开始不停地刨土，然后一点一点拱往母熊的身上。断掌娃说，这山里的动物也是通人性的，不仅是这熊，还有狐狸，它们都害怕死去的同类被其他动物吃掉，都要设法掩埋起来。程子寒愤然说，这就是人类不敬畏生灵和大肆破坏生态平衡的悲哀。

镜头二：程、邱一行在突如其来的大暴雨中滑落进万丈天坑，那天坑正如袁九金描绘的野人娃落进天坑溶洞一样，进口小洞底宽阔，好在他们都带着手机，打开手机上的电筒一照射，洞底乱石林立，一旁有暗河溪水流过。程子寒说，这是个地下溶洞，是在石灰岩地区常见的断裂层或地壳运动留下的空隙。那怪石林立的石柱石笋，是常年滴水形成的钟乳石。幸好这些钟乳石光滑圆润，否则大家的身上早皮开骨断了。现在还好，除了断掌娃外，大家都只是受了些皮外伤。断掌娃是引路冲在最前的，他第一个滑落进天坑溶洞的洞底，一只手一条腿骨折了，左眼睛被一个尖滑的石笋头戳瞎了，鲜血流了一脸。好在这娃没哭叫，只一个劲地后悔："这是天老爷给的报应啊，谁叫我过去帮着恶人做过不少坏事。"

镜头三：叫天天不应，喊地地不灵。邱之兰打开手机没信号不说，由于周围全是地下钟乳石和磁力很强的矿藏，连手机上的南北针也都失灵了。程、张二人只好轮流背起断掌娃，跟随前面探路的邱之兰爬坡下洞漫无目的地往前走。突然，从一旁溪水漫流的钟乳石林间飞起一根银白色的水蛇，张勤猛然间一闪，那蛇就一口咬在了断掌娃的伤腿上。还是邱之兰眼疾手快，一把扯住毒蛇的尾巴在空中甩了两甩，再一使劲摔在身后一根粗壮的石笋上，那蛇就不动弹了。张勤放下断掌娃，一手紧紧箍住他的小腿部，邱之兰打开包里的应急袋，迅即用绷带将断掌娃那小腿给紧紧缠住。断掌娃一个劲地说，他小时候还抓过蛇，这银环蛇可毒啦。邱之兰一腿跪在地上，用刀子在断掌娃小腿蛇伤处划了一个十字架，然后一边使劲挤压一边说："张勤快将那蛇头捣烂。"她说完就俯下身子一口衔住断掌娃蛇毒伤口使劲吮吸，然后吐了几口淡红色的血水，用水将口一漱，再将捣烂的毒蛇头敷在伤口处，就用力紧紧包扎住。断掌娃实在是感动，嘶哑着哀求道："请你们马上录音摄像，我趁现在还有口气，一定将我知道的豹子娃的罪证讲给你们，我怕等一会儿闭了眼睛就没机会说了。"程子寒站在一旁异常感动，看着邱、张二人打开手机和录像设备，在这万丈深渊的黑洞里悉心静听着断掌娃断断续续的述说。

镜头四：不知来来回回走了多久，又饥又渴的程、邱一行终于发现前面有一抹极其微弱的灯光。张勤个子高大，但背上的断掌娃却越来越沉重。邱之兰使劲叫了两声，断掌娃还有微弱的一点气息。继续往前走，那洞口的灯光越来越明亮。断掌娃用非常微弱的声音断断续续说："兴、兴许，那就是……他们……关押……受惩罚劳工的……"他们悄悄赶过去一看，果然是用山上原木圈成的两个小木窖屋，一个窖屋内关着六七个壮劳力，手被捆住，脚上套着铁链。邱之兰低声问张勤背上的断掌娃："这可就是你说的那黑矿？"断掌娃没有答话，程子寒伸手一搭脉搏，痛心地摇了摇头："他已经没气了。"

镜头五：不敢打草惊蛇，邱之兰揣好手枪命令程、张二人另寻洞口出去，这里不能直接发生冲突。不知又走了多远，程子寒头昏眼花一头栽在地上。邱之兰赶忙上前卡住他双手虎口穴，又给程子寒灌了两口溶洞里的泉水。

程子寒醒过来第一句话说:"我刚才梦见了一片天光,在那灿烂和煦的天光里,我看到了好多珍奇稀有的动物。"

邱之兰厉声说:"你是县长,你可不能留在这黑洞里!"

程子寒无力地回道:"我实在不行了,看来我们这些书生确实需要经历磨炼。"

"关键是你心头那盏生命的灯,必须给我好好亮着!"

张勤在一旁放下断掌娃的尸体,气喘吁吁地说:"这娃越背越重,不行就让他天葬在这溶洞里吧。"

邱之兰斩钉截铁地说:"不行,不管是谁,一路来的必须一路回去。来,我背县长,你背断掌娃,这毕竟也是条人命!"

四

韩月川在医院见到师弟程子寒,二人忍不住抱头痛哭。

"师姐,我命大呢!"

"我们连你因公殉职追认烈士的请示报告都起草好了。"

"好呀,我们川北过去有个旧习俗,当人命运不顺时,就可以做副红棺材假死一回,让灾祸随之而去,留下平安红运。"程子寒起身将泪水一擦,表情复杂地对韩月川说,"这一下就好了,我死过一回,未来什么都不怕了,也许会是无灾无难洪福齐天。"

韩月川脸一阴,沉沉地说:"可袁九金被泥石流冲走了,一共死了八人。"

"这就是大自然对我们人类残酷的惩罚啊!"

正说时,邱之兰推门进来,他们刚好将地卜监窖里那群被关的黑劳工和妇女送到医院来。第一时间,邱之兰就来到干部病房探望程县长。

"这次你们立大功了。"韩月川紧紧握住邱之兰的手,"你们不仅安全救出了这一百多号苦劳工,而且逮住了黑矿老大豹子娃,同时保住了矿山没被炸。"

程子寒在一侧补充说:"要是那矿山真被炸了,熊猫谷自然保护区也就毁了，一定会惊动中央。"

"只可惜，徐富达和麻二娃跑了。"邱之兰无限惋惜地说，"这次雷霆行动兵分三路，一路进山，一路去工业园区逮徐富达，一路去红灯笼逍遥宫查黑查赌，结果却让几个骨干分子逃脱了，真不知是谁走漏了风声。"

病房里就他们三人，韩月川相互一看，吃惊而疑惑地自言自语："当时研究时，就我、大刘和李谷雨书记呢。"

"不过，韩县长，我们已将他们那地下赌场和钱庄全端了。"

"这案子目前涉及熊不？"韩月川低声问。

"目前还没有，但他贴身跟班麻二娃跑了，估计多少都有些牵连。"邱之兰说到这里，突然提高声调兴奋地说，"二位县长，这回还有个意外收获。"

韩月川问："啥意外收获？"

"你前次不是向峡口村上访农民表态，力争两个月、确保三个月要破失踪案么，这次顺便将袁九金老婆的案子破了。"

"咋啦？"

邱之兰脸色一暗，低沉沉地说："领导想不到吧，这祝小春竟被他们强行抓进山里，不明不白地关进木笼，黑矿工们谁出得起钱谁就去睡她，还说是清龟四大美人宝贝呢。小半年里，人被折磨得只剩下一个骨头架架了。"

"这些杂种，真是一群恶魔！"韩月川气愤地骂道。

"只可惜，女人找回来啦，而野人娃却不在人世了。"程子寒睡在病床上一番孤影相怜地自语道。

邱之兰接着更加气愤地说："县环保局长毛艳艳也被关在这木笼里。"

"啥？"韩月川一下从凳子上跳起来。

"我们初审过豹子娃了，是他受徐富达指使，一直在暗地里跟踪，那天见到毛艳艳去树林里小解，就直接按上去堵住嘴巴绑架到了黑牢里。"

"现在人呢？"

"我们去解救时，由于毛艳艳对矿工变相招嫖坚决不从，被打得遍体是伤，而且绝食了一周。我们到达时，人已经没气息了。"

"这帮杂种恶魔，必须千刀万剐！"

正说话间，刘源森跑了进来，一把拥住邱之兰，瞬间泪如雨下："兰子，你真的还活着！"

邱之兰一把扯下刘源森手臂上的黑纱。"哥，你看你这胡子都这么长了，也不刮一刮。"

刘源森嘴唇颤抖地咧了几下："我说过的，要在屋里为妹妹守满一个月灵再刮呢！"

说完，二人拥抱一起，泪如雨下。

在另外一处秘密据点里，同样在商量着一场雷霆行动。

按常理，李谷雨这样级别的干部，是不会前往林旭晖临时住所的。但李谷雨说，这里没人注意十分安全，也便于熊冬生和方舟集团的鞠秘书前来议事。

为防走漏风声，李谷雨是戴着口罩坐出租车来的。二人一见面，林旭晖十分兴奋地报告道："目前基本上可以确认，省市联合调查组已把核心责任划到了县政府，主要问责是前后任县长，而马良已在监牢里，现在看来，那美人姐姐在劫难逃了。"

"你尽快以县委名义起草一份给宏德同志的报告，鉴于目前风城状况，不管韩月川是否停职，但县委的正常工作，特别是马上开始的矿山整治、所涉企业重组和县乡换届人事安排，还得有人牵头推进，这么大一个县总不能停摆呀。"

"那我们就请求市委免去肖一凡的县委书记，建议你回来临时主持工作。"林旭晖大胆建议说。

"这也是个方案，我可以兼任代理书记，你来主持县委日常工作，下步自然就交班给林书记了。"

林旭晖两眼闪过一抹金光，十分感激地回道："那请李老板放心，只要我在，这风城就姓李。"

"乱说，任何时候，风城都是共产党的。"

有人敲门，熊冬生和鞠秘书一同到来。一进门，李谷雨就狠狠地对熊冬生说："你怎么管束的？一个贴身秘书，又是集团二把手，居然和徐富达搞在一起，还一起开赌场，居然拉起杆子吆喝铁剪刀收债队，这是共产党的风城，简直是胡来！"

熊冬生忙谦卑地回李谷雨道："领导，我也没想到这麻二娃陷得那么深，居然还背了两条人命。"

"你只老实告诉我，你自己陷进去没有？"

"我咋会呢？"熊冬生在李谷雨面前的沙发上一坐，十分镇定地说，"我是学法律的，可以踏着红线冒险赚钱，但我绝不干违法的勾当。再说，这人生如棋，步步皆是局，想成事者得先布好局，布局者运筹帷幄决胜于千里之外，前提是布局者一定要置身这个局之外。"

"还好，要不是提前告之你，那麻二娃一进去，你熊老板能说得清？"林旭晖在一旁插话道。

"那是那是！"熊冬生十分感激地回望了林旭晖一眼。

鞠秘书坐在一旁，突然说："我算是见识江湖了，春风得意时布好局，四面楚歌时有退路。"

李谷雨接过话说："但鞠秘书忘了唐酷吏来俊臣《罗织经》上的后半句话。"

"啥呢？"鞠秘书笑盈盈地问。

"没有霹雳手段莫行菩萨心肠，当你有金刚手段具备碾压实力时，再说得饶人处且饶人。"

"太深了，太深了，我今天只是受常总委托，前来问问你们'三石'战略啥时候启动？"

"快了。"林旭晖走过去，一只手搭在鞠秘书肩上，信心满满地说，"我和李书记反复商量，现在正好徐富达逃了，他能保住命就不错，哪敢回来盘资产？那些资产，不就由我们来调配了！"

"那是那是。"熊冬生附和道。

"那这些资产具体咋办？"李谷雨特意向鞠秘书说，"风城经济还得发展，企业不能一死了之，选一个国企来接盘重组，应该是最好的方案。"

"这手棋真是高！"熊冬生站起来在李谷雨身后走了两圈，突然问，

"李书记不会连长风矿业一并共产了吧?"

见李谷雨未开腔,林旭晖只好硬着头皮说:"熊哥,今天找你来,就是商量此事。"

熊冬生满脸怒色,一屁股坐在李谷雨身旁:"我那长风矿业也没违法乱来,凭啥要一起收管?"

林旭晖走过去拍了拍熊冬生,小心翼翼地安慰说:"熊哥莫生气,我们不是还在商量吗!"

熊冬生嘟着嘴不说话。

李谷雨将手摆了摆:"这样吧,我把问题直截了当说透,就看你熊董事长的意见。"

熊冬生抬头看了李谷雨一眼,张了张嘴,想说什么没说出口。

李谷雨端起茶杯轻轻抿过一口,放下杯子又故意用手指头在茶几面板上漫不经心地敲了几下,十分沉稳地说:"省主要领导下了死令,要彻查这次事故和自然保护区开矿的问题,估计你长风集团再凶也顶不住的。所以,我建议县上来一个破釜沉舟,将峡口园区的你们两家骨干企业和过去矿权统统收回政府,那些小微私营企业就自生自灭,表面上对你们的投资进行评估算账,实质上走走过场。因为齐宇矿业是没人敢回来追偿债权的,你们就和北京方舟集团私下里签个股份合作协议,从法律层面确保长风矿业的利益不受损害,这不就行了?"

熊冬生专心致志地听着,眼睛不停地打转。

林旭晖插话说:"熊哥,你是玩资本的大老板,等到下步我们县里公开形式招商方舟集团,再有偿重组矿业整顿资产和矿权,于治理整顿是开了新路,于县上发展是天大的政绩,于你们两大企业,绝对也是资本重组千载难逢的福音!"

坐在一边的鞠秘书站起来,绕过大茶几走到熊冬生身边坐下来,满脸善意与友好地说:"熊董事长,这样一来,我们不过就只是多了份财务报表。"

熊冬生转身一把紧握住鞠秘书的手:"那我也算是傍了回红色资本的大腿了。"

第十九章

龙墅隐舍

风城县乃至整个康全市，很多人都知道清风峡熊猫谷有个引人神往的生态康养别墅项目，住在那里不仅与大熊猫共同呼吸同样清新怡人的负氧离子，拥有世上最为生态的山水环境，同时还能享受一流的健康养老与专科医疗社区服务。林旭晖驱车来到清风峡熊猫谷，车还没进别墅区大门，远远的一幅醒目的宣传标语跃入眼帘：

典藏世外山水桃源

还你梦幻青春福地

门口垒了一堆自然河石山景，山景乱石丛里有小桥流水，山石上嵌着四个潇洒飘逸的草书大字：龙墅隐舍。

林旭晖摇下车窗，只见林木掩映的层层坡地上，分布着错落有致的生态别墅群，灰墙蓝瓦竹木间隔，西康民舍风格突出，各式植物高低错落，色彩绚丽的春花点缀在草坪间，优美园林环境着实令人赞叹。进入别墅区，迎面正是龙墅隐舍项目部，一栋四层楼的民俗建筑，两侧各布有一栋一楼一底的功能用房。门前一幅广告语引人入胜，林旭晖连读两遍，心头不觉滋生起几分羡慕：

　　回归山水园林
　　到家即为赏景

　　林旭晖走下来，独自一人进入大厅，迎面立刻走过来两位漂亮的售房小姐，争先恐后行礼打招呼。林旭晖便问："你们项目现在修了多少套房？"

　　其中一个长发披肩的立即用并不标准的普通话回答道："我们项目一期共建别墅一百二十套，还有低层养老房二百四十套，从六十平米到九十平米户型不等，二期项目刚刚破土动工。"

　　"现在售出多少了？"

　　"哥哥，这可是商业机密哟，反正剩得不多了，你要买就趁早下手吧。"

　　"我哪是来买你们房的，快带我去见你们老总！"林旭晖这时显出了几分官威。

　　"哦，看这哥像个大干部呢！"另一位售房小妹打趣地说道。

　　"别耽误，快领我去项目总经理办公室。"林旭晖颐指气使的口气吓住了那位长发披肩的小女子。

　　"我们的老总麻哥好几天没来了。"

　　"上午孙县长不是来了吗？赶快带我去见他。"

　　"那么大的官，我们不敢哟！"那长发女孩胆怯地回道。

　　"我是县委的！"林旭晖显然是生气了。

　　长发女孩嘴巴嘟了两下，只好硬着头皮带林旭晖去了三楼贵宾室。贵宾室门外站着一个保安，伸手挡住林旭晖不让进，长发女孩忙上前介绍说："这是县委来的领导。"那保安却不识趣，反而傲慢地说："书记来了也不准进。"

　　林旭晖抬腿就是一脚，门一下被踢开，保安正想上前动粗，常务副县长孙玉珉赶忙从屋里出来迎接，那保安才低下头知趣地退了回去。

"林书记怎么来了?"孙玉珉满脸谄媚,双手在胸前不停地搓着。

"打电话你手机关机,你以为我找不到你了!"林旭晖环视一下,屋里就两个人,另一位是县规划与建设局长韩东顺。"你们在干啥?订立攻守同盟?"

"哪有那么严重!"孙玉珉将林旭晖恭敬地让坐到正中的单人沙发上,十分恳切地说,"林书记,我不是在落实李书记指示要求么,正尽快完善这别墅项目的手续。"

"究竟有多大问题?"

"主要是当年按李书记要求,解放思想敢于担当,创造条件当好客商的保姆,先上车后买票,这里的用地规划和土地指标还没有最后调到位。"

林旭晖一听,心头咯噔一下。"你们也是胆儿太大哟,用地规划和土地指标没到位就敢批建设方案?"

坐在一旁的韩东顺赶紧回答道:"林书记,当年会上我是提出来的,我们规委会批规划的前置条件,必须要有用地许可。"

孙玉珉狠狠地瞪了韩东顺一眼:"你现在说这些还有屁用,那规划方案上可是你第一个签的字。"

韩东顺抬头动一动嘴,想说啥但没说出口。林旭晖便说:"事都出了,赶快补救。这是拯救我们县上这个生态康养项目,也是在拯救你们自己。"

孙玉珉郁闷地说:"就是就是,昨天调查组已找我问过话了,看那口气,他们追查的重点好像还不在这些手续上,而是怎样将城镇建设聚居点功能调到了这自然保护区的。"

韩东顺站起来有些激动地说:"上面文件不是鼓励大力发展生态康养产业么,我们历尽艰难才招商回来一个项目,现在却用各种框框套套来比照,那我们啥事都不能干了。"

林旭晖却突然问:"你们在这个项目上干净不?"

"看你林书记还信不过我们。"孙玉珉第一个站起来发誓说,"我们办手续连他们烟都没抽过一支的。"

"真的就这么一尘不染?"林旭晖斜眼盯着孙玉珉直截了当地问。

"嘿嘿，林书记，你知道我爱喝个酒，他们的酒我是喝过的。"

正说时，孙玉珉口袋里电话响了。林旭晖急忙问："你还有第二个手机？"

孙玉珉笑着应道："哦，刚配的，刚配的。"他说完掏出手机一接，竟是这龙墅隐舍项目老总麻二娃打来的。"麻老弟，你现在在哪儿？你一甩手走了，这个麻烦摊子就丢给我啦！"

林旭晖不知道对方说了什么，只听见孙玉珉一个劲地解释说："兄弟，我尽力，我尽力，但撕破脸对大家都是不利的。"

林旭晖急忙打了个手势："他已被全国通缉，少说话！"

孙玉珉关了手机，林旭晖轻描淡写地问："这娃在什么地方？"

"他没说，是用公用电话打来的，电话里声音很嘈杂，好像还有海浪波涛声。"

二

今天是省市专案调查组来风城的第六天，社会上各种传言都有，对韩月川最不利的是，长风集团在清风峡的龙墅隐舍项目是她违规批的，还传她背地里收了熊冬生一套别墅。

心中无冷病，不怕鬼敲门。韩月川一大早就赶往春竹乡去实地研究蜀旅集团的野奢空中康养酒店规划，同时确定西安长风投资公司那鱼子酱项目的用地选址。

程子寒和县文旅集团的夏贝竹及林业、环保局长等一行提前去了现场。韩月川到达时，他们和乡党委书记刘源森、蜀旅集团负责人已初步达成一致意见：一是野奢空中森林酒店一期布局在茶仙坪的茶园和森林里，条件是必须确保不移茶树、不砍林木，所有鸟笼式情侣房全部规划吊装在空中和密林间，既浪漫清爽，又生态自然；二是排污问题实行就地生态处置，严禁直接排放入地；三是给排水和电线光纤一律生态地埋；四是为促进茶旅融合，可在茶园空隙间或茶台绿地规划一定数量的可移动玻璃阳光房，不办产权，能随迁随拆；五是为了便于协调地方和融合发展，县文旅集团参股百分之十五。

韩月川听取情况汇报后表示赞同，要求尽快形成方案请专家评审，同时还补充商谈了三个问题：一是在不影响耕地前提下，适当调整生态红线外的非耕地用途，集中供应一些集体建设用地，主要用于野奢酒店的集中餐饮、购物和娱乐活动等功能性用房建设，可以有效减少多点散状排污；二是鼓励企业将附近农民宅基地适度集中，可以采取租用宅基地或改造农房方式打造茶旅民俗康养旅游配套项目；三是立足中高端人群消费市场，严格环境评价和接待游客容量控制，尤其是二期建设的火车厢亲子自然生态酒店，一定要进行严格的环评和生态容量控制，千方百计确保自然生态不受影响。

程子寒在一旁突发奇想，对站在身边的夏贝竹说："其实还可以搞一个珍稀动植物生态科普博物馆，野外和室内相结合，既是展示我们清龟山丰富动植物基因库的宣传窗口，又是对亲子游和康养客人进行生态科普教育的一个基地。"

夏贝竹今天穿了一件粉红色外套，如云飘逸的长发用一根黄色手绢系在身后，整张脸上是满满激情与青春飞扬的神采。"程县长这想法好是好，我以前也设想过的，但有两个关键环节难以做到。"

"啥呢？"

"一是立项手续难办，这是省以上林业部门的行政许可权；二是这些珍稀动植物要匹配份额必须经国家林业总局审批，他们若不开恩，这个自然博物馆是难以建成的。"

二人正窃窃私语，韩月川就大声点名夏贝竹说："美女经理还有啥金点子？"

夏贝竹上前一步应道："我哪有啥金点子哟，我们刚才正在讨论规划建设一个清龟山珍稀动植物生态科普博物馆，这都是博士县长提出来的。"

"这当然好呀，那就让子寒县长去省里跑项目吧，你们企业可以先做策划。"韩月川刚说到此，包里电话响了。一接，是监察局冯启打来的，约她下午四点到风城宾馆接受省调查组第二次谈话。

这个电话一接，在场没人继续说话。

"你们咋啦？真以为我去了就被'双规'啦？今后我们就不能回见了？"

大伙儿都明白韩县长口中这个"双规"的含义，纪委监察局办案时，要求被谈话对象在规定地点和规定时间内谈清某个问题，实质有些像公安办案中的留置盘查。刘源森走过来，望了韩月川一眼，沉沉地说："我们相信韩县长，也请县长放心，我们一定将你今天定下的事，一项一项抓落地。"

"哎哟，你看你们刘书记这眼神，还要请我放心，好像真是生死离别似的。"

夏贝竹乐呵呵地走上前，轻轻拥抱了一下韩月川，然后在她耳边轻声说："韩姐姐，我知道你是个清官，我也知道有人在向你泼脏水，我会挺你，我还有个粉丝微信群，一定坚决地全力挺你！"

韩月川心头掠过一丝暖意。现在这个时候，也许只有做过记者这行道的人，才会有如此一腔正义。"谢谢贝竹，清者自清，浊者自浊。白的，总是描不黑。"

在回城路上，程子寒和韩月川同乘一辆车。程子寒很不以为然，直接驳回了师姐的陈腐观点："白，是最容易被描黑的。事实上，越洁白无瑕，就越容易招黑。"

"我知道，哲学上还有'知其白，守其黑'的人生规则，可我依然认为，在人的道德上，白就是白的，黑就是黑的。"

"知其白，是人生理想，但守黑并不是目标，这是传统儒学的大智若愚。"程子寒今天和韩月川坐在同排，车上也就司机一个外人，二人说话也就没有啥顾忌。"师姐呀，君子越是谦让，小人就越狂妄，就会更加得寸进尺；你更不能以为你事事让着别人，别人就会体谅你，事实上他会认为你对他的好是理所当然，他还会以为你的谦让是软弱，他会因此而变本加厉，所以，你现在不能一个人硬扛。"

"但又有啥办法呢!"韩月川长长地叹了一口气,两眼闪过一抹无可奈何的神色,"上次约我谈话,无论立项审批,还是土地调整,的确是政府依照行政程序进行,但这些都是肖书记定了调子的啊!调查组让我举证,你说我现在去找谁?我现在真的是跳进黄河也洗不清了。"

"三国中的刘备仁厚,但缺乏心机;曹操有心机,但为人又太狡诈;独有孙权既仁厚又有心机,所以才有后来的三国鼎立而安天下。"程子寒紧紧握住韩月川的手,声音洪阔地说,"师姐呀,你若太坏,上天灭你;你若太怂,人人要踩你。你现在既不能躲避,也不能任由他们甩锅。你必须好好整理一下思绪,一定要寻找到对手的底牌。"

韩月川紧紧地握着程子寒的手不放:"子寒呀,我现在已是忙人无计四面楚歌,谢谢你能给我这一针镇静剂。"

"没有实力之前要学会比狼能忍,有了实力之后要学会比狼更狠。俗话说,男人不狠江山不稳,女人不狠地位不稳。你一定要设法反击,干什么事他们总会留下痕迹和破绽,最好是能够找到他们那些邪恶的钢性证据,你不随便出手,一出手就要一剑封喉。"

"可目前我真的很被动,甚至难以想象,这次找我再次谈话的核心方向是啥。"

"现在调查组设了好几个群众举报箱,你恐怕更需要防范对手捏造事实对你污名化。"

韩月川缩回手,好久没再说话。

三

风城县的涉黑恶案件惊动了省公安厅,副市长兼市公安局局长郭强更是为毛艳艳的意外死亡震怒。今天一大早,他就秘密赶来风城县局坐镇指挥。

刘大江、邱之兰向郭副市长汇报完案情,郭副市长作了三个基本判断:一是此案不是一般的涉恶涉黑,而是一起与破坏国家环境资源相交织的重大黑恶案件；二是此案一定有强大而错综复杂的后台保护伞，甚至可能存在中高层的通风报信与遥控指挥；三是此案很可能与较大的官场贪腐案相互勾连，必须通过省公安厅纪检组向省纪委报告重大线索情况。

正交谈时，张勤敲门进来。"报告领导，我们已核查到徐、麻二人目前逃窜的方向与活动区域。"

刘大江立即问道："具体在哪儿？"

"通过友局协查身份证信息，徐富达先后在重庆、广西南宁出现过，今上午在南海岛上出现。"

"麻二娃呢？"

"麻二娃的身份证一直没使用过，今天上午十点半钟，通过电话语音识别系统监测到，他在浙江舟山港口跟我们县里通过一次电话。"

"风城县接电话的是谁？"郭副市长尖锐地追问。

"这个号码以前没启用过，我们查了号码来源，是省城里的编码，估计是临时号码。"

"尽快查核此人，此人很可能就是重大突破口。"郭副市长说完就掏出一个笔记本，严肃而慎重地下达命令，"现在成立市县联合追逃组，组长由刘大江牵头，下设两个组，市局刑警支队刘海涛和邱之兰各带一个组，分别命名为缉鼠 A 组和 B 组，每个组分配队员三人，即日起分别奔赴浙江和广西缉追重要逃犯。"

刘大江说："郭局，这只有三个队员恐怕不行吧，这徐、麻二人都各自带着铁杆心腹一路的，而且他们很可能带有枪支武器。"

"那我们再分别准备两个预备队，刘、邱二人先带领两组人员前去摸清情况，收网缉人时，预备队赶赴现场，这样既能确保队伍精干易隐蔽，又可减少办案开支。"

邱之兰一下站起来给郭刘二人敬礼："保证完成任务！"

"但你们对外必须高度保密，并务必保护好自身安全。"郭副市长斩钉截铁地补充道。

第十九章 龙墅隐舍

261

四

韩月川没想到，此次竟是洪浩副厅长亲自谈话。

谈话的地点也不同于第一次，而是在县纪委的办案中心谈话室。正面坐了三个人，洪副厅长坐在正中，左边一个是电脑打字记录，女的；右边一个在办案本上记录，男的，眼镜。韩月川一个人坐在对面独凳上，完全是受审的模样。

洪副厅长开门见山："月川同志，今天请你到这办案中心来，主要是有几个重要问题找你来核实，希望你放下包袱，对组织忠诚老实和实事求是。"

韩月川还是人生第一次接受这样严肃的询问，也不知道洪副厅长要问些啥，心里既气愤又忐忑。"洪厅长尽管问，我一定实事求是，对组织襟怀坦诚。"

"第一个问题，从你接手风城代理县长后，先后四次召开专项会和政府常务会议，会上研究拍板了长风集团清风峡别墅项目的异地调剂用地指标和规划方案，你认为是否违背了相关法律和政策？"

韩月川对此是早有心理准备的，镇静了一下便回答道："是的，这个项目是在我手里调的乡镇场镇用地指标和康养项目建设规划方案。但这里有两个前提。"

"那你说清楚，有哪两个前提？"洪副厅长随即追问道。

"第一，我来县上主持政府工作前，县上已决定开发这个项目，大的原则和招商引资条件都是过去谈妥了的；第二，关于异地调整乡镇建设用地指标，从法律和政策角度是没有障碍的，关于指标调整地点是县委先前现场定了调的，政府只是走程序。"

"但我们查了县委会议纪要和会议记录，没查到关于这方面的明确记载，只是一些发展方向性的表述。"

"那我就不清楚了，当时县委书记肖一凡同志两次电话指示，具体分管的常务副县长前面都按规论证与法制性审查，我只是最后上会过的程序。"

在一边记录的眼镜插话说:"但规划方案最后盖的是你的印章呢!"

"我的法人印章,是由政府办公室管着的。"韩月川顿了一下又补充道,"此事希望组织上找肖一凡、孙玉珉同志核实。"

"那我问你第二个问题。"洪浩上前给韩月川面前的水杯里续了水后又继续问,"清风镇峡口村,有个名叫龟肚坝的省级粮菜基地,共计一万二千九百八十六亩基本农田中,八年间经过三次耕地规划调整,一千六百八十亩被划到龟石坡上了,一千六百三十二亩调到清河两岸河滩地上,还有六百多亩改成了村里养鱼塘,你知道情况么?"

"前面的我不清楚,后面一次耕地调规七百三十多亩地,当时还是市领导来现场办公定的,我们县里只是初审,最后由市上报省国土厅审批。"

"哪个市领导现场定的?"

韩月川迟疑了一阵才说:"我们的老书记李谷雨同志。"

"有记录或签字么?"

"当时是在现场拍的板,我当时刚回县不久,肖一凡书记答应照办。"

"那养鱼塘呢?"

"这是我同意的。"

"为啥同意?"

"因为峡口村太穷了,他们要发展集体经济。"

"你知不知道,土地法明文规定,严禁基本农田非粮化,更要防止耕地非农化?"

"当时上面鼓励农村粮经结构大调整,而且养鱼和种果树也是各地大力提倡的。"

"你难道不知道中央严格要求过,我们一定要保护好十八亿亩耕地红线?还有总书记一再强调,保障国家粮食安全的根本在耕地,耕地是粮食生产的命根子,耕地红线要严防死守。"

"现在我是明白了,再需要政绩,也要守护耕地红线。"

"韩县长能有如此认识,很好。"洪副厅长说罢就提出第三个问题,"你们县管辖的清龟山,既是国家生态功能自然保护区,又是大熊猫核心

第十九章 龙墅隐舍

263

栖息地，满山开那么多矿眼，你作为县长有责任么？"

韩月川没想到洪副厅长会这样询问问题，她想了想才回答道："从理论上讲，我作为一个县域自然资源保护区主要责任人，确实责无旁贷，但这个问题也有两个基本前提。"

"那你说吧。"洪副厅长朝韩月川点了点头。

"我来上任时，这些矿权都已出让了，都有省、市、县各级的批文，这是其一；其二，矿区扩展等重大决策，都是经过县委财经委会议商议过的。"

那个眼镜记录员再一次插话道："可我们没查到县委财经委会议纪要和详细的会议记录，而扩区和续矿手续上都是你的签字或印章。"

"哎，洪厅长，看来，我跳进黄河也洗不清了。"

"你就没点责任？"洪浩紧追不放地再反问道。

"我缺乏斗争精神，我应该负我应负的责任。"韩月川突然又想起上午程子寒对自己说过的话，看来真是被师弟言中了，怂，人人都要踩你；过分的谦让，必然会导致别人的得寸进尺。"我请求组织全面调查了解，现在这地方上的行政官员实在是太难了。不少做县委书记的希望快出政绩、多出政绩，而县长希望量入为出，少负些债，这本来就是一对矛盾。现在都是党委研究重大事项，若不执行，是你不讲政治；若反对，又影响班子团结；若大小事都上报，书记又说你不敢担当。现在好啦，当初定调人，已是脑溢血神志不清了。"

"那我最后问你两个问题。"洪浩极其严肃地问道，"有人反映你在审批长风集团清风峡龙墅隐舍项目后，收了麻二娃一套精装别墅，有这事没有？"

韩月川一听，简直晴天霹雳。"洪厅长，这纯属诬陷！"

"可我们在长风集团龙墅隐舍项目销售清单里查出了你的户主名单，身份证号码都一一核过了。"

"关于这个问题，我韩月川以党性和良知起誓，纯属栽赃陷害，恳请组织从严调查。"

"当然，我们会调查的，也希望月川同志再好好回忆，一定给组织讲实话。"洪浩说完喝了一口水后继续询问，"最后一个问题，有举报信反映你为人不端，开会看黄色禁书，而且拿着禁书去勾引上级领导，目的是想得到进一步提拔，同时还与你读研时的同学程子寒有不正当关系，你现在向组织说清楚。"

"真卑鄙！"韩月川实在没忍住，就在谈话室嘤嘤哭了起来。

"请月川同志冷静。"洪副厅长上前再给韩月川续过水，用舒缓的语气说道，"你也不要急，说清楚就行，也要相信组织。"

"洪厅长，有些事我真说不清，但我只能说，我大学里就入了党，我绝没出卖过自己的良知，更不会出卖自己干净的身子，请洪厅长一定要相信我。"

"那你开会看过那本禁书，书名叫《灯草和尚》，有这事吗？"

"有这事，但事出有因。"

"什么因？"

"洪厅，请允许我为别人保守一次秘密。"

"但是，作为一个共产党员，你对党组织是没有秘密的。"洪浩满脸严肃地说。

韩月川坐在那里，泪痕满面，一个劲儿地摇头。

五

程子寒下午一直在周转房等着韩月川。

等到韩月川回来时，已是晚上七点。当程子寒一眼看到师姐被县监察局局长冯启送回来时，他心头立马认识到了问题的严重性。

冯启送拢韩月川，还特别对程子寒吩咐说，程县长要去开导一下县长，估计她今天受打击很大。等冯启前脚一走，他便去对门看望师姐，但韩月川却死活不开门。

程子寒也不知道今天韩月川被调查组询问了哪些问题，但他心头还是基本断定，师姐不会有重大问题的，若是有，也就不会被放回来了。一个劲地敲门，韩月川终于打开了房门。

程子寒走进去，只见韩月川身穿一件浅黄色的浴袍，便下意识地想退出门去，但又见师姐两眼红肿，一脸的疲惫和晦暗，才上前一步轻轻地问道："很严重吗？"

韩月川看着程子寒一句话没说，站在屋中央，神情有些呆滞，紧紧咬着娇艳的嘴唇，眼睑似乎在微微发颤，刚刚洗浴过的脸上白皙如玉，双手轻轻捂着腰间浴衣带子，仿佛是防止浴衣向下滑落。程子寒抑制住内心的骚动，又问道："不严重吧？"

韩月川眼角开始有些泪水溢出，猛一转身，独自进了卫生间。

见韩月川并没关闭卫生间房门，程子寒便走过去，只见师姐站在洗面镜子前正用一把锋利的大铁剪剪着额前的刘海。"你这是要干啥？"

韩月川两眼呆滞，依然一句话不说。程子寒毕竟是学心理学的，从师姐此刻那迷茫而黯淡的眼神里，读到了一个女人从未有过的委屈和伤感。

"月川，师弟告诉你，成功人士首先必须喝下三种水。"程子寒走近韩月川，见她虽然手握大剪刀，但看得出还是在用心听他说话，"这三种水正是你现在必须喝的，你躲也躲不开，更不能逃避。"

韩月川丢下手中的剪刀，用冷水拍了拍自己的脸。

"这三种水就是，别人泼过来的脏水，过去岁月里自己为事业流下的汗水，还有就是不为别人理解的泪水。"

见韩月川悉心听着师弟苦口婆心的开导，程子寒上前从背后一把轻轻捏住师姐的双臂，充满怜爱地又接着说："现在不管你遇到了什么，你都必须坚强起来，你现在自我保护的最好办法，就是有力的自我反击。如果是我们文明得还不够文明，那我们反过来让野蛮足够野蛮，以无赖手段对付无赖，以流氓方法对付流氓。"

韩月川实在忍不住，泪水瞬间夺眶而出，猛一转身，一头伏在程子寒的胸前放声痛哭起来。

"师姐，一定要坚强起来。"程子寒紧紧搂着韩月川。

"子寒，记得十一年前，也是在这间套房里，是你赶过来救了姐的。"韩月川极度无助地依偎在程子寒的怀里。

突然，门开了，闪进两个人，一人手持照相机啪啪直拍照片，另一人正用手机摄录着视频，那手机上的电筒强光直射得韩、程二人睁不开眼。

程子寒大声呼喊："你们是谁？想干什么？"

对方二人都戴着雪白的大口罩，拍摄后就立马转身快速逃了。

程子寒快步追了出去，两个黑影已消失在周转房明亮开阔的过道走廊里。等他再回到韩县长房间，韩月川惊恐地叫道："糟糕，他们将桌子上那资料袋拿走了。"

"什么资料袋？"

"是你老婆留下的，可以怀疑你我间存有奸情的证据。"

第二十章

停职

一

程子寒从师姐房里回到自己房间，好半天才回过神来。

下派到这风城来虽只两三个月时间，程子寒似乎才真正懂了这世道江湖的凶险。从前成天待在高校殿堂，也时常埋怨自己命运不济，甚至讨厌校园里那些明里暗里的潜规则，而到现在自己才明白，校园里那些不过是小菜一碟。从前学校里教授博士一抓一大把，刚到基层来时横看纵看人们文化程度都不太高，在自己眼里仿佛就是一群不学无术的草莽。经过这番风雨的洗礼与浸泡，程子寒才真正认识到，这才叫暗流相涌的世道江湖场。身边的每一个人，无论是清风镇综治办的王疤脸，还是身居要职的市县官员，能走上一定的层级，一定有他们的过人之处。无论你是喜欢他还是讨厌他，每个人的存在都是一种铁的现实，更是自己需要去深入解剖和考究的。虽然好的干部是主流，但极少数人却损坏了官员们的形象。难怪党的十八大后中央要重拳出击反腐与纠治党内不正之风。

程子寒一边泡着热水澡，一边在心头默默对自己说：程博士啊，你来风城所经历的，真的是胜读十年书，好好悟吧！你不经世故，正在经历着一场血与火的磨炼，哪怕是非要穿行救赎与受到惩罚的炼狱，那也是你一生中弥足珍贵的经历和财富。

自打从天坑溶洞里出来，程子寒便有了一种起死回生和脱胎换骨的心灵感悟。只是，今晚师姐说肖辛芯留给了她那袋资料，真后悔在《灯草和尚》的封皮上无意中留下了那两句打油诗，一下暴露了自己深藏内心多年的一个秘密。也难怪肖辛芯在自己失踪后那样的在乎、痛不欲生，但当她得知自己还活着的消息后，却反而变得不喜不悲冷漠无比，那天拉回省城的衣服和书籍、笔记本，被她又打包快递回了风城。

现在总算找到答案了，程子寒一想到这里，心头便涌起了一种自责和内心隐隐的不安。"月下一江水，滔滔入梦遥。"程子寒那天晚上实在是情不自禁随手一写，殊不知却惹出如此的麻烦。假如肖辛芯或者调查组问话，自己又该如何回答？

是，自从当年在洪教授办公室第一次认识韩月川开始，自己在心底里就隐隐约约地喜欢上了这位师姐，起初还是模糊淡淡的，渐渐地却成为一种无可名状的强烈情绪。但两年研究生读下来，两人反而有了真正师姐弟间那种交情，一切都只能深埋心底。程子寒在内心反复过电般地回味，其实那时是自己自卑与胆怯的情患心态。命运常常又有意外的安排与惊喜，谁也没有料到数年后会让二人异地又重逢，还演绎了这些难以自圆其说的情感风波，竟一下让自己从前那深藏已久的旧情又死灰复燃。

程子寒从澡盆里回到被窝里，心情更加难以平静。打电话给肖辛芯已关机，真不知老婆此时正在干些什么，眼前便浮现出《灯草和尚》里那小和尚，虽被杨县令刀剁数截，但他依然能像蚯蚓般地很快相连重生，照样变戏法一样由三寸长的小肉虫子瞬间长成高头大马，然后又去折磨府中夫人与丫鬟们……程子寒随后又想起弗洛伊德，他将人体和生命力概括为原欲和伊底、自我、超越自我三个过程，而伊底是完全潜意识精神能量的源泉，本能的冲动便是伊底的主要动力来源；原欲冲动与性压抑的无数次反复，必定导致男人女人同样的意志裂变，最终可能伤及其身，这便是性张扬和性压抑疾病的由来。

想着想着，程子寒在热烘烘的被窝里难以自己，眼前交替晃动着肖辛芯、韩月川、梅凤飘渺的模样。

突然，电话响了，一接，正是韩月川的。"还没睡吧？"

"师姐有事？"

"忘了告诉你，调查组也可能会找你的。"

"关我啥事？"

"你自己想吧。"

程子寒在下面动着的热乎乎的手慢了下来，心里马上似一盆凉水浇过。

"你在干啥，怎么不说话？"师姐暖暖地追问了一句，程子寒明显听到对方开水龙头准备洗浴的声响。"姐姐又要泡瑜伽澡啦？"

"心头难受，热水盆里做做瑜伽，是最好的自我释放。"

"开个视频让师弟看看？"程子寒满怀火辣辣的气流故意挑逗说。

"去你的，灯火阑珊梦里吧！"

第二天一早，程子寒刚起床冲完热水澡就有人敲门，大声问："谁？"

门外传来梅凤的声音："给领导送餐。"

程子寒迅速穿好衣服去客厅开门，见梅凤今天将平时一身职业制服换成了深绿色旗袍，周身丰满匀称、凹凸有致，不禁眼前一亮，忙有些失态地去接梅总手中的餐盒。梅凤却没把手中餐盒交给他，自己一侧身就闪进了屋里。"领导起死回生，我还是头回见你呢。"

"捡回了一条命。"程子寒将房门轻轻一掩，笑着调侃道。

"那天得知刘局长从泥潭里找回你的电子表，我真的痛哭了一场。"

"梅总夸张了吧？"

梅凤没开腔，将餐盒放在桌上，又把房门关闭并上了锁，然后折身回来将窗帘呼呼拉上。

"你要干啥？"程子寒疑惑地问。

"领导放心，我不会色诱你的。"梅凤随即将屋里的灯也全关了，整个房间一片漆黑，程子寒只听得见自己扑通扑通的心跳声。

"我帮你检测一下，看这次换家具时有没有人安装摄像头。"

程子寒心里猛地一惊，有些不相信自己的耳朵。"不会吧？"

"领导，特殊时期，防人之心不可无。"梅凤边说边打开自己手机的摄像界面，满屋子里细细扫了一番，"这客厅里是安全的。"

经梅凤一说，程子寒突然想起昨晚闯进韩月川房间的那两个偷拍者，不觉惊出一身冷汗，跟着梅凤进入书房，再到卧室扫了一番。梅凤长长地松了一口气，十分放心地对程子寒说："领导，目前是安全的，但建议你一定要多个心眼，以前县里就发生过在领导办公室安装摄像头和窃听器的事。"

"谢谢梅总！"

黑乎乎的屋里，程子寒转身一伸手，正好触碰到梅凤光滑的脖颈上，明显感觉到女人微微一颤。梅凤赶紧过去拉开窗帘，一缕刺眼的亮光射进屋里，二人相顾微微一笑。

梅凤主动打开房灯，静静地对程子寒说："来，我教你一招简单的检测方法。"

程子寒拿出手机，梅凤小鸟一样靠近他，一边指点一边说："在关掉屋里所有光源之后，你打开手机摄像功能，用摄像镜头逐一扫描房间，凡有明显亮光点并在闪烁的，便一定要重点检查，这可能就是有人在你房里偷装了摄像装置。"

二

孙玉珉今天早早下班来到凤凰山连排别墅洋房，将房子里里外外重新打扫了一遍，泡好茶，还特别清炖了半锅天麻乳鸽，静心等候着喻小菊的到来。

孙玉珉这套很少居住的生态洋房，喻小菊还是第二次来。这么多年里，尽管有些人也在怀疑自己和喻小菊有特殊关系，但孙玉珉任何时候，即使自己再浑再胡来，他也从不愿意去伤害这个跟随自己多年的红颜知己。当她被调到县上工作后，他一直十分注意自己的言行，一般情况下是不随便带她出来单独约会的。

但今天不一样，孙玉珉怕不抓紧时间就难以再见到她了，看到县上一些干部被叫去问话了，恐怕留给自己自由的时间也不多了。自从龟石坡地灾泥石流案发后，他自己天天噩梦缠身，好多时日都是在恍恍惚惚中度过的。几天前听说县长韩月川都被传去纪委办案中心问话了，估计下一个接受讯问或者受审的就该是自己了。

今天下午一上班，李谷雨专门用座机打来电话，虽然只是简单告知韩月川这几天已连续两次去县公安局商议追缉徐富达和麻二娃的事，还公开悬赏二十万元鼓励全国公众提供徐、麻二通缉犯的藏身信息，但孙玉珉心头明白，李谷雨那说话的弦外之音，要是徐、麻二人任何一个被捉拿归案，对你孙大圣都会是灭顶之灾，得赶紧弥补手续擦干净自己的屁股。

其实孙玉珉心头更清楚，他李谷雨更是十分害怕我孙大圣有一天真的暴露了。别看他表面上不贪钱财只贪手中的权力，事实上这些年来他找自己办的私事不少，特别是在公安上，包括当年为了搞倒马良县长，居然硬性上了监听手段，否则他即使做了市委副书记，也是很难掌握到马良暗中收受开发商四十万元购房优惠款这些铁证的。也不晓得他是真不知道还是假装糊涂，当年徐富达就是通过自己约他夫人一起，向他国外读书的女儿打过两次款的。帮领导做一百件好事，还不如带领导去一起做一件坏事，这才能真正牢牢拴在一根绳上。现在，他李谷雨保我孙大圣实际上就是在保护他自己。但人心不古世事难料，自己得一定要先设法保护好暗地里好了这么多年的喻小菊。

喻小菊提了一兜卤菜进门，摘去口罩，孙玉珉才看清这女子已经是哭过了。"哭啥呢？"

"外面都传说，你和韩县长已被双规了，又不敢打你的电话。"喻小菊一头扎进了孙玉珉的怀里，边说边哭泣起来。

"不哭，来，我们一块儿喝两杯壮壮胆。"孙玉珉搂着喻小菊在餐桌边坐下来，自己径直去取了一瓶白酒和一瓶红酒过来，"还是从前一样，我们一人一瓶，你红我白，喝完就睡觉。"

喻小菊个儿不高，长得小家碧玉，是完完全全的百依百顺的那种女人。二人各自开酒，哄哄哄将面前的大酒杯盛了八成满。喻小菊起身打开背包，从包里掏出一个红色小方瓶，双手递给孙玉珉。"这是上周同学聚会分给我的份子酒，我喝了一瓶，还揣回来一个。"

孙玉珉接过来一看，原来是红花郎的二两精包装，便感激地说："还是你懂我，这辈子就喜好这口。"

"我还记得，我们就是因为喝酒才被搅在一起的。"喻小菊举起红酒杯站起来敬了孙玉珉一口，然后又坐下来说，"要不然，我现在还在乡卫生院里做打针的护士呢。"

"这么多年，谢谢你能陪我度过最孤独的时光。"孙玉珉今天似乎特别易动感情，举杯和喻小菊碰了碰，无限深情地说，"我这一辈子做了不少有意义的大事，也做过一些令人后悔的坏事，但我孙玉珉除了贪杯从不贪色。我和你好，还真是酒后乱性，但自从那天酒醒后，我就暗自发誓，这一辈子一定对你好。"

孙玉珉说完狠狠饮过一大口，那满满的酒杯里明显下了一半。喻小菊跟着将杯中红酒也饮过一半，然后给孙玉珉盛了半碗天麻乳鸽汤。

酒入柔肠，男人的话便多了起来。

看着喻小菊脸上那对酒窝，孙玉珉心头一阵难受。人都说，脸上有酒窝的女人，重情，再加上她那张上薄下厚玉肌藏珠的嘴唇，他心疼眼前这女人太重情义，且从不索取。看嘴唇识女人，准啊，你看，嘴唇上翘的乐观，上下嘴唇都薄的有内涵，上厚下薄的大都好色，上下唇都厚的性欲旺，嘴巴大的吃四方。想到这里，孙玉珉觉得自己很庆幸，就故意找话题哄喻小菊开心："我喝酒这么多年，还真的总结出了一套中国式的酒席规则，你喜欢听么？"

女人轻轻一笑。"喜欢听，你说。"

"首先，完整饭局要有五要素，那就是烟、酒、菜、朋友和女人。"

"看来，我们女人还是最不重要的，排在最末尾的。"

"但女人，却往往是一桌酒席产生酒兴酒趣的核心。"孙玉珉和喻小菊又对饮一口后接着说，"中国饭局有四大行动规则，让座、劝酒、抢买单、灌无主的女人。"

"其他都对，但抢着买单的规则却越来越虚假了。"

孙玉珉点了点头，抿过一口酒后又说："民间饭局有六大特色，相互套词，故意吹捧，越醉越忽悠，讲段子煽情，趁酒兴揩美女的油，最后就是席上谈交易。"

"难怪好些大生意，都是在酒桌上谈成功的。"喻小菊将杯中酒和孙玉珉一起干了，继续斟酒，先斟满孙玉珉的，然后是自己的。

"还有呀，我喝了这么多年酒，还总结出了酒席的五大功能。"孙玉珉说完后就醉眼蒙眬地盯住眼前的女人。

"看啥呢？"喻小菊用手娇嗔地在孙玉珉手背上轻轻抚过，"你今天的眼神，好色呀！"

"刚才的五大功能我还没说呢，那就是，欢聚一堂、求人办事、恋情发酵、密谋利益、庆功胜利，有道理吧？"

"那也真是，我就是被你密谋发酵的，让我现在已经三十四了，还没有嫁出去。"

刚才孙玉珉故意讲这些，是想让喻小菊能够轻松些。孙玉珉似乎已经预感到了自己的不祥，韩月川只是去去就出来了，而自己如果进去恐怕就难再出来了。想了一下，孙玉珉站起来和喻小菊碰了一杯酒，一口将半杯白酒干了。"我这一生最欠的，就是你。"

"我对你是真感情，不说这些。"女人也将杯中红酒一口干了。

"小菊，你跟了我这么多年，人不人鬼不鬼的，我真是对不起你。"孙玉珉又倒了半杯酒仰头干了，眼泪花花地表白。

"孙哥，我很喜欢林徽因的一段话：你若拥我入怀，疼我入骨，护我周全，我愿意蒙上双眼，不去分辨你是人是鬼，你待我真心或敷衍，我心如明镜，我只为我的喜欢装傻一程，我与春风皆过客，你携秋水揽星河，三生有幸遇见你，纵使悲凉也是情。林徽因这段话，就是我这些年来的心情写照。"

"小菊，我们俩生不逢时，我生君未生，君生我成人，现在，君熟我却已老了。"孙玉珉两行热泪滚落下来。

喻小菊紧紧抓住孙玉珉发凉的手，眼角有泪水溢出。"这男女间，一旦有了肌肤之亲，就一辈子也忘不了。"

孙玉珉抽出自己的手，从裤兜里掏出来一张银行卡，轻轻放在喻小菊手里。"这里有二百三十万块钱，是以你身份证号码存的，密码就是你生日。"

"我不要，我只希望你平安。"女人哭着说。

"我说不定哪天就进去了，你那套别墅房子，是麻二娃托我转送韩县长的，我知道她这人不会要的，就暗中落到了你的名下。"

"原来是这样呀，那我明天就去退掉。"

"不，我给你这张卡，就是希望你尽快去熊猫谷自己把钱补上，我前次帮你交了三十万，那是我托词说还赌债向熊冬生借的，你知道我从来不赌博的，但我想我帮他做了那么多事，这三十万是他们应该给我的。"孙玉珉又倒了半杯酒，独自一口干了，然后说，"你去把余款全部补上，那房子的产权就与任何人不相干了，你自己有个房，今后谁也不敢怠慢你。"

仿佛是要生离死别，喻小菊伏在桌上嘤嘤痛哭起来。

三

韩月川是不知道今天就要暂停她县长职务的。

昨天晚上接到县委办通知今上午召开县乡换届工作会议，韩月川还在纳闷自己事先咋不知道。田晓伟主任电话上汇报说，这是李谷雨书记直接定的。韩月川又问有自己讲话议程没，田主任说议程上没有安排。

韩月川会前去县委大会议厅旁边的休息室，县人大常委会主任陈仲兴和县纪委书记先到，二人正在谈起程子寒最近在省报上发表的一篇关于生态位的大文章，韩月川说："我这几天瞎忙，还没看报呢。"

陈仲兴说:"发了一大版哟,题目叫《从生态位法则透视干部政绩观错位五象》。"

纪委书记说:"这五种乱象谈得很现实,也很深刻,体现了程县长很不一般的理论功底和观察视角。"

陈仲兴却摇了摇头。"不过,有些乱象说得太过了,一竹竿子打倒了一片人,哎,还是书生气浓呀!"

韩月川吃惊地一笑,忙说:"他毕竟是教授出身,我一定找来好好看看。"

正说着,李谷雨和林旭晖走了进来,韩月川一看中间还夹了个市委组织部常务副部长陈昌联,内心咯噔一下,难道今天有重大人事任命宣布?李谷雨副书记斜眼瞟过韩月川一眼,又看了看自己手表,想说什么没说出口。陈昌联副部长就说:"只有会议结束后再找月川同志摆谈了。"

李谷雨说:"也只有这样。"他说完就领着大家走进大会议厅开会。

韩月川没想到第一项议程,就是由陈昌联副部长宣布市委重要人事决定,她这才一下子有了一种强烈的不祥的预感。

陈昌联用十分低沉的声音宣读市委决定:"按照省市赴风城县'5·27'地灾重大事故联合调查组建议,经市委研究并报省委组织部同意:鉴于风城县委书记肖一凡同志因身体原因目前不能正常履职,由李谷雨同志兼任中共风城县委代理书记;鉴于韩月川同志需要配合风城县'5·27'地灾重大事故调查,即日起暂停其风城县县长职务;为切实有力推进县乡换届和政府正常工作,由县委副书记兼组织部部长林旭晖同志主持县委日常工作,由县委常委、常务副县长孙玉珉同志临时主持县政府工作。"

韩月川坐在主席台上,有些无法相信自己的耳朵,双手连着整个五脏六腑都止不住地剧烈战栗起来,只觉眼前一阵眩晕发黑,满胸腔里翻江倒海,整个人就直往一个漆黑的冰窟窿里坠落。实在是太突然太意外了,她咬着牙,强忍着,两眼泪花闪动,强忍了好半天才没让泪水滚落出来。

这时,李谷雨接着宣布了县委两条意见:一是成立风城县委县乡换届工作领导小组,他任组长,林旭晖、陈仲兴和县纪委书记任副组长;二是韩月川同志在暂停县长职务期间，以县委副书记身份主抓社会稳定工作。

韩月川心头突然怒火升腾，既然自己没进县乡换届领导小组，干吗非要通知我来参加今天这个会？既然都停了职又怎么去主抓社会稳定工作？韩月川坐在台上悲愤交加如五雷轰顶，只觉自己完全成了一个被剥光衣服拉上刑场亮相示众的罪犯，实在忍受不了这种从没有过的凌辱，转过头对李谷雨说："李书记、陈部长，那我就不参加今天的会了吧？"

李谷雨略一思考后回答道："也好，反正你也不是换届工作领导小组成员。"

全场鸦雀无声，一百多个干部都直直地盯着韩月川。韩月川强忍着泪水站起来，一手端着玻璃茶杯，一手拿着工作笔记本，转身没走两步，身子一歪栽倒在地。

田晓伟和刘大林迅速将韩县长送到县医院，先在急救科推了针高渗葡萄糖，然后挂了点滴。等韩月川苏醒后田晓伟就返回开会去了，刘大林一直守在病房。韩月川阴沉着脸说："大林，我们快回吧，待在这里真是丢人现眼。"

"县长，我倒建议，趁此机会在医院里好好休养一下，你回去了咋个上班？"

"那别人就会传我故意装病。"

"你不要太顾虑重重了。"刘大林将韩月川身上的薄被单帮她向上扯了扯，将墙边一把独凳拖到床沿边，坐下来十分慎重地说，"县长，都说我刘大林心直口快是个大嘴巴，但我绝不会做房梁上的墙头草。中国的中字下边加上一个心，那是忠心耿耿的忠字，如果两个中字串起来，下面加上一个心字即为患，就是灾难和祸害呀。我真诚建议县长在这医院多住上几天，一方面可以检验世道人心，另一方面也能好好梳理你当县长这两年的心路历程，你不是常说'磨刀不误砍柴工'么！"

"谢谢大林，你有什么好的建议？"

"我跟你跑了两年，知道你的委屈和难处，并且也只有我才知道，你是一个正派的好官。但你缺乏一个狠字，这官场里一念之仁，伤身又害己。在位心不狠你管不住一个团队，狠并不是搞正面对抗，而是处处慎独没有破绽，既让别人无法攻击你，你反击起来也不露痕迹，一反击就能伤人入骨，这样才能让小人对你产生一种畏惧。"

"哎，我们平常交心少，没想到刘主任还有如此细腻的心思。"

"闲暇无聊时看看书，才偶有这些心得。但我还是建议县长到六楼干部病房去休养两天，同时也可近距离观察一下肖书记。"

"怎么说？"

"韩县长，我有个大胆的推断，不一定正确，说出来供你参考。"刘大林走到门口将门反锁了，又将玻璃窗子关严，然后才回来低声对韩月川说，"我怀疑肖一凡书记的病是装的。"

韩月川为之一惊，将身子正了正，忙问："你的依据？"

"我和刘大江局长虽不是亲兄弟，但毕竟都是一个地方出来的，算起来还是本家一房人。前次我听他无意中漏了一句话，好像是李谷雨书记早就想把那玉矿协议出让给北京的方舟集团。我记得肖书记就是方舟集团第一次来风城后第二天就弄成脑溢血的。"

"还有呢？"韩月川紧迫追问。

刘大林迟疑了一下又才说："县长，我还做了一件事，你先莫怪我，我也是出于好奇才去查的。"

"说，没事。"

"县长你知道的，我夫人在移动公司工作，前两天我偷偷去核查了肖一凡书记的手机通话记录，这两三个月里他的手机一直在频繁使用中，其中与医院邓院长的通话和短信最多。"

"你是说，医院邓院长有可能一直在给肖书记打掩护？"

"完全有可能。"刘大林把凳子向韩县长那边挪了挪，贴近脸小声说，"你去干部病房住几天，你和肖书记现在也算同是天涯沦落人了，如果你们能联手，既能洗清你的冤屈，又能真正地绝地重生。"

正说到这里，有人敲门。刘大林开门一看，原来是刘大江局长。刘局长今天着的便装，臂肘间夹了文件包，一看就是来汇报工作的。刘大江拍了刘大林一把，严肃地说："老弟在门外守着，我有重要工作向县长汇报。"

"大刘呀，我这县长都停职了。"

"韩县长，我心头有数。"

"那你过来说吧。"韩月川招手示意他在床沿边凳子上坐。

刘大林低声说："韩县长，按你和郭市长安排，现在两支追逃队都进展不错。现在向您要报告三件事：一是四月份抓的春竹乡政府闹事那蒋胖娃终于承认他参与贩毒的事实，还提供了一条重要信息，徐富达在缅甸有毒窝子；二是我们已得到公安部确切消息，徐富达已潜逃到了泰国，麻二娃今天上午从越南出境了，我们现在正在绝密进行出境追逃的准备；三是现在缺办案经费，这追逃在外，啥事都需要钱的，如果要出境追逃，那花销就更大了。"

"可我现在已停职了，怎么签？"

"我打了个经费报告，日期落在上周的，先借两百万，你就签上周的日期。"

韩月川眉头一皱："这行吗？"

"我已和财政局局长说好了，反正都是为了工作。"

"行，先借支，以后拉通算账。"

第二十一章

异国守候

一

邱之兰幸好和张勤兵分两路，当她带着两位干警赶到泰国时，国内后台已监测到徐富达已转机去了缅甸。

因为徐富达手下蒋胖娃交代了他在缅甸有个毒窝子，同时在金三角唐人老街上还有两个铺面，张勤便带着两个兄弟从昆明机场直飞西双版纳，在当地公安帮助下乔装打扮秘密进了金三角地区。

六月底的金三角烈日炎炎，整个街上炭火炙烤般的高温难耐。张勤个子高大，出境前专门去做了个文身装扮，不仅文了眉，还在双臂上文了左青龙右白虎，并特别在胸前文了个巨大的大象头，耳吊鎏金大耳环，身穿红花绿叶的风情衫，手持一把双向折叠小砍刀，与金三角内线吴松见面时，俨然一个黑道出来的古惑仔，对外称他象哥或象仔。

吴松是云南缉毒公安的内线，隐身在一个地下钱庄做内围保安队长，自然熟悉各方情况，与缅甸的各路地方武装力量也有些交情。张勤和他的两个兄弟便在他的掩护下安顿下来，同时迅速查核了蒋胖娃所讲的徐富达在金三角唐人街上的那两个铺面，但持续蹲守观察了好几天，却没发现徐富达的影子。

等邱之兰返回昆明，刘大江告诉她一个绝好的信息：市局得到线报，徐富达的二老婆严珊珊买了从昆明飞往缅甸小勐拉的机票。如果能随行顺藤摸瓜，那将是逮住徐富达的绝佳机会。于是，邱之兰没有返回风城，直接带着随从就在昆明化装成商人，买了与严珊珊同行的机票。

在缅甸入境机场小勐拉，张勤一行在吴松的帮助下也早做好了盯梢的准备。先是租借了吴松的奔驰越野汽车，还专门约了地下钱庄的一位交际花一同去了机场。

小勐拉是缅甸离著名的金三角最近的城市，这金三角就是缅甸小勐拉道府掸邦的第四特区。小勐拉不仅靠近中国西双版纳，而且是缅甸佛教文化的发源地，当地大部分都是华人和中国游客。这里灯红酒绿豪车云集，城市繁华赌博业兴盛，所以这里又有"缅甸小香港"之称。

春竹乡乡长马来福就是在这里被抓捕的。

下午一点多，昆明飞往小勐拉的班机按时到达。张勤戴着墨镜摇着扇子在候客厅外一直等着。他脑海里已将严珊珊的照片深刻铭记，出来的每一位客人都经他双眼扫描而过。他看见邱大队了，虽然是太阳镜加染黄烫发的商人打扮，但她手中那提包一看就不是有钱人家。

邱、张二人四目相遇，邱之兰用嘴向后轻轻一哕，意思是严珊珊还在后面，暗示我们的人一直盯着目标的。

邱之兰没有直接上吴松的奔驰车，而是租了一辆的士待在暗处候着。现在的重点目标是要认出前来接严珊珊的汽车。

严珊珊是最后一个出机场的。张勤跟上去用当地口音问："中国来的小姐姐需要租车不？高级轿车，奔驰的啦！"

严珊珊十分警惕地朝四周张望了一圈，才回答说："我有人接。"那普通话一听就是川西康全人。

张勤将手里的扇子一收，做出十分失落的表情，便跟着严珊珊一前一后去了停车场，远远地看着严珊珊上了一辆黑色路虎，他自己才回到奔驰车上，对那个从钱庄约来的交际花说，我那位泰国的朋友失约啦，说罢就发动汽车紧紧尾随在路虎汽车后面。从汽车后视镜里，张勤看到邱大队三人坐的的士也一直紧紧跟随其后。

进城不远，路虎就停在一家中餐馆前。车里面先走出来两人前前后后看了一遍，严珊珊才从车里出来，把车门一关就直接进了餐馆。张勤将奔驰车靠近路虎车后停下，邱之兰租的的士也就随之到了。张勤下车用眼神给邱大队打了个招呼，便与那个钱庄交际花手挽着手也进了这家中餐馆。

邱之兰对出租汽车司机说，需要找个厕所方便一下，那出租汽车司机便下车领着她去了街对面的一个旅店，出租车上游客打扮的干警覃刚和郑自然见张勤出来做了个可以行动的手势，便迅速下车以奔驰车为遮掩，快速在路虎屁股下安装了一个GPS定位器。等邱之兰和的士司机回来，覃刚和郑已回到了出租汽车上，然后就拜托的士司机带着他们找了个旅店先住了下来。

在中餐馆监视着严珊珊吃完饭，张勤跟着出来就给了那交际花五十美元叫她自己打车回去，自己开车迅速与邱之兰会合，一套完整的跟踪计划快速形成：张勤带着覃刚和郑自然按GPS定位迅速潜入目的地；邱之兰在小勐拉和吴松共商同当地警局的官方联络方式。如果没有当地警察局的支持，外国警察是无法在异国他乡抓人的。

果然，严珊珊的汽车并没直接去金三角唐人街，而是在小勐拉城里转了两圈后，径直开到了一个深山里的小村庄，这大概就是蒋胖娃儿所说的，徐富达那个种罂粟和大麻的毒窝子。

然而，张勤一行在深山小村庄里秘密蹲守了两天，却一直不见徐富达露面。张勤初步判断，这狡猾的达哥，一定住在另外一个窝里。

二

韩月川被停职的第六天，田晓伟亲自打来电话，通知她下午参加县委书记五人小组会议。

今天的县委书记五人小组会议共三个议题。

第一个议题是研究对春竹乡乡长马来福的处理意见。马来福被押解回风城后，公安局和县纪委联合进行了半个月的调查取证，现在真相已水落实出。一是违背组织纪律，马来福多次在上班时间和下乡工作期间悄悄约人赌博，而且赌资数额巨大。二是涉嫌挪用公款罪和诈骗罪，涉及金额巨大。

对于马来福触犯刑律移交司法和"双开"（开除党籍、开除公职），大家都没有异议。但第二个议题却出现了严重分歧。

第二个议题是酝酿春竹乡乡长的接替人选。林旭晖兼任组织部部长，他提议的人选是政府办副主任刘大林，但韩月川却坚持找一个有文化旅游背景的人，下步好去推进春竹乡的"三清"经济，这个人就是县文旅集团的总经理夏贝竹。林旭晖坚持说："刘大林同志笔杆子硬，熟悉政策，懂行政工作，又是跟你韩县长鞍前马后好几年的，应该是最适合的。"

韩月川想起刘大林前次给自己讲的那些官场文化，现在自己得要多个心眼了，姐姐懂的，你林旭晖兄弟是想来挖垮我的墙脚，同时还顺便落个买活刘大林人心的机会。"这大林同志，的确是个人才，不管下步我是否能复位县长，但刘大林是可以做政府办公室主任的。"

林旭晖还想争辩，李谷雨就拍板说："就依了月川同志吧，这夏贝竹抓文化旅游也的确是把好手，只是需要再补充些行政管理知识。"

第二个议题议定后，因为要等孙玉珉来汇报下一个议题，会议就暂停下来。眼看李谷雨出门去上厕所，林旭晖跟着走出去，快步追上李谷雨，埋怨着说："李书记，这刘大林和她走得太近了，他又是刘大江的一族兄弟，我们这种明升暗降实质是调虎离山，这是一着多好的棋。"

李谷雨笑了笑，一边面对尿槽小解一边低声说："兄弟，你还是缺乏大局观。"

"咋啦？"

"你看看第三个议题是啥，这第二个议题不给你姐姐吃颗糖，下个议题她会轻易让你顺过？"

"哦，还是大老板看得远。"

韩月川见第三个议题孙玉珉也来参加，才知道是讨论关于矿业公司重组的事。李谷雨先代表市委领导讲了两条原则："一是风城县经济要发展，这县里的矿业和石材经济不能一死了之；二是民营企业开矿实在是弊端众多，我们要下决心引入国有大型企业来助推风城县的矿业和石材经济转型高质量发展。"

孙玉珉接着详细汇报了县政府这几天拿出来的清龟山"三石"经济企业重组与招商方案，其中有三大核心内容：一是将老板潜逃在外又涉黑恶的齐宇公司直接收回政府清算，对长风集团的矿业板块一并收回政府，清算后按最低评估价进行结算；二是公开招引国有大型企业前来重组，条件是一定要有投资实力和科技含量，同等条件下央企优先；三是将原有矿权进行全面清理打包，尽可能向上汇报得到省上支持，当然，这些矿权开发与续期，既要符合环保要求，也可以丢给央属企业自己去跑关系。

李谷雨故意十分慎重地问："这些方案经过法律专家审核没有？"

孙玉珉说："部门讨论了好几次，也进行了两次法律顾问团集体咨询，法院和公安同志也介入了讨论，大家都认为可行，而且保险。"

李谷雨又问："招商情况呢？"

孙玉珉接着说："县招商局在网上发了个协议招商的公告，前来商谈的一共有国企八家，最后选择了实力强的三家进行比选，排第一的是来自北京的方舟集团。"

"方舟集团是央属企业吧？"林旭晖故意提问。

"是央企控股的。"

李谷雨就说："大家议议吧，这可是件涉及风城将来发展的大事，田晓伟你要做好记录。"

林旭晖第一个表态："这件事我认为很及时，这既是我们扫黑除恶整顿矿业秩序的成果，也是对传统石材和矿业经济的转型升级，更符合前次市委中心组学习会议上宏德同志的讲话要求，国企扛旗、绿色转型发展、县域支撑经济扩能三个方面都兼顾了，我认为是个好方案。"

县纪委书记也表示赞同。李谷雨侧身问："月川同志的意见呢？"

"我是被停了职的副书记，还有发言权？"

李谷雨笑着说："月川同志呀，停你的职是给省上调查组一个态度，你还是我们的县长呢！"

韩月川其实心头十分明白，这都是他们预先设计好的套路，什么路子都已做好了，表面看上去既是大好事又合规合序，暗地里是否有利益输送已心领神会了。"孙县长提出的这个整体方案应该是不错的，只是需要再深入研究好两个合法性：一是生态环境红线与矿权转让间的合法性；二是打黑除恶后这些资产清算收回政府的合法性。"

李谷雨满脸笑容地总结说："我完全赞同月川同志和旭晖同志的意见，基本调子就这样定了，请孙玉珉同志回去按韩县长刚才意见，再组织力量论证，一定要依法行政、合规合法。"

书记办公会在愉快高效中结束，李谷雨站起来对韩月川说："月川啊，身体完全恢复了吧，恢复了就不要老住在医院里。"

韩月川见李谷雨书记关怀备至的神情，就顺势假装感激万分地回应道："大书记，我现在正全身心举一反三闭门思过哟！"

"哎呀，也好，你一年到头忙得不可开交，现在能静下来，正好可以好好疗养一下身体。"李谷雨边说边与韩月川亲切握手别过。

三

果然，徐富达住在城里一个名叫百顺大酒店的赌窝里。

能很快找到百顺大酒店，还主要是依靠了两个现代科技手段，一个是GPS定位，那路虎车这几天两次进城，目的地就这一个；二是国内后台不分昼夜的情报数据分析，特别是对徐富达与严珊珊的两次手机通话定位，就基本上锁定了他这秘密的藏身之处。

张勤继续留在乡下监视着严珊珊，覃刚和郑自然返回城来，就在百顺大酒店对面一个小宾馆住了下来，他们选择的房间，躲在窗前正好可以完全监视住对面宾馆所有人员的出入。蹲守的第三天，就看见徐富达穿了件白色体恤衫，脚踩一双拖鞋走出宾馆，走到宾馆大门外十分警觉地朝四周望了望，然后才上了停在街对面的一辆小汽车。

覃刚继续留守，郑自然迅速下楼拦了一辆出租车紧跟在了徐富达的车后。车上不便打电话，郑自然迅速用手机短信和张勤、邱之兰联系。张勤回短信说，他也正开着奔驰车跟踪路虎而来，严珊珊就在路虎车上，估计是要和徐富达在第三个地点相会了。

邱之兰在吴松的协调帮助下，中方已和缅甸警局取得了官方联系，获许在小勐拉可以直接缉拿逃犯。于是，一个合力抓捕徐富达的方案快速形成。

徐富达和严珊珊两车会合的第三个地点，是在金三角的唐人老街。

位于东南亚地区缅甸、泰国、老挝三国交界地带的金三角，因泰国政府在这三国交界点上竖了一座刻有"金三角"字样的牌坊而得名。这里交通闭塞、重峦叠嶂，高低起伏的山脉形成了自然独特的气候，山脚的人们酷热难当时，山顶上可能要围在火塘边才能抵御寒冷。除了独特的季风带上雨林性复杂气候，一条湄公河从中国西北的青海径直向南流去，将深山密林里这些热带雨林与崇山峻岭拦腰切断，自然形成无数的峡谷和绝壁，从而留下了大片交通死角，这便是此地制毒贩毒三国难管、私人武装异常猖獗的重要原因。

金三角"毒品王国"最早开创者，还是蒋介石在云南的第八军九十三师。一九四九年国民党在大陆溃败之后，该师的官兵纷纷逃到缅甸、泰国、老挝边境一带，并和当地地方残余势力勾联，不仅逐渐形成了一支庞大的私人武装力量，而且组织山民大种罂粟、大麻等毒品。在二十世纪后半叶形成了许多极负盛名的国际大毒枭，也渐渐被分化成为多股反政府武装与维护毒品生产、交易的私人精良武装力量，几乎达到了可以与三国政府军队抗衡的地步。

金三角唐人街，实质上是在老挝地界，也是一个吸引游客的新地标性景区。多日来，一直蹲守在徐富达两个铺面的风城干警，得知合围抓捕计划就在眼前，内心既兴奋不已，又焦虑万分，因为从这两个铺面进进出出的人太多太复杂，而且发现这两个铺面还与地方武装力量关系密切，而邱、张队伍合在一起仅六个人，当地警局只负责带队和现场法律指认，一旦抓捕失手，后果就不堪设想。

邱之兰接到蹲守干警情况报告后，随即下令暂缓唐人街上抓捕行动。吴松是此地暗线，情况清套路明，二人相议最好的办法是引蛇出洞打其七寸。

金三角地区天气越来越闷热，午间又下了场暴雨，郑自然和另外两个蹲守人员躲在街对面，整个衣裤被汗打湿得直滴水。邱之兰和张勤闷在奔驰汽车里怕油不够返回不了小勐拉，不敢打开空调，也热得汗流浃背。

"听说蒋胖娃儿都承认了，你姐开下悬崖的汽车刹车片，就是他去动的手脚。"张勤一个劲摇着扇子，突然说起邱之琪的车祸悬案。

"我姐命苦，全是她太软弱、太依附别人，才酿出了悲剧。"

"那胡常威果真没使坏？"

"现在看来，也是这徐富达给逼的。"

"邱队，外面传你一直不结婚，是与你前姐夫刘书记有关呢。"张勤坐在汽车后排，使劲摇着扇子。

"哼，这谣言你张勤也信？"

"不过，刘源森书记人品的确不错，当年马来福那么坑他，但他对一块儿工作的乡长，却从没有落井下石过。"

"不说我了，兄弟你老婆刚为你生了儿子，你却不在身边，儿子满月了没？"

"快了，还有两天。"张勤停了半响，一脸幸福的笑意，"我这两天还正思考着给儿子取名字呢。"

突然，邱之兰手机振动了两下，打开一看，是郑自然发来的短信：老鼠出洞了。邱之兰将手枪子弹立即上膛。

"邱姐，他俩上车了，开车司机是他随身的保镖。"

"看来，我们今天没在此动手是对的。"邱之兰随即给郑自然下达了全部撤离的命令，然后自己启动奔驰车，尾随着路虎车返回缅甸小勐拉。

眼看徐富达的路虎车直奔百顺大酒店而去，张勤立刻给留守在宾馆的覃刚打了电话，要他马上下楼乔扮成赌客在电梯口候着，必须在第一时间摸准徐富达的客房门号。

接下来一切顺利，覃刚假装上楼赌博，和徐富达、严珊珊乘坐同一个电梯上了楼，完全摸清了他们居住的房间号。接下来就是在当地警局的配合下，顺利抓获了徐富达、严珊珊和他的保镖。

然而，邱之兰向刘大江报告喜讯后，一个新的难题又横在了跨国缉逃组的面前：航空引渡手续办下来至少要一周多时间，怎样才能以最快速度将通缉要犯安全引渡回国。

四

敲了几下韩月川的门没人应，一拧门把手门开了，程子寒就直接进了屋。

韩月川正靠墙练瑜伽倒立。

程子寒走进门，见师姐倒立着的双腿修长匀称洁白如雪，上身穿的宽松而半透明的睡衣微微下垮，才知道自己误闯了闺房，正打算后退出门，韩月川却喘着气招呼说："你先坐吧！"

"师姐真悠闲。"程子寒进退两难，就站在原地欣赏师姐今天这特殊的美艳，嘴里随口说道。

因为头部朝下，师姐回话有些吃力："反正是停了职上耍耍班，我不练练瑜伽还能干啥！"

程子寒的目光仍在师姐身上游离。韩月川倒立在墙根背对着程子寒，脚尖虚靠着墙体，滚圆的臀部在半空里悬着，朝外的后腿被光照得一片洁白。

韩月川的玉腿上下运动着，她加大音量说："你坐呀，不能老盯着美女看。"

程子寒只觉自己心跳明显加快，小腹及周围似有一团火在燃烧，火苗越燃越旺。"听说瑜伽倒立，是练瑜伽体式中的最高境界呢！"

"医学专家说，倒立五分钟，相当于睡眠两个小时。"韩月川两腿朝天像着了魔似的前后舞动，浑圆的屁股有节奏地随之扭颤。

"师姐这丰韵窈窕的魔鬼身段，今后要再练下去，定是要成妖成精了。"

"去你的，我成妖了，第一个就缠住你不放。"

"其实也有妖是正面的，比如蒲松龄笔下那些各路女妖，就怪可人的。"程子寒看着韩月川故意挑逗道。

"师弟学坏了。"

程子寒见师姐两只手坚韧地支撑在地面，雪白的大腿和手臂匀称中透出矫健的骨力，就风趣地说："我知道师姐为啥如此乐此不疲了。"

"你说为啥？"

"这是你年纪轻轻却严重性压抑的最好释放，你这么旺盛的身体总得找个精力发泄的渠道。"

"哈哈，你这研究心理学的，尽瞎说。"韩月川短裤的汗湿区域越扩越大，双脚向前一跃就翻身起来，将歪斜的短裤扯了扯，"现在，你说正事吧。"

程子寒把茶几上的水杯递给韩月川，仍然站着说："我刚从北京回来，你交办的清龟山珍稀动植物生态科普博物馆项目，目前已基本搞定。"

"要投入多少钱？"

"如果不算土地，一期应在一点三亿以内，但这个不含展品费用。"

"这里关键是动物宝宝的价格。"

"主要珍稀动物品种，部里同意租用，但他们说必须要派专业人员跟踪监测。"

韩月川用毛巾慢慢擦着身上的汗水。

程子寒突然想起，梅凤前些天说过屋里要防范别人安装摄像头的事，便走到窗前呼地关闭了窗帘，屋里便一下黑暗起来。

"子寒要干啥？"

"我等待女妖来缠我！"程子寒走过去在韩月川耳畔轻声说道，然后打开手机摄影界面，从客厅到书房再到卧室扫了一遍。

韩月川紧跟过来，不解地追问子寒这要干啥，程子寒嘘了一声："不要说话。"

天啦，果然在屋里发现有三个一闪一闪的点状光亮源，开灯一细看，真是有人在屋里安装了三个微型摄像头，一个在客厅的吊灯上，一个在书房的绿植树叶间，还有一个是与卧室电视机柜上的机顶盒粘连在一起的。

韩月川倒吸了一口冷气，十分气愤地说："这简直是无法无天了！"随后打电话给刘大江，命令他迅速让刑警队来尽快把案破了。

而此时，刘大江正在李谷雨书记办公室报告两路跨国追逃队的战况。

"此前我们一直是在秘密行动，到昨天，徐富达在缅甸被缉拿归案，麻二娃在从越南转机抵达泰国曼谷机场时，被市局刑警支队刘海涛所带人员直接挡获在了机场出口。"

"不错不错。"李谷雨大加表扬后突然问，"你们这次秘密追逃行动，是省厅统筹安排的？"

"报告李书记，徐富达和麻二娃的案子已经惊动省厅了。"

"没想到是这么严重啊！"

刘大江看见一抹阴云从李谷雨眼中闪过。"书记放心，现在都在收网了，离结案的日子快了。"

刘大江说完就起身回了，但李谷雨却半天才回过神来，一连串问号在他脑海里直打转转。这么大的跨国追逃行动自己咋一点不知道？听说那肖一凡的脑溢血有可能是装糊涂放的烟幕弹，还听说专案组的洪浩厅长和市纪委同志已经两次去过干部病房，而半停职的韩月川住在干部病房里这些天，很有可能与肖一凡同病相怜搅扯到一起了……要是这些传说都是真的，那自己实在是太被动了！

打电话给孙玉珉，没人接听。又拨打林旭晖的手机，他说正陪鞠秘书喝茶呢。"鞠秘书什么时候来的？"

"刚来一会儿呢。"林旭晖在电话那头说得很随意。

"常总来了么？"

"鞠秘书说，要等正式签约时他再赶过来。"

"侯老呢？"

"鞠秘书说，签约时一并前来见证。"

"兄弟，抓紧哟！"李谷雨说完正准备挂机，突然又补充了一句，"晚上叫熊冬生安排好，我也过去会会鞠秘书，同时我们和熊董事长还要商量些事情。"

有人敲门，是田晓伟和胡常威。

"晓伟呀，你的事还是老方案，换届人事小组已把初步想法报上去了，你就放心好好干吧。"

田晓伟说过谢谢书记关怀便退了出去，并随手将房门关上。

胡常威坐在李谷雨对面，见李谷雨阴着脸好半天没开腔，便主动说："前几天安装在三〇六房的设备没起到作用。"

"你呀，不要把事情搞大了。前次你去偷拍的照片和视频是起了重要作用，如果没有这些，调查组和市委是不可能停韩月川职的，但私安摄像头是违法的呀！"

"我也只是想，能尽快拿到让他们直接倒台的铁证。"

"恐怕不全是吧，民间传的清龟山乡官四大活宝，你是啥角色？你心里想的啥不要以为我不知道，你安装摄像头，就是想看到了人家那丰满的光屁股吧，你现在兴奋啦？色胆包天，真是成事不足、败事有余！"

"书记骂得对，我主要还是想取到他们直接通奸的证据。"

"但找达是要重用你的，这次换届是计划安排你按替田晓伟的位置，然后直接进常委班子。"

"李书记真是我的再生父亲啊！"胡常威一下跪在地上，故意挤出了几滴感激的眼泪。

"你下去要把你那同学和他师姐，给我死死盯牢！"

五

  为了减少跨国空中引渡办理国际手续的烦琐，郭副市长和刘大江反复权衡并报省厅同意，押解徐、麻在逃人犯回国最终选择了走陆路的方案。

  走陆路方案最关键的是两步。第一步是通过单一国内航空线，市局缉鼠A队必须安全将麻二娃从泰国曼谷机场押解到离金三角最近的清莱机场，再走陆路安全运送到金三角唐人街，然后和邱之兰带队的缉鼠B队会合一路。第二步是通过国际跨国程序在中老边境将在逃人犯安全引渡回国。

  因为市局刘海涛带队从泰国清莱机场到金三角唐人街，邱之兰从缅甸小勐拉押解徐富达一行到金三角唐人街，都必经道路崎岖、环境恶劣的山区，一旦地方私人武装介入，押运徐、麻二人犯就必定危机四伏险象环生。

  邱之兰和张勤是经过周密部署和策划才从小勐拉出发的。首先是高薪聘请了一家搬运公司，先将徐富达三人大张旗鼓地装入一个厚厚铁皮包裹的车厢里，前面是吴松的那辆奔驰越野车开道，缅方警局的车殿后，缅甸警局还派了两位警察同行配合行动。其次是车队行到中途隐蔽处，邱之兰特别将大车中的徐富达押下来秘密塞进了开道车里，张勤带领覃刚押守搬运大车。

  但事故终究还是发生了。

  车队行至金三角密林转拐处，邱之兰和张勤都能清晰地看到湄公河了，河对岸就是中国的领土。突然，前面开过来一辆翻斗大货车把路一挡，道路两侧一下冲出来十多个手持冲锋枪的私人武装杀手。

  邱之兰下车去行礼交涉，对方一个领头的一看就是中国人，汉语讲得极好。"我们只要那个叫达哥的，你们把他交出来，我们绝不伤及无辜。"

  坐在前面奔驰车里的徐富达正张开嘴想呼救，被郑自然一把捂住了嘴巴，另一只手将冰冷的枪膛直直抵住了他的脑袋，徐富达只好乖乖地躺下。

  私人武装从坡上下来五六个人，径直走到搬运车的后门口，呼呼两枪将车门锁打掉。他们拉开车门厉声直呼道："谁是达哥？"

铁皮车厢里除了三个便衣警察便是严珊珊和徐富达的保镖，二人嘴巴被堵着，想说话，蹬了几下腿无法表达。

张勤刚才听到邱之兰与对方头目对话，他已做好了顶替的准备，自己给自己戴上了手铐子，嘴里也用毛巾堵了，还故意显露出自己身上那左青龙、右白虎的文身图案。

私人武装杀手的冲锋枪都已上膛，覃刚双手握着手枪也不敢动作。两个高个子上前一把扯掉张勤口中的毛巾。"你就是达哥？"那声音一听就是广东人。

"是的，我就是徐富达。"张勤故意给覃刚使了个眼色，意思是赶紧将严珊珊和那徐富达的保镖看稳，然后身子一跃，就拱到了那个广东人怀里。"谢谢你们来救我！"

那个广东人身子一趔趄，张勤一头栽在地上。

那广东人和另外一个高汉端起枪对张勤的胸膛就是一阵扫射。

太突然了，仿佛就是在一瞬间里，张勤就倒在了血泊中。等邱之兰和缅方两个警察赶过来，那十多个武装杀手早已逃得无影无踪了。

邱之兰一把扶起张勤的头，只见他嘴里不停地向外冒着血水，隐隐约约地说出了含糊不清的几个字，只有邱之兰听得懂：儿子……名……字……

铁皮车厢里的严珊珊一下惊呆了。覃刚恶狠狠地一声大吼："你这婆娘刚才不是要拱着出去吗？怎么不也给你两枪！"

坐在前面奔驰车上的徐富达几步冲过来，双腿跪在张勤面前·"张警官，是你替我换了一条命，他们杀人灭口呀，我再也不逃了，我一定跟你们回国去。"

第二十一章 异国守候

293

第二十二章 小暑三候

一

李谷雨下午五点半就到了风城宾馆,他和林旭晖一直在贵宾楼的会见厅里等候着北京的客人。

明天是七月八日,一年二十四节气中的小暑,北京方舟集团将与风城县政府举行矿业园区整体重组与合作签字仪式。

因为飞机晚点,李谷雨和林旭晖一直等到将近晚上九点,常总和鞠秘书一行才到风城宾馆。一看侯老没来,李谷雨多少有点失望。常总忙解释说,侯老突然病了,高血压头脑晕眩上不了飞机,但老爷子有两句话必须单独传达给李谷雨书记,然后将李谷雨拉到一旁,极其神秘地低声说:"上面的事基本妥当,估计下月就该有动作了。"

李谷雨等的就是这句话,立马喜笑颜开吩咐熊冬生摆盏迎客。"常总今天舟车劳顿,我们得去碰两杯。"

常总却说:"今天实在很累,还是早些休息吧,明天还有签约正事呢!"

但李谷雨、林旭晖盛情挽留,常总只好委托鞠秘书代表方舟集团去长城凤凰堡共进友情晚餐。"下一步,这风城项目就派她来具体负责了。"

常总虽然缺席,但这顿宵夜却依然吃得很欢。李谷雨、林旭晖陪着鞠秘书先后喝了两个小钢炮，田晓伟忙于后勤服务躲过好几次酒，熊冬生坐在一旁一直念叨关键人物还没来。胡常威中途赶来，他毕竟是峡口工业园区管委会主任，这娃眼尖，走拢就说："政府班子的孙常务咋没来呢？"

李谷雨这才想起，明天还要孙玉珉上台代表政府签约呢，忙说："请他快来，得事先预热一下。"

田晓伟立刻打孙县长电话，连拨几次都没人接听。

林旭晖今晚异常兴奋，和鞠秘书频频碰杯，仿佛这风城项目的总经理早就是自己人了。坐在对面的熊冬生绕过去也碰了一杯，很正式地说："下步这风城项目叫啥名称呢？"

"熊总放心，我们和常总也认真合计过，就叫方舟石业。"

"方舟石业好呀，叫起来顺口吉利，又回避了那个敏感的矿字。"林旭晖抢着说。

"现在是你们方舟集团出任董事长，如今又派来管事的总裁，那我们长风也该出个财务经理吧？"

眼看鞠秘书没开腔，林旭晖就上前劝说道："你这大董事长莫太小气，锅里有了碗里自然有。"

"但林书记，这是资本经营的规则。"

鞠秘书站起来，三人共同举杯相碰。鞠说："资本力量无穷，我们就按股本比例派独立董事行权吧。"

熊冬生轻蔑地瞟了鞠秘书一眼，转头见李谷雨坐在主位稳慎着没开腔，只好将杯中酒一口饮过。胡常威抓起一串风城烧烤麻辣鸡块，边往嘴里送边问熊冬生："熊哥，听说麻二娃在泰国被人枪杀了？"

"怪他自己上错了道，罪有应得。"

林旭晖瞪了胡常威一眼，心想："你胡常威真是哪壶不开提哪壶。"

熊冬生却说："林书记，这可是原则问题哈，我与麻二娃丁是丁、卯是卯，若我熊冬生真有问题，那公安局早来收拾我了。"

李谷雨一脸凝重地告诫说："公安局初步认定，这是一起买通金三角私人武装杀人灭口案，不仅核心证人死了，我们还牺牲了一位优秀的公安干警。你们今后一定要从严管束自己的部下，这是血淋淋的教训呀！"

鞠秘书坐下来噤若寒蝉，幽幽地说："风城有这么乱？那我们企业今后咋个搞？"

林旭晖轻轻地拍了她一下，满脸醉意地说："妹妹，还有我们呢，有刀把子为你保驾护航，你还怕个啥！"看他那口气，俨然自己已是风城县委书记了。

李谷雨突然有些心神不安，叫田晓伟再打孙玉珉的电话，电话响着，对方还是没人接听。林旭晖说："这清龟山乡官四宝中的醉鬼，恐怕又是被人灌翻了。"

李谷雨忙厉声道："晓伟盯着哈，明天正式签约，他孙玉珉可不能误了我们的正事。"

第二天小暑，正式签约仪式定在上午十点。

小暑分三候：一候温风至；二候蟋蟀居宇；三候鹰始鸷。

可等到正式签约仪式开始，会场仍不见孙玉珉的人影。李谷雨心中有些慌乱，忙亲自拨电话问专案组洪副厅长，洪浩电话里说："我们还没找到孙县长呢。"

李谷雨叫住田晓伟："怎么弄的，不是叫你好好盯着吗？"

"电话一直没人接，去家里和办公室都找过了，一直没见人。"田晓伟一脸委屈。

"你马上打电话找政府办喻小菊！"

"啊？喻小菊？"田晓伟满脸疑惑。

"惊奇啥，他俩早就暗地里上床了。"李谷雨低声说。

田晓伟见常总一行已入席落座，十分担忧地说："书记，现在找到他也来不及了，就让林书记签吧。"

"你先去找，若是醉酒误事，老子明天就撤了他！"

田晓伟正要走，李谷雨又叫住他："这是县政府的投资合作协议，要依法行政，得由政府的人来签字。"

"今天是礼拜天，找谁呢？"

"随便哪个副县长都行，程子寒不是分管招商吗？"

"开始并没有计划他呢。"

"马上打电话。"李谷雨焦急地说。

田晓伟立马拨打程子寒电话，也是关机。

二

程子寒昨天和梅凤经理在一起。

周五给肖辛芯通过电话，她刚好在外地出差。程子寒一想回省城去也是空跑一趟，下午就独自去了龟泉寺。

前次路过龟泉寺，恰逢三月倒春寒。而此次再去，六月仲夏，整个茶山已是绿油油一片，漫山遍野，翠色欲滴。春竹乡的几个大项目都陆续上马，选址龟泉寺一侧的清龟山珍稀动植物生态科普博物馆，公开招标的规划设计团队也早早来到现场实地踏勘。

程子寒赶到龟泉寺观音殿，鲁道长正与文运昌煮着黑窖红茶相互论道。一见博士县长进来，鲁、文二人忙起身相迎，香气四溢的酽茶立马满盏。

鲁道长说："前些天读了你在省报上那篇文章，真是受益匪浅。"

"我也是有感而发。"

"网络上已纷纷转载，但我也听到好些人却评说你是书生意气。"

"我只是从生态位基本法则角度，来透视官场文化的一些缺陷，然后上升到领导干部政绩观的五种乱象，自然会让一些人汗颜的。"

文运昌却说："是啊，现实生活中混浊的人多了，干净的人反而成了一种过错，明明是他们自己的心歪了，却反而说你需要吃药。"

程子寒回道："中央现在正在治理。如果大家的政绩观都歪了，那整个政治生态自然就会移位。"

文运昌轻轻饮过一口茶，说："最近我读《淮南子》，书里说，有阴德者必有阳报，有阴行者必有昭名。我们平常都说人要积阴德，而风城近几个月来连续发生的事却让我老是在想，我们好多人没有了敬畏心，无论是对宗教，还是传统的孔孟之道，人总得有个道义约束的边框，更不用说党纪国法了，要么不作为、不担当，要么就为了一时的政绩而乱象丛生、胡作非为，土地上自然会生出各种妖魔来。虽然这些是少数，但严重损坏了干部形象，这也属于程县长所说的生态位越规了。"

鲁瞎子微闭双眼，漫不经心地说："佛教里说，一个人做了好事和善举让人知晓，那是阳德；如果行善积德而不为人知，这就是阴德了。阳德随做随报，而阴德则需要默默积累。正如程博士文章中所说，浮躁焦虑的心理，必然会导致政绩观上的偏差，包括大肆挥霍子孙们的资源来营造政绩，这自然也是一种妖气。"

"你们道家讲五毒，在贪、嗔、痴、慢、疑这五毒中，贪为首毒。"文运昌品了一口茶后接着说，"但我认为，人皆凡人，贪吃是贪，贪杯是贪，贪图美色也是贪，但贪图权力却是一种更隐蔽、更可怕、更不容易被发现的大贪。"

"文主席说得是，贪婪权力，其祸害更大。"程子寒附和道，"马克思在《资本论》中就说，如果有百分之十的利润，资本就保证到处被使用……如果有百分之三百的利润，它就敢犯任何罪行，甚至冒被绞首的危险。这种过分的贪欲，必然会随之带来无数肮脏的东西。"

鲁瞎子却说："人生有两种境界，一个是知道，一个是知足。知道，是让你活得明白；知足，却是让你能活得幸福。"

三人煮茶论道正兴时，殿外进来一位香客，身着一身素青色旗袍，手里还挂了一串褐黄色的念珠。程子寒抬头细细一看，竟是梅凤。梅凤仰视石壁上的观音像，两眼空蒙一片茫然。

"我想来再喝一口观音泉。"

鲁瞎子放下手中茶盏移步过去，取下木桶轻轻放进深邃的泉眼里打起半桶泉水，又从井沿边取了个一次性纸杯，舀了半杯泉水递给梅凤。"天下泉水本无异，只因你眼里多了一层佛意。"

梅凤慢慢饮过杯中泉水，眼神有些游离地说："我七年前刚来风城时，就来此饮过这观音泉，三年前又来品过一回，今天再来，事不过三，也算是我梅凤此生的福缘了。"

"只恨人心不如水，梅总今天咋心事重重？"

"近来经历的事太多，心里实在装不下，期待大师能为我点盏指路的心灯。"

没等鲁瞎子回话，文主席在一旁招呼说："来来，梅总先喝杯茶。"

鲁瞎子从盆里取过一个茶碗，用开水烫过，然后续上黄澄澄的红茶。

梅凤坐下来静静品着文主席和鲁道长亲手采摘、亲手制作又亲手熬制的黑窖红茶，眼睛止不住朝程子寒看。

文运昌就说："梅总呀，这人生亦如茶，必定是要先经历风雨的。你看那鲜嫩的茶叶从树上采摘下来，千炒百揉，才形成杀青的绿茶；如果要制成半发酵的红茶，还需经历闷蒸、揉捏和酵焙；如果要制成全发酵的黑茶，那渥堆、复揉和烘焙发酵的程序要经历一两年之久呢。"

梅凤却回答说："这人啊，有时真如蚂蚁来到这个世上，忽生忽死，忽聚忽散，真是人生渺茫一场梦。"

程子寒盯着梅凤，满眼疑惑地问："梅凤，你今天咋突然变得如此消沉？是不是麻二娃命丧异国，你也有些悲叹？"

"那倒不是。"梅凤端起茶碗轻轻抿过，哀怨地说道，"鱼那么信任水，水却将鱼煮了；树叶那么信任风，风却将树叶吹落一地。"

"梅总啊，那煮鱼的不是水，而是火焰；那吹落树叶的也不是风，而是萧瑟的秋天。"停了片刻，文运昌接着又说，"梅总，王阳明讲过，一个人事业和人生陷进困境，不外乎三个原因：一是不明事，就是身处一种环境看不到事物背后的真相；二是不明人，过分地信任人却不明白他待你的动机；三是不明己，自己已陷入重重危机，但却还不知道醒悟。"

"你们讲得太深奥了，我在一种圈子里闷得太久，满眼都是迷茫。"

文运昌正要接话，放在一边的手机响了。一接，是李谷雨的。

"李书记，你打电话还是谈我的事？"

对方电话里说些什么大家听不见，只听到文运昌回话说："市里我就不去了，政协常委和县政协主席我一起辞，明天我就交辞职报告。"

李谷雨又说啥，文运昌好像有些不耐烦："李书记你放心，我没有情绪的，这做官本来就没止境，无官一身轻嘛，我就回清龟山种茶去。"

文运昌说完就将手机关了。程子寒忙问："主席咋回事？"

"他们要我让位置，让就让吧，我这人，没官瘾，不在乎多干一年少干一年，卸去这顶官帽也许还是解脱。其实，做做陶渊明，也是一种境界。"

"你给谁让位置？"

"不就是孙常务嘛！"

"那你下步真要告老还乡？"

"我正打算，将我那文家老房子，好好办成一个农耕与茶文化的民俗博物馆。"

三

从龟泉寺出来，文运昌回了他的老房子，程子寒坐梅凤的车往回走。

程子寒坐在后排，忍不住问："梅凤，你能告诉我，你是咋进长风集团的？"

梅凤像是在有意回避着自己的过去，没有正面回答，却喃喃自语道："万丈悬崖终有底，唯有人心不可测。"四周渐渐暗下来，山沟里一片阴森。车走了一程，梅凤又才说："程哥，调查组也找过我了。"

"咋回事呢？"

"有人写信诬告，说我们俩有不正当关系。"

"这不打胡乱说嘛！"程子寒一脸愤怒。

"他们拍了我们的照片，就是那次我们在红灯笼逍遥宫里吃茶。"

"我们那次，不就在大厅里跳跳舞么？"

"我已向调查组说明白了，我肯定不会害你的。"

"梅凤，你老实告诉我，你是怎么和熊冬生缠到一起的？"

沉吟片刻，梅凤终于说："我是个不干不净之人，就把事全告诉你吧。"

原来，梅凤是企业家熊冬生当年全款资助的甘肃陇南一位贫困山区大学生，她大学毕业后就直接去了长风集团搞文案。随着熊冬生返乡创业，她就跟着来到了风城。在血雨腥风的商战中，她不仅全程目睹了长风集团资本的血腥扩张，还曾多次充当过资本肮脏交易中温柔的帮手，就比如风城县委招待所改制，就是由她梅凤主演的一部杰作。

"程哥，我以下说的，你可以录下来。我虽然自曝了丑事，但你今后可以多一发反击对手的子弹。"

程子寒没有回话，心想，我就是再无助，也不会去牺牲一个善良的女人，来获得自己政治斗争中的垫脚石与战斗筹码。

梅凤在前排边开车边说："那天晚上是在康全市里，大家都喝了很多酒，熊老板就在熊猫大酒店里为每个人开了房间。回房时，熊老板非要我给当时的风城县委书记送钱去。"

"当时的书记，李谷雨？"

"嗯！"

"就是为了收购县委招待所？"

"是的，那时招待所所长就是胡常威，孙玉珉还没去清风镇，是县委办分管后勤的副主任，这些都先打点过了。那时的马良县长不同意整体出售，尤其是那片传说风水很好的生态绿地，所以熊老板才将赌注集中下到了李谷雨身上。"

"当时他收钱了？"

"没收，我提进去的皮箱他没要。"

"于是，你就光荣献身了？"

"程哥，我那时才二十一岁，完全是一个清荷玉女，初出社会，出于对熊老板的感恩，没想到熊老板早在饮酒时就往我杯里下了药。当我走进李谷雨的房间，周身发热，大脑里一片空白，加之李谷雨那高大的个子，我还咬了他一口，但都没能逃出来，当天晚上，我的女儿身就被他强占了。"

梅凤一路哭一路笑，给程子寒讲了风城县很多很多陈年旧事，她尤其告诫程子寒，千万要防范县委的林书记。

临近县城，车却没油了，车内车外一片漆黑。

梅凤突然说："我知道你不愿意牺牲我去作反击对手的棋子，但程哥啊，防人之心不可无。"她说完就从汽车前排起身一跃跨到后排，将一个U盘放进程子寒手里，"我已将我知道的一些事都录在上面了，身处绝境需要证据时，程哥可以拿出来保护自己。"

"谢谢你，梅凤！"

"我们，是半个老乡呢。"

程子寒感激地将梅凤轻轻一揽，只觉女人一阵战抖。"你是个善良的女人，为了报恩，连自己都牺牲了。"

"要是能早些遇上你，那也就好了。"梅凤紧紧搂着程子寒，"最近，我又找来巴老的'激流三部曲'重温了一遍，书里有个人物，太令我感动了。"

"谁呢？"

"就是《春》里那陈剑云，一个得了肺病的穷书生。"

程子寒没答话，任身边女人娓娓道来："陈剑云刻骨铭心地暗恋着高家二妹淑华，但他不能表露，在他卑微的心里，高家二妹，就是他心空中光芒四射的北斗星，他只能远远地仰望着她。他说，他生命里是借助她的光芒来照亮自己前行的路，最后，他去了抗日战争的最前线。"

程子寒心头明白梅凤所要表达的情绪，但还是越听心头越疼，猛地一把将她紧紧搂在怀里。梅凤动情地轻声说道："你也是天上的星星，天上耀眼的北斗，我感激上苍，感谢给我仰望你的福分。"

"梅凤不要这样说！"

"梅花爱雪雪不知，开在雪中做痴情。芳心碎落三千瓣，片片香魂皆泪痕。"梅凤顿了一下又接着说，"但自己却错把陈醋当成墨，真是，写尽半生纸上酸。"

"梅凤，你不能如此悲伤！"

程子寒感觉到偎在怀里的女人周身瑟瑟发颤。

一辆汽车射着刺眼的灯光从小车身边急驰而去，震耳欲聋的汽车喇叭声一下划破了夏夜里空旷的夜空。

汽车蓄了些余电，不能启动发动机马达，但还可以带动车内音箱：

那日君一别啊
今又雪花飞
思念你的歌
醉了那枝梅
白雪飘红泪
滴滴寒香为谁醉
红颜付流水
片片花骨也成堆
谁说梅花没有泪
只是冰雪
还未寒透梅花蕊
谁说梅花没有泪
只因等你
几度寒来望春归

程子寒认真听着，这是网络名曲《梅花泪》。

程子寒此时并不知道，梅凤已决定离开风城。

汽车音箱还在继续吟唱，那牵肠挂肚的歌声如流水般静静流淌，整个空气里全是柔情万种。

谁说梅花没有泪
只是冰雪
还未寒透梅花蕊
谁说梅花没有泪

只因等你
几度寒来望春归
谁说梅花没有泪
只是冰雪
还未寒透梅花蕊
待到漫山春又红
共吟花前
不枉此生梦一回

四

刘大林匆匆赶去周转房敲开程子寒的房门，程子寒坚决不愿代表县政府去与方舟集团签约。那边会议已开始了，李谷雨只好亲自打来电话，程子寒才极不情愿地赶到了会场。

今天签约场面很热闹，连省上的媒体都请来了好几家。

林旭晖主持会议，方舟集团的常总和李谷雨分别讲话。程子寒急忙给李谷雨书记递过去一个条子：我一个下派县长怎能当县政府的家？要签约，得林副书记一起。李谷雨无奈，只好叫林旭晖和程子寒一同在县政府与北京方舟集团的矿业经济重组投资协议上签了字。

程子寒毕竟见多识广，知道这县政府的法人还是师姐韩月川，就在自己签名后，特别打了一个大括号，括号里写了一个重重的"代"字。

双方签完字，全场响起一阵雷鸣般的掌声。李谷雨站起来，满脸笑容地对来宾和新闻界朋友们做最后总结："今天，是一年二十四节气中的小暑。暑者，热也。小暑，既是民间农活最繁忙的季节，也是人体温升腾最旺盛的时候。唐代大诗人元稹就有诗云：倏忽温风至，因循小暑来。所以呀，我们今天双方的成功签约，一定是个养阳升温、发展向上的美好预兆！"

李谷雨最后一句话特别煽情，会场里自然又是一阵掌声。

"小暑温阳吉祥，但大暑才是一年中时温最高、天气最热的时候，也才是一年中农作物生长最快的季节。在这里啊，我要兴奋地告诉大家，经风城县委、县政府和北京方舟集团慎重研究，十五天以后，也就是七月二十二日的大暑节气里，我们将在康全市熊猫大酒店，隆重举行合作企业正式挂牌仪式暨风城县绿色发展高端论坛峰会，到时，有请大家再次光临，共同见证我们康全大地上又一个奇迹的产生！"

会场里更是一阵热烈而经久不息的掌声。

突然，田晓伟惊慌失措地跑进会议室，急匆匆地在李谷雨耳边报告："孙县长，在凤凰山别墅洋房里，吞枪自杀了！"

第二十三章 熊猫屋

一

很快即至大暑，暴雨说来就来。

韩月川上午在春竹乡实地督战野奢森林空中酒店建设项目，中午饭后突然乌云滚滚电闪雷鸣。县水文气象局局长电话报告说，未来二十四小时从清龟山到县城一带，将是川西点状大暴雨的集中区域。韩月川一边通知召开防洪抗汛紧急视频会，一边赶紧下山往防洪指挥部赶。

韩月川还没赶到县城，天黑沉沉的，宛如铺天盖地的一床厚厚的破棉絮，一道道闪电猛烈划破天空，豆子大的雨滴瞬间就密密匝匝地从天空中倾泻下来。雨越下越大，仿佛天河决了堤，狂风与雷电夹杂着又粗又密集的雨柱，将整个汽车前挡风玻璃打得哗啦啦直响。这雨大得实在叫人心头发颤，白茫茫的雨幕让汽车司机已无法看清前面的路，便只好将车停在路边，任凭倾盆暴雨直下，阵阵雷电仿佛要把整个风城大地都炸得轰隆隆直响。

县政府防洪指挥部设在县水务局。韩月川赶到县水务局防洪指挥部后，才知道县委代理书记李谷雨昨天去了北京，主持县委日常工作的林旭晖手机已出服务区，防洪指挥部只有主管农业的副县长和县公安局局长刘大江等几位局长在岗位上。

韩月川出现在门口，大家都很意外。她毕竟是停了职的县长，走进指挥部也不便多说什么，就直接调出几个乡镇水文观测站画面。这一看她吓了一大跳，两个小时不到，这清河的江面水位已快超越历史警戒线。

紧急视频调度会开始。韩月川首先说："我今天以县委副书记的名义召集会议，看到这么大的雨，我韩月川坐不住啊！"她看着大家投来的信任目光，拿起话筒厉声喊道："请水文气象局局长报告目前降雨情况！"

"报告韩县长：现在收到全县十一个降雨观测点初步消息，降雨量超过百毫米的六个，熊猫谷观测站实测雨量已超过两百毫米。"

韩月川心头一颤，这集中点状暴雨来得太猛烈，必须马上疏散峡口工业园工人和县城低洼地带的居民，同时紧急命令全县各乡镇，特别是清风镇矿业开采区域，立即、坚决、全力防范地质灾害。

又一个小时过去，水文气象局局长又报告：全县雨量观测点已测出降雨量超过两百毫米的五个，清风峡熊猫谷最大雨量达到四百二十六毫米。

从监控视频画面里看到，清风镇清风峡龟肚坝已快与清河洪水面齐平，县城南的下河街已开始进水。韩月川将防洪雨衣往身上一套，大声命令说："你们留守在指挥部全力调度，水务局长、住建局长和大刘立马跟我去下河街！"

韩月川带着几位局长赶到下河街，洪水已漫进了低洼的街面和一楼住户。幸好刚才提前紧急撤离疏散，整个下河街进入应急管制状态。

水务局局长突然报告："清风峡有两条采砂船拉绳断裂，现正随洪峰向县城方向漂来。"

"具体离二号大桥还有多远？"韩月川焦急地追问。

"不足十五公里。"

"马上执行防洪预案，立即组织分段拦截！"

水务局局长走后，韩月川还是不放心，命令刘大江局长："这雨太大了，为防止前两段拦截失败，我们必须做最坏的打算。"

"县长请指示！"刘大江斩钉截铁地说。

"立刻与驻我们县的预备役炮团联系,请求他们大炮支援!"

五十分钟过去了,滂沱大雨还在密密匝匝地下着。

水务局局长紧急报告,由于洪峰太猛,县城上游第一段拦截失败。刘大江局长十分钦佩地向韩月川竖起大拇指说:"还是县长英明,否则今天真要出大事了。"

"大刘,现在不是拍马屁的时候,立即组织部队准备炸船。"

预备役炮团团长站在雨中,向韩月川敬了个军礼:"请县长下达命令,部队审批手续和准备工作已全部就绪。"

"现在,我命令,请炮团同志立即沿河岸选择两个最佳射击点位,为确保二号大桥不受损害,你们务必在离大桥一公里以外,成功击沉这两条采砂船。"

正在此时,十多位业主群众赶了过来,坚决反对大炮击船。"我们这采砂船要值一百多万呢,你们炸了船,损失谁来赔?"

"损失问题事后再议,当务之急,是坚决确保清河二号大桥和两岸群众绝对安全!"

几位业主还是不依。韩月川阴沉着脸厉声吼道:"现在是防洪应急特殊时刻,我代表县政府已下达命令,请大家不要妨碍执行公务!"

"你早就被停职了,哪还有权力代表县政府!"

"但我还是风城县的县委副书记!"韩月川声音陡然高了八度,"请公安局长听令,若他们还敢阻拦,立即强制带离!"

正在这时,市委书记郑宏德在郭强副市长的陪同下来到了现场。"韩月川,我支持你!他们若再胡闹,立即执行治安拘留!"

下午五点半钟,风城县防洪抢险应急事务告于尾声。

市委书记郑宏德对韩月川说:"跟我走,月川同志。"

"去哪里呀,郑书记?"

"你已去过的地儿。"郑宏德说完就上了自己的防洪越野车,郭副市长随即上车。

韩月川上车紧跟其后,车停下来才知道,郑书记带她来的是纪委办案中心。

韩月川心头扑通扑通直跳：不知道又是哪条江河泛洪水了。

二

刘源森陪同韩县长检查完森林野奢空中酒店和鱼子酱建设项目，才突然记起，今天是邱之琪的三周年祭日。

等韩县长前脚一走，刘源森立刻打发陈林回到乡上去陪同两个副乡长值班，自己就赶紧往清龟山上跑。当年那场车祸事故后，邱之琪母女俩就埋在茶仙坪旁半山腰的山林上。

刘源森去上坟不敢动用公车，一旦被人拍照摄了像，跳进黄河也洗不清。车子送到中途，他下车在村主任那里借了辆电摩托就直往山上赶。本来还想去买刀纸上山烧一烧，突然记起前不久市政府刚刚颁布了森林防灭火十条禁令，只好骑着电摩托去山林里采摘了一大把野花，有山芍药、刺牡丹，还特别找了几株马莲。山芍药白中带黄，花瓣洁白而妩媚，淡黄色的刺牡丹正好包围在山芍药和马莲花的外面，那寄人哀思的寓意便不言自明。

路上树木林立野草丛生，刘源森看见岩边荆棘乱草丛里正开着几朵向阳菊，灿灿的金黄色异常耀眼。向阳菊，又称太阳花、波斯菊，也叫不死的爱情花。刘源森将手里的花束放在草地上，袖子一挽就穿过刺丛直接爬上岩去采了两枝，回来时双手被刺藤划了两道深深的血印子。

天开始慢慢阴下来，团团乌云将本来明朗的天穹压得十分低矮。

刘源森阴郁着脸来到邱之琪和女儿的坟前，小姨妹邱之兰已先他一步到了。邱之琪和女儿的坟，一大一小紧相挨，那丛丛黄荆树在坟周疯长，坟头、坟前刺草丛生。

邱之兰正弯着腰在打整坟前乱草。

"兰子先来了。"

"我以为你忘了呢！"

"差点！"刘源森将手里野花放在一边，上前接过邱之兰手里的小砍刀，毕竟是在农村工作，大男人横竖几下就把坟前的小块平地给亮了出来。

邱之兰将放在旁边的塑料袋提过来，慢慢掏出几个苹果和香蕉，轻轻摆放在邱之琪的坟前。"姐，今天，我和姐夫来看你了。"

刘源森将野花分了一半递过去，邱之兰没来得及接就先跪下给姐姐磕头了。他随即将这把野花摆放在了水果堆旁，然后将两枝向阳菊在大小坟头上各放了一枝。

邱之兰给姐姐磕过头，起身提起塑料袋又蹲到小坟堆前，小心翼翼把袋子里的三个杧果和一包巧克力取出来，沉沉地堆放在小侄女的坟前，一边撕扯巧克力包装袋，一边郁郁地说："娃呀，爸爸和小姨来看你啦，小姨知道你不喜欢吃香蕉，你最喜欢杧果和巧克力糖，小姨都给你买来了。"

刘源森听姨妹如此一说，心里仿佛有无数小小钢针扎过。一晃邱之琪母女就离世三年了，阴阳相隔往事如烟，从前夫妻间的情分与和女儿诀别的伤感，又迅速涌上心头。

见刘源森坐在坟前情绪低落，一句话不说两眼有些发呆，邱之兰走过去挨着姐夫坐下。"好在，这母女俩，在这荒郊野岭里也算有个伴儿。"

"一晃三年了，兰子，我一直后悔呀，悔不该当初太忘我工作而冷落了你姐，悔不该当初一气之下丢开她们母女俩。"

"哥，不要太自责了，人世间好多事是回不了头的。"

"我那时太固执、太较真，这些年里，我心头一直在滴血，妹子，我真的好后悔呀！"

"哥！"邱之兰挨近刘源森，把头靠在他肩上，一改先前刚强的口气，楚楚地说，"都过去这么多年了，姐姐也有她的过错，她不会怪你的。"

"兰子，苏东坡有首著名的悼亡诗，《江城子》，你读过吗？"

"以前读过，现在不记得了。"

"十年生死两茫茫，不思量，自难忘，千里孤坟，无处话凄凉，纵使相逢应不识，尘满面，鬓如霜。……"刘源森一字一句地背诵着苏东坡这首悼亡词，那语调叫人有撕心裂肺的伤痛。

"哥，你不能老这样下去，兰子一直在等着你呢！"

"兰子，哥哥不配！"

一条乌梢蛇从大小坟堆间的草丛里慢慢爬出来，昂起头朝二人望了望，然后傍着坟边轻轻蠕动，很快又没入草丛。

邱之兰侧过身，伸手紧紧搂住刘源森的脖子。"哥，姐姐在看着我们呢！"

团团乌云正在上空快速集结，天边滚过来几声响雷。

刘源森突然问："你姐的案子完全查清了？胡常威参与没？哥恨不得亲手剐了他龟儿子！"

邱之兰依偎着刘源森，一字一句地说："查证清楚了，他中途才知道这事，的确没有直接参与。汽车虽然是他去找人借的，但他并不知道那刹车片被人动了手脚，完全是徐富达暗中指使两个混混干的。"

"徐富达！杂种！"

满天乌云密布，四周道道闪电掠过。

"请哥相信，妹妹一定将徐富达这个黑心恶霸亲手送上刑场！"

"这些狗杂种啊，欠我两条鲜活人命！"

随着道道风驰电掣般的闪电划过，整个山谷间又轰隆隆滚过一串震天动地的炸雷声。

二人又呆坐了一会儿，天空开始落下豆大的雨滴。邱之兰轻声说："哥，人死不能复生，天要下大雨了，我们回吧。"

刘源森没说话，呆呆地看着面前的坟堆发愣。

邱之兰站起来，拍了拍沾在身上的几根草屑，一把扯起地上的刘源森。"我们走吧，大暴雨呢。"

刘源森和邱之兰不舍地别过绿草蓬生的坟堆，一前一后赶紧往回走。走着走着，一场多年不见的大暴雨瓢泼式地从天空中倾泻下来，将二人浑身上下淋了个透。这雨实在太大了，白茫茫一片，淋得让人睁不开双眼、迈不开脚步，仿佛整个世界都要被毁灭一般。

刘源森和邱之兰相互搀扶着，在大暴雨里跌跌撞撞往前走。正好，不远处有两个刚好落成的森林野奢酒店空中吊脚屋，二人便飞跑过去。

吊脚屋，两面靠在两棵大柏树上，屋底用四根柱子支撑着，木墙木窗，木梯上楼，屋顶盖着特殊的轻型环保材料，远远望去就像挂在树丛间的两个巨大的鸟笼子。

刘源森牵着邱之兰登上吊脚鸟笼屋，轻轻打开虚掩着的房门，二人两步跨进屋去，屋外的雨下得更加猛烈。

吊脚鸟笼房一室两间，简约装修已经完成，只是还没有摆设床上铺被和日常用品。刘源森一按墙上照明开关，电并没有通，转身见邱之兰一身水湿的衣裤紧贴着身体，浑身上下凸凹有致，便说："妹子，这里水电不通，我们只能暂时避避雨了。"

"这水湿衣服冷飕飕的，难受。"邱之兰说完就自己毫无忌讳地将上衣脱了下来，三两下把衣服拧扭出一大摊水来。刘源森看着邱之兰光滑溜溜的半裸身子，心头一阵狂跳，忙转过身去不敢继续看。

邱之兰将湿衣服抖了抖，一手铺在木椅靠背上，故意转到刘源森面前，对着面说："哥，快把衣服脱下来，这湿衣服伤身子。"邱之兰几乎是命令式的口气，边说就边帮刘源森脱衣服，自己高隆的前胸直抵刘源森的胸肌。

看着面前小姨妹半裸的上半身在眼前晃晃悠悠，刘源森呼吸不禁急促起来。邱之兰将眼前这男人身上脱下的湿衣服往椅子上一丢，轻轻呼唤了一声"哥"，二人就紧紧拥抱在了一起。

女人说："哥，我从来没被男人挨过，我一直在等你！"

"这么多年，你和你姐，都一直幽居在我心口里，我放下过天地，就是放不下你们。"

"佛说，前世记忆的消散，才有今生的有缘相见。"女人躺在男人宽厚的胸前，温柔绵绵地喃喃自语："哥，留在身边的，缘分已起；转身离去的，缘分已尽。缘分尽了的，你别恨，你也别再念，惹相欠的，来生自会再相见；不再相欠的，你心里不要再留恋。"

"妹儿，哥记下了！"

突然，邱之兰重重地啊了一声！刘源森一抬头，只见里屋门口站立着两只萌萌的大熊猫，一大一小，两对黑眼圈里的大眼睛，正目不转睛地盯着屋中二人。

刘源森惊奇地说："这茶仙坪，怎么会有大熊猫？"

"有可能也是来躲雨的吧。"邱之兰揶揄着说。

"这春竹乡好多年都没有大熊猫了。"

"现在生态环境恢复好了，大熊猫再回来，这是大喜呀，哥！"

二

韩月川硬着头皮跟着郑宏德书记和郭副市长来到二楼小会议室，只见省监察厅洪浩副厅长已在屋里等着了。

"老郭忙你的去吧。"郑宏德沉闷地说。

郭副市长给洪浩打了一声招呼后走了出去。韩月川一看郭副市长出去房门没关，便走过去关门。透过半敞开的门缝，韩月川看见郭副市长径直去了斜对门屋里，那屋里竟然坐着肖一凡，还有身着劳改服装的老县长马良。

韩月川满腹疑惑地转身坐下来，郑宏德边喝水边说："月川同志，首先要向你通报一个情况。"

"请书记指示。"

"省市调查组和市委暂停你县长职务，这是我们的一种策略。"郑宏德见韩月川一脸惊奇后又补充道，"有些时候，我们就是要让一些事情充分暴露。"

洪浩站起来，给韩月川端了一杯茶水。"但这并不意味着，你身为一县之长就没有过错。比如，在大是大非和原则面前，你身为一个共产党员，却显得过分圆滑和没有原则性，过分爱惜自己的羽毛，实质上就是缺乏斗争精神。"

郑宏德接着说:"所以,今晚由我和洪浩同志,分别代表市委和调查组,有几个问题听取你最后一次陈述,希望你对组织忠诚。"

洪浩也补充道:"也请韩县长放下包袱,今晚这里也就我和宏德同志,我们会对你的讲话绝对保密。"

韩月川心头有底了,抬起头来十分镇定地说:"我保证知无不言,请领导提问吧。"

"那本黄色禁书《灯草和尚》,现在已在我们办案人员手里了,请月川同志如实讲清这里面的故事。"

见韩月川还是有些迟疑,郑宏德语重心长地说:"关于这个问题我们并不做记录,但你必须如实讲清楚此书的来龙去脉。"

洪浩又开导说:"再告诉你吧,这本书我们已做过指纹鉴定了,凡经过手的人,我们心头已有数了。"

都说到这个份上了,韩月川只好一五一十地将此书的来源毫无保留地说了。

"你与下派副县长程子寒,是同门师姐弟?"洪浩语调平淡地问。

"是的,我们读研时师出同一个导师。"

"有人反映你们间关系不正常,有吗?"

"我们同学感情是割不断的,但我以党性和人格保证,我们之间绝没有越线。"

"现在问你第三个问题,你是否认识北京方舟集团的常总经理?"

"常总我见过一回,谈合作我没参加,只是陪过餐。"

"那你是否知道,他请来过一位智囊顾问侯老?"

"不知道。"

"李谷雨是否暗示过你,需要你去接触常总商谈玉矿的出让?"

"李书记是说过,他说我们是连在一根藤上的瓜,因为肖一凡书记病了,他曾暗示过我,可以力保我接县委书记,所以要我去与常总商谈,但他的确没讲出让玉矿的事。"

"你去主动找过常总吗?"

"没有，我连常总的电话也没留。"

"你知道为啥后来李谷雨找林旭晖去谈判，而没找你吗？"

"不知道。"韩月川停顿了一下，又补充道，"也有可能是市委中心组学习那天，我的发言让他失望了。"

"你为啥这样认为？"

韩月川说："那天会议中途间，我们在上厕所的路上相遇，他批评我被人洗过脑了。"

"现在问你最后一个问题：孙玉珉吞枪自杀，他是你的常务副县长，你认为这与金三角谋杀案有联系没有？"

"这我不知道。"

"你是否向他透露过境外追逃的办案信息。"

韩月川仔细想了想，然后十分慎重地回答道："我后期虽然被停职了，但整个追逃行动是绝密，县里只有刘大江、李谷雨书记和我三人知道，我绝对没有向其他任何人透露过这方面的秘密。"

"好啦，月川同志，话问完了。"洪浩走过来和韩月川握了握手，"也请韩县长对我们今晚的问话保守秘密。"

韩月川点了点头。

郑宏德站起来问："月川同志还有啥说的？"

韩月川想说，却欲言又止。

洪浩说："郑书记，韩县长一定是在纳闷，今天咋没询问她关于龙墅隐舍的事。好些人以为麻二娃死了就可以掐断线索，你们政府办有个文秘科长叫喻小菊，孙玉珉自杀后，她主动来专案组讲了情况，还特别上交了一张巨额存款的银行卡。"

"原来是这样！"韩月川如释重负地冲洪浩一笑。

"宏德同志，我得如实报告你，韩县长，曾是我爸的学生。"洪浩转过身来又对韩月川说："我曾听我父亲说，他有个女弟子在康全市当县长，说人长得漂亮，一身正气却又八面玲珑。现在看来，韩县长的优缺点，确实是一目了然。"

此时有人敲门，韩月川开门一看，是县委办主任田晓伟。"晓伟来干啥？"

"听说市委郑书记来了，"田晓伟将手中会议记录本扬了扬，"县长，我要向组织反映情况。"

韩月川大脑里一时有些乱，走到一楼，见县监察局局长冯启正站在走廊上等着自己，才记起刚才进去时自己将手机暂时存放在他那里的。韩月川接过手机，边开机边轻声问："一凡书记也来啦？"

冯启神秘地点了点头："现在，该是接近黎明的时候了。"

正说着，韩月川手机响了。一接，是刘源森的。"今天下大暴雨，乡里灾损大不大？"

"报告县长，我们乡里严防死守，该撤离的都事先撤离了，没有多大的损失。"

"那就好，但目前还要严防地质灾害。"

刘源森在电话那头开心地说："我要给县长报喜呢！"

"你是不是要说，你们品牌创新的小罐红茶首批产品，已经通过了国家质量验收？"

"我知道，这个夏贝竹总经理已经报告过你了。"

韩月川走出门跨上自己的小车，笑着问："那你还有啥喜报？"

"我们茶仙坪来大熊猫了！"

"不会吧？你那里大熊猫都绝迹好多年了，是不是又跑来向你求救的呀？"

"不是呢，今天下午，有一对大熊猫竟跑到我们的吊脚鸟笼屋里睡大觉，一大一小，是我亲眼发现的。"

"那好呀，今后那森林空中酒店，就干脆命名为熊猫屋吧。"

四

林旭晖提前来到长城凤凰堡里的长风集团内部接待楼层。令他新奇的是，自己才几天没来，这楼层门口已经更换成了环保智能门，大门上还特别喷了一行绿色门标：凤凰熊猫屋。

好一个凤凰熊猫屋！

凤凰是仙界灵鸟，大熊猫是可爱而又稀奇的国宝，表明进入这道大门的，一定是非富即贵的人物。但林旭晖书记心头并不爽，想来想去，这两天被夏贝竹放了鸽子的怨气始终难以消散。

熊冬生见林副书记进来，赶忙亲手泡好一壶上等的红茶，恭恭敬敬将茶盏放在林副书记案前。"李书记回来的飞机晚点，现在时间还早，是不是找个妹儿上来做个保健？"

林旭晖双脚往茶几上一横，抬头狠狠瞪了熊冬生一眼："保健个屁，你也不看看现在是啥时候。"

"前天电视里看到宏德书记来风城抗洪抢险，咋不见你兄弟在新闻里露脸？"

"就是，老板来了县里，居然没人通知我。"

"你是不是周末又耍妹妹去了哟，听田主任说，打你电话一直没在服务区。"熊冬生一屁股坐在林旭晖身旁的沙发耳背上，兄弟情深似的开玩笑说。

"就怪你那套房子，他妈的一直信号背角，前天下午一打雷下暴雨，我那手机就不灵了。"

"我马上帮你换台功能强的进口机子。"

看着熊冬生下楼去了，林旭晖眼前又浮现出了夏贝竹那妖娆妩媚的身姿。自从那天找她来办公室考察前摸情况谈话后，这个妖一样迷人的女人就一直在自己脑海里兴风作浪。现在才刚刚考察完还没上会呢，前天约她周末来好好一叙，电话里明明答应得好好的，没想到，老子在家里泡好茶等了整整一下午，她居然放了我林旭晖的鸽子。

怨气归怨气，但在林旭晖心目中，夏贝竹真不愧是在电视台作过主持人的。世上美人众多，有楚楚动人的丽人型，有超凡脱俗的清爽型，但她这种美丽中带着狐妖一般勾人魂的香艳型，实在是分外撩人。这几天林旭晖仿佛是中了邪一样，只要两眼一闭，那勾人魂魄的美人就妖魔般地折磨着他。他现在就想约她来共进晚餐，但又怕被李谷雨看破了心思。实在忍不住，又掏出手机发过去一则短信：贝竹，前天怎么失约啦？

对方很快回复：那天下暴雨，我赶去项目工地了。

  林：贝竹本不错的，但千万不能辜负了组织。
  夏：感恩领导的推荐。
  林：伯乐相马，马当自有灵性。
  夏：谢谢伯乐，我正悟着呢！
  林：与凤凰同飞，必成俊鸟；与虎豹同行，必成猛兽；要与高人为伍，方能步步高台。
  夏：林部长，我只是林间小鸟，可没那么大的志向。嘿嘿！

林旭晖一看此条，怒从心生，嘴里禁不住骂了一句："扶不起的阿斗，老子随便找个理由就可以把你拿下来。"

"领导又骂谁呢？"胡常威这时推门进来，他刚去理发店焗过油的一头黑发香气四溢。

"别提了，现在就是有些人一点不知好歹！"

"喂，领导！"胡常威躬身弯腰下去，神秘地汇报说，"听人传说，调查组已将监狱里的马良县长又提回风城了。"

"这马良关我屁事！"

"我是担心，韩县长与他联手。"胡常威表面上小心翼翼地说，其实质是在向林旭晖示好表忠诚。

"还传些啥？"林旭晖也斜眼问道。

"大家都盼望着你能尽早成为我们的老大。"

"应该快了吧，要不然，李老板这次从北京回来，咋高兴得非要召见我们喝一台？"

"可能今晚要减一个人。"

"咋呢?"

"刚与田晓伟通过电话,好像是他老婆病了。"

"这个田晓伟呀,左右逢源!"

二人正聊得欢,熊冬生陪着李谷雨推门进来。林旭晖忙迎了上去:"还顺利吧?"

"该见的人见了,我们开论坛会要请的人也都请了,情况比预想得好。"李谷雨胸有成竹回过话,便匆匆进了洗手间。

林旭晖满脸喜色,转头对熊冬生说:"还是点两位妹妹上来助兴吧,不然,光我们几个和尚,能喝啥喜酒?"

熊冬生将一款最新摩托罗拉4G手机丢给林旭晖。林副书记也没推托,迅速将手机上的电话卡取出来装在新手机上。

"这老机子归你,大家作个见证,我们这是商品互换哈。"

熊冬生忙说:"那是那是,林书记用过的,要是拍卖,马上就该增值了。"

两位个子高挑长相姣好的女服务员进来,分别在林旭晖左右两边一屁股坐了下来。李谷雨正好从洗手间出来,侧目瞟过一眼,双眉一皱,厉声道:"你们要干啥?越是关键时候,越不能得意忘形!"

熊冬生立马使了一个眼色,那两个女孩便起身赶紧溜了。林旭晖有些失望地说:"老大,田晓伟来不了,就我们四个和尚喝酒?"

李谷雨说:"还有鞠秘书呢,和我们今天一个飞机来的,今晚正好将下周的挂牌仪式和论坛会的开法好好合计一下。"

"要不将夏贝竹也请来?"林旭晖试着问道。

"请她来干啥?"

"好陪你干酒。"

"你脑子进了水吧?"李谷雨狠狠瞪了他一眼,林旭晖这才想起,这夏贝竹是韩县长力荐的。

李谷雨突然问熊冬生:"梅总在吗?就叫她来。"

"哎哟,忘了报告领导,这货前几天辞职走了。"

李谷雨坐在一旁猛地一惊:"去哪儿啦?"

"具体地方不清楚,也有人说她去了青城山。"

"年纪轻轻的,怎会上青城山?"林旭晖摇了摇头说。

李谷雨抬起头盯住熊冬生看了好半天,然后重重地甩过去一句话:"是不是对人家使坏啦?"

"李老大哪,自从我赞助她读大学开始,我连她身子都没挨过一回的。"熊冬生满脸涨得通红,一副诅咒发誓的表情。

林旭晖慢悠悠地走过去,在熊冬生身上轻轻一拍:"设法去找回来,这风城宾馆,这县级干部周转房,还需要她来管理呢!"

李谷雨又问:"是不是你给的待遇低啦?"

"李书记,我是按集团副总开的工资呢。"

胡常威猛地凑上前,有些愤怒地说:"弄不好,是我那老同学惹的祸。"

林旭晖满脸诧异地问:"他们俩也有一腿?"

李谷雨嗖地从沙发上站起来,完全是迁怒于人地大吼了一声:"也有一腿,啥意思?"

林旭晖自知说话不慎,细长的舌头一吐,没再说话。

熊冬生斜眼朝李、林二人左右一看,脸上露出了别人不易察觉的一丝嘲笑,一脸无奈而又有些难受的表情。

鞠秘书到来,完全是脱胎换骨般的一种新装扮。一身浅玫红色的职业套装,将她身体裹得匀称修长而又更加稳慎。乌黑的头发云朵般地盘在脑后,光洁的前额有两绺刘海微微飘动。那典型北方姑娘圆月样的脸上,化着淡淡而精致的妆,眉宇间一股飒爽英姿的豪气,明显地映衬出这来自国企团队的一种天然自豪与居高临下的气势。

李谷雨上前握手。"你们看,这鞠秘书一变成鞠总后,整个人的气质形象完全判若两人了。"

林旭晖也上前握手,眼睛却盯着鞠总那职业套服勾勒出的纤细腰肢不转眼。鞠总便眼光一闪,风趣地说:"看来,真是'人靠衣装马靠鞍'。"

胡常威本想像先前一样,也色色地开个玩笑,但一看她今天这身打扮和十分压人的气势，就有些自惭形秽地说："这鞠秘书摇身变成鞠总，真是出水芙蓉、翩若惊鸿。"

鞠总楚楚动人地朝胡常威宛尔一笑，说："什么惊鸿芙蓉哟，我就一个替人看门打工的，你胡主任主管工业园区，下步升了常委，还得多多关照。"

林旭晖侧身转过来，正好与鞠总那微微后翘的屁股相触碰，他便顺势轻轻捏了一把。"秾桃艳李、柳腰肥臀，自然是壮运生财的发物，我们得靠紧点。"林旭晖说完又轻佻地拥了鞠总一把。刚才这场景恰恰被李谷雨看在眼里，他略微顿了一下，半开玩笑半敲打着说："好色透支，可要败官运的哟！"

林旭晖连忙应道："向书记保证，我林旭晖绝不做清龟山乡官四宝中的色宝。"

听林旭晖这么一说，胡常威觉得自己实在太丢面子。胡常威当年被民间封为清龟山乡官四活宝中的色宝，他心头本来就一直很不服气：我那些故事都是公开的，而官场暗地里凭权力见美色而施计的可多呢，你林旭晖早比我有过之而无不及了，别的不说，仅在徐富达那红灯笼逍遥宫里我就好几回见过你耍小姐。于是，胡常威本想顶一句"二号首长可比我伟哥厉害"，但人家毕竟是领导，官大一级压死人，他话到嘴边只好自己又强制吞了回去。

熊冬生看出了胡主任心头的不快和郁闷，就在旁边打圆场说："其实，早就有专家论证过，一个人的好色程度与改革、冒险和创新能力一般都是成正比的，好色而征服欲越强的人，其创新能力和改革、冒险精神也相对更强。"

林旭晖表现得尤其兴奋，立马抢着说道："我很赞同这种观点，因为好色和性的本质，说白了就是异性之间，由于好奇、敏感和羞耻心而演绎出来的一种生理冲动，这与创新、改革和领导支配欲的原欲冲动力是完全一致的。你们看看，不敢冒险探索而冲动的人，他一定是个墨守成规、不敢越雷池半步的机器人，一辈子除了做顺民外，就不会有啥大出息了。"

鞠总似乎有些不太赞同这种观点，略带讽刺地接话说："难怪，现在查处的贪官，真没几个不是钱与色同贪的，连好多女贪官也都贪色，不是年轻时勇于献身搞权色交易，就是年老后包养男宠，这真是道德和民风的倒退。"

听鞠总这么一说，屋里几个男人一时沉默无言。

李谷雨突然问："政府办的喻小菊现在怎样？"

林旭晖说："孙玉珉自杀后，听说这小女人眼睛都哭肿了好几天。"

"孙县长毕竟和我搭过班子，旭晖下来找小喻谈一谈，听说她正股级也好几年了，就尽快上个副科吧。"

然后大家入席喝酒，酒席的主题一主一副：主题表面是祝李谷雨书记专程去北京为二十八号的高端论坛会请客顺利，实质上大家心头都明白，大家庆贺的其实是李谷雨这次去进一步对接了侯老；副题是为鞠秘书就任方舟石业副董事长兼总裁庆贺。大家喝得很尽兴，四五个人几圈下来就快干完两瓶白酒。林旭晖尤其兴奋，专门叫熊冬生去搬了件黑啤来，他说今晚要和鞠总搞个深水炸弹，不然不足以表达对鞠秘书上任升职的热烈贺意。

鞠总也喝过不少，但她面不改色深藏不露，稳坐在李谷雨身边，很好奇地问："啥叫深水炸弹？"

李谷雨说："要不，整一个就明白了。"

于是，胡常威果真就和鞠总来了个深水炸弹。先用一个大玻璃杯倒满啤酒，再将一杯白酒连同小酒杯一起丢进大啤酒杯里。胡常威说，好事成双、阴阳融合，就在自己大杯里丢进了两个炸弹，然后和鞠总一起干了。

又闹了好一会儿，大家才结束散去。走时，李谷雨特别交代："现在中央八项规定要求严，下级请上级也是违规的，吃企业的就更不行了，今晚大家 AA 制，鞠总算我请，我们两人的份子从我去北京出差的补助费里扣。"

李谷雨说完就和鞠总要出门离开凤凰熊猫屋。林旭晖很有些醉意，上前送别李谷雨时趁机又侧手摸了一把鞠总的屁股。

五

　　胡常威为今晚丢了面子一直耿耿于怀，而且好几次去敬林旭晖的酒他连看都不看一眼，是他根本就瞧不起自己呀。胡常威心头一股愤愤的怨气实在难消，他道别后并没直接下楼离开，而是躲在五楼过道转拐处静静地候着。他知道今晚林旭晖是不会走的，那凤凰熊猫屋就他一个人住，而要上楼的美人小姐必定打此经过，他就要看看，究竟是哪个更色呢。

　　果然，等熊冬生下楼不久，就有叮咚叮咚的高跟鞋脚步声从过道那头渐渐响了过来。胡常威从黑暗处伸头一看，竟是开饭前那两个高个子女人，她们换了套粉色超短裙手牵手走向六楼的凤凰熊猫屋。

　　"嘿，还要双飞呢！"胡常威迅速掏出手机拍了两张照片。

　　又等了一会儿，电子铁门打开，里面出来一个偏胖的女子，她边下楼梯边抱怨："妈的，也太欺负人了，把身子都摸了个遍才嫌我肚皮厚了，还要求立马换人，真他妈的变态色魔狂。"

　　胡常威一边偷偷用手机录像，一边在心里自言自语道："要是你林旭晖下步真作了县委书记，不知道这县里有多少良家女干部要落入你的色怀魔爪！"

　　胡常威越想心里越愤愤不平，关了手机摄像侧身过去按开电梯门，才想起这电梯里装有监控探头，忙闪身退回过道楼梯，边步行下楼梯边轻声自言自语道："你看不起老子，老子要搞你龟儿黑材料！"

　　走到三楼楼梯转拐，突然看见过道里暗淡的灯光下有一个熟悉的身影，蒙蒙眬眬的，像李谷雨。胡常威心里忍不住一阵狂喜，赶忙后退一步将自己眼睛用力揉了揉，再伸过头去一看，那迷迷糊糊的黑影就闪进了那间咖啡贵宾酒屋。

　　"这领导真是身体强壮精力过人。"胡常威越想越好奇，便捂住口鼻蹑手蹑脚轻步走了过去，侧身将耳朵贴在门板上一听，屋里隐隐约约传来一个女人优雅的声音："领导不要老是鞠总鞠总的，还是叫我名字吧。"

"好，鞠丽，今后我就直呼你名字了，亲切。"

"你喜欢什么咖啡？"

"我们还是来瓶红酒吧。"

"你真是海量。"

过了一会儿，李谷雨问："刚才电话里常总怎么说？"

"常总让我告诉你，侯老下午又托过一个人了，双保险嘛！"

"谢谢鞠丽，来，我敬你一杯。"

"还有，常总说，下周正式挂牌后，董事会定给我的职业期权股份里有你的份额，让我帮你持着。"

"这我就不要了，我不是个贪图钱财的人，鞠丽。"

"那你自己去和常总说。"

偷听到这里，胡常威心头猛地一惊，这领导们咋干的尽是些大买卖呢！

胡常威压抑着心情再一回头，居然连这咖啡酒屋也改换了门牌，这间房楣上挂着一个金黄色的门标：熊猫咖啡屋。

胡常威狠狠地唾了一口：妈的，简直是在糟蹋熊猫宝宝圣洁的荣光！

胡常威又来到了红灯笼逍遥宫，那椭圆形的大门正在改装，昔日繁华已不在。

一位加班的装修工人路过，胡常威忍不住问："这楼要改成啥功能？"

"说是改装成一个生态研究院。"

"生态研究院？研究啥？"

"那你去问熊老板。"

看着装修工人远去的背影，胡常威有些淡淡的失落。

突然，裤包里手机不停振动，胡常威漫不经心地取出来一看，有两个未接电话。前一个是峡口村郑和平的，刚才响的，是镇长打来的，赶紧给镇长回了过去。

"什么？峡口电站透水了？"

"就是啊，一侧的挡墙都垮了。"

镇长在电话那头报告情况有些惊慌失措，胡常威听完电话脑壳里也是轰的一声炸响，抖着手忙拨李谷雨的手机，信号超出服务区。他愣了一下，赶紧转身往长城凤凰堡里跑。

胡常威上气不接下气地跑到熊猫咖啡屋前，也顾不上领导们的尊严，使劲敲门。鞠丽前来将房门开了一条缝，胡常威立马拱了进去，只见李谷雨手里正端着高脚杯在品红酒。

一见胡常威突然出现在面前，李谷雨怒斥道："你他妈的疯啦？"

"峡口电站透水啦！"

"啊？"李谷雨猛地一下站起来，"有人员死伤没？"

"刚才镇长报告说，晚上工地上有四五个守班的，全被冲走了。"

"有这么多人？"

"还有更严重的，旁边的废工棚被冲走了一大半，说是里面还有十多个人在偷练'全能神'，蔡红宝也可能在里面。"

李谷雨手里的红酒杯子掉到地上，啪的一声，碎了。

"赶紧报告韩月川，她县长要立即赶去第一线！"

"她不是已被停职了吗？"

"那你赶紧去通知林旭晖，我们马上去现场！"

胡常威欲言又止。李谷雨一下怒了："还愣着啥，你不要命呢？"

"林书记就在楼上。"

"这个扶不起的阿斗！真是个混蛋！"

"咋办？"

"那你赶紧先回去，一定要稳住阵脚。"

胡常威答应了一声调头就往外跑，李谷雨突然叫住他："那练邪教的，知道的人多不多？"

"他们都是偷着练的，很少人知道。"

"那你千万记住，这些就不往外报了，死亡人数上了十人，你小子还当个屁的官！"

"老板，我明白了！"

第二十四章

清龟四君子

一

夏贝竹满腹疑惑地走出电梯，在过道外的走廊里来回走了两圈。她心里还是有些发虚，不知道这县委副书记兼组织部部长林旭晖究竟要找自己谈啥。中午在食堂刚吃过饭，县委组织部干监科就来电话，通知说夏贝竹的个人申报事项查询出了重大问题，组织部部长要亲自找她问话。

夏贝竹心头纳闷有二：一是，一个科级干部的个人申报事项真需要县委领导来谈话？二是，林旭晖前次在他办公室找自己考察前单独谈话，据说干部工作是保密的，而他明确说是他力荐自己去主干线的，组织上真有这么个程序？之后林书记就不断发送微信短信，不是关怀备至就是探讨敏感话题，弄得自己一头雾水。

正在徘徊纳闷中，干监科长催问夏贝竹到没有，林部长正在他办公室等呢。夏贝竹在走廊里整理了一下衣装，硬着头皮前去敲林旭晖办公室的门。等在对门的干监科长过来打了个招呼，忙推门进屋去报告，夏贝竹站在门外静静地候着。

很快，干监科长开门请夏贝竹进去。夏贝竹进去见林旭晖正坐在单人沙发上一脸阴沉，便自觉在他对门位置上坐了下来。干监科长转身要走，林旭晖手一挥，冷冷地说："你留下来做做记录。"

看着林旭晖今天严肃而冷淡的表情，夏贝竹心头多少有些发怵。

林旭晖闷坐着好半天没开腔，右手搭在沙发扶手脊背上，两根手指不停地轻轻敲击着米黄色的沙发皮套。

干监科长给林旭晖茶杯里续上水，转头对夏贝竹说："贝竹同志，林部长今天亲自约谈你，这是破例哟，体现了组织上对你的特别重视和关怀。"

夏贝竹欠了欠身，双腿别在一边，充满感激地说："谢谢领导！"

林旭晖这才开口说："夏贝竹同志，组织上很关心你的成长，是特别地给你压担子，现在女干部本来就稀缺嘛，却没想到你个人事项审查下来，会有这么多的严重问题。"

夏贝竹似乎被吓住了，抬起头看了二人冷冷的目光不知说什么好。

"第一个问题，你购买的股票，为何没填入个人事项报告？"林旭晖严肃地问。

夏贝竹想了想，方才回道："那是好几年前的事，我自己都忘了。"

"忘了可不行啊，这涉及你对组织的忠诚问题。"

"当时完全是搞耍耍的，花了五万块钱买了五六只，后来又清仓了几只，剩下多少真是不记得了。"

干监科长在一旁补充说："还有两只，现在账面市值已涨到四万多了。"

"那我还真是大赚了。"夏贝竹故作诙谐地一笑。

"你笑啥？这么大的金额都不报告，严重错误！"林旭晖一脸怒色，瞪了夏贝竹一眼又继续问，"第二个问题，你购买的负一楼车位，为啥少报面积？"

夏贝竹一脸茫然，干监科长在一旁提醒说："你填报的面积比证照登记面积少了近四个平方。"

"我当时填报时还专门去拉尺子量过的。"夏贝竹十分委屈地辩解说。

"这必须要填报证载面积的，其中要包括公摊的部分。"干监科长又解释道。

"我可不是故意隐瞒的。"夏贝竹郁郁地说。

林旭晖慢慢饮过一口茶，抬起头来再问："现在问你第三个问题，你离婚啦？"

"是的。"

"为啥不向组织报告？"

"我们虽然协议分居了一年多，但才刚刚办完手续，填个人事项那是在年初。"

"为什么离婚？"林旭晖两眼直直地盯着夏贝竹追问。

夏贝竹坐在那里心中咯噔一下不知怎么回答。往事只堪哀，悲从故疾起，这可是自己心头永远的伤痛。去年春季外出参加一个文化旅游培训班回来，竟发现自己平日里斯文儒雅的男人，居然熬不住个把月而去红灯笼逍遥宫嫖过娼，一气之下就签订了分居一年后协议离婚的约定。但现在不能讲出这个理由呀，若讲出来，前夫将会受到治安拘留和"双开"，那他这一辈子就毁了。

眼看夏贝竹沉默半天没回话，林旭晖起身去办公桌上取来一封已经打开的信件，在夏贝竹面前重重地晃了晃，然后又坐下来十分惋惜地说："这里还有封告状信，反映你个人生活作风一直有问题，才导致家庭婚姻破裂的。"

夏贝竹感到一阵眩晕，但又不知道领导手中信件是真是假，便站起来气冲冲地说："我们离婚事出有因，填报个人事项在之前，现在若是有人故意泼脏水，我宁可不做这个乡长。"

"贝竹同志，你要冷静，现在可不是你想不想做乡长的事了，是看你对党组织是否忠诚。"林旭晖十分严肃地厉声批评道。

"大不了你们撤了我文旅集团总经理职务，我巴不得重回电视台去搞我的本行。"

看着夏贝竹如此强悍，林旭晖反而软下来不知说什么好，便绕到对面去轻轻拍了拍夏贝竹："这样吧，先冷静一下，组织上还是关心你的，下午一起到市里去参加绿色发展高端论坛会，我们找机会再谈吧。"

林旭晖说完就转身出门走了，干监科长留下来叫夏贝竹在记录材料上签过字，然后她才心情郁闷地走出了县委大楼。

　　而夏贝竹再见到林旭晖时，他已完全是另外一副和蔼可亲的模样。晚上举行专家、客商和重要嘉宾招待宴会，夏贝竹还被安排进了陪餐主人的名单。宴会主宾席共三桌，其余是自由组合的十多桌自助餐席。李谷雨和陈仲兴、程子寒在一号主桌，韩月川、文运昌和田晓伟在二号主桌，林旭晖主持三号主桌，夏贝竹一看桌上有胡常威，他是工业园区管委会主任倒名正言顺，而自己作为一个企业总经理上桌陪客，总觉得这是林旭晖故意安排的。

　　今晚来的经济学专家、重要客商和省市机构嘉宾众多，林旭晖端着酒杯领着胡、夏二人左左右右走了好几圈。中途，林书记有意过去和夏贝竹碰了两小杯，他一再说：你的事，有我呢。招待宴会临结束时，夏贝竹收到林旭晖发来一条短信：

　　　宴会完后请到八〇九房，贝竹的事我已有新想法了，定是吉兆！

　　说到这个份上了，夏贝竹不得不去。敲开八〇九房，林旭晖已经在房里备好了水果、咖啡和两罐奶茶。林旭晖见夏贝竹如约而至，一脸喜色。

　　夏贝竹在长沙发一角轻轻落座，林旭晖忙醉醺醺地递上来一杯咖啡。"贝竹呀，今下午那些约谈，也是不得不走的程序。"

　　"那你是说，我就没问题啦？"

　　"也不能说你没问题，这官场有些事，横看成岭侧成峰，就看你怎么去看待。"林旭晖也在长沙发上坐了下来，自己同样喝了一口咖啡后接着又说，"如果要安心用你，缺点也可能是优点；若不想用你，优点也可能变成对你不利的缺点。"

　　夏贝竹有些不解地摇了摇头。

　　"举个例吧，我有个朋友，小时候在村小读书，和邻桌一个小胖娃都拿着书睡着了，他父亲是村支部书记，加之老师也不喜欢那小胖娃，便一把将他提站起来，严厉批评道，你这胖娃真是一头猪，书一拿就呼呼睡着了，你看看人家，睡着了还拿着书在读。这官场里识人，有时也不外乎这样的道理。"

夏贝竹听后心头一惊，觉得林旭晖明显是在暗示自己，忙收紧双腿，十分警惕地问："林书记，你说我的事呢？"

"你的事，我突然有了个新的想法。"

"啥？"

"我们不是马上要换届了么，县里几套班子目前正缺女干部。"林旭晖边说边向夏贝竹一侧挪了挪，"你正科几年了？"

"才两年半。"夏贝竹有些防备地答道。

"就差半年嘛，但特别优秀的女干部、党外干部是可以破格的。"林旭晖端起咖啡杯直接紧挨着夏贝竹坐过来，十分亲昵地说，"当然这很难，就由我来帮你做工作吧。"

"领导这是开玩笑吧？"

"事在人为。"林旭晖突然将夏贝竹的手抓在自己手里，"关系的本质，是互相利用；相处的本质，是各取所需；商业的本质，是价值交换。"

夏贝竹用力抽出自己的手，严肃地说："领导醉酒了。"

"婚姻的本质，是传宗接代；爱情的本质，是性的相互吸引。"林旭晖边说就边猛地扑了上去。

夏贝竹猛地一把推开林旭晖。"你再这样，我吼人了哈！"

林旭晖口喘粗气满脸通红，公牛般地将眼前女人推倒在地，发疯似的纵身骑压上去，一把将女人的衣服扯开。夏贝竹缓过气来，抬起手就是一抓，林旭晖左脸上迅速留下了三道深深的血痕，痛得他在沙发上直打滚。

"你这个悍妇！"

夏贝竹冲出八〇九房，在电梯里整理衣服时才发现，自己前胸也留下了两道血印子。

二

第二天正是二十四节气中的大暑。

上午九点，方舟石业挂牌仪式暨凤城绿色发展高端论坛大会如期举行。夏贝竹坐在台下，看着主持会议的林旭晖左脸明显找人化过妆，心头止不住一阵发笑。

第一项议程，由市委副书记兼凤城县代理书记李谷雨致辞并作主题演讲。

掌声雷动中，西装革履的李谷雨走上主席演讲台，各路电视新闻镜头齐刷刷地聚焦在这满脸春风的主人家身上。

"尊敬的各位专家、各方宾客，女士们，先生们：大家都知道，我们凤城县有著名的清龟四宝，那就是大熊猫、清龟绿茶、红色花岗岩和翠绿玉矿。"

还没等李谷雨继续往下演说，洪浩带着三个人直接走上台去，两个高个子一把将李谷雨左右臂膀猛地一夹持，洪浩低沉地宣布："李谷雨，经省纪委、省监察厅研究并报请省委同意，现在对你实行'双规'审查！"

全场刹那间鸦雀无声，直直地看着李谷雨被两个高个子挟持着拖出了会场。

突然有人说，那两高个子是便衣武警呢。

接下来，主持人林旭晖不知所措。

这论坛会还得开呢，坐在台下的韩月川向林旭晖招了招手。林旭晖像遇到救星似的赶忙跑下台，直奔向坐在前排的韩月川。

"你看这咋办？你是县长呢！"

"我这县长早被停职了，李谷雨那稿子谁也不便去念。"韩月川看了身边常总一眼，镇定地说，"你去请程县长上台演讲吧，他既是县上领导，也是这方面的专家。"

坐在后排的夏贝竹看着林旭晖躬身前去商请程子寒，远远见程子寒好像不太情愿，林旭晖又转头向韩月川求助，韩月川向程子寒点了点头，程子寒才起身上台救场子去了。

"大家上午好！"程子寒走上台去，先将刚才李谷雨慌乱中压歪的话筒正了正，不慌不忙地说，"受韩月川县长委托临时上场，我谈三点个人见解，仅供各位领导和学者们批评！"

程子寒果真是个有水平的大专家，事先没有准备，而且随口就是一场精彩的演讲，让台下的夏贝竹听得热血沸腾。

"第一个问题，今天论坛会研讨风城县绿色发展课题，那什么才算绿色发展呢？我认为，至少有四个本质要点：一是必须有高标准的生态本底，二是要有高颜值的自然环境，三是要有高效率的资源节约有序开发，四是要有高质量的经济社会发展成效。一句话，我们的发展，应该是不带灰尘、不染血腥、不含浪费、不急功近利的科学发展方式。"

下面响起一片激烈的掌声。

"第二个问题，我们如何用大格局的眼界来科学看待风城县的资源？"

会场鸦雀无声。

"二十世纪八十年代以来，随着经济的发展，具有全球性影响的环境问题日益突出，全球不断发生了区域性的环境污染和大规模的生态破坏，温室效应、臭氧层破坏、全球气候变化、酸雨、物种灭绝、土地沙漠化、森林锐减、越境污染、海洋污染、野生物种减少、热带雨林减少、土壤侵蚀等大范围的全球性环境危机越来越严重，已经严重威胁着全人类的生存和发展。由于人口的增加和人类生产活动不断向大气释放二氧化碳、甲烷、一氧化二氮、一氧化碳等温室气体，大气污染十分严重，大气污染已导致每年有近六十万人因烟尘污染提前死亡，二千五百万的儿童患慢性喉炎，近七百万的农村妇女儿童受害；大气质量受到影响，气候正在逐渐变暖，南北两极冰川融化，海平面每十年升高六厘米，不仅使一些海岸地区被淹没，而且全球变暖已经影响到降雨和大气环流致使气候反常，造成旱涝、地震、海啸、雾霾、火山暴发等全球性灾害频频发生。"

台下开始有叹息声与唏嘘声响起。程子寒抬眼往下看，才发现市委郑宏德书记、组织部部长和省监察厅洪浩副厅长也坐在了后排，心头一惊，也似乎这才明白过来，刚才这样大场合带走一个违纪的市委副书记，原来幕后实际操刀另有其人。你违纪了要"双规"你，为了给你面子，一般就悄悄带离，社会上一时还风平浪静。要让你尽早出丑，刚才这种场面就特别耐人寻味，也表明证据足够了，这看来，李谷雨是再也别想翻身回来了。

会场寂静，程子寒停顿了半分钟又才接着演讲道：

"近百年来，由于人口的急剧增加和人类对资源的不合理开发，加之环境污染等原因，地球上的各种生物及其生态系统受到了极大的冲击，生物多样性也受到了很大的损害。据相关学者估计，世界上每年至少有五万种生物物种灭绝，平均每天灭绝的物种达一百四十多个。估计到本世纪中叶，全世界野生生物的损失可达其总数的百分之二十以上。在中国，由于人口增长和经济发展的压力，对生物资源的不合理利用和破坏，生物多样性所遭受的损失也非常严重，有两百个物种已经灭绝；大约有五千种植物在近年内已处于濒危状态，这些约占中国高等植物总数的百分之二十；大约还有三百九十八种脊椎动物也处在濒危状态，占中国脊椎动物总数的百分之八左右。因此保护和拯救生物多样性以及这些生物赖以生存的生活环境，同样是摆在我们面前的重要任务。

"地球上森林锐减和土地荒漠化，将直接影响到我们人类的生存和发展。我们的绿色森林正以平均每年四千平方公里的速度消失；中国是世界上荒漠化严重的国家之一，中国荒漠化土地面积为二百六十多万平方公里，占国土面积的百分之二十七。七十年代以来土地沙化扩大速度，每年有两千多平方公里受到荒漠化的影响，并且正在向我国南方扩展。

"所以，我这里想要表达的是，我们要正确看待我们的资源，我们要开发我们脚下的资源，绝不能仅仅从我们一个风城县、一个康全市的眼界出发去思考问题，必须放眼整个国家，放眼整个人类赖以生存的地球与未来！同志们呀，全球十大环境问题越来越严重，中国的大气污染和酸雨危害程度还在加剧，江河湖库水域污染突出，城市环境污染呈加重趋势，矿产资源恶性开发，全国三分之二的河流和一千多万公顷农田被污染……

"同志们，就在前不久，世界自然基金会发布了《地球生命力》报告，人类每年都在消耗大量自然资源，目前需要的自然资源需要由一点六个地球来提供，按照这一趋势推算，到二〇五〇年将需要二点五个地球，而且这种发展还是不可持续的……同志们，党的十八大已经把生态文明建设纳入中国特色社会主义事业'五位一体'总体布局，已将'中国共产党领导人民建设社会主义生态文明'写入了党章；围绕改善环境质量和绿色发展这个生态文明的核心，中央环保督察制度在河北试点基础上，已陆续进驻十六个省区市，已经有三千多人因环保治理不力被问责；省以下环保机构执法垂管制度正在打破地方行政干预和增强执法效力，推动地方党委政府落实保护生态环境的政治主体责任已在形成制度……中国正在迎来环保制度大变革时代，中央出台系列环保新政，一定会推动中国共产党成为全球最绿色发展的政党！"

整个会场掌声雷动。

"现在，那我们风城人该怎么办？我的观点是，我们绝不能够眼睛只死盯着我们的清龟四宝。因为，这里的大熊猫是国家的，也是世界的；这里地下的矿藏是我们的，更是我们子孙的；这里的大山、绿树、土地、空气、河流，都需要我们大家来共同守护，从我做起，从今天做起！"

会场又响起一阵掌声。

而且大家看见，郑宏德书记带头在鼓掌。

"现在，我作为风城县绿色发展的一个参与者，我大胆提出我个人的建议。我以为，风城县未来最具潜力的，应该是'三绿'发展方向：一是守护生态'绿而美'，夯实优良生态本底，就是未来无价的金山银山；二是促进资源'绿变金'，这是风城县高质量转化资源的现实路径；三是站高谋远'绿换碳'，这是转变生产生活方式、促进低碳发展的长久之策……"

韩月川听着师弟绿色发展的精彩演讲，突然手机微信叽叽响了两声，打开一看，"花一夏"的微信里跳出来一张娇胸被抓伤的图片，旁边还配了一段文字：

曾国藩说，倚天照海花无数，流水高山心自如。可我一个妹妹险些被她上司潜规则，请我的粉丝亲友们今天做个证，他日若有报复事，誓为我妹抱不平！

韩月川转头一看夏贝竹，她正专心致志听着程子寒的演讲。
韩月川心生一抹敬佩，这个夏贝竹，真是一朵火热带刺的清龟夏花。

二

今天，二十四节气中的立秋。

政府办文秘科的喻小菊早早起来，一想起今天是立秋，心里突然多了些伤感。

今天是喻小菊在政府办最后一次办理会务了，也是她出任文秘科长的最后半天。上个月李谷雨还没进去前，他亲自找她谈过话，毕竟和孙玉珉同朝为官一场，县委准备提任她去县保密局任副局长。但喻小菊心头明白，这李谷雨是他自己内心万分愧疚，孙玉珉帮他做过多少事啊，还替人为她女儿打过两次钱。现在虽然孙玉珉人被逼死了，但她一直怀疑李谷雨和熊冬生就是幕后的杀手，于是她当场就拒绝了。这政府办她也不能再待了，社会上如山洪暴雨般的谣言淹得自己都睁不开眼睛了。明朝又向江头别，月落潮平是去时。喻小菊最后还是选择了哪里来就回哪里去，自己起初本就来自乡镇的。

正好，峡口村的村支部书记、村主任都成了"全能神"邪教骨干，一个死了，一个被抓了，郑和平成了村主任，现在正缺村支部书记，于是喻小菊就申请去了峡口村。听说马上就要撤并乡镇了，下一步若峡口村真的并入春竹乡，她已向夏贝竹姐姐申请过了，她一定要去清龟山茶叶公司兼个职，得想办法把峡口村群众早日带富起来。

喻小菊将今天会议的座牌、音响、茶水杯又细细地一一检查了一遍。

今天的会议不同寻常，是全县干部大会，市委郑宏德书记要来，省市联合调查组组长洪浩副厅长要来，这前前后后查了三个月的"5·27"清风峡地灾泥石流重大事故就即将揭开盖子了。

参会的人陆陆续续到来，喻小菊恭敬地一一倒好茶水。胡常威坐在座位上故意拉扯了喻小菊一把，笑嘻嘻地说，喻妹脸上这对酒窝真好看。喻小菊斜眼看过他一眼，在心头默默地嘲笑说，都这个时候了，你胡书记还有闲心调笑。

喻小菊郁闷地回到茶水间，对着墙上的镜子一看自己左右腮边的这对酒窝，心头突然记起孙玉珉当年多次搂住自己说，你这对深深的酒窝，真是盛满女儿酒的湖泊，我孙玉珉是百杯不倒的酒圣，却被你这对小小的酒窝醉倒。看着镜子里的自己，喻小菊感慨万千，也感伤良多。都说，女人酒窝是为女人颜值加分的美人窝，而自己却觉得，这对酒窝是异性缘的桃花劫，容易流于苦命，容易陷入人的争斗。相书上就说，这酒窝正好应对着奴仆宫，这地方缺陷而有凹窝，自然是命里劫数难躲，自己酿的苦酒该自己来喝。

上午十点，会议正式开始。先是市纪委副书记、监察局局长宣读了整个事故的调查报告，接着由洪浩副厅长宣布了经省市监察部门审查、并报经省政府马副省长同意的事故处理决定：

一、凤城县委、县政府生态文明意识淡薄，对清龟山的生态环境和耕地保护严重失责，责成向省委、省政府做出深刻检讨。

二、六年来，凤城县委、县政府领导班子政绩观偏离正确方向，追求 GDP 急功近利，保护生态环境官僚主义盛行，执法监管形式主义严重，鉴于李谷雨、韩东顺、马良等人已被立案调查或已服刑管制，对现任县委书记肖一凡的严重失职和不敢担当给予党内留党察看、撤职降为副调研员处理；对县委副书记、县长韩月川履职不到位、缺乏斗争精神，给予党内严重警告，调离县长岗位；对负有直接职责的清风镇党委书记、镇长，县国土与住建局长给予撤职处分，其他相关人员转由市县纪委、监察局分别立案给予相应纪律处分。

三、"7·23"峡口水电站透水事故，是一起严重的履职不到位、安全意识淡薄的安全责任事件，同时存在着严重的漏报瞒报错误，此等候国务院调查组最后处理。

四、省市联合调查组在"5·27"地灾泥石流事故和"7·23"透水安全事故调查中，发现和已查证存在严重的贪腐行为和涉黑涉恶案件，李谷雨、韩东顺、马来福、徐富达等人已被立案调查或已被缉拿归案，鉴于常务副县长孙玉珉已自杀身亡免于查处，下一步还将继续深查案件，涉嫌犯罪的将移交司法部门。

五、落实好中央生态环境保护、安全生产和守牢耕地红线政治责任，是凤城县下一步工作重点。一是清龟山上私挖滥采的矿山必须限时修复；二是熊猫谷里的违建别墅必须限期拆除；三是所有影响环境保护的小水电站，务必年底前全部拆除；四是龟肚坝流失的基本农田，必须限时补回以达到占补平衡；五是峡口工业园区侵占河道、污染水土等违法行为，必须监督企业限时全部整改到位……

喻小菊坐在茶水音控室一字一句地听着，心头有一种说不出的感慨与悲喜。

接下来，郑宏德书记讲话，主要内容有四点：一是各级干部务必扛起守牢属地生态环境和基本农田的政治责任，坚定不移地保护好我们的绿水青山；二是务必从严整治党内政治生活和打击腐败，坚定不移地重构风清气正、月朗风清的政治生态；三是务必举一反三，立行立改当前突出问题，坚定不移地反对和纠正工作中的官僚主义、形式主义；四是希望有问题的同志主动投案，并欢迎各级干部积极反映和举报问题。

最后，郑宏德书记代表市委宣布了凤城县部分领导干部调整：市委组织部常务副部长陈昌联调任凤城县委书记；县委常委、副县长程子寒正式下调任凤城县政府常务副县长，主持县政府工作；县公安局局长刘大江、春竹乡党委书记刘源森、县监察局局长冯启作为县政府副县长人选。

四

　　立了秋的天气，一改往日的燥热，似乎突然间就变得异常清凉舒爽。

　　程子寒陪着师姐来到茶仙坪二台地上，近处秋茶待采，山上那鸟笼一样的野外情侣吊房还在继续安装。抬眼望去，那由废旧火车厢改建成的亲子游学体验房，一块一块掩映在绿树丛中。情侣鸟笼房或吊装在山岩悬崖上，或支撑在绿树丛里，星星点点，若隐若现，完全是神话里的一种世外仙界。

　　二人又移步到山岩外的悬崖边，远远看见山下那正在建设的鱼子酱养鱼场。"师姐，这才几个月时间，你看这一片现代化的养鱼场和鱼子酱生产厂房一期就快完工了，这都浸透着你的心血。"

　　"子寒别这样说，直到那天论坛会上听你即席一场演讲，我才真正明白，你才是能够挑起风城绿色发展重担的当家人。"

　　"谢谢你，师姐，郑书记中午找我谈过话了，他告诉我，是你力荐我的，我也没想到，你会调离风城县。"

　　一片茂密的树林下，一阵风吹过，树叶开始纷纷飘落。那片片树叶掉下来，就仿佛是恬静安然地掉在了满是音符和沧桑的天堂里。"子寒，洪厅长是洪教授的儿子，他对你也是十分推崇的，我真的不如你，那天洪厅长批评我的弱点，真是一针见血。"

　　"他咋说？"

　　"他说我太爱惜自己的羽毛了，又过度圆滑，没有斗争精神。这县里下步整改任务异常艰难，无论是别墅拆除，还是修复矿山，像我这种性格，的确也是难担此重任的。"

　　"你下步去向明确了吗？"

　　"还没有。"韩月川和程子寒肩并肩地在林子里走动，那种落叶飘散、秋归人心的感慨令人十分心酸。"也许回到市级一个部门，也许就干脆调到北京去，我先生已从欧洲调回外交部工作了。"

程子寒一听，心头有种从没有过的失落。

"人生若只如初见，何事秋风悲画扇。也许，这人生万事都真是有定数的。"

"这又将是今生一别，以后想念师姐，恐怕只有梦乡见了。"程子寒拾起一片刚刚飘下的落叶，无限深情却又似乎无法表达。

二人静静伫立在树林里，心与心隔得如此近，似乎都能听得见对方的心跳声。

突然，一抹伤感的歌曲不知从什么地方飘忽过来，一下将二人的心绪弄得更加缠绵萦纡。

　　枫叶红了，我在树下等你
　　夕阳下了，我在路口等你
　　风雨来了，我在伞下等你
　　彩虹来了，我在云下等你
　　等得好心碎，爱只能在梦里
　　片片落叶，陪我朝朝夕夕

"子寒，我会记住你那句话的。"

"啥？"

"月下一江水，滔滔入梦遥。"

二人默默向前走了几步，韩月川突然转过身，问："肖处长现在怎样了？"

"她那好强的本性难移，听说她正在奋力争取，想派下来做个分管金融的副市长。"

"现在女干部缺呢，她下来，你们的家也就安定了。"韩月川悠悠地说。

"也许是吧。"程子寒无意间和韩月川手碰到一起，心头便有一股暖流涌过。他真想转身紧紧抱住眼前这个心爱的女人，但他迟疑了一下，心中的欲火又很快熄灭了下来。"女人是水，你若天天惹她，水烧开了肯定会烫你；你若天天冷落她，水冻成冰块肯定会砸你。"

"对的，师弟，对女人，你加糖，她就会是甜的；你加点醋，她就会发酸；若是加点盐，她就自然会偏咸。"

"但我们今生相遇，注定有很多事是放不下的。"

"哎，人面不知何处去，桃花依旧笑春风。"韩月川同样有些伤感，幽幽地说道，"世间有很多事情又哪能都尽如人意哟！"

"还是关汉卿说得好，子规啼，不如归，道是春归人难归。"

"师弟，姐也会常念你的。"

这时，刘源森带着几个衣着花哨的妇女赶了过来。走拢一看，原来是夏贝竹、邱之兰和喻小菊，走在最后的是刘大林。韩月川问："你怎么也来了呢？"

刘大林还是大嘴巴性情如初："县长，正好下午送喻小菊来清龟乡茶叶协会兼个职，我就趁机再来陪陪领导。"

夏贝竹今天打扮得格外妖娆，上前一把抱住韩月川，话没出口泪先流。韩月川一把搂住她，故意揭开她胸前的衣领口往里一探视，果然看见两道血印子，就将嘴伸到她耳边："真是二号首长干的？"

夏贝竹点了点头。

还是警察身份的邱之兰心疾眼尖，走过来附和道："我看了夏一花的微信，恰好胡常威主动来举报有领导嫖娼，我便断定，那狐狸尾巴是藏不久了。"

韩月川没直接答话，转过身问刘源森："你们和清风峡村合并建镇的方案论证得怎样了？"

"还在最后走征求群众意见这个程序，完了就报市县民政局业务性审查。"刘源森充满信心地回答道。

韩月川突然说："我还想去龟泉寺看看鲁瞎子。"

大家几乎异口同声地说："那我们陪你去。"

韩月川、程子寒一行来到龟泉寺，鲁道长正在寺院清扫地上的落叶。

"鲁师父，我就要走了，特地来看看你。"

鲁瞎子丢下扫帚，双手在粗布衣服上搓了搓，上前给韩月川行了个道家八卦拱手礼。

"鲁师父茶艺了得，我走前还想讨杯茶喝。"

刘源森上前一步说："鲁师父一辈子研悟《茶经》，今年自己又租了一片茶园，还培育出了两个新品种。"

鲁道长却十分谦虚地说："那只是一种茶树的嫁接与新生，在县长面前不值一提。"

韩月川轻松一笑，回道："鲁师父，我现在已不再是县长了。"

"在过来人眼里，你韩县长，还是县长。就像这茶一样，从出生、采摘、杀青、揉捻、烘干，历经千辛万苦，只为遇到水的那一刻能尽显一世芳华，虽是受尽万般折磨，但即使昙花一现，也长留满堂芳香。"

韩月川听鲁道长这么一说，心头有些感动，转身对刘源森说："源森啊，你马上也是副县长了，老道长这也是在勉励你哟，水利万物而不争，这种舍己成仁的精神，应该就是老子说的上善若水。"

刘源森回道："我理解，上善若水真正含义应该是，你若在高处，我便主动退去，绝不淹没你的优点；你若在低处，我便向你涌来，绝不让你缺陷暴露。你动，我随行；你静，我就长相守，不会打扰你的安宁。是吧，鲁道？"

"刘书记高见！"鲁瞎子揉了揉眼睛，又接着说，"上善若水，其实和境界有关。佛家的最高境界，是无我；儒家的最高境界，是无恶；而我们道家的最高境界，是无为。前次我与程博士和文主席，还一起探讨过贪欲与妖魔的话题，现在看来，好多人总把幸福误解为'有'，有车有房，有权有钱；其实真正的幸福，是'无'，无忧无虑，无病无灾。所以，人生的最高境界是无欲。如果把这些都悟透了，世间自然就会妖去魔灭顺和太平，人也就平安无险了。"

夏贝竹上前搂着鲁瞎子的胳膊，笑嘻嘻地接话说："鲁师父言之有理，这个有啊，是给别人看的；而无，才是自己真正拥有的。你们看看，徐富达过去多有钱？现在连自由都没有了。"

"现在看来，无论这大自然里的妖，还是人心里的妖，不管这妖魔多么厉害，到头来通通都是惧怕阳光的。"韩月川仰天一叹，仿佛也是在自言自语，"这人生路上，真的是，有求则苦，无欲则刚。"

"韩县长说得好！我们道家有句话，云在青天水在瓶，这就是在告诫世人，见天地要知敬畏，见众生要懂怜悯，见自我要明归途。正如《周易》里说，地势坤，君子以厚德载物，宽厚大地主阴柔，我们任何人，在任何场合，都不能得意忘形。"

正聊时，韩月川似乎突然又听到了先前那断断续续的轻微的歌声，仿佛还是从树林里飘来的：

> 月儿圆了，我在初一等你
> 月儿弯了，我在十五等你
> 你看那雪儿化了，我在春天等你
> 你看那雨儿下了，我在伞下等你
> 等你，等你
> 你若老了，我在天堂等你
> 你若走了，我在来生等你

大家只顾着相互谈论，这时才发现程子寒早不在人群里，鲁瞎子不慌不忙地说："他定是去了梅园。"

鲁师父带着韩月川一行经过龟泉池，见池中水早涨潮了，那不断上涌的泉潮轰隆隆直响。绕过龟泉池，就看见不远处新种了一片梅林。大家定睛一看，程子寒正在梅林里和一个青衣人说话。

"那是谁呢？"韩月川问。

鲁师父双眼微闭："那是道姑惠梅。"

刘大林却惊奇地大声说："那分明就是梅凤嘛！"

"从前梅凤今已不在，这惠梅道姑自青城山而来，将来当是这龟泉寺接我的掌门人。"

刘大林一听，突然大喜，声音更加洪阔地说："从前有清龟男女四宝，但不是死了就是先后进去了，现在可好了，我们这清龟山重发生机，原来是梅、兰、竹、菊样样齐了，这真是清龟山又添新四宝，应该叫：清龟四君子。"

在场人和邱之兰、夏贝竹、喻小菊相视一笑，清龟四君子，就正差道姑惠梅了。

尾声

三个月后。

清风镇峡口村至清龟山一线整体划入春竹乡，峡口工业园区留给清风镇。省政府同意撤销风城县原春竹乡建制，正式批复新设立风城县清龟山镇，副县长刘源森兼任镇党委书记，夏贝竹为首任镇长。

省高级法院在清龟山自然保护区设立保护生态环境资源特别法庭。该法庭接受的第一宗案子，就是峡口村村委会状告长风矿业集团污染土地和水源赔偿案，原告领衔代表人：村支部书记兼峡口村农业产业公司经理喻小菊。

清龟山自然保护区公安分局正式成立，负责对清龟山镇及自然保护区领域进行专属公安管理，市公安局刘海涛调任分局政委，邱之兰任分局局长，陈林调任办公室主任。

金三角麻二娃、张勤凶杀案完全告破，系李谷雨主谋、熊冬生出钱、孙玉珉具体操办的一起买通金三角地区私人武装杀人灭口案。同时查明，李谷雨从徐富达处拿走重量九百八十克清龟翠玉毛石一枚，正在深查送往北方去向。

林旭晖主动投案，虽犯罪事实轻微，但他多次嫖娼被"双开"后精神失常，已送精神康复医院治疗。

胡常威被判缓刑后重回清风峡熊猫谷，受聘为熊猫研学游基地物业公司管理部临时工……

半年后。

中共中央经济体制和生态文明体制改革专项小组召开会议，研究部署在四川、陕西、甘肃大熊猫主要栖息地整合设立大熊猫国家公园，清龟山被划入大熊猫国家公园核心区域；

清龟山川西珍稀动植物生态科普博物馆建设推进顺利，国家下拨专款在清龟山熊猫谷建设大熊猫游憩区与大熊猫生态文化走廊项目启动；

清龟山流域违建小水电站全部被拆除，矿区生态修复工作有突破性进展，峡口村部分土地收回并恢复农业生产，熊猫谷违建别墅大部分拆除，在此基础上建设的青少年研学基地一期即将完工，国家环保大督察对风城县环保问题主动整改给予通报表扬；

清龟山碳汇交易所正式成立，风城县政府与北京方舟集团正式签订风能发电和投资水资源电解氢合作项目，省委、省政府同意风城县立项建设清龟山"两山经济"绿色发展示范区……

刚立春不久的清龟山，清晨的风依然带着一丝寒意。

文运昌今天早早地起来，带领侄女姜姐姐和县文旅集团派来的两位服务生，将文家四合院里里外外又打扫了一遍。

这清龟山农俗博物馆，以老四合院子为基础，主要是农耕、民俗实物展陈，二楼上是文运昌这些年来收藏的清龟石头和书画作品。按照农旅融合和股份合作基调，县文旅集团主动在大院后面新建了两个全竹木结构的川西民俗院子，也是一楼一底的民居建筑风格。其中一个院子，为农耕文化动漫体验和清龟茶艺品鉴；另一个院子基本上用于住宿餐饮和文旅接待，同时四周还配套打造了几处农事体验区。从高空中朝下看，这三个大四合院，正好组成一个端端正正的"品"字。

整个项目都是文运昌亲自规划设计的，他特别取名——耕园。

文运昌今天特别换上了女儿在杭州为自己特制的那套改良中山装，青灰色，立翻领，对襟加了一条暗红线条，看上去让人突然多了几许对国学和传统中式文化的敬意。

文运昌似乎从未有过今天这样一种满足感，刮了胡子修了面，清清爽爽地又将农俗博物馆的展陈过了一遍，从农耕、农家、农俗，一直到农艺、农科五个部分，越看越喜欢，越看心头越惬意。侄女姜姐姐走过来，将院坝里的兰草又打理了一遍，其中好几盆兰草昨夜又添了新的花朵，院子里清淡雅致馨香四溢。

今天是康全市绿色发展工作现场会在清龟山镇召开的日子。

文运昌有些按捺不住自己内心的喜悦与期待。按照今天现场参观流程，第一个点位是西安大风鱼子酱生产现场。大风公司多年多点养殖鲟鱼，终于找到了气候、水质、空气质量绝佳的加工生产地，将其他地方的成品鱼运到这里集中养殖三个月，便开始进行鱼子剖取与现代化加工。据说首批产品就一次性通过了欧盟出口认证，央视农科频道还进行了专场报道。

听镇长夏贝竹说，这次现场会代表，就住在清龟山上的野奢森林生态酒店里，到清龟山珍稀动植物生态博览馆主楼建设现场后，再过来参观这农俗博物馆与农旅融合新业态，时间应该在上午九点半钟前。

文运昌一看手表，时间还不到九点，便一个人走出四合大院，准备在院子前面的楠竹林里再打一圈太极拳。走出院门，一轮巨大的旭日正从东方徐徐升起，愈来愈明亮，万丈霞光映红了半边天。竹林里浮漾的层层白雾正慢慢飘冉与消散。东山火红明亮的霞光照射下来，整个清龟山的一草一木似乎都完全苏醒了过来。

终于等到了参观队伍，带队的是新任市委书记郑必胜。郑书记此前是省属一所大学的党委书记，个子不高，平头，年轻精干，走在前面宛如一阵风过。风城县委书记陈昌联、代理县长程子寒跟随左右。文运昌没有上前去凑热闹，完全拜托夏贝竹在参观现场解说汇报。本身当过电视台节目主持人，普通话正宗，人又长得清纯漂亮，参会同志一路听得欣喜连连笑语串串。

尾声

突然看见了熊冬生和韩月川也在参观队列里。传说韩月川很快就要商调到省城一所职业学院去当党委副书记，但熊冬生不是进去了吗，怎么这么快就平安无事重返商场？

正纳闷时，北京方舟集团老总鞠丽走过来，给文运昌递了一张新名片：清河新能源股份公司总经理。

"鞠总，你不做矿啦？"

"报告主席，清龟石业还得做，但得等上面的规划和新批手续。"鞠总今天穿了件米黄色风衣，一脸潇洒自信，"现在我们和长风集团正股份合作开发清洁新能源。"

"啥新能源？"

"目前主要干两件事，一是在清风镇投资风能发电，二是取清河水搞氢能开发。"

"还与熊老板合作？"

"这次案子结了，长风集团是有些问题，但都是李谷雨指使的，熊董事长受了经济处罚也就出来了。"

"他真没大问题？"

"毒三角的买凶人命案，李谷雨非要他出钱，他先留了一手，用手机把当时的情形录了音。"

"哦，这熊娃，实在是精明。"

"主席，的确，他玩资本真是把好手。"

"峡口电站咋赔偿的？"

"他最后没要赔偿，只要求保全熊猫谷的现有建筑经营权，主要是转向搞大熊猫文化研学旅游，今天还要去参观这个现场点呢！"

"哦，实在是个人精！"

正在这时，副县长兼镇党委书记刘源森跑过来，急匆匆地说："文主席，快去，郑书记叫你！"

文运昌快步回到四合院，原来是郑必胜书记正在他的书房"清龟兰舍"欣赏他的书法作品。

程子寒侧身说:"郑书记在大学里是研究文艺评论与汉学的,听说书法也不错。"

文运昌便紧跟上去,十分谦虚地说:"郑书记是翰墨大家,恳求留个墨宝!"

郑必胜回头一笑:"文主席大名贯耳,不敢班门弄斧。何况,有八项规定,不能乱题字呢。"

"我不要书记题字,只求切磋一回书法技艺,文化自信,文化无价嘛!"

郑必胜迟疑了一下,对秘书长说:"那大家就休息一刻钟,我向文主席拜师学写字。"

文运昌不想这市委书记如此亲民与爽快,微微推辞,自己便上前挥笔书法一幅:

正气存内,上善若水

厚德载物,天乾地坤

书毕,文运昌落款:书赠必胜方家正之,运昌顿首。

站在一旁的刘源森说:"我还是第一次见文主席用了'顿首'一词。"

郑必胜接过墨迹未干的宣纸,对市委秘书长说:"回去裱挂我办公室,这是勉励我们的金玉良言啊。"

文运昌拽了一下郑必胜的胳膊说:"郑书记,你写幅字呢,礼尚往来嘛。"

郑必胜只好提起笔来,随手一挥,六尺宣纸上速显四个隶书大字,公正平稳,力透纸背:

文运昌明

郑必胜写完即告辞出了院门,文运昌十分遗憾,这书法大家郑先生并

尾声

没有落款。程子寒拍了一下文运昌："老兄，郑书记今天高兴呢！"

"马上就要开县人民代表大会了，你要争取全票当选县长哟！"

"唉，我夫人要来康全作副市长，听说领导干部有严格的回避制度要求，我就听天由命吧！"

程子寒说完就追随大队伍去了。他们下一个现场参观点：熊猫谷大熊猫文化研学基地，并还要现场放归大熊猫，就是去年"5·27"受伤治愈的那只大熊猫宝宝。

太阳渐渐升高，清爽的空气弥漫着整个山川，艳丽而温暖的太阳光照射过来，整个清龟山上都镀上了一层金黄。

2022年秋月完稿于蓉城

2023年2月定稿于红星路85号

2023年8月首发于《十月》